PETER LOVESEY
Die Frau im See

SERIE PIPER

Zu diesem Buch

Peter Diamond ist über vierzig, übergewichtig, überempfindlich, sehr erfolgreich und vielen ein übergroßes Ärgernis. Er ist Leiter der Mordkommission in Bath, einem kleinen Badeort im Südwesten Englands, und er ist einer vom alten Schlag: ein echter Schnüffler, der an Intuition glaubt und Computern und Karrieristen grundsätzlich mißtraut. Eine nackte Frauenleiche wird in einem See nahe Bath gefunden, weder Spuren noch Todesursache können zweifelsfrei geklärt werden. Wochen später meldet sich der Ehemann und identifiziert die Tote als seine Frau, einst eine gefeierte Fernsehschauspielerin. Alle Indizien belasten zunächst den Ehemann, dann die alleinerziehende Dana Didrikson. Ehe Diamond seine Ermittlungen zu Ende führen kann, quittiert er beleidigt den Job. Selbstzweifel lassen ihn auf eigene Faust weiterermitteln und feststellen, wie verlorengegangene Briefe von Jane Austen, ausgebüxte Chorknaben, Drogen und ein schwarzer Mercedes in dieses Puzzle passen. Eine klassische Detektivgeschichte, in der Diamond eindrucksvoll beweist: Technik im Polizeiapparat ist nicht alles.

Peter Lovesey hat zahlreiche Kriminalromane geschrieben. Bekannt wurde er 1970 mit Kriminalromanen aus dem Viktorianischen England, die auch erfolgreich fürs Fernsehen verfilmt wurden. Er erhielt zahlreiche Preise, darunter für »Die Frau im See« den angesehenen Anthony Award.

PETER LOVESEY

Die Frau im See

Peter Diamond – der letzte Detektiv

Aus dem Englischen von
Ulrike Wasel und Klaus Timmermann

Piper München Zürich

Deutsche Erstausgabe
Februar 1998

Titel der englischen Originalausgabe:
»The Last Detective«, Scribners, London 1991

Umschlag: Büro Hamburg
Simone Leitenberger, Susanne Schmitt, Annette Hartwig
Umschlagabbildung: Andrea Lühr
Foto Umschlagrückseite: Kate Butler
Satz: Agents – Producers – Editors, Overath
Druck und Bindung: Ebner Ulm
Printed in Germany ISBN 3-492-25672-4

Inhalt

Teil eins

Die Frau im See

1 Ein Mann stand bis über die Knie im Wasser, bewegungslos, geistesabwesend, nicht ahnend, was da auf ihn zutrieb. Er angelte am Nordufer des Chew Valley Lake, einer knapp fünfhundert Hektar großen Talsperre am Fuße der Mendip Hills, südlich von Bristol. Er hatte bereits drei Flußforellen von respektabler Größe gefangen.

Er starrte angestrengt auf die Stelle in dem ruhigen See, wo er den Köder ausgeworfen hatte, und wartete auf einen verräterischen Wirbel im Wasser. Die Bedingungen waren vielversprechend.

Es war ein Abend Ende September, der Himmel bedeckt, und Abermillionen von Fliegen waren soeben in ihrem Dämmerungsflug über ihn hinweggeschwärmt. Sie schwirrten und tanzten über dem See wie eine dichte Masse, die dunkler war als die Wolken, und ihr Summen dröhnte so laut wie eine nahende U-Bahn. Den tagsüber geschlüpften Jungen konnten hungrige Fische nicht widerstehen.

Eine leichte Brise von Südwesten kräuselte die Wasseroberfläche um ihn herum, doch weiter vor ihm war eine Stelle im Wasser, wie sie von Anglern Kolk genannt wird. Dort, so wußte er aus Erfahrung, stiegen die Fische am liebsten.

Der Mann war so konzentriert, daß er das blasse Objekt in seiner unmittelbaren Nähe überhaupt nicht bemerkte. Es trieb, zu mehr als der Hälfte unter Wasser, träge mit der Strömung, die durch den Wind verursacht wurde, und machte dabei eine sanft schaukelnde Bewegung, die mitunter den Anschein von Leben erweckte.

Schließlich berührte es ihn. Eine weiße Hand glitt gegen seinen Oberschenkel. Ein Arm klappte ganz nach außen, als

»Ich störe sie nicht.« Sie lachte auf. »Und ich verrate auch niemandem, daß Sie eine Ordnungswidrigkeit begehen.«

Er öffnete ein Tor im Zaun, und sie gingen vorsichtig bis zum Wasser. »War es hier?«

Sie sagte: »Es sieht jetzt alles auf einmal ganz anders aus.«

Er unterdrückte seinen Ärger und schwenkte den Schein der Taschenlampe langsam in einem weiten Bogen. »Irgendwas müssen Sie doch wiedererkennen. Wie haben Sie die Leiche denn bemerkt?«

»Da war es noch nicht ganz dunkel.«

Fünfzig Meter weiter wuchs das Schilfgras besonders hoch. »Vielleicht da irgendwo?«

»Es kann ja wohl nichts schaden, wenn wir mal nachsehen«, entgegnete sie.

»Deshalb sind wir hier, Miss.« Er machte einen Schritt hinein und spürte, wie sein Fuß in weichem Schlamm versank. »Bleiben Sie lieber, wo Sie sind«, sagte er zu Miss Trenchard-Smith. Dann arbeitete er sich bis zur anderen Seite durch. Nichts, bis auf eine Entenfamilie, die lautstark protestierte.

Er kehrte zum Ufer zurück. Sie sagte: »Wie sehen denn Ihre Turnschuhe aus!«

»Wir suchen nach einer Leiche, Miss«, rief PC Sedgemoor ihr ins Gedächtnis, »und das müssen wir richtig machen.«

»Wenn Sie unbedingt durch jedes Schilfgrasbüschel waten müssen, sind wir morgen früh noch hier«, sagte sie vergnügt.

Nach zwanzig Minuten Suche hatten sie noch nichts erreicht, außer daß Miss Trenchard-Smith respektloser und PC Sedgemoor ungeduldiger wurde. Sie bewegten sich in gleichmäßigem Tempo am Ufer entlang. Er leuchtete mit der Taschenlampe auf seine Uhr und dachte verbittert an Shirley, die allein mit diesen unangenehmen Katzen zu Hause war, während er sich vor dieser überkandidelten alten Jungfer zum Narren machte. Fast halb zwölf. Toller Samstagabend! Mit einer verärgerten Geste ließ er den Lichtstrahl rasch über die offene Wasserfläche gleiten, als ob er die Fruchtlosigkeit ihres Unterfangens demonstrieren wollte. Und absurderweise sagte Miss Trenchard-Smith just in diesem Moment: »Da!«

»Wo?«

»Geben Sie mir die Lampe«, befahl sie.

Er reichte sie ihr und schaute angestrengt, während sie sie mit ausgestrecktem Arm hielt. Der Strahl fiel auf etwas Weißes im Wasser.

PC Sedgemoor schnappte nach Luft. »Wer hätte das gedacht?« flüsterte er. »Sie hatten recht.«

Die Leiche hatte sich kaum drei Meter von ihnen entfernt im Schilf verfangen, an einer Stelle, wo die im Licht chromgrün schillernde Wasserpest besonders dicht wuchs. Zweifellos eine Frau, Gesicht nach oben, das lange Haar im Wasser ausgebreitet, eine Strähne quer über dem Hals. Der blasse Körper war mit Samenkapseln übersät. Verletzungen waren nicht auszumachen. Sedgemoor mußte an ein Gemälde denken, das er einmal auf einem Schulausflug nach London gesehen hatte: eine tote Frau im Schilf, offensichtlich ertrunken. Er war tief beeindruckt gewesen, weil der Lehrer gesagt hatte, daß das Modell im Atelier des Künstlers stundenlang in einer Badewanne hatte liegen müssen, und eines Tages hatte der Künstler vergessen, die Heizlampen zu füllen, die das Wasser warm halten sollten. Als Folge davon hatte die junge Frau sich eine Krankheit zugezogen, an der sie zwar nicht gleich gestorben war, die aber sicher ihr Leben verkürzt hatte.

Die Geschichte sollte der Klasse als Beispiel für obsessives Bemühen um möglichst naturgetreue Wiedergabe dienen. Sedgemoor war vor dem Bild stehengeblieben, bis der Lehrer ihn aus dem nächsten Saal scharf mit Namen rief. Es war nämlich die erste Darstellung eines toten Menschen, die er je gesehen hatte, und Kinder sind vom Tod fasziniert. Jetzt, angesichts einer echten Wasserleiche, wurde ihm eindringlich klar, wie idealisiert das präraffaelitische Bild gewesen war. Nicht nur, daß die Frau in dem Gemälde bekleidet gewesen war. Hände und Gesicht waren anmutig auf der Wasseroberfläche getrieben. Das Gesicht der realen Ertrunkenen war unter Wasser, durch das Gewicht des Kopfes nach unten gezogen. Der Bauch ragte heraus, und er war aufgedunsen. Die Haut auf den Brüsten wirkte runzlig. Die Hände hingen so tief, daß sie überhaupt nicht zu sehen waren.

»Es kommt Wind auf«, sagte Miss Trenchard-Smith.

»Ja«, antwortete er geistesabwesend.

»Wenn Sie nichts tun, wird sie wieder abgetrieben.«

Der diensthabende Inspector der F-Division in Yeovil hörte aus PC Sedgemoors Funkmeldung sofort das wichtigste Wort heraus. »Nackt« bedeutete höchste Alarmbereitschaft. Im allgemeinen kann man Unfall oder Selbstmord ausschließen, wenn man eine nackte Leiche in einem See findet. »Und Sie haben sie angefaßt, sagen Sie? War das nötig? Also schön, schon gut. Bleiben Sie, wo Sie sind. Und das meine ich wörtlich. Sie bleiben jetzt wie angewurzelt stehen. Sie zertrampeln den Boden nicht. Sie fassen die Leiche nicht noch einmal an. Sie rauchen nicht, kämmen sich nicht, kratzen sich nicht an den Eiern, Sie tun rein gar nichts.«

Sedgemoor war leider gezwungen, die Anweisung zu mißachten. Er hatte darauf verzichtet, den Inspector darüber aufzuklären, daß er von seinem Wagen aus anrief, wo er sein Funkgerät dummerweise hatte liegenlassen. Er setzte sich in Trab und lief zurück zum See.

Miss Trenchard-Smith stand im Dunkeln neben der Leiche und schien völlig ungerührt. »Ich habe Ihre Taschenlampe ausgemacht, um die Batterie zu schonen.«

Er erklärte, die Kollegen seien schon unterwegs, und er werde dafür sorgen, daß Miss Trenchard-Smith umgehend nach Hause gebracht wurde.

»Ich hoffe nicht«, sagte sie. »Ich wäre gern behilflich.«

»Ihre Hilfsbereitschaft in allen Ehren, Miss«, sagte Sedgemoor. »Aber unsere Kripo wird keine Hilfe brauchen.«

»Sie waren froh drüber, junger Mann.«

»Ja.«

Sie war nicht zu bremsen. Frauen ihres Formats hatten in langen Röcken das Matterhorn bestiegen und sich an Gitter gekettet. »Die werden sie identifizieren wollen«, sagte sie genußvoll. »Ich bin zwar kein Sherlock Holmes, aber ich kann denen jetzt schon einiges erzählen. Sie war verheiratet, stolz auf ihren Körper und hat zu enge Schuhe getragen. Zudem scheint mir, daß sie rotes Haar hat. Als Sie sie rausgezogen haben, sah es zuerst dunkelbraun aus, aber bei genauerer Betrachtung würde ich sagen, daß es ein bezauberndes Kastanienrot ist, finden Sie nicht?« Sie schaltete die Lampe ein und beugte sich bewundernd über das Gesicht, als wäre es durch den langen Aufenthalt im Wasser in keiner Weise entstellt worden. »Kein Wunder, daß sie ihr Haar lang getragen hat.«

»Nicht anfassen!« ermahnte Sedgemoor sie.

Aber sie hatte bereits eine Haarlocke zwischen Finger und Daumen. »Fühlen Sie doch mal, wie weich es ist. Seien Sie nicht so penibel.«

»Das ist nicht der Punkt – so lauten nun mal die Vorschriften. Man darf nichts anfassen.«

Sie blickte lächelnd auf. »Sie haben sie doch eben aus dem Wasser gezogen. Da macht es doch wohl nichts, wenn ich ihr Haar berühre.«

»Ich habe meine Anweisungen«, sagte er förmlich, »und ich muß Sie dringend ersuchen, sich daran zu halten.«

»Wie Sie wünschen.« Sie richtete sich auf und benutzte die Taschenlampe, um ihre Erkenntnisse zu untermauern. »Abdruck eines Eherings an der linken Hand. Spuren von Nagellack auf Zehen- und Fingernägeln. Verbogene Zehen und gerötete Fersen. Weder ein Bauernmädchen noch eine Feministin, mein lieber Watson. Wo bleiben die denn? Sie müßten doch inzwischen da sein.«

Mit spürbarer Erleichterung erspähte Sedgemoor in einiger Entfernung das Blaulicht eines Polizeiwagens. Er schwang die Taschenlampe in einem weiten Bogen über dem Kopf.

Mit verwirrender Schnelligkeit war die einsam gelegene Stelle von hektischer Betriebsamkeit erfüllt, wie es der junge Constable bislang nur von Ausbildungsvideos kannte. Eine Funkstreife, zwei große Mannschaftswagen und ein Minibus fuhren über die Wiese. Als sie anhielten, sprang mindestens ein Dutzend Menschen heraus. Das Gebiet wurde mit weißem Polizeiband abgesperrt und mit Bogenlampen ausgeleuchtet. Zwei Detectives näherten sich der Leiche und blieben einige Zeit neben ihr stehen. Dann rückte die Spurensicherung an, und die Leute von der Gerichtsmedizin trafen ein. Ein Fotograf machte Aufnahmen, und man stellte einen

rung an alle Voyeure im Tal, sich den Beschlag vom Fernglas zu wischen und alle Welt an ihren Vergnügungen teilhaben zu lassen, aber er mußte zugeben, daß es die Mühe wert war. Ein dreißig Sekunden langer Fernsehspot brachte mehr Hinweise ein, als hundert Polizisten in einer Woche zusammengetragen hätten.

Spät am selben Abend, während die Anrufe ausgewertet wurden, rief er Jack Merlin an und erkundigte sich nach den Ergebnissen der Labortests. »Was genau hast du denn erwartet?« fragte der Pathologe in dem freundlichen, aber aufreizenden Tonfall, der sich anhörte, als gehöre er zu einer anderen, intelligenteren Lebensform.

»Vorläufig würde mir die Todesursache reichen.«

»Das, so fürchte ich, wird eine offene Frage bleiben, bis alle Ergebnisse vorliegen, und selbst dann ...«

»Jack, willst du mir etwa erzählen, daß diese verdammten Tests noch immer nicht abgeschlossen sind? Die Autopsie war gestern morgen, vor sechsunddreißig Stunden.«

Zur Strafe für diesen gereizten Ausbruch mußte Diamond sich einen Vortrag über den erforderlichen Zeitrahmen einer histologischen Gewebeuntersuchung anhören, die mindestens eine Woche brauchte, sowie über den Druck, unter dem das forensische Zentrallabor arbeitete. »Derzeit haben die so viel zu tun, daß es unter Umständen noch Wochen dauern kann, bis sie ein Ergebnis vorlegen.«

»Wochen? Hast du denen gesagt, daß die Todesursache ungeklärt ist? Begreifen die denn nicht, wie dringend es ist?« Diamond hatte einen Bleistift aufgehoben und zwischen die Zähne geklemmt. Er biß ins Holz. »Du willst also noch immer nicht bestätigen, daß sie ertrunken ist?«

»Ich kann nur sagen, daß die Todesursache nicht eindeutig ist.« Merlin zog sich hinter die Formulierung zurück, die er bei seinen Zeugenaussagen vor Gericht verwendete.

»Jack, alter Freund«, flötete Diamond. »Mit mir kannst du doch inoffiziell reden. Würdest du mir vielleicht mit einer ungefähren Schätzung des Todestages weiterhelfen?«

»Tut mir leid.«

»Na prima!« Der Bleistift zerbrach in zwei Hälften.

Es trat ein langes Schweigen ein. Dann: »Ich tue mein Bestes unter den gegebenen Umständen, Superintendent. Ich lasse mich nicht überrollen. Du mußt nun mal Rücksicht darauf nehmen, daß wir total unterbesetzt sind.«

»Jack, verschone mich bitte mit der Mitleidstour, ja? Ruf mich einfach an, sobald du was rausgefunden hast.«

»Das war stets meine Absicht.«

Diamond ließ den Hörer fallen, so daß er unterhalb der Arbeitsplatte baumelte. Der Telefonist hob ihn anstandslos auf und sammelte die Überreste des Bleistifts ein. Diamond stapfte quer durch den Raum, um festzustellen, welche Ergebnisse sein Fernsehaufruf bislang gezeitigt hatte, und stieß dabei das Karteikartenregister aus der Halterung.

John Wigfull, sein Stellvertreter, faßte zusammen: »Wir haben sieben Anrufer, die fest davon überzeugt sind, daß es sich bei dem Opfer um Candice Milner handelt.«

Nach einer Bedenkpause, ob die Sache überhaupt einer Erklärung bedurfte, sagte Wigfull: »›The Milners‹ – das ist eine Fernsehserie der BBC. Candice ist schon vor mindestens zwei Jahren aus der Story rausgeschrieben worden.«

»Herr, schenke mir Geduld! Sonst noch was?«

»Zwei sitzengelassene Ehemänner haben angerufen. Im einen Fall hat die Frau eine Nachricht hinterlassen, daß sie eine Woche verreisen wollte, um mal auszuspannen. Der Mann wohnt in Chilcompton. Und das ist sechs Monate her.«

»Sechs Monate. Die müßte längst vermißt gemeldet sein.«

»Ist sie auch. Das Foto ist nicht sehr ähnlich. Wir haben es weitergeleitet.«

»Ich werd's mir auch mal ansehen. Schicken Sie morgen jemanden zu dem Ehemann. Sonst noch was?«

»Das hier ist ein bißchen vielversprechender. Ein Farmer namens Troop aus Chewton Mendip hatte vor drei Wochen Streit mit seiner Frau, und sie hat sich von dem LKW-Fahrer, der die Milchkannen abholt, mitnehmen lassen. Seitdem hat der Gatte sie nicht mehr gesehen.«

»Hat er es nicht gemeldet?«

»Er wollte ihr Zeit lassen, wieder zur Vernunft zu kommen. Ist wohl nicht das erste Mal, daß sie so abgehauen ist.«

»Und er meint, daß das Bild seiner Frau ähnlich sieht?«

»Er nicht, Sir. Seine Schwägerin denkt das. Sie hat uns auch angerufen.«

Diamonds Augen weiteten sich ein wenig. »Irgendwas in den Akten? Beschwerden wegen Gewalttätigkeit?«

Wigfull nickte. »Eine. Am 27. Dezember 1988 hat Troop seine Frau anscheinend mit Fußtritten aus dem Haus befördert und sie nicht wieder reingelassen. Die Schwester hat das gemeldet. Ein Constable von Bath wurde rausgeschickt und hat die Blutergüsse gesehen. Aber die Frau wollte ihn nicht anzeigen. Sie hat gesagt, es sei schließlich Weihnachten.«

»Und den Menschen ein Wohlgefallen.« Diamond holte tief und mißbilligend Luft und atmete dann langsam wieder aus. »Was will man machen? John, wir beide kümmern uns am besten selbst um die Sache. Chewton Mendip ist kaum mehr als fünf Meilen vom See entfernt. Morgen vormittag unterhalte ich mich mit der Schwägerin – finden Sie den Namen des edlen Ritters von der traurigen Milchkanne raus.«

Wigfull grinste anerkennend. Jedes Anzeichen guter Laune seitens des Superintendent mußte bestärkt werden. Sie waren nicht gerade Busenfreunde. Wigfull war unter ungünstigsten Umständen zu Diamonds Assistent ernannt worden, genau zu dem Zeitpunkt, als der Missendale-Skandal erste Schlagzeilen machte. In den wenigen Monaten zuvor hatte Diamond ein beeindruckendes Debüt bei der Polizei von Avon und Somerset gegeben und zwei Morde aufgeklärt. Sein Assistent war ein Inspector namens Bill Murray gewesen, mit dem er sich gut verstand. Doch nur wenige Stunden nachdem Diamonds Beteiligung am Missendale-Fall bekannt geworden war, hatte man Murray nach Taunton versetzt, wo gerade ein Posten frei geworden war. Statt seiner kam John Wigfull von der Kripo-Verwaltung. Ob zu Recht oder Unrecht, Diamond war der festen Überzeugung, daß Wigfull ein Spitzel war, der der obersten Polizeibehörde jede Übertretung sogleich melden sollte. Anders als Bill Murray hielt Wigfull sich stets streng an die Vorschriften. Er hatte sich nach Kräften bemüht, sich bei seinen Kollegen lieb Kind zu machen. Bei seinem Vorgesetzten war ihm das bislang noch nicht gelungen.

»Sonst noch was?« fragte Diamond.
»Einige Anrufer, die was gesehen haben.«
»Und was, wenn ich fragen darf?«
»Überwiegend Horizontalgymnastik.«
»Keine Meldungen von Gewalttätigkeiten?«
»Bis jetzt noch nichts.«
»Nicht sonderlich viel, was? Möglicherweise muß ich Ende der Woche wieder in den Zeugenstand. Mal sehen, ob wir in Chewton Mendip irgendwas rausfinden. Wohnt da auch die Schwester?«

Es handelte sich um Mrs. Muriel Pietri. Ihr Mann Joe besaß eine Autowerkstatt an der A39, wo ein Schild versprach: »Preiswerte und zuverlässige Reparaturarbeiten. Wir bringen Sie wieder in Fahrt!« Die Polizei kam häufig vorbei, wenn sie Fälle von Fahrerflucht untersuchte. Diamond selbst fuhr früh am nächsten Morgen dorthin. Das Gespräch hätte auch von einem rangniedrigeren Beamten geführt werden können, aber die Aussicht auf ein Frage-und-Antwort-Spiel war sehr viel verlockender als wieder ein Morgen im Wohnwagen.

Der unangenehm süßliche Dunst von Lackfarbe hing in der Luft, als Diamond seinen massigen Körper ungeschickt zwischen beschädigten Fahrzeugen hindurchschob und dabei seinen grauen Anzug mit Rost beschmierte. Er hatte einen Sergeant dabei, der die Aussage zu Protokoll nehmen sollte.

Mrs. Pietri stand in der offenen Tür und trug ein geblümtes Kleid, das sie vermutlich nur anzog, wenn sie Besuch erwartete. Sie hatte sich für den besonderen Anlaß zurechtgemacht – nach allen Regeln der Kunst: Make-up, Lippenstift, Wimperntusche und irgendein billiges Parfüm, im Vergleich mit dem die Lackfarbe einen angenehmen Duft verbreitete. Sie war schlank, dunkelhaarig, sprach langsam und war zutiefst erschüttert von der Ungeheuerlichkeit dessen, was ihrer Meinung nach geschehen war. »Diesmal befürchte ich wirklich das Schlimmste«, sagte sie in ihrem breiten Somerset-Akzent, während sie die beiden Polizisten in ihr penibel aufgeräumtes Wohnzimmer führte. »Was Carl gemacht hat, ist eine richtige Schande. Der hat meine Schwester schlimm verdroschen. Schrecklich. Ich kann Ihnen Fotos zeigen, die mein Mann das letzte Mal gemacht hat, als die arme Elly zu uns gekommen ist. Grün und blau, sag' ich Ihnen. Ich hoffe bloß, daß Sie mit dem Scheißkerl das gleiche machen, wenn Sie zu ihm fahren. Der hat's echt nicht besser verdient, kein Stück. Setzen Sie sich doch.«

»Sie haben das Phantombild der tot aufgefundenen Frau gesehen?« fragte Diamond.

»Gestern abend in den Nachrichten. Das war Elly, da können Sie Gift drauf nehmen.«

»Sergeant Boon hat eine Kopie von dem Bild. Sehen Sie es sich bitte in Ruhe an. Und bedenken Sie, daß es sich lediglich um eine Zeichnung handelt.«

Sie reichte es fast sofort wieder zurück. »Ich schwöre, das ist Elly.«

»Was für eine Haarfarbe hat Ihre Schwester, Mrs. Pietri?«

»Rot – ein tolles Feuerrot. Das war das Schönste an ihr, und außerdem war es Natur. Andere Frauen geben ein halbes Vermögen beim Friseur aus, um so eine Farbe zu kriegen, und dann ist es nicht halb so schön, wie es das von Elly war.«

Die Vergangenheitsform untermauerte ihre Überzeugung, daß es sich bei der Toten um ihre Schwester handelte. Diamond machte jedoch deutlich, daß die Sache für ihn alles andere als klar war. »Feuerrot, sagen Sie. Heißt das knallrot?«

»Ich hab doch gesagt, daß es Natur war, oder? Kein Mensch hat knallrotes Haar, außer Punks und Popstars.«

»Ich muß es aber genau wissen.«

Sie deutete auf ein Zierkästchen aus Rosenholz, das auf dem Sideboard stand. »Ungefähr die Farbe.«

»Und die Augen – welche Farbe haben die?«

»Manche haben gesagt, sie seien haselnußfarben. Mir sind sie immer grün vorgekommen.«

»Wie groß ist sie?«

»So wie ich – einssiebzig.«

»Alter?«

»Momentchen – Elly ist zwei Jahre nach mir geboren. Dann muß sie vierunddreißig gewesen sein.«

»Sie sagten, daß Ihr Mann Fotos von ihr gemacht hat.«

»Nicht von ihrem Gesicht, guter Mann. Ihre Beine von hinten, wo sie Striemen hatte. Falls sie Beweise gebraucht hätte für die Scheidung. Ich glaube nicht, daß ich ein Bild von ihrem Gesicht habe, jedenfalls nicht seit der Schulzeit. Bei uns in der Familie haben wir nie viel Fotos gemacht.«

»Aber Sie sagten, daß Ihr Mann eine Kamera besitzt.«

»Fürs Geschäft. Er macht Schadensaufnahmen, falls die Versicherungsfritzen Ärger machen.«

»Ich verstehe.«

»Die Fotos von Ellys Beinen waren seine Idee.«

»Schadensaufnahmen.«

»Wenn Sie wollen, such' ich sie.«

»Jetzt nicht. Frzählen Sie mir, wie Sie erfahren haben, daß Ihre Schwester vermißt wird.«

»Tja, wo wir doch so nah beieinander wohnen, ist sie jeden Dienstagmorgen auf ein Schwätzchen hier gewesen. Letzten Dienstag ist sie nicht gekommen, und den Dienstag davor auch nicht, also hab ich angerufen und den Dreckskerl von Schwager gefragt, was mit meiner Schwester ist.«

»Und?«

»Der Mistkerl hat mir doch allen Ernstes erzählt, daß Elly mit Mr. Middleton, der immer die Milch abholt, abgehauen ist. Deine Schwester ist eine schamlose Person, hat er zu mir gesagt, schlimmer als die Huren von Babylon. Er hat sich auch noch andere Bezeichnungen für sie einfallen lassen, die nicht in der Bibel stehen. Ich kann Ihnen sagen, der hat von mir was zu hören gekriegt.«

»Wann soll das passiert sein?«

»Montag vor zwei Wochen, hat er gesagt. Ich habe ihm kein Wort geglaubt, und ich hatte recht. Da muß sie schon tot gewesen sein, schwamm schon nackt im Chew Valley See, die Arme. Soll ich mitkommen, um sie zu identifizieren?«

»Das wird vielleicht nicht nötig sein.«

»Fahren Sie jetzt rüber und verhaften den Scheißkerl?«

»Ich möchte, daß Sie Ihre Aussage unterschreiben, Mrs. Pietri. Der Sergeant wird Ihnen zeigen, wo.« Diamond stand auf und ging nach draußen.

Über Funk erreichte er Inspector Wigfull. »Was Neues?«

»Ja«, antwortete Wigfull. »Ich war gerade bei dem Milchmann zu Hause.«

»Middleton?«

»Ja.«

»Und?«

»Elly Troop hat mir die Tür aufgemacht.«

5 Jeder Detective wird bestätigen können, daß ein Mordfall in der modernen Polizeiarbeit so gut wie nie durch messerscharfe Schlußfolgerungen gelöst wird, die weniger geniale Menschen in bewunderndes Staunen versetzen. Ist die Identität des Täters nicht so offensichtlich, daß der Fall innerhalb weniger Stunden geklärt wird, ist fast jede Ermittlung mühsam und erfordert Hunderte von Arbeitsstunden von Polizeibeamten, Labortechnikern und Verwaltungsleuten. Falls die Überführung eines Täters überhaupt als Verdienst bezeichnet werden kann, so muß es einer Vielzahl von Einzelpersonen zugesprochen und zugleich aufgrund von verwaltungstechnischen Verzögerungen, falschen Annahmen und mitunter verhängnisvollen Irrtümern eingeschränkt werden. Heutzutage ist die Arbeit bei der Kriminalpolizei kein Sport für Ruhmsüchtige.

Nach dem unergiebigen Gespräch mit Mrs. Pietri kehrte Diamond in die mobile Einsatzzentrale zurück und tigerte ruhelos auf und ab. Er sah sich erneut die Vermißtenliste von Avon und Somerset und den angrenzenden Counties an und ließ seinen Ärger an einer Sekretärin aus, als er feststellte, daß die Liste seit dem letzten Mal nicht auf den neuesten Stand gebracht worden war. Es herrschte dicke Luft im Wohnwagen, während die junge Frau in Tränen ausbrach, als er ihr auch noch weitere Mängel an der Liste zum Vorwurf machte, für die sie absolut nicht verantwortlich war.

Die Rückkehr von Inspector Wigfull hätte die angespannte Atmosphäre eigentlich auflockern müssen. Wigfull, Sonnenschein der Mordkommission, wie er von Diamond abschätzig genannt wurde, hatte stets für jeden ein aufmunterndes Wort parat, auch für die Verwaltungskräfte, die er allesamt mit Vornamen ansprach. Er war sozusagen die Briefkastentante, bei der man sich ausweinen konnte. Er lächelte viel, und selbst wenn er nicht lächelte, sah er immer noch so aus, als würde er es tun, weil die Spitzen seines prächtigen Schnurrbartes sich keck nach oben bogen. Diesmal jedoch bekam Diamond schon beim ersten Anblick von Wigfull, der die Stufen hochkam und dabei mit seinen Wagenschlüsseln Fangen spielte, einen weiteren Wutanfall.

»Das hat aber gedauert.«

»Tut mir leid, Sir. Mrs. Troop war ziemlich fertig mit den Nerven. Sie hat Rat gebraucht.«

»John, wenn Sie in die Partnerschaftsberatung gehen und weinenden Ehefrauen das Händchen halten wollen, dann tun Sie's doch, zum Donnerwetter. Es mag Ihrer Aufmerksamkeit entgangen sein, aber ich ermittle gerade in einem Mordfall, und falls Ihnen das nicht recht ist, sollten Sie es mir lieber gleich sagen. Dann fordere ich nämlich jemanden an, auf den ich mich verlassen kann.«

»Sie ist von ihrem Mann geschlagen worden, Sir. Ich habe ihr gesagt, daß sie diesmal Anzeige erstatten soll.«

»Sozialarbeit«, sagte Diamond in einem Tonfall, als ob es sich um eine Krankheit handelte, die durch schlechte hygienische Verhältnisse hervorgerufen wird. »Sie sind Detective. Und ich sitze hier die ganze Zeit auf dem trockenen.«

»Hat es irgendwelche neuen Entwicklungen gegeben?«

Diamond winkte mit einer Hand ab und stieß dabei eine Schachtel Büroklammern um. »Natürlich hat es, verdammt noch mal, keine gegeben. Wie denn auch, wenn Sie sich bei einer Tasse Kaffee in Chewton Mendip die Ohren vollweinen lassen? Drei Tage, und ich habe mir bisher nichts als einen Sonnenbrand auf der Glatze geholt. Die Karre sitzt ziemlich im Dreck, solange wir nicht wissen, wer die Leiche ist.«

»Vielleicht sollten wir noch mal die Vermißtenliste durchgehen?« schlug der glücklose Inspector vor.

Der ganze Raum schien den Atem anzuhalten, was sich jedoch als überflüssig erwies. Diamond befand, daß er seinen Blutdruck in gefährliche Höhen getrieben hatte, und sagte in dem milden Tonfall, der, wie er wußte, effektiver war als wildes Gebrüll: »Das versuche ich ja gerade.«

»Aber nur für dieses Gebiet?«

»Und für Wiltshire.« Er grabschte einen Packen dünner Blätter und wedelte damit herum. »Eine verflucht lange Liste, und jede Woche kommen über siebzig dazu.«

Wigfull räusperte sich und sagte: »Der ZPC kann uns bestimmt helfen.«

Diamond mußte einen Augenblick überlegen. Sein Verstand war nicht auf Abkürzungen getrimmt, und alle, die ihn besser kannten, hätten es vermieden, ihn in dieser Situation auch noch auf den zentralen Polizeicomputer anzusprechen. »Ja«, sagte er verächtlich, »indem er uns zwanzigtausend Namen liefert.«

»Die Zahl läßt sich begrenzen, wenn man sämtliche zur Verfügung stehenden Daten eingibt«, erklärte Wigfull. »In diesem Fall: rothaarige Frauen unter Dreißig.«

Tatsächlich wußte Diamond in etwa, wie der ZPC funktionierte; ansonsten hätte er bei der Kripo gar nicht überleben können. Er ärgerte sich bloß über den allgemein verbreiteten Glauben, das Ding sei ein Allheilmittel. »Vorläufig arbeiten wir mit unseren Listen«, entgegnete er. »Ich will die neuesten Informationen zu jedem Namen, den ich markiert habe, und keine dämlichen Daten, wie Sie es nennen. Ich will wissen, was für Menschen das sind. Und zwar bis halb vier heute nachmittag. Dann halte ich eine Konferenz ab.«

»In Ordnung, Mr. Diamond.«

»Das wird sich noch rausstellen. Ihnen ist vielleicht aufgefallen, daß ich nervlich ein wenig angespannt bin, Mr. Wigfull. Irgendwo da draußen läuft ein Mörder herum. Und wir machen herzlich wenig Fortschritte bei dem Versuch, ihn zu schnappen. Himmel, wir wissen ja noch nicht mal, wie er's gemacht hat.«

»Sieht ganz so aus, als würden wir den ZPC brauchen«, sagte Wigfull.

Diamond wandte sich leise schimpfend ab, um weitere Meldungen zu überprüfen, die seit seinem Aufruf an die Bevölkerung eingegangen waren. Das Phantombild war in der

Montagsausgabe des »Bath Evening Chronicle« und der »Bristol Evening Post« erschienen. »Noch zwei weitere zu Candice Milner«, rief er kurz darauf Wigfull zu. »Das sagt einiges über die Werte unserer Gesellschaft aus, wenn die Leute nicht mehr in der Lage sind, zwischen dem wirklichen Leben und einer bescheuerten Fernsehserie zu unterscheiden.« Damit er aus dieser verbitterten Stimmung herauskam, würde ein Durchbruch von kosmischen Ausmaßen erforderlich sein.

Um von dem ständigen Piepen der Telefone wegzukommen, beschloß er, die Konferenz in dem Minibus abzuhalten, der neben der Einsatzzentrale geparkt war. Und so saßen um drei Uhr dreißig vier leitende Beamte der Mordkommission unbequem zusammengedrängt mit ihm im hinteren Teil des Fahrzeugs und trugen ihre Ergebnisse vor.

Wigfull hatte am Telefon einiges erreicht: Er konnte Genaueres über drei vermißte Frauen berichten, deren Beschreibungen vage mit der Toten aus dem See übereinstimmten. »Janet Hepple ist geschieden, dreiunddreißig, arbeitet gelegentlich als Künstlermodell in Coventry. Rotes Haar, einssiebzig. Vor sieben Wochen hat sie ihre Wohnung verlassen, die Miete war unbezahlt, und seitdem ist sie nicht mehr gesehen worden. Anscheinend paßt das nicht zu ihr. Alle haben sie als ehrlich und verläßlich beschrieben.«

Diamond zeigte sich unbeeindruckt: »Und die zweite?«

»Sally Shepton-Howe aus Manchester, seit dem 21. Mai vermißt. An dem Tag hatte sie Streit mit ihrem Mann und ist weggelaufen. Sie verkauft Kosmetika in einem Kaufhaus in der Stadt. Haarfarbe wurde als kastanienbraun beschrieben, grüne Augen, zweiunddreißig, attraktiv. Eine Frau, auf die ihre Beschreibung paßt, wurde am Abend desselben Tages gesehen, wie sie an einer Raststätte an der M6 Richtung Süden trampte.«

»Das nenn' ich das Schicksal herausfordern. Wer noch?«

»Die hier ist was Besonderes. Schriftstellerin aus West-London, Hounslow. Schreibt Liebesromane. Wie heißen noch mal die Bücher, die Frauen überall kaufen?«

»Herz-und-Schmerz-Romane?«

»Nein, ich meine den Verlag.«

»Keine Ahnung. Ich lese nur Science-fiction.«
»Egal, sie schreibt sie jedenfalls. Heißt Meg Zoomer.«
»Zoomer. Ist das ein Pseudonym?«
»Nein, echt, offenbar der Name ihres dritten Mannes.«
»Der dritte?« fragte Diamond. »Wie alt ist die Frau?«
»Vierunddreißig. Anscheinend lebt sie wie eine Figur aus ihren Büchern. Hungrig nach Liebe. Sie trägt einen dunkelgrünen Umhang und läßt sich das Haar lang wachsen. Es ist kastanienrot. Jedenfalls fährt sie in ihrem MG-Sportwagen durch die Gegend und sucht nach Eindrücken, die sie in ihren Büchern verwerten kann.«
»Da nimmt dich jemand auf die Schippe, John«, sagte Keith Halliwell, der Inspector, der die Befragung der Anwohner geleitet hatte.
»Das will ich niemandem geraten haben«, sagte Diamond ernst. »Wir sind hier auf Mörderjagd, nicht auf Zechtour. Also weiter. Wann wurde Mrs. Zoomer zuletzt gesehen?«
»Am 19. Mai, auf einer Party in Richmond. Sie ist kurz nach Mitternacht gegangen, und zwar mit einem Mann, der offenbar gar nicht eingeladen war. Alle sind davon ausgegangen, daß er in Begleitung eines geladenen Gastes gekommen war. Groß, dunkelhaarig, ungefähr dreißig, kräftig gebaut, leichter französischer Akzent.«
»Wie einem ihrer Bücher entsprungen«, meinte Halliwell. »Wie ist er denn gekommen – Porsche oder Vierspänner?«
»Schluß jetzt, verstanden?« fauchte Diamond. Für ihn war Halliwell eine Nervensäge, weshalb er ihn zur Befragung der Anwohner verdonnert hatte. »Wer hat die Sache gemeldet?«
»Die Nachbarin, Sir. Sie hat jeden Morgen die Milch reingeholt, bis sie keinen Platz mehr im Kühlschrank hatte.«
»Hat ihr schon jemand das Phantombild gezeigt?«
»Geschieht gerade. Und Scotland Yard versucht, Mrs. Zoomers Zahnarzt ausfindig zu machen, um die Unterlagen einzusehen.«
»Ein Künstlermodell, eine Verkäuferin und eine Schriftstellerin«, faßte Diamond zusammen und rümpfte die Nase. »Ist das alles?«

»Das sind die als vermißt gemeldeten rothaarigen Frauen, auf die unsere Beschreibung mehr oder weniger zutrifft, Sir.«

»Ich hätte mehr von Ihnen erwartet.«

Wigfull konterte mit der Bemerkung: »Bei allem Respekt, Sir, der ZPC hätte uns mehr liefern können.«

Nach kurzem beklommenem Schweigen sagte Diamond friedlich: »Na schön. Kümmern Sie sich drum.«

Wigfull zog vielsagend eine Augenbraue hoch und sah zu Halliwell hinüber. Das hätte er nicht tun sollen.

»Da wir unser Netz nun weiter auswerfen«, fuhr Diamond sachlich fort, »sollten wir vielleicht auch unsere Datenbank erweitern.«

Dieser Terminus aus dem Munde des »letzten Detectives« verschreckte sie alle. »Was genau meinen Sie damit, Mr. Diamond?« fragte Wigfull arglos.

»Brünette. Viele Menschen haben unterschiedliche Vorstellungen von rotem Haar. Unsere Frau ist eigentlich nicht fuchsrot, sondern eher rötlich-braun.«

»Eher rot als braun, Sir.«

»Manche würden es vielleicht braun nennen. Lassen Sie auch die Brünetten vom ZPC überprüfen.«

Wigfull verstummte, was sehr angenehm war. Die Konferenz dauerte noch zwanzig Minuten, in denen die entmutigenden Ergebnisse der Haus-zu-Haus-Befragungen, der Suchaktionen und der Medienappelle vorgetragen wurden. Als sie schließlich alle aus dem Minibus geklettert waren und ihre Glieder reckten, trat der stille, ehrgeizige Inspector Croxley – er hielt sich selbst für den aufsteigenden Stern am Himmel – an Diamond heran und sagte: »Ich wollte das drinnen nicht sagen, Sir, aber mir ist da was eingefallen. Wir gehen alle von einem Mord aus, weil sie nackt aufgefunden wurde, aber es gibt nicht den geringsten Hinweis auf Gewalteinwirkung.«

»Bis jetzt. Der Laborbericht liegt noch nicht vor.«

»Falls sich herausstellt, daß es die Schriftstellerin ist, würden Sie dann nicht vielleicht doch Selbstmord als Möglichkeit in Erwägung ziehen, Sir?«

»Was?«

»Selbstmord. Im Fernsehen hab ich mal eine Sendung über eine berühmte Autorin gesehen. Ich meine eine Dokumentation, kein Fernsehspiel. Sie war irre, zugegeben, aber sie hat sich umgebracht, indem sie ins Wasser gegangen ist. In den vierziger Jahren, während des Krieges. Sie ist ertrunken. Wir wissen, daß Meg Zoomer ziemlich überspannt ist, so wie sie sich kleidet und überhaupt. Angenommen, sie hat Depressionen gehabt und beschlossen, sich das Leben zu nehmen. Würde diese Art nicht zu ihr passen – als dramatische Geste?«

»Splitternackt? Hat sich die Frau im Fernsehen auch ausgezogen, bevor sie ins Wasser gegangen ist?«

»Äh, nein Sir.«

»Das wäre dann des Guten zuviel, nicht?«

»Verzeihung?«

»Die dramatische Geste. Noch einen draufsetzen.«

»So was in der Art. War nur so eine Idee.«

»Eins spricht allerdings für Ihre Theorie, Inspector. Ich habe schon von Fällen gehört, wo Menschen ihre Kleidung am Ufer zurückgelassen haben. Ist nicht ungewöhnlich. Dieser Labour-Abgeordnete ...«

»Stonehouse.«

»Richtig. Bloß hat er seinen Selbstmord vorgetäuscht. Die Leute sollten seine Kleidung finden und annehmen, er wäre ertrunken. Hier aber, Inspector, haben wir keinen Haufen Kleider und keine Leiche. Wir haben eine Leiche und keine Kleider. Sollten Sie am See Frauenkleidung finden, darunter einen langen grünen Umhang, könnte ich Ihre Theorie vielleicht akzeptieren.« Hoch erhobenen Hauptes marschierte Diamond hinüber zur Einsatzzentrale.

Während des langen Sommers hatte er sich gelegentlich, wenn die Arbeitsbelastung nicht allzu groß war, in der Mittagspause ein paar Sandwiches gekauft und sich zwischen den Touristen auf eine der Holzbänke gesetzt, die auf dem gepflasterten Platz vor der Westfront der Abteikirche standen. Dort hatte er dann regelmäßig zwanzig angenehme Minuten mit der Lektüre von »Fabian vom Yard« verbracht, das er für zehn Pence auf einem Wohltätigkeitsbazar gekauft hatte.

»Fabian vom Yard«. Hübscher Titel. Kein Wunder, daß so viele berühmte Detectives, von Fred Cherrill bis Jack Slipper, das Anhängsel »... vom Yard« für ihre Memoiren benutzt hatten. Diamond von der Polizei von Avon und Somerset klang beileibe nicht so schön. Gut, daß er nicht vorhatte, sich schriftstellerisch zu betätigen.

Hin und wieder hatte er bei diesen sommerlichen Mittagspausen von seinem Buch aufgeschaut. Die Türme zu beiden Seiten des großen Westfensters waren mit Steinmetzarbeiten aus dem sechzehnten Jahrhundert verziert, die Engel auf zwei Leitern darstellten. Diamond erschienen diese Arbeiten eher bizarr als dekorativ. Die verwitterten Gestalten schwebten in mathematisch exakten Abständen voneinander auf den Sprossen der beiden Leitern, die in den Himmel hinaufführten. Viele Leute meinten, daß es sich um eine Darstellung der Jakobsleiter handelte. Doch die offizielle Version lautete, daß es sich um Oliver Kings Leiter handelte, denn der gleichnamige Bischof, der 1499 den Neubau des Gotteshauses in Auftrag gab, hatte eisern behauptet, daß der Traum von der Leiter zum Himmel sein eigener gewesen war, und wer wollte schon die Integrität eines Bischofs anzweifeln? Jene unglücklichen Engel, die für immer in ihrer Position erstarrt waren und sich nur durch die zerstörende Einwirkung von Wind, Regen und Luftverschmutzung veränderten, erschienen ihm wie Symbole enttäuschter Hoffnung und nicht wie Boten himmlischer Verheißung. Peter Diamond kannte dieses Gefühl. Als er während einer Mittagspause mal wieder die Westfront der Kirche betrachtete, hatte er sozusagen seine eigene Offenbarung erlebt, denn plötzlich sah er die leitenden Beamten der Kripo von Avon und Somerset an den Sprossen hängen. Das Bild tauchte häufig in ihm auf, wenn er sie alle zusammen sah.

Am späten Mittwoch vormittag kam ein Anruf von Dr. Merlin, dem Pathologen. Aus unerfindlichen Gründen hatte Diamond den Tag in freundlicher Stimmung begonnen. Er schlenderte durch den Raum, dankte der jungen Frau, die ihm den Hörer reichte, und sagte: »Wir haben hier einen wundervollen Morgen, Jack. Wie sieht's in Reading aus?«

»Hör mal. Deinetwegen bin ich den Leuten im Labor auf die Füße getreten«, berichtete Merlin, offenbar verärgert über Diamonds jovialen Ton. »Sie haben mir unter der Hand ein paar vorläufige Ergebnisse zukommen lassen.«

»Und?«

»Es war unmöglich, definitiv festzustellen, woran sie starb.«

»Das nennst du ein Ergebnis?«

»Es bestätigt meinen ersten Eindruck.«

»Den habe ich doch nie angezweifelt.«

Der fehlende Zweifel bei Diamond schien die Frage für den Pathologen jedoch nicht zu klären. »Es ist nach wie vor denkbar, daß sie ertrunken ist.«

Diamond seufzte. »Das haben wir doch durchgekaut. Läßt sich denn noch nicht genauer sagen, was die Todesursache war? Oder anders gefragt, Jack«, fügte er hastig hinzu, da er nicht wollte, daß Merlin den Hörer aufknallte, »können wir irgendwas ausschließen? Zum Beispiel toxische Substanzen?«

»Dafür ist es noch zu früh. Es sind zwar keine festzustellen, aber du darfst nicht vergessen, daß beim Tod durch Ertrinken, besonders in Süßwasser, das Blutvolumen enorm ansteigt – bis zu hundert Prozent innerhalb weniger Minuten –, und zwar aufgrund der osmotischen Aufnahme von Süßwasser durch die Lungenmembrane. Dadurch wird jede eventuell vorhandene Konzentration von Drogen oder Alkohol im Blut enorm verwässert. Das Analyseergebnis einer Autopsieprobe kann daher unter Umständen bloß die Hälfte des Wertes ausweisen, der kurz vor dem Tod feststellbar gewesen wäre.«

»Jack, mal angenommen, sie ist nicht ertrunken, und die Leiche wurde nach Eintritt des Todes in den See geworfen. Gibt es einen möglichen Hinweis auf die Todesursache?«

»Im wesentlichen scheint sie eine gesunde junge Frau gewesen zu sein. Ausschließen können wir eine Erkrankung der Koronararterien oder Myokarditis oder Diabetikerkoma oder Epilepsie.«

»Ich rieche förmlich, daß du was weißt«, sagte Diamond. »Du spannst mich absichtlich auf die Folter, du Hund.«

»Ich erzähle Ihnen diese Dinge, Superintendent, weil meine Schlußfolgerung ohne sie bestenfalls hypothetisch ist. Bei der

Autopsie sind mir eine Anzahl von stecknadelkopfgroßen Blutungen in den Augenmembranen aufgefallen. Außerdem konnte ich einige in der Kopfhaut und in geringerem Umfang in Gehirn und Lunge feststellen. Das Vorhandensein von Kapillarblutungen läßt verschiedene Deutungen zu, die von anderen Ergebnissen abhängen.«

»Also gut, Kumpel, ich hab verstanden. Du bist nicht hundertprozentig sicher. Aber worauf würdest du Geld setzen?«

Merlins Tonfall am anderen Ende der Leitung verriet, daß er seine sachverständige Meinung nicht gern mit Glücksspiel in Verbindung gebracht sah. »Da keine äußeren Verletzungen vorliegen, würde ich dazu tendieren ...«

»Mann, jetzt mach schon!«

»... Asphyxie als Todesursache anzunehmen.«

»Asphyxie?«

»Du siehst also, wie schwierig das ist. Ertrinken ist eine Form von Asphyxie.«

Diamond stöhnte. »Aber Ertrinken hast du doch gerade ausgeschlossen.«

»Das habe ich nicht.« Nach einer Pause sagte Merlin: »Es gibt ein Phänomen, das man trockenes Ertrinken nennt.«

Diamond überlegte kurz, ob man ihn auf den Arm nehmen wollte. »Hast du gerade trockenes Ertrinken gesagt?«

»Das passiert ungefähr bei einem von fünf Fällen. Der Kehlkopf des Opfers verkrampft sich beim ersten Eindringen von Wasser, so daß nur sehr wenig in die Lunge eindringt. Die Leute ertrinken, ohne daß sie wirklich Wasser geschluckt oder eingeatmet hätten. Trockenes Ertrinken, klar?«

»Und was ist mit den Blutungen, die du festgestellt hast?«

»Die würden auch hier auftreten, wie bei jedem Fall von Asphyxie.«

»Was bedeutet, daß sie doch ertrunken sein kann? Das hilft mir nicht viel weiter. Das hilft mir kein bißchen weiter.« Diamond kam allmählich wieder in Rage. »Das war kein Badeunfall, Jack. In den Talsperren ist Schwimmen verboten. Und außerdem war sie nackt. Ihr Ehering fehlte.«

»Würdest du mir einen Moment zuhören?« fragte Merlin.

»Red weiter.«

»Um deine Frage zu beantworten, wenn du Ertrinken ausschließen kannst und wenn wir feststellen können, daß weder Drogen noch Alkohol im Spiel waren, dann wäre die wahrscheinlichste Erklärung die, daß sie mit einem weichen Gegenstand, beispielsweise einem Kissen, erstickt worden ist, bevor man sie ins Wasser gelegt hat.«

»Wir haben's«, teilte Diamond seiner Zuhörerschaft im Wohnwagen mit.

»Das habe ich nicht gesagt. Ich versuche nur, Wahrscheinlichkeiten abzuwägen. Tod durch Ersticken ist schon im günstigsten Fall schwer festzustellen«, sagte der Pathologe scharf.

»Dasselbe hast du auch vom Ertrinken behauptet. Jack, manchmal frage ich mich, ob du das auch von einem Dolch behaupten würdest, der noch im Herzen steckt.« Diamond knallte den Hörer auf und sah sich um. »Wo zum Teufel steckt Wigfull?«

»Draußen, Sir«, sagte ein Sergeant. »Die Presseleute sind angekommen.«

Diamond fluchte und verließ den Raum. Eine der Sekretärinnen sagte zu niemand Bestimmtem: »Ich wünschte, wir wären wieder im Präsidium.«

»Warum?« fragte der Sergeant sie.

»Weil er mir Angst macht, darum. Ich bin ihm nicht gern so nahe. In diesem engen Wohnwagen kann man ihm nicht ausweichen. In einem richtigen Einsatzraum ist mehr Platz. Und dauernd zerbricht er irgendwelche Sachen. Hast du ihn mal beobachtet? Alles macht er kaputt – Pappbecher, Bleistifte, er nimmt sie in die Hand, und schon macht es knack. Das geht mir auf die Nerven.«

Der Sergeant grinste: »Auf die Weise ist er dahin gekommen, wo er heute ist, weil er Sachen geknackt hat.«

Draußen beendete Wigfull auf einen Wink von Diamond hin das Presseinterview, und die beiden Männer machten einen Spaziergang am See entlang, vorbei an Anglern, die in großen Abständen am Ufer saßen. Wigfull wartete, bis Diamond ihm das Neueste von Merlin berichtet hatte, und sagte dann mit seinem üblichen Optimismus: »Das ist ein großer Schritt nach vorn.«

»Könnte es sein, wenn wir endlich rausfinden würden, wer sie ist«, sagte Diamond und vertraute dann seinem Assistenten an: »Ich kann noch nicht mal Mitleid für die Frau empfinden, solange ich nichts von ihr weiß – ihren Namen, ihren Hintergrund. Ich muß mich von dem, was einem Opfer zugestoßen ist, anrühren lassen, aber in diesem Fall ist das nicht möglich. Sie ist bloß eine Leiche. Und das reicht nicht.«

»Aber einiges wissen wir doch«, wandte Wigfull ein. »Sie war verheiratet. Sie hat Wert auf ihr Äußeres gelegt. Sie war nicht heruntergekommen.«

»Das sage ich mir ja selbst dauernd. Mittlerweile müßte doch jemand bemerkt haben, daß diese Frau vermißt wird. Seit über zwei Wochen. Sie muß Bekannte gehabt haben, Freunde, Familie oder Kollegen. Wo sind die?«

»Ich kümmere mich um die vermißten Frauen, über die wir gestern gesprochen haben, und ich habe noch eine lange Liste von Brünetten, die wir überprüfen sollten.«

Diamond trat wütend gegen einen Tannenzapfen. Sie gingen auf demselben Weg zurück. Bevor sie die Ansammlung von Polizeifahrzeugen erreicht hatten, die im abgesperrten Bereich parkten, kam ein Polizist auf einem Motorrad über den Feldweg gefahren und hielt neben der Einsatzzentrale. Er ging hinein, erfuhr dort offenbar, wem er seine Botschaft überbringen sollte, kam wieder heraus und marschierte auf Peter Diamond zu. Er überreichte ihm einen braunen Umschlag, der laut Absender vom Polizeipräsidium in Bristol abgeschickt worden war.

»Bestimmt meine Beförderung«, witzelte Diamond, während er ihn öffnete. Darin befand sich ein gefaxtes Diagramm. »Nein«, sagte er, »kommt vom Yard. Mrs. Zoomers zahnärztliche Unterlagen. Ich muß Ihnen leider mitteilen, Mr. Wigfull, daß Ihre exzentrische Schriftstellerin zwei überflüssige Weisheitszähne hat. Zwei mehr als unsere Frau im See.«

Am späten Nachmittag wurde beschlossen, das Lager abzubrechen. Die Vernehmung der Anwohner und das Absuchen des Sees waren beendet. Die Leute von der Spurensicherung waren schon lange weg. Es schien sinnvoll, zurück nach Bristol zu fahren.

Abermillionen von Mücken vollführten ihren Abendtanz über dem See, als der letzte Polizeiwagen den Fundort verließ und durch Bishop Sutton in Richtung A37 fuhr. Auf dem Rücksitz bemerkte Diamond: »Wissen Sie, was mich hier am meisten deprimiert hat?«

John Wigfull schüttelte den Kopf.

»Diese verdammten Angler. Die haben mehr gefangen als wir.« Kurz vor Whitchurch kam eine Nachricht über Funk. Es war der diensthabende Sergeant vom Polizeirevier Manvers Street in Bath.

»Ich weiß ja nicht, ob das für Ihren Fall wichtig ist, Sir. Hier hat gerade ein Mann seine Frau als vermißt gemeldet. Sie heißt Geraldine Snoo, Sir.«

»Snoosir?«

»Snoo. Geraldine Snoo.«

Neben ihm öffnete Wigfull den Mund, um etwas zu sagen, aber Diamond hob abwehrend die Hand.

Der Sergeant fügte hinzu. »Sie ist dreiunddreißig, und er beschreibt ihr Haar als kastanienbraun.«

»Wann hat er sie zuletzt gesehen?«

»Vor etwa drei Wochen.«

Diamond schlug die Augen mit beinahe andächtigem Ausdruck der Dankbarkeit gen Himmel. »Ist er noch bei Ihnen?«

»Jawohl, Sir.«

»Behalten Sie ihn da. Lassen Sie ihn um Gottes willen nicht weg. Wie heißt der Mann?«

»Professor Jackman.«

»Professor? Moment mal. Er heißt Jackman, er ist der Ehemann, aber eben haben Sie gesagt, daß die Frau Snoo heißt.«

»Unter dem Namen ist sie bekannt, Sir. Sie ist Schauspielerin. Also, das ist eigentlich untertrieben. Sie ist ein Star. Kennen Sie ›The Milners‹, die Fernsehserie? Geraldine Snoo hat die Candice gespielt.«

Diamond hatte die Fensterkurbel zu fest gepackt. Mit einem Ruck riß sie aus der Halterung.

6 Wenn ein Serienstar schon irgendwo wohnen mußte, dann konnte es auch in Bath sein, dieser blitzblanken Stadt im Südwesten Englands. Reihen von georgianischen Häusern ziehen sich elegant geschwungen zwischen sieben grünen Hügeln dahin und lenken das Auge von allem ab, was weniger ansehnlich ist. Gleich nach dem Tourismus kommt das Reinigen von Fassaden als wichtigster Wirtschaftszweig; die gelben Seiten führen vierundfünfzig Firmen in dieser Branche auf. Hochdruckwasserstrahler haben aus alten verrußten Gebäuden die glänzenden Kulissen für solche Fernsehspiele gemacht, wie sie die Briten angeblich am besten beherrschen. Bath hat eine zweitausendjährige Geschichte, aber es nimmt nur die römische und die georgianische Epoche wahr. Manche Menschen behaupten, Bath sei ein einziges Freiluftmuseum, und wer eine richtige Stadt sehen wolle, sollte ins dreizehn Meilen weiter westlich liegende Bristol fahren. Wenn man das tat, wie Peter Diamond jeden Morgen, erlebte man den Fluch einer richtigen Stadt – ihren Verkehr. Wie der Serienstar und die Gebäudereiniger war er froh, in Bath zu wohnen.

Sein Haus am Wellsway lag nur etwa zwanzig Minuten entfernt – südlich der Eisenbahnlinie. Nicht gerade die feinste Gegend der Stadt, aber mehr konnte sich auch ein Detective in höherer Position nun einmal nicht leisten.

Er tänzelte förmlich über den Parkplatz und die Treppe zum Polizeirevier Manvers Street hinauf. Die kleine Peinlichkeit seiner Bemerkungen über die Menschen, die angerufen und die Tote als Fernsehstar identifiziert hatten, war bereits vergessen. Er hielt nichts davon, sich über einmal gemachte Fehler zu ärgern. Hier ging es um wesentlich mehr als um seine Selbstachtung. Bei einer großen Untersuchung kam es darauf an, daß der leitende Beamte eine Gelegenheit beim Schopf packte, wenn sie sich ihm bot. Diamond war sicher, daß der Augenblick gekommen war. Jetzt, wo er den verdammten See endlich hinter sich gelassen hatte, würde alles gut werden. Der diensthabende Beamte, den er gut kannte, erwartete ihn.

»Ist er noch da?«

Der Sergeant nickte und deutete dann pantomimisch übertrieben auf eine Tür. Diamond senkte die Stimme nur wenig. »Wie benimmt er sich?«

»Er ist sehr in Sorge wegen seiner Frau.«

»Das sollte er auch, nach drei Wochen.«

»Er war viel unterwegs, sagt er. Er hat gedacht, sie wäre bei Freunden.«

»Und hat bis jetzt gewartet, bevor er nach ihr gesucht hat? Was halten Sie von ihm?«

Der Sergeant preßte die Lippen aufeinander, als ob die Frage einfach zu schwer wäre. »Einen Professor stell ich mir anders vor, Sir.«

»Die sehen nicht alle aus wie Einstein. Sagt er die Wahrheit über seine Frau? Das will ich wissen.«

»Ich denke schon, wieso sollte er sonst herkommen?«

Diamond antwortete mit einem Blick, der besagte, daß er sich etliche Gründe dafür denken konnte. »Weiß er von der Leiche aus dem Chew Valley Lake?«

Der Sergeant nickte. »Freunde haben es ihm erzählt.«

»Was bedeutet schon eine ermordete Ehefrau unter Freunden? Hat er das Bild gesehen, das wir veröffentlicht haben?«

»Erwähnt hat er es nicht.«

»Gut. Nun stehen Sie nicht da wie ein Weihnachtsbaum. Es gibt viel zu tun. Ich schlage vor, daß wir die Einsatzzentrale hier einrichten. Wir waren zwar schon auf dem Weg nach Bristol, aber jetzt hat sich alles geändert. Organisieren Sie das, ja? Und ich brauche jemanden, der die Aussage zu Protokoll nimmt.« Mit der selbstbewußten Ausstrahlung eines Menschen, der gleich seiner Lieblingsbeschäftigung nachgehen wird, stieß er die Tür zum Büro auf, in dem der Professor wartete, der seine Frau verloren hatte. »Mein Name ist Diamond«, verkündete er, »Detective Superintendent Diamond.«

Ihm war sofort klar, was der Sergeant gemeint hatte. Der Mann, der da neben dem Fenster stand, sah nicht aus wie ein Professor, sondern wie ein Sportler. Er wirkte, als hätte er sich gerade nach einem Match über fünf Sätze in Wimbledon geduscht und umgezogen. Natürlich verstärkten die Schulterpolster in seinem schwarzen Leinenjackett diesen Eindruck, aber auch ohne sie wäre er nicht als Akademiker durchgegangen. Er konnte nicht viel älter als dreißig sein. Er trug keine Krawatte, bloß ein himmelblaues Baumwollhemd, dessen obere Knöpfe geöffnet waren, so daß eine goldene Halskette zu sehen war. Sein dichtes schwarzes Haar war gut geschnitten, und er trug einen mexikanisch wirkenden Schnurrbart. Der Geldmarkt war schon fest in der Hand von jungen Männern. Übernahmen sie jetzt auch die Universitäten? »Gregory Jackman«, stellte er sich mit reinster Yorkshire-Intonation vor. »Wissen Sie etwas Neues über meine Frau?«

Wie üblich verweigerte Diamond eine Antwort. »Sie sind Professor, wie ich höre. Hier in Bath?« Jackman nickte.

»In welchem Fach?«

»Englisch. Hören Sie, ich bin wegen meiner Frau hier.«

Eine Polizistin kam mit einem Stenoblock herein. »Sie haben doch nichts dagegen, wenn wir uns Notizen machen?« erkundigte sich Diamond.

»Nein. Wieso sollte ich?«

»Dann nehmen Sie bitte Platz. Nur fürs Protokoll muß ich Sie darauf hinweisen, daß Sie nicht aussagen müssen, wenn Sie es nicht wünschen, aber daß alles, was Sie aussagen, auch gegen Sie verwendet werden kann. So, und nun erzählen Sie mir von Ihrer Frau.«

Jackman machte keine Anstalten, sich zu setzen, und erwiderte: »Ich habe Ihren Kollegen draußen schon vor einer halben Stunde alles erzählt, und die haben auch protokolliert.«

»Haben Sie Geduld mit mir, Professor«, sagte Diamond bemüht höflich. »Ich leite die Ermittlung und würde es lieber von Ihnen selbst hören, als im Dienstbuch nachlesen zu müssen. Bitte zuerst ihren Namen.«

Ergeben nahm Jackman auf einem Stuhl Platz und sagte: »Geraldine Jackman, bekannter als Gerry Snoo. Das ist ihr Künstlername. Sie wird in ein paar Wochen vierunddreißig, falls ... Gott, der Gedanke ist einfach zu schrecklich.«

»Würden Sie sie bitte beschreiben, Sir?«

»Muß ich das? Sie haben sie bestimmt im Fernsehen gesehen. ›The Milners‹. Stimmt's? Falls nicht, haben Sie sicher schon mal die Bierreklame mit der Bulldogge und der Frau gesehen. Das war Gerry. Sie hat ein paar Werbespots gedreht, nachdem sie von der BBC weg war.«

Es entstand eine kurze Pause. Diamond achtete so genau auf den Gesichtsausdruck des Mannes, daß er dessen Äußerungen im Geist noch einmal durchgehen mußte, um sie zu verstehen. »Oh, ich sehe nicht viel fern. Nehmen wir an, daß ich sie noch nie gesehen habe. Welche Haarfarbe hat sie?«

»Rötlichbraun. Kastanienrot, wenn Ihnen das lieber ist.«

»Zum Sergeant haben Sie kastanienbraun gesagt.«

»Dann eben kastanienbraun.« Mit leicht erhobener Stimme, die seine Anspannung verriet, fragte Jackman: »Was soll das – wollen Sie mich überführen? Ich bin hier nicht zum Verhör reingeholt worden. Ich bin hier, weil meine Frau vermißt wird. Und man hat mir gesagt, daß sie vielleicht tot ist.«

»Wer hat Ihnen das gesagt?«

»Einige Leute, die Gerry sehr gut kennen, haben das Bild gesehen, das Sie im Fernsehen gezeigt haben. Sie haben gesagt, es sah genau so aus wie sie. Sie haben mir gesagt, ich sollte mich mit Ihnen in Verbindung setzen.«

»Nicht mit mir persönlich. Unsere Bitte um sachdienliche Hinweise hat eine Welle von Anrufen ausgelöst«, erklärte Diamond geflissentlich. »Die Überprüfung wird eine Weile dauern. Aber da Sie sich nun gemeldet haben ...«

»Hören Sie, ich will die Wahrheit wissen, so oder so«, fiel Jackman ihm ins Wort. Tiefe Besorgnis stand ihm deutlich im Gesicht geschrieben, aber für diese Phase des Spiels war das normal, ob er nun unschuldig war oder nicht. »Sie haben eine Frau gefunden. Wo ist sie jetzt?«

»In Bristol im Leichenschauhaus. Wir wollen aber nicht zu voreilig sein. Vielleicht können Sie sich einen Besuch dort ersparen, falls sich herausstellt, daß Ihre Frau anders aussieht als die Tote.« Geduldig entlockte Diamond seinem Gegenüber Punkt für Punkt eine Beschreibung von Mrs. Jackman, und sie entsprach ziemlich genau den Charakteristika der Leiche. Ermutigend genau.

Dann fragte er: »Wann haben Sie sie zuletzt gesehen?«

»Montag vor drei Wochen.«

»Das muß dann der 11. September gewesen sein?«

»Äh, ja. Ich bin früh nach London gefahren. Sie lag noch im Bett. Ich habe ihr gesagt, wann ich vermutlich zurück sein würde, und bin dann los, um den Zug um neunzehn nach acht von Bath zu nehmen.«

»Hatten Sie beruflich in London zu tun?«

»Ich leite eine Ausstellung über Jane Austen in Bath, die an dem Wochenende eröffnet worden ist. Ich mußte mich wegen eines Manuskripts mit jemandem treffen.«

Diamond hatte in seinem Leben noch kein Buch von Jane Austen gelesen. Er konnte sich kaum mit den Detectives in Fernsehkrimis identifizieren, die Shakespeare zitierten und in ihrer Freizeit Gedichte schrieben. Er mochte am liebsten Biographien, vorzugsweise solche, die die Wörter »vom Yard« im Titel hatten. »Und wegen dieser Ausstellung waren Sie drei Wochen unterwegs?«

»Nein. Mittwoch war ich zurück.«

Diamond richtete sich in seinem Sessel auf und verbannte alle Gedanken an Jane Austen aus seinem Kopf. »Zu Hause?«

»Ja.«

»Dann wußten Sie also bereits ab Mittwoch, dem 13. September, daß Ihre Frau verschwunden war?«

»Verschwunden, nein.« Der Professor unterstrich die Verneinung mit einer heftigen Handbewegung zur Seite. »Sie war nicht zu Hause, aber das war kein Grund zur Beunruhigung. Sie übernachtet häufig bei Freunden.«

»Ohne Ihnen Bescheid zu sagen?«

»Ich bin nicht Gerrys Aufpasser.« Die Antwort klang falsch.

»Aber Sie sind Ihr Mann. Da möchten Sie doch wohl wissen, wo sie ist.«

»Ich bestehe nicht darauf.« Einen Augenblick herrschte Schweigen, bevor Professor Jackman eine Erklärung für angebracht hielt. »Wir leben ziemlich unabhängig voneinander. Wir sind beide Menschen, die viel Raum brauchen. Unter dieser Bedingung haben wir geheiratet. Deshalb rufe ich nicht gleich die Polizei, wenn Gerry mal ein paar Tage nicht nach Hause kommt.«

»Wir reden hier nicht von ein paar Tagen, Sir.«

»Ich dachte, das täten wir.«

»Sie hatten drei Wochen Zeit, um uns zu benachrichtigen«, stellte Diamond klar. Die griffige Erklärung hatte ihn nicht überzeugt. Der Mann konnte gut mit Worten umgehen, wie bei einem Professor für Englisch nicht anders zu erwarten, aber er konnte die Tatsache nicht verschleiern, daß er verdächtig lange gewartet hatte, bevor er das Verschwinden seiner Frau meldete.

»Ich war nicht die ganze Zeit über zu Hause«, sagte Jackman. »Die Vorbereitung für das neue Semester haben mich auf Trab gehalten. London, Oxford, Reading. Ich sitze in zu vielen Ausschüssen. Außerdem war ich zwei Tage in Paris. Den Sommer über habe ich vorwiegend für die Vorbereitung der Ausstellung gearbeitet, deshalb bin ich mit meiner Arbeit für das Anglistische Institut im Verzug.«

»Was, dachten Sie, hat Ihre Frau derweil getan?«

»Freunde besucht. Sie kennt jede Menge Leute in London und Bristol.«

»Dann arbeitet sie nicht?«

»Sie gönnt sich ein bißchen Ruhe, wie man so schön sagt.«

»Wer ist man?«

»Schauspieler ohne Engagement.«

»Aha.« Diamond hatte die Umschreibung durchaus verstanden. Er hatte nur deshalb nachgefragt, weil er gerade an etwas anderes denken mußte. Ihm waren die Worte in den Sinn gekommen, die oft auf Grabsteinen stehen: Ruhe sanft.

Vielleicht hatte Jackman etwas gespürt, denn nun erklärte er genau, was er gemeint hatte. »Gerry ist seit achtzehn Monaten nicht mehr im Fernsehen gewesen. Nachdem sie von der BBC weg ist, hat sie ein paar Werbespots gedreht, aber ansonsten keine Rollenangebote mehr bekommen.«

»Warum nicht? Weil sie für die Leute Candice Milner ist?«

Jackman nickte. »Das ist bestimmt mit ein Grund. Aber hinzu kommt, daß sie keine ausgebildete Schauspielerin ist. Sie ging noch zur Schule, als man ihr die Rolle anbot.« Er ergriff die Gelegenheit, über etwas reden zu können, das weniger bedrückend war. »Jedes Schulmädchen träumt davon, so entdeckt zu werden wie sie. Der Regisseur hat sie im Publikum in Wimbledon gesehen. Er wollte sich Tennis anschauen und hat statt dessen immer nur Gerry angeschaut. Sie sah genau so aus, wie er sich die Figur des jungen Mädchens für ›The Milners‹ vorgestellt hatte. Auffallend schön. Kennen Sie die abgedroschene Szene, die in allen Hollywood-Musicals vorkommt, wenn der Fred-Astaire-Typ sagt: ›Verehrte Dame, wer Sie auch sind, Sie müssen in meiner Show auftreten.‹ Gerry hat das erlebt, mit achtzehn. Sie haben ihr die Rolle auf den Leib geschrieben, also hat sie eigentlich sich selbst gespielt und wurde berühmt. Die Kehrseite der Medaille war, daß sie mit jeder anderen Rolle Schwierigkeiten bekam.«

»Hat sie das deprimiert?«

»Zuerst nicht. Die Arbeit für eine Serie, die zweimal in der Woche ausgestrahlt wird, ist ungemein anstrengend, wissen Sie – eine Tretmühle aus Textlernen, Proben und Aufnahmen. Hinzu kommen die Auftritte bei Wohltätigkeitsveranstaltungen am Wochenende und die ständige Belagerung durch die Regenbogenpresse. Sie war nicht nur traurig, als man sie aus dem Drehbuch schrieb.«

»Und wie lange ist das her?«

»Mittlerweile fast zwei Jahre.«

»Wie lange hatte sie die Rolle gespielt?«

»Angefangen hat sie mit achtzehn, und als sie aufgehört hat, muß sie einunddreißig gewesen sein. Die arme Gerry. Es kam für sie wie ein Blitz aus heiterem Himmel. Sie hat erst davon erfahren, als man ihr ein Drehbuch schickte, in dem Candice ein Flugzeug bestieg, das über den Alpen abstürzen sollte, ohne Überlebende. Ich weiß noch sehr gut, wie wütend sie war. Sie hat wie eine Löwin gekämpft, um ihre Rolle zu retten, aber schließlich hat der Regisseur ihr klargemacht, daß sie einfach nicht mehr länger so tun konnten, als wäre sie eine junge Naive. Danach hat sie London verlassen.«

Jackmans Schilderung war voller Mitgefühl, aber dennoch schwang etwas Distanziertes in seiner Darstellung mit, als ob er sich mit mehr Bedauern erinnerte, als er gegenwärtig empfand. Peter Diamond, der ein scharfes Ohr für Ausflüchte hatte, war das nicht entgangen. Vielleicht war der Fall ja doch nicht so kompliziert, wie er zunächst angenommen hatte. Er rechnete damit, ihn bald abschließen zu können.

Um nicht noch länger um den heißen Brei herumzureden, zog Diamond die Zeichnung vom Gesicht der toten Frau aus der Tasche, faltete sie auseinander und reichte sie über den Tisch. »Das ist das Bild, das im Fernsehen gezeigt wurde. Was meinen Sie?«

Jackman warf einen Blick darauf, holte tief Luft, als wolle er seine Gefühle unter Kontrolle bringen, und sagte: »Sieht Gerry erschreckend ähnlich, finde ich.« Wenige Minuten später saßen sie nebeneinander auf dem Rücksitz eines Polizeiwagens, der sie zum Leichenschauhaus fuhr.

»Ich muß Sie darauf hinweisen«, sagte Diamond, »daß die Leiche, die wir uns jetzt ansehen werden, zwei Wochen im Wasser gelegen hat. Das Phantombild mußte etwas geschönt werden, damit es im Fernsehen gezeigt werden konnte.«

»Danke für die Vorwarnung.«

»Wenn sie anhand eines Muttermals oder einer Narbe identifiziert werden könnte ...«

»Nicht, daß ich wüßte«, sagte Jackman rasch und fügte dann hinzu: »Was passiert, wenn sie es doch nicht ist?«

Es gelang Diamond, gleichmütig zu wirken. »Jetzt, wo Sie das Verschwinden Ihrer Frau gemeldet haben, wird so oder so eine polizeiliche Ermittlung eingeleitet. Die würde aber jemand anders durchführen.«

»Es könnte ja sein, daß ich mich geirrt habe.«

Darauf entgegnete Diamond lieber nichts. Sie kamen kurz nach neun Uhr abends an, und es dauerte eine Weile, bis die nötigen Vorkehrungen getroffen waren. Die Mitarbeiter des Leichenschauhauses hatten andere Prioritäten als die Polizei. Schließlich kam der Aufseher angeradelt und schloß die Tür auf. Diamond sagte kein Wort. Er war zu sehr darauf bedacht, Jackman zu beobachten. Die Leiche wurde geholt und das Tuch vom Gesicht gehoben.

»Ich denke, es versteht sich von selbst, daß ich auf Ihre Kooperation zählen darf.«

Es waren Diamonds erste Worte, seit sie das Leichenschauhaus verlassen hatten. Er hatte sie bewußt als Feststellung formuliert und nicht als Frage.

Professor Jackman saß vorgebeugt auf dem Rücksitz des Polizeiwagens, eine Hand über die Augen gelegt. Ausdruckslos sagte er: »Was?«

Diamond wiederholte den Satz Wort für Wort, wie ein Oberlehrer, der sich krampfhaft bemüht, fair zu sein.

Ohne aufzusehen erwiderte Jackman: »Ich werde alles tun, was in meiner Macht steht, um Ihnen zu helfen.«

»Prima.« Diamond wartete, während der Wagen vor einer Ampel stand, und redete erst wieder, nachdem sie sich erneut in Bewegung gesetzt hatten. »Ich werde Sie heute nacht im Hotel Beaufort unterbringen, es sei denn, Sie ziehen ein anderes Hotel vor.«

Diesmal drehte sich der Professor um und sah ihn an. »Ein Hotel ist nicht nötig. Es macht mir nichts, zu Hause zu schlafen. Es wäre mir sogar lieber, ehrlich.«

Diamond schüttelte den Kopf. »Heute nacht ist der Zutritt zu Ihrem Haus verboten, Sir.«

»Warum?«

»Ich möchte, daß es morgen früh gleich als erstes untersucht wird – mit Ihrer Erlaubnis. Bis dahin wird es versiegelt. Ich werde einen Mann als Wache dort aufstellen.«

»Was soll das heißen – ›untersucht‹?«

»Spurensicherung. Fingerabdrücke. Sie wissen schon.«

»Spurensicherung? Wollen Sie andeuten, daß Gerry möglicherweise unter meinem eigenen Dach ermordet worden ist?«

»Professor, Andeutungen sind nicht mein Metier«, sagte Diamond. »Mir geht es um Tatsachen. Und Tatsache Nummer eins lautet: Ihre Frau ist tot. Tatsache Nummer zwei lautet: Der letzte Ort, an dem sie lebend gesehen wurde, ist Ihr Haus. Wo soll ich also sonst anfangen?«

Nachdem er versucht hatte, sich auf diese Art von Polizeilogik einen Reim zu machen, sagte Jackman: »Ich verstehe nicht, was daran schlimm sein soll, wenn ich noch eine Nacht in dem Haus verbringe, schließlich habe ich das auch nach Gerrys Verschwinden öfter getan.«

Diamond ließ die Bemerkung als einen Einwand stehen, der keinerlei Erwiderung bedurfte. Statt dessen fragte er: »Mit welchem Verkehrsmittel sind Sie eigentlich heute abend zum

Revier gekommen, um das Verschwinden Ihrer Frau zu melden?«

»Mit dem Wagen.«

»Und wo steht der jetzt?«

»Noch immer auf dem Parkplatz neben dem Polizeirevier, hoffe ich.«

»Haben Sie die Schlüssel dabei?«

»Ja.« Jackman blickte jetzt argwöhnisch.

»Dürfte ich die haben?«

»Wozu denn, um alles in der Welt? Wollen Sie etwa meinen Wagen beschlagnahmen?«

Ein beruhigendes Lächeln breitete sich auf Diamonds Gesicht aus. »Beschlagnahmen, nein. Wir haben bloß die ermüdende Aufgabe, Fakten zu sammeln. Wir machen Reifenabdrücke und dergleichen mehr. Wenn wir dann einen Abdruck finden – beispielsweise vor Ihrem Haus –, können wir Ihr Fahrzeug schon mal aus den Ermittlungen ausschließen.« Er war stolz auf die Antwort. Sie klang überaus glaubhaft, und er hatte nichts von seiner eigentlichen Absicht verraten, nämlich den Kofferraum des Wagens auf Spuren zu untersuchen, die von der Leiche stammten. Nachdem er die Schlüssel bekommen hatte, fragte er beiläufig: »Wollen Sie morgen zur Universität?«

»Wenn mein Haus durchsucht wird, will ich dabei sein«, stellte Jackman entschlossen klar.

7 Die Durchsuchung von Professor Jackmans Haus fand am nächsten Tag dann doch nicht »gleich als erstes« statt. Das erste, zumindest an Peter Diamonds Tag, war um halb sieben das Klingeln des Telefons neben seinem Bett. Immerhin eine Nachricht vom Assistant Chief Constable, die ihm der diensthabende Inspector im Präsidium übermittelte. Diamond sollte um halb neun im Präsidium erscheinen. Er wäre jede Wette eingegangen, daß es nicht darum ging, sich eine Belobigung abzuholen. Ihm stand, das spürte er, Ärger bevor.

Er ließ sich aufs Kopfkissen zurückfallen und stöhnte. Was auch immer der Grund für diese überraschende Vorladung war, sie hätte an keinem ungünstigeren Morgen kommen können. Was für Komplikationen! Irgendwie mußte er alle Vorbereitungen vom Vorabend ummodeln. Um halb neun sollten ganze Wagenladungen von Detectives, Polizisten in Uniform und Beamten der Spurensicherung vor Jackmans Haus zusammenkommen – genau die Uhrzeit seines Termins in Bristol.

Er setzte sich wieder auf, nahm das Telefon vom Nachttisch und stellte es zwischen seinen Beinen auf das Federbett. Seine Frau Stephanie, die es gewohnt war, daß ihr Schlafzimmer gelegentlich zur Einsatzzentrale umfunktioniert wurde, zog sich wortlos einen Morgenmantel über und ging nach unten, um Wasser aufzusetzen. Diamond hob den Hörer ab und tätigte den ersten von etlichen Anrufen, um die Durchsuchung auf elf Uhr zu verlegen. Er wollte auf keinen Fall, daß irgend jemand ohne ihn ins Haus ging. Theoretisch hätte John Wigfull die Aufgabe übernehmen können, aber Diamond ließ diese Theorie lieber außer acht. Allerdings beauftragte er Wigfull, Professor Jackman im Hotel aufzusuchen, um ihn von der Verzögerung in Kenntnis zu setzen.

Während der Fahrt nach Bristol dachte er darüber nach, was ihn wohl im Präsidium erwartete. Verdrossen kam er zu dem Schluß, daß Jackman wohl am Vorabend von seinem Hotelzimmer aus herumtelefoniert haben mußte. Wenn Unheil drohte, gingen so vornehme Leute wie Jackman nicht auf Tauchstation wie irgendein hergelaufener Gauner. Sie wehrten sich, indem sie das gute alte Vitamin B einsetzten.

An diesem Morgen saß Mr. Tott, der Assistant Chief Constable, hinter seinem Schreibtisch und trug ein weißes Hemd und rosafarbene Hosenträger, was derart verblüffend aussah, daß jeder rangniedrigere Beamte auf der Türschwelle verharrte. Doch er begrüßte Diamond jovial, sprach ihn mit Vornamen an und bedeutete ihm, auf dem Ledersofa unter dem Fenster Platz zu nehmen. Dann, als wollte er jede Befürchtung zerstreuen, daß eine Rüge zu erwarten war, stand der Assistant Chief Constable auf, ging zur Tür und bat darum, ihnen Kaffee und Kekse hereinzubringen. Anschließend ließ er sich mit verschränkten Armen auf der Lehne am anderen Ende des Sofas nieder, wobei er mit seinem gescheitelten, platt am Kopf anliegenden Haar und dem Schnurrbart, der einem Gardeoffizier alle Ehre gemacht hätte, aussah, als posiere er für eine spätviktorianische Fotografie. All diese bemühte Zwanglosigkeit hatte eine entmutigende Wirkung auf Diamond. Als er das letze Mal mit soviel übertriebener Rücksicht behandelt worden war, hatte das einen traurigen Anlaß. Damals mußte ihm nämlich ein Arzt die Nachricht beibringen, daß seine Frau eine Fehlgeburt gehabt hatte.

»Tut mir leid, daß ich Ihre Planung durcheinandergebracht habe«, sagte Mr. Tott und schaffte es, dabei völlig aufrichtig zu klingen. »Übrigens, wie laufen denn die Ermittlungen?«

Das »übrigens« war ein weiterer Schock, besagte es doch, daß es hier gar nicht um den Jackman-Fall gehen würde. Diamond versuchte, sich innerlich darauf einzustellen, während er die nächsten Antworten gab. »Wir haben die Frau letzte Nacht identifiziert, Sir, wie Sie vielleicht schon wissen.«

»Eine Fernsehschauspielerin – richtig?«

»Ja, Sir. Sie war mit einem Englischprofessor an der Uni in Bath verheiratet.«

Mr. Tott grinste liebenswürdig. »Das hab ich gehört. Sie sollten Ihren Shakespeare mal wieder etwas auffrischen, Peter.« Er hielt inne, ließ die Arme sinken und sagte: »Und ich sollte zur Sache kommen. Da drüben auf dem Schreibtisch liegt ein Vorabexemplar des Prüfungsberichtes vom Missendale-Ausschuß.«

Diamond hatte die Zeichen richtig gedeutet. »Ich verstehe.« Mehr als diese nichtssagende Antwort brachte er nicht heraus, nachdem er seine Sorgen so lange hatte unterdrücken müssen. Über acht Monate waren vergangen, seit er vor dem Untersuchungsausschuß erschienen war – und über zwei Jahre, seit man Hedley Missendale aus dem Gefängnis entlassen und für eine Begnadigung vorgeschlagen hatte. Ein falsches Geständnis, eine ungerechtfertigte Gefängnisstrafe. Teile der Presse hatten die Sache zu einer Haßkampagne gegen »gesetzlose Polizisten« hochgepuscht und von Rassismus und Brutalität im Dienst gesprochen.

»Ich dachte, Sie sollten so rasch wie möglich einen Blick hineinwerfen«, sagte Tott. »Sie werden erleichtert sein, daß sich keine einzige von den wüsten Beschuldigungen als begründet erwiesen hat.«

Diamond sah zum Schreibtisch hinüber. »Darf ich ...?«

»Nur zu. Deshalb sind Sie ja hier.«

Benommen stand er auf, durchquerte den Raum und nahm den Bericht in die Hand.

»Die wichtigsten Feststellungen finden Sie natürlich ziemlich am Ende«, sagte Mr. Tott. »Die Passagen, die für Sie von persönlichem Interesse sind, stehen auf Seite 87 folgende. Lassen Sie sich Zeit.«

Diamond blätterte und fand die Zusammenfassung. Sein Name sprang ihm förmlich entgegen. Er überflog die Seite hastig und las die wesentlichen Sätze. »Wir konnten bei Detective Chief Inspector Diamond keine rassistische Voreingenommenheit feststellen ... Der Beamte hat sich während der eingehenden Befragung auf beeindruckende Weise präsentiert ... Was Missendales Aussage betrifft, so widersprach sie in keinster Weise der sonstigen Beweislage ... Chief Inspector Diamond mußte daher, ebenso wie das Gericht, davon ausgehen, daß Missendales Aussage den Tatsachen entsprach.«

Er blätterte die Seite um, und statt nach der monatelangen Pressehatz gegen ihn ein Gefühl der Entlastung zu empfinden, fühlte er sich seltsam ungerührt. Dann blieben seine Augen an einem Satz hängen. »Um Himmels willen!«

Mr. Tott war zu seinem Schreibtischsessel zurückgekehrt. »Was ist?«

»›Wir können jedoch nicht umhin festzustellen, daß die körperliche Erscheinung und das energische Auftreten von Chief Inspector Diamond auf Missendale einschüchternd gewirkt haben müssen‹«, las Diamond laut vor. »Das ist unmöglich. So bin ich nun mal gebaut. Dafür kann ich nichts.«

»Ja, es ist nicht fair«, stimmte Mr. Tott ihm beiläufig zu.

Doch Diamond war nicht bereit, es dabei bewenden zu lassen. »Sir, wir haben dieses Geständnis ohne jede Einschüchterung erreicht. Im Prozeß hat der Richter bestätigt, daß der Angeklagte nicht unter Druck gesetzt worden ist.«

»Natürlich, aber der Ausschuß mußte ja alles noch mal überprüfen.«

Diamonds Augen wanderten bereits weiter. »Das darf nicht wahr sein! ›Zu kritisieren bleibt, daß man Haarproben von dem Wollhut, der dem Angreifer beim Kampf vom Kopf gerissen wurde, nicht mit Haarproben von Mr. Missendale verglichen hat.‹«

»Wo liegt das Problem?« fragte Mr. Tott.

»Wir haben den Hut ins Labor geschickt.«

»Aber dabei haben Sie's bewenden lassen, wenn ich das richtig verstehe. Sie haben keine Haarproben von Missendale genommen.«

»Sir, der Mann hat gestanden.«

»Trotzdem wäre es vernünftig gewesen, das zu tun.«

Diamond starrte ihn verwundert an. »Zu welchem Zweck, bitte sehr?«

»Zum Vergleich.«

»Das war 1985, Sir. Da gab es noch keine genetischen Fingerabdrücke. Die vom Labor hätten uns nicht mal sagen können, ob die Haare aus dem Hut nun von Missendale oder von Sammy Davis jr. stammten. Dieser Bericht impliziert, daß Missendales Unschuld hätte bewiesen werden können, wenn man Haarproben verglichen hätte, und das stimmt einfach nicht.«

»So weit geht der Bericht nicht.«

»›Zu kritisieren bleibt ...‹? Das heißt doch wohl, daß jemand einen Fehler gemacht hat.«

Mr. Tott sagte mit Bestimmtheit: »Es geht darum, daß das routinemäßig hätte geschehen müssen. Niemand wirft Ihnen vor, Sie hätten Beweismittel unterschlagen.«

»Man beschuldigt Jacob Blaize und mich, ihn reingelegt zu haben.«

»Ach, jetzt seien Sie doch nicht so melodramatisch, Herrgott noch mal! Wenn dem so wäre, hätten Sie schon keine Arbeit mehr. Ihre Integrität steht außer Zweifel.«

Diamond wußte, daß er jetzt besser den Mund hielt. Aber er fühlte sich ungerecht behandelt. »Ich habe dem Untersuchungsausschuß erklärt, was vermutlich passiert ist, und die scheinen das völlig außer acht gelassen zu haben. Missendale ist tatsächlich reingelegt worden, aber nicht von mir. Er war ein kleiner, vorbestrafter Einbrecher, und noch nicht mal ein guter. Er hatte einen niedrigen Intelligenzquotienten. Es muß wichtigere Leute im Hintergrund gegeben haben, die zu schlau waren, sich schnappen zu lassen. Im nachhinein ist mir klar, daß Missendale ihr Sündenbock war. Die wollten, daß dieser andere Kerl, derjenige, der tatsächlich den Sergeant-Major erschossen hat, weiter für sie arbeiten konnte, und deshalb haben sie Missendale bedeutet, daß sie ihn umlegen würden, wenn er kein falsches Geständnis ablegt.«

Mr. Tott nickte. »So wird es wohl gewesen sein. Heutzutage steckt das organisierte Verbrechen ja hinter den meisten Fällen. Aber die Beschäftigung mit derlei Theorien war nicht Aufgabe des Ausschusses. Er hat lediglich die speziellen Umstände untersucht, unter denen es zu diesem Justizirrtum gekommen ist.«

Diamond hörte sich selbst sagen: »Ich bin alles andere als zufrieden.«

»Es wäre erstaunlich, wenn bei einem über hundert Seiten langen Bericht alle Beteiligten mit allem, was drin steht, zufrieden wären. Seien Sie froh, daß die vermaledeite Geschichte damit abgeschlossen ist. Die Medien werden sich nicht für die Punkte interessieren, über die Sie sich so aufregen.«

»Aber ich finde nicht, daß mein Ruf damit wiederhergestellt ist.«

»Ich glaube, ich höre Tassen klappern«, sagte Mr. Tott.

Diamond wartete, während der Kaffee höchst vornehm aus einer Chrom-Glas-Kanne eingeschenkt wurde. Als sie wieder allein waren, sagte er: »Darf ich fragen, welche Auswirkungen das auf meine Laufbahn haben wird, Sir?«

»Gar keine«, erwiderte Mr. Tott so entschieden, daß seine Stimme regelrecht metallisch klang. »Was vor vier Jahren in London passiert ist, gehört der Vergangenheit an.«

»Seitdem hat man mich mit ziemlich viel Dreck beworfen.«

»Ja, und nichts davon ist klebengeblieben.«

»Aber Sie werden doch nicht abstreiten, daß Sie mir die Flügel gestutzt haben?«

Mr. Tott rührte in seinem Kaffee und sagte nichts. Es lag glasklar auf der Hand, daß Diamond auf die Ablösung von

Billy Murray durch John Wigfull anspielte, den Mann aus dem Präsidium.

»Ich beschwere mich ja nicht darüber. Aus Ihrer Sicht war es eine vernünftige Vorsichtsmaßnahme nach dieser Missendale-Geschichte«, räumte Diamond ein. »Aber ich hatte mit Recht darauf gehofft, daß der Bericht mich reinwaschen würde, und ich finde nicht, daß er das tut, jedenfalls nicht ganz.«

»Wenn er zur Folge hat, daß Sie nur ein kleines bißchen genauer auf die Einhaltung von Vorschriften achten, dann war er nicht ganz umsonst, Peter. Sie müssen zugeben, daß Sie manchmal etwas eigensinnig auf die neue Technologie reagieren. Die wissenschaftlichen Entwicklungen der letzten Jahre sind kaum zu begreifen, das will ich nicht leugnen, aber wir alle sollten uns Mühe geben, mit ihnen zu arbeiten.«

»Bis zu einem gewissen Punkt, Sir. Die angeborene Intelligenz kann noch immer eine Menge leisten. Es ist gefährlich, sich nur noch auf die moderne Technologie zu verlassen.«

»Nun hören Sie schon auf. So etwas würde ich nie befürworten. Ich spreche von Ausgewogenheit, Verhältnismäßigkeit.«

Diamond klappte den Bericht zu und legte ihn auf Mr. Totts Schreibtisch. »Also, was passiert, wenn sich das nächste Mal ein kleiner Gauner über meine Verhörmethoden beschwert?«

»Ich würde bei jeder Beschwerde den jeweiligen Sachverhalt prüfen«, erwiderte Mr. Tott, und sein Tonfall deutete an, daß Geduld ihre Grenzen hat. »Und ich würde mir jede Unterstellung von Voreingenommenheit meinerseits verbitten. Ich denke, daß Ihnen von dieser Affäre kein Makel zurückgeblieben ist, und ich hoffe, daß Sie keinen Verfolgungswahn zurückbehalten. Möchten Sie mir sonst noch etwas sagen?«

»Im Hinblick worauf, Sir?«

»Auf Ihre derzeitige Ermittlung.«

»Nein, Sir. Sonst nichts.« Vor lauter Anspannung hatte er ohnehin schon mehr gesagt, als klug war.

»Ich weiß das zu schätzen«, erwiderte Tott. »Wigfulls Versetzung in Ihre Einheit habe ich veranlaßt. Er ist kein – lassen Sie mich das betonen – er ist kein Spitzel. Ich halte mich über alle meine Beamten auf dem laufenden, und zwar ohne die Hilfe von Leuten wie John Wigfull. Ist das klar?«

»Klar, Sir.«

»Und akzeptiert?«

»Ja, Sir.«

»Dann werde ich Ihnen jetzt was über Wigfull erzählen.« Mr. Tott blickte auf seine Kaffeetasse und fuhr mit dem Finger langsam über den Rand. »Da ich wußte, daß der Bericht zu erwarten war, aber nicht wußte, wie er ausfallen würde, mußte ich die Möglichkeit in Betracht ziehen – das denkbar schlechteste Szenario –, daß Sie kurzfristig aus der Mordkommission ausscheiden müßten. Ich wollte einen fähigen Mann, der die Führung übernehmen könnte, und ohne jetzt lang und breit über Personalfragen diskutieren zu wollen, es gab niemanden in Ihrer Truppe, der dafür in Frage kam. Meine Wahl fiel auf Wigfull. Natürlich ist ihm der Grund nicht mitgeteilt worden, aber als guter Detective ist er vielleicht selbst schon darauf gekommen. Mir ist klar, daß seine Persönlichkeit und die Ihre nicht besonders harmonieren. Auch Sie sind ein guter Detective. Außerdem sind Sie ein Mann von beeindruckenden Dimensionen, wie der Bericht ungerechterweise überbetont. Seien Sie jetzt einmal im übertragenen Sinne des Wortes ein großer Mann, so groß, daß Sie das Beste aus Wigfull rausholen.«

Kurz nach elf Uhr morgens rollte der Konvoi von PKWs und Polizeifahrzeugen in die Einfahrt von Jackmans Haus, das ein gutes Stück nach hinten versetzt an einer der ruhigen Straßen am Bathwick Hill lag. An der Spitze fuhr Diamonds BMW. Neben ihm saß Jackman. Als nächstes kam John Wigfull in seinem Toyota mit zwei Detective Sergeants und einem Constable. In den anderen Autos saßen ein Beamter von der Spurensicherung, der vom Präsidium hergeschickt worden war, zwei Kriminaltechniker und ein Trupp uniformierter Beamter zur Unterstützung.

Jackmans blauer Volvo wurde zur gleichen Zeit in der Manvers Street untersucht. Diamond hatte zu den Technikern gesagt, als er ihnen die Wagenschlüssel übergab: »Enttäuscht mich bloß nicht. Die glauben immer, sie hätten alle Spuren beseitigt.«

John Brydon House wirkte wie die angemessene Wohnstatt für einen Professor. Die Universität war von dort zwar nicht unbedingt zu Fuß zu erreichen, aber noch immer recht nah, wie der Immobilienmakler bestimmt betont hatte, als Jackman sich den Besitz das erste Mal angeschaut hatte. Es war ein efeubewachsenes, quadratisches Gebäude mit einem von Pfeilern getragenen Portal und einem Balkon im ersten Stock, vermutlich kaum älter als hundert Jahre und stand, geschützt von einer unverputzten Steinmauer, auf einem weitläufigen Areal. Die meisten Grundstücke am Stadtrand von Bath waren groß, und die Häuser wiesen eine individuelle Architektur auf. Da sie zu weit vom Stadtzentrum entfernt lagen, hatten die Stadtplaner nicht auf Einheitlichkeit gedrungen, und so standen recht moderne Bauten aus geschmacklos zusammengefügtem Stein Seite an Seite mit dezenten georgianischen und viktorianischen Villen.

Diamond bat Jackman, die Tür aufzuschließen. Dann ergriff er den Arm des Professors und hinderte ihn daran, einzutreten. »Nein, Sir, Sie und ich gehen jetzt noch nicht rein.«

Ungläubigkeit und Verwirrung spiegelten sich in Jackmans Miene, als zwei Männer in weißen Overalls vortraten, sich vor der Tür hinsetzten, ihre Schuhe auszogen und sich statt dessen Polyäthylen-Socken überstreiften.

»Wenn es Ihnen nichts ausmacht«, flüsterte Diamond in Jackmans Ohr, »lassen wir die Außerirdischen ihre Arbeit tun. Wie wär's, wenn Sie mir Ihren Garten zeigen würden.«

»Das hier ist für alle Beteiligten die reinste Zeitverschwendung«, murmelte der geplagte Professor.

»Ich habe einen Schwager in Doncaster«, plauderte Diamond los, um die gespannte Atmosphäre aufzulockern, »und jedes Mal, wenn wir ihn besuchen, kann ich kaum einen Fuß ins Haus setzen, da reißt er mich auch schon von den Damen weg und sagt: ›Komm, ich zeig dir den Garten.‹ Ich bin nun wirklich kein Gärtner. Ich habe keine Ahnung, wie man Rosen schneidet, aber ich weiß doch immerhin soviel, daß Reggies Garten eine primitive Wildnis ist. Teilweise reichen einem die

Nesseln bis zur Brust. Wir stapfen dann so rum und suchen nach dem Weg, während Reggie mir jämmerliche Pflänzchen zeigt, die voller Blattläuse und Winden sind, und mir ihre Namen nennt. Wenn das so eine Stunde gedauert hat, ruft meine Schwester, daß der Tee fertig ist, und wir kämpfen uns zurück zum Haus, um ein wohltuendes Täßchen zu trinken. Aber kaum habe ich ein Stück Kuchen im Mund, dreht Reggie sich um und sagt: ›Du hast ja den Vorgarten noch gar nicht gesehen. Los, komm mal mit vors Haus.‹ Ich soll ein Detective sein, und ich weiß einfach nicht, warum er das tut. Hat er Angst, allein in diese Wildnis zu gehen? Oder ist sein Haus vollgestopft mit Diebesgut, und er will nicht, daß ich es merke? Ich grüble jetzt noch darüber nach.«

Jackman schien nicht bereit, eine mögliche Erklärung zu liefern, aber er hatte sich zumindest darauf eingelassen, neben dem Superintendent herzugehen. Sie gaben ein ungleiches Paar ab, der breitschultrige Akademiker, der sich mit kräftigen Schritten bewegte, neben dem dicken Polizisten, der aufgrund seiner Leibesfülle schwerfällig und breitbeinig daherstapfte. Den Hintergrund für diesen Anblick bildete eine Rasenfläche, die immer wieder durch Büsche und gut gewachsene Bäume unterbrochen wurde. Am hinteren Ende standen so viele Apfelbäume, daß man mit Fug und Recht von einem Obstgarten sprechen konnte.

Unvermittelt wechselte Diamond von häuslichen Anekdoten zum eigentlichen Grund, der sie hergeführt hatte. »Ihre Frau. Ich muß alles über sie erfahren. Hintergrund, Familie, ehemalige und derzeitige Freunde – und Feinde, falls solche vorhanden sind –, ihr normaler Tagesablauf, finanzielle Verhältnisse, Gesundheitszustand, Trinkgewohnheiten, Hobbies, Orte, die sie gern aufgesucht, die Geschäfte, in denen sie eingekauft hat.«

»Wie waren nur zwei Jahre verheiratet«, sagte Jackman, offenbar als Einwand gegen die Länge und Detailgenauigkeit der Liste.

»Lange genug, um all diese Dinge zu wissen, oder?« drängte Diamond. »Fangen wir ganz von vorn an. Wie haben Sie beide sich kennengelernt?«

Dieser Ansatz war erfolgreich. Jackman gab einen Laut von sich, der fast an ein Lachen erinnerte, schüttelte wehmütig den Kopf, als die Erinnerung kam, und sagte: »Eine Taube war schuld, wenigstens hat das Gerry immer behauptet. Die Taube war vielleicht da, vielleicht aber auch nicht, aber sie wurde zum Teil unseres persönlichen Mythos. Gerry fuhr in ihrem Renault 5 über die Great Russell Street ...«

»Wann war das?« unterbrach ihn Diamond.

»Vor etwas mehr als zwei Jahren. Sie fuhr also da lang, als angeblich eine begriffsstutzige oder sture Londoner Taube über die Straße trippelte und nicht willens war davonzufliegen. Gerry konnte die Vorstellung nicht ertragen, ein lebendiges Wesen zu töten, riß das Steuer herum und erwischte mit dem Flügel – den Kotflügel meine ich, nicht den der Taube – einen Lieferwagen, der am Straßenrand parkte. Solche Geschichten müssen Sie doch dauernd zu hören bekommen.«

»Ich bin nicht bei der Verkehrspolizei.«

»Tja, das war im Mai, glaube ich, und ich lehrte gerade mein letztes Semester am Birkbeck College, bevor ich hier die Professur antrat. An diesem Morgen hatte ich in der British Library gearbeitet und wollte einen Mittagsspaziergang machen. Die Taube habe ich nicht gesehen, aber den Lärm gehört. Ich war als erster am Wagen, habe die Tür geöffnet und sie gefragt, ob sie verletzt sei. Ich sehe sie heute noch vor mir, wie sie mich anstarrte, ganz bleich vor Schreck, und schön, unglaublich schön. Es ging ihr gut, bis auf den Schock, also habe ich ihr geholfen, den Wagen in eine Parklücke zu setzen, dann habe ich sie ins nächste Café mitgenommen und starken Tee bestellt. Ich wollte mir die Gelegenheit, den edlen Ritter zu spielen, nicht entgehen lassen und bin los, um den Fahrer des Lieferwagens zu suchen. Wie sich herausstellte, handelte es sich dabei um einen buddhistischen Mönch.«

»Ein Mönch – in London?«

»Er hat in der Bibliothek geforscht, so wie ich. Ich hatte ihn ein paarmal im Lesesaal gesehen. Als ich ihm von dem Zusammenstoß erzählte, war ihm eine weitere Beule in seinem Wagen völlig egal. Ja, er lobte Gerrys Verhalten überschwenglich, daß sie die Taube gerettet hatte. Seiner Überzeugung nach war sie auf dem Weg zur Erleuchtung. Ich sauste also wieder zurück ins Café und konnte sie beruhigen.«

»Und bestimmt haben Sie ihr dringend geraten, zum nächsten Polizeirevier zu gehen, um den Unfall zu melden«, warf Diamond hämisch ein.

Jackman ließ sich nicht unterbrechen. »Als ich wiederkam, saß sie zusammengesunken auf einem Hocker und tupfte sich die Augen mit ihrem unglaublichen roten Haar. Der Unfall war ihr erster, erzählte sie mir, und sie kam sich töricht vor, weil sie einen Blechschaden verursacht hatte, um einer blöden Taube auszuweichen. Ich weiß noch, daß ich die Partei der Taube ergriffen und ihr Recht verteidigt habe, die Straße überqueren zu können, ohne plattgefahren zu werden. Ich brachte sie zum Lächeln. Sie hatte ein umwerfendes Lächeln. Dann eröffnete sie mir, daß sie in zwanzig Minuten im Fernsehzentrum sein müsse, und ich bot mich an, sie nach White City zu fahren. Peinlich. Es war offensichtlich, daß ich keine Ahnung hatte, einer Berühmtheit begegnet zu sein. Ich sehe so gut wie nie fern.«

Sie blieben am Rande des Obstgartens stehen, wo das Gras zu hoch gewachsen war, um hindurchzuschlendern. Diamond rupfte einen langen Halm aus und kaute darauf. Er war ganz zufrieden mit sich, daß er die Geduld aufgebracht hatte, dieser trivialen Geschichte zu lauschen. Er hatte noch Zeit genug, auf den häßlichen Teil zu sprechen zu kommen. »Sie haben ein Wiedersehen vereinbart, nehme ich an?«

»Natürlich. Wir haben uns gut verstanden. Die Anziehung beruhte auf Gegenseitigkeit – obgleich wir uns wohl gegenseitig idealisiert haben. Sie hatte nur Mittlere Reife gemacht und fühlte sich geschmeichelt, einen angehenden Professor vorzeigen zu können. Und abgesehen davon, daß ich sie ungeheuer attraktiv fand, wie wohl jeder Mann in diesem Lande, habe ich mich auch gern im Neid der Menschen gesonnt, die sich ›The Milners‹ anguckten und es nicht fassen konnten, wie ein zerstreuter Professor sich einen Fernsehstar angeln konnte.«

»Wie stand es mit Gesprächen?«

»Was meinen Sie damit?«

»War Sie auf derselben Wellenlänge wie Sie?«

»Oh, sie war ein heller Kopf. Wenn sie ihre Ausbildung nicht abgebrochen hätte, wäre sie sicher zur Uni gegangen.«

An der Art, wie Jackman das sagte, fiel Diamond auf, daß er mit einer gewissen Distanz sprach und nicht mit dem Stolz, den man von einem liebenden Gatten erwartet hätte. Dagegen hatte er alles andere – alle Erinnerungen an die Zeit vor zwei Jahren – sehr warmherzig geschildert. Die Geschichte von ihrer Begegnung hörte sich wahr an. Der Mann war unzweifelhaft von ihr bezaubert gewesen, und es war nicht schwer zu erraten, was sie zu ihm hingezogen hatte. Er sah gut aus. Er war nicht verknöchert. Er entsprach absolut nicht dem Klischee vom lebensfremden Intellektuellen.

Das bestätigte sich, als Jackman weiterredete. »Das erste Mal liebten wir uns unter dem Sternenhimmel im Richmond Park. Wir wußten nicht, daß die Tore bei Sonnenuntergang geschlossen werden; mußten über eine Mauer klettern, um rauszukommen, und zu dem Zeitpunkt war unsere Energie doch ziemlich erschöpft.« Er lächelte schwach. »Danach haben wir uns dann eine bequemere Lösung überlegt. Sie ist zu mir in meine Wohnung in Teddington gezogen. Im September haben wir standesamtlich geheiratet, und anschließend gab es eine Fahrt die Themse hinauf auf einem Vergnügungsdampfer mit zweihundertfünfzig Leuten.«

Diamond notierte sich im Geiste die Zahl, weil sie ihn beunruhigte. Um, falls nötig, die Freunde des Opfers zu befragen, würden sie eine große Sondereinheit einrichten müssen.«

»Eigentlich erstaunlich«, stellte Jackman fest. »Die akademische Welt und die des Showbiz verstanden sich prächtig. Sie haben sich bis in den frühen Morgen hinein zu den Klängen eines Jazzquartetts amüsiert.«

»Das war im September 1987, sagten Sie? Und wann sind Sie dann nach Bath gezogen?« fragte Diamond.

»Gleich danach. Mein Semester fing an. Gerry war noch bei der BBC. Wir hatten keine Ahnung, daß ihre Tage bei ›The Milners‹ gezählt waren. Sie hat sich eine Wohnung in Ealing gemietet für die Zeit der Dreharbeiten. Wie ich schon sagte, wir waren beide beruflich stark engagiert und haben deshalb unsere Leben weniger eng miteinander verzahnt als traditionell üblich. Wir hatten getrennte Bankkonten. Das Haus hier gehört mir; ich hatte es schon gefunden und den Vertrag unterschrieben, als ich Gerry kennenlernte.«

»War sie mit Ihrer Wahl einverstanden?«

Der Professor legte eine Hand vors Gesicht und strich sich über den Mund abwärts zur Kinnspitze, während er über die Frage nachdachte. »Ich denke, es hat ihr gefallen, ja. Es liegt ein wenig weit vom Zentrum, aber sie hatte den Wagen.«

»Den Renault?«

»Einen Metro. Sie hatte sich einen neuen gekauft. Er steht in der Garage. Möchten Sie ihn sehen?«

»Später.« Jetzt war es Diamond, der ins Grübeln kam. »Hat es Sie nicht beunruhigt, daß ihr Wagen noch in der Garage stand, nachdem sie verschwunden war?«

»Eigentlich nicht. Sie ist häufig Taxi gefahren, wenn sie irgendwohin mußte, besonders wenn sie etwas trinken wollte.«

»Hat sie viel getrunken?«

»Sie konnte einiges vertragen, aber ich würde nicht sagen, daß sie exzessiv getrunken hat.«

Im Innern des Hauses war John Wigfull, auf bewährten Polyäthylen-Socken, vom Beamten der Spurensicherung nach oben ins Schlafzimmer gerufen worden. Sie sahen einem der Kriminaltechniker zu, der auf Knien mit einem Streifen Klebeband Faserproben einsammelte.

Wigfull verschränkte die Arme und ließ den Blick durch den Raum wandern. »Zwei Einzelbetten.«

»Manche Leute schlafen lieber so.«

»Du auch – wenn du mit Gerry Snoo verheiratet wärst?«

Ein Lächeln von dem Spurensicherer. »Ich bin ein einfacher Wissenschaftler, John. Ohne jede Phantasie.«

Beide Betten waren zur forensischen Untersuchung bis auf die Matratzen abgezogen worden, was jedem Schlafzimmer die Atmosphäre genommen hätte. Es war ein großer, wohlproportionierter Raum, der in Creme und Blaßgrün gehalten war. Auf einem Ständer gegenüber dem Bett stand ein Fernseher mit Videorecorder. Zwei abstrakte Gemälde im Stil Mondrians belebten die Wände, verstärkten aber, wie Wigfull fand, nur das hotelartig Unpersönliche des Raumes.

Einen völlig anderen Eindruck gewann er, als er den Raum durchquerte und in eines der angrenzenden Ankleidezimmer blickte. Es war förmlich ein Schrein, voll mit Reliquien aus Gerry Snoos Fernsehkarriere. Die Wände waren von silbergerahmten Szenenfotos aus ›The Milners‹ bedeckt, dazwischen Pressefotos von ihr selbst mit irgendwelchen Berühmtheiten auf Parties. Über dem Frisiertisch befand sich der von Lämpchen umrandete Spiegel, wie er in jede Stargarderobe gehört, und die Wand dahinter war mit silbernen Hufeisen, Grußkarten, Faxen und Heidekrautsträußchen geschmückt. Ein eingebautes Regal zwischen Schrank und Fenster war vollgepackt mit Videokassetten und Taschenbüchern von ›The Milners‹.

»Sie hat ihre große Zeit vermißt, glaubst du nicht auch?« rief der Spurensicherer.

»Sieht ganz danach aus.« Wigfull ging zurück ins Schlafzimmer. »Viel gefunden?«

»Ein paar mikroskopisch kleine Flecken auf dem Federbett, möglicherweise Blut. Könnte was hergeben, vielleicht aber auch nicht. Mal sehen, was bei den Tests rauskommt. Viele Fingerabdrücke auf der Platte des Frisiertisches, wahrscheinlich ihre eigenen. Sonst kaum welche. Ich denke, die Kommode und der Kleiderschrank sind abgewischt worden. Ob er das war?«

»Meinst du den Ehemann?«

»Wen denn sonst? Mord liegt meist in der Familie, oder?«

Wigfull zuckte die Achseln. Der Beamte von der Spurensicherung ließ den Metallkoffer mit den Geräten zuschnappen. »Falls er schuldig ist, wette ich, daß dein Boß ihn kriegt. Ich habe gesehen, wie Diamond arbeitet. Zuerst ein bißchen Katz und Maus. Fast verspielt. Und dann schlägt er zu. Falls er ihnen nicht den Kopf abreißt, bricht er ihnen das Rückgrat.«

Wigfull sagte: »Bevor es soweit kommt, würde ich gerne das Motiv erfahren.«

»Liegt doch auf der Hand. Sie haben nicht in einem Bett geschlafen. Sie muß es sich irgendwo anders geholt haben. Ehemann kommt dahinter. Cut für Candice.«

Im Garten war Diamond geduldig dabei, die Geschichte dieser Ehe zu entwirren. »Im Auto haben Sie erzählt, was für ein schwerer Schlag es für Ihre Frau war, als man sie aus der Serie rausgeschrieben hat. Aber Sie haben auch angedeutet, daß sie nach dem ersten Schock doch sehr positiv damit umgegangen ist.«

»Das stimmt völlig«, entgegnete Jackman. Er war jetzt ruhiger, weil die Fragen strukturierter, berechenbarer geworden waren. »Natürlich hat sie dem Regisseur deutlich zu verstehen gegeben, was sie davon hielt, aber nachdem sie einmal eingesehen hatte, daß nichts zu machen war, hat sie recht vernünftig reagiert, dachte ich. Zu mir hat sie gesagt, daß sie jetzt all die Jahre nachholen wollte, die sie verpaßt hatte.«

»Was hat sie damit gemeint?«

»Sie hatte nie Freiheiten wie die meisten jungen Frauen. Endlich durfte sie ausbrechen: Urlaub machen, Nächte durchtanzen, die Frisur ändern, Gewicht zulegen, wenn sie wollte, und nie wieder einen Fanbrief beantworten. Ich denke, es war jugendliches Aufbegehren, mit zehn Jahren Verzögerung.«

»Nicht gerade ein idealer Anfang für eine Ehe«, warf Diamond ein.

Der Ton der Antwort war nicht ohne Schärfe, als ob Jackman ahnte, was hinter dieser Bemerkung steckte. »Wir haben das nicht so gesehen. Wie ich schon sagte, wir hatten vereinbart, einander so viel Raum zu lassen, daß jeder er selbst bleiben und seine Interessen unabhängig vom anderen ausleben konnte. Wir wollten nicht so eine Ehe, in der einer von beiden immer nur Anhängsel ist und dauernd Opfer bringt.«

»Aber die Grundlage Ihres Vertrages – Ihrer Übereinkunft, oder wie Sie es nennen wollen – hatte sich geändert«, wandte Diamond ein. »Mit ihrer Karriere war es zu Ende.«

»Na und? Ich habe nicht von Gerry erwartet, daß sie zu Hause bleibt und meine Socken stopft, bloß weil sie kein Engagement mehr hatte. Sie hat ihre Energien darauf verwandt, sich ein eigenes gesellschaftliches Leben aufzubauen. Natürlich hat sie die Wohnung in Ealing gekündigt.«

»Schwierig für eine Frau, die an London gewöhnt ist, hierherzukommen, wo sie keinen kennt«, bemerkte Diamond, der fest davon überzeugt war, daß die Ehe verhängnisvoll gescheitert war.

»Nicht für Gerry. Es hatte sich bald herumgesprochen, daß sie hierhergezogen war. Es hagelte Einladungen.«

»Wurden Sie auch eingeladen?«

»Ziemlich oft. Aber meistens konnte ich sie nicht begleiten. Ich war dabei, ein ganz neues Institut aufzubauen, und das nahm meine Zeit ganz in Anspruch. Aber nach und nach habe ich die Leute kennengelernt, mit denen sie ihre Zeit verbrachte. Gelegentlich hatten wir auch hier eine Party.«

»Leute aus Bath?«

»Bristol. Von überall aus der Gegend, denke ich.«

»Denken Sie? Dann haben Sie sie also nicht allzu gut kennengelernt. Waren sie nicht nach Ihrem Geschmack?«

Jackman bedachte ihn mit einem kalten Blick. »Menschen müssen nicht nach meinem Geschmack sein, wie Sie es ausdrücken. Jedenfalls habe ich sie nicht alle gefragt, wo sie wohnen. Falls Sie Namen und Adressen brauchen, so kann ich wohl Gerrys Adreßbuch finden.«

»Soll das heißen, daß Sie noch nicht mal die Namen der Freunde Ihrer Frau kennen?«

»Das habe ich nicht gesagt. Da war ein Ehepaar Maltby, aus Clevedon, glaube ich. Paula und John Hare. Liza soundso. Ein großer Bursche namens Mike – wo der wohnt, weiß ich nicht genau.«

»Schon gut«, sagte Diamond. »Ich werde ihr Adreßbuch durchgehen, wie Sie vorschlagen. Hat Ihre Frau mal erzählt, daß sie sich mit einem dieser neuen Freunde gestritten hat?«

»Soweit ich mich erinnere, nein.«

»Gehen wir zurück?« Diamond setzte sich wieder Richtung Haus in Bewegung. Er benutzte die Trittsteine auf dem Rasen, der noch feucht vom Tau war und es vermutlich auch den ganzen Tag bleiben würde. »Nach dem, was Sie mir über Ihre Ehe erzählt haben, habe ich das Gefühl, daß sie vielleicht gar nicht mit Ihnen über ihre Freunde gesprochen hat«, sagte er, während er sich behutsam seinen Weg suchte.

»Wohl kaum«, antwortete der Professor hinter ihm. Ihn schien nichts aus dem Tritt zu bringen.

Vor ihnen, praktisch genau im Zentrum des Gartens, befand sich ein gepflasterter Bereich, der in der Mitte dunkler war. Zuerst dachte Diamond, es handle sich um ein Blumenbeet, aber als sie näher kamen, sah er, daß die geschwärzte Stelle die ausgebrannte, achteckige Grundfläche eines Gebäudes war. »Sieht so aus, als wäre da mal was abgebrannt«, bemerkte er beiläufig.

»Das da war mal das Prunkstück des Gartens«, entgegnete Jackman mit der Gewandtheit des erfahrenen Gastgebers. »Ein Sommerhaus. Es ist in der Nacht abgebrannt, in der Gerry versucht hat, mich zu töten.«

Diamond bremste so abrupt ab, daß er fast das Gleichgewicht verlor. Als er seine Stimme wiedergefunden hatte, klang sie ganz anders, gepreßt und atemlos vor Schock. »Ich weiß nicht, ob ich Sie richtig verstanden habe, Professor, aber mir ist, als hätten wir da in der Geschichte was übersprungen.«

Teil zwei

Gregory

1 Der 5. August war der Tag, an dem meine Frau Geraldine versuchte, mich umzubringen.

Die Ermordung eines Ehemannes setzt ein gewisses Maß an Abneigung, um nicht zu sagen Abscheu, voraus. Gerry war allgemein als warmherziger, fröhlicher Mensch bekannt, jemand, dem die Herzen nur so zuflogen. Außerdem sah sie außerordentlich gut aus. Sie hatte inzwischen ein Alter erreicht, in dem das Wort »schön« zunehmend anderen Begriffen Platz machte, die nicht weniger anerkennend waren, nur seriöser: etwa »elegant«, »gepflegt«. Ihr auffallendes, feuerrotes Haar trug sie nach hinten gekämmt und im Nacken zusammengebunden, was ihren langen Schwanenhals noch stärker zur Geltung brachte. Daß sie gern lange schwarze Röcke und Blusen trug, wirkte keinesfalls trist, sondern stilvoll.

Ich muß zugeben, daß es daheim in unseren vier Wänden anders aussah. In den letzten sechs Monaten war das Zusammenleben mit ihr immer schwieriger geworden. Ihre Launen waren unberechenbar. Sie hatte Wutanfälle, irrationale Ausbrüche, bei denen sie mir die Schuld an Kleinigkeiten gab, die sie geärgert hatten. Ich weiß noch, daß sie mir unterstellte, ich hätte mich an ihrem Wagen zu schaffen gemacht, als der nicht ansprang, oder ich hätte ihre Zeitung versteckt oder das ganze heiße Wasser verbraucht, wo sie offensichtlich selbst vergessen hatte, den Hahn zuzudrehen – lächerliche Banalitäten, die sie unendlich aufbauschte und als offenkundigen Beweis meiner Boshaftigkeit auslegte. Dann wieder gab es Zeiten, die fast genauso schwer zu ertragen waren, wenn sie plötzlich übertrieben fröhlich und ausgelassen war und dann in hoffnungslose, stumme Depression fiel. All das machte mir natürlich Sorgen, aber es war doch weit entfernt von gewalttätiger Aggression, so glaubte ich zumindest.

Im nachhinein ist mir klar, daß der erste Hinweis darauf, daß Gerry etwas im Schilde führte, indirekt vom Arzt kam. Ende Juli ging ich zu ihm, um meinen jährlichen Gesundheitscheck machen zu lassen, wozu ich als Angestellter der Uni verpflichtet war. Nachdem die Sprechstundenhilfe mich gewogen, meinen Blutdruck gemessen, den Urin untersucht und die Reflexe geprüft hatte, kurz ihre ganze Liste durchgegangen war, führte sie mich ins Sprechzimmer, wo ich das Ergebnis erfahren sollte. Mein Hausarzt war an dem Tag nicht da, und so lernte ich erstmals die graue Eminenz der Praxis kennen. Dr. Bookbinder ist ein Mann der alten Schule, zerfurcht und angegraut, mit Fliege und Manschettenknöpfen. Er gehört zu den Leuten, die einen weiten Bogen um jeden Computer machen. Obwohl er ein No-smoking-Plakat an der Wand hängen hatte, stand das Fenster offen, und das Zimmer roch nach Zigarren.

»Wie fühlen Sie sich?«

»Fit wie ein junger Hund«, erwiderte ich, und obwohl ich von mir selbst spreche, muß ich sagen, ich sah auch so aus, klare Augen, munter und fröhlich.

»Wie alt sind Sie – sechsunddreißig, siebenunddreißig, unverschämt jung für einen Professor. In welchem Fachbereich? Hoffentlich nicht Medizin?«

»Anglistik.«

»Gut.« Dr. Bookbinders braune Augen funkelten, als er mich über seine Brille hinweg musterte. »Dann reden Sie mir wenigstens nicht in meine Arbeit rein. Ich wußte gar nicht, daß sie sich hier an der Uni auch mit unserer Muttersprache beschäftigen.«

»Ich bin dabei, ein Institut aufzubauen. Der Lehrstuhl ist erst vor zwei Jahren eingerichtet worden.«

»Ein Lehrstuhl für Anglistik, was? Klingt ganz schön, aber lassen Sie sich nicht dazu verlocken, allzu lange darauf sitzenzubleiben. Die sitzende Lebensweise kann zu Verdauungsbeschwerden und Hämorrhoiden führen.«

»Ich sitze nicht die ganze Zeit. Hin und wieder stehe ich auch auf und recke mich.«

»Wunderbar. Ist es mit sehr viel Streß verbunden?«

»Das Aufstehen?«

»Das Aufbauen«, sagte Dr. Bookbinder. »Des Instituts.«

»Nicht besonders. Bislang habe ich noch nicht viele Studenten.«

Der Doktor sah sich das Formular an, auf dem die Sprechstundenhilfe die Ergebnisse eingetragen hatte, und stopfte es ungeschickt in den Ordner, der aus medizinischer Sicht mein ganzes Leben enthielt. »Schon lange nichts mehr gelesen, das so langweilig war, jedenfalls nicht seit diesem Buch über die Hobbits – oder waren es Hamster? Wenn ich bei einer Lebensversicherung wäre, würde ich Sie als prima Kunden werben, vorausgesetzt, Sie überarbeiten sich nicht. Sie sind doch mit dieser entzückenden jungen Frau verheiratet, die im Fernsehen die Candice Milner gespielt hat, stimmt's? Sie ist eine Patientin von mir.«

Ich nickte.

»Am Montag war sie bei mir«, fuhr er fort. »Einer der Vorteile meines Berufes ist es, daß ich die Damen häufiger sehe als die Ehemänner. Nichts für ungut.«

»Kein Problem. Ich mache tunlichst einen großen Bogen um Ärzte, so lange es irgend geht«, konterte ich und machte Anstalten, mich zu erheben. »Und da ich keine Krankschreibung rausschinden will, möchte ich Ihre Zeit auch nicht länger in Anspruch nehmen.«

Dr. Bookbinder bedeutete mir mit einer Handbewegung sitzen zu bleiben. »Wenn Mrs. Jackman sich bei uns anmeldet, drehen meine Sprechstundenhilfen völlig durch.«

»Die Macht des Fernsehens.«

»Möchten Sie wissen, warum sie bei mir war?«

Eine Indiskretion lag in der Luft. Und ich legte keinen Wert darauf. Ich weiß noch, daß ich abwehrend sagte: »Meine Frau und ich respektieren die Privatsphäre des anderen.«

»Schlafen Sie zusammen?«

Ich machte große Augen. Dann nahm ich im Sessel eine kerzengerade Haltung ein. »Ist das irgendwie von Belang?«

»Sonst hätte ich ja wohl kaum gefragt, oder?« entgegnete Dr. Bookbinder.

Nach kurzem Nachdenken sagte ich: »Wenn Sie meinen, im selben Zimmer, lautet die Antwort ja.«

»In dem Fall verstoße ich nicht gegen die Schweigepflicht. Sie müssen es bemerkt haben.«

»Was bemerkt haben, Doktor?«

»Daß Ihre Frau unter Schlaflosigkeit leidet.«

»Sie ... leidet ... unter Schlaflosigkeit?«

»Deshalb habe ich mich nach Ihrem Streß erkundigt. Mir ist der Gedanke gekommen, daß Sie möglicherweise Ihre beruflichen Sorgen ganz unbewußt auf sie übertragen, aber Sie haben ja schon gesagt, daß dem nicht so ist.«

Ich muß sagen, Westentaschenpsychologie ist nicht gerade mein Fall. Überhaupt ist Psychologisiererei nicht mein Fall. Also sagte ich zu ihm: »Ich rede nicht oft mit Geraldine über meine Arbeit.«

»Dann müssen wir woanders nach einer möglichen Ursache für ihre Nervosität suchen. Könnte vielleicht eine gewisse Unzufriedenheit mit ihrer jetzigen Lebenssituation der Grund dafür sein? Immerhin steht sie jetzt wesentlich weniger im Rampenlicht.«

»Richtig. Hin und wieder dreht sie einen Werbespot, aber ansonsten kommen keine Fernsehangebote mehr.«

»Woran liegt das? Weil sie für alle Welt immer noch Candice ist?«

»Zum Teil liegt es sicherlich daran.«

»Ist Ihnen nicht aufgefallen, daß sie schlecht schläft?«

»Offen gesagt, nein. Wir haben getrennte Betten, und wenn ich mich hinlege, bin ich auch schon eingeschlafen.«

»Fragen Sie sie morgens nicht, ob sie gut geschlafen hat?«

»Meistens nicht. Bisher hatte ich immer den Eindruck, daß sie tief und fest schläft, wenn ich aufstehe.« Nach einer kurzen Pause fuhr ich fort: »Aber, ehrlich gesagt, dieses Gespräch ist mir äußerst unangenehm, Doktor. Falls Geraldine unter Schlafstörungen leidet, hätte sie es mir gegenüber erwähnen können. Das hat sie aber nicht. Sie hat sich vertrauensvoll an Sie gewandt.«

»Ich bin davon ausgegangen, daß Sie von dem Problem wüßten«, erwiderte der Doktor. Und dann machte er eine vieldeutige Bemerkung, die mir ganz und gar nicht behagte. »Ich kann doch wohl davon ausgehen, daß Sie besorgt sind?«

Ich konnte meine Beherrschung nur mühsam wahren. »Natürlich bin ich besorgt, wo Sie es mir nun erzählt haben. Wenn ich ihr irgendwie helfen kann, werde ich es tun, und wenn ich ihr auch nur mitten in der Nacht heißen Kakao koche.«

Der Doktor rümpfte die Nase. »Sie brauchen nicht aufzubleiben und ihr Gesellschaft leisten. Das ist kein Mittel gegen Schlaflosigkeit.«

»Und was schlagen Sie vor?

Lässig sagte er: »Machen Sie sich keine Sorgen, sie kann jetzt schlafen. Ich habe ihr ein Barbiturat verschrieben.«

Ich runzelte die Stirn. »So schlimm ist es?«

»Wir haben alle milderen Hypnotika durchprobiert. Sie sagt, daß die kaum oder gar nicht wirken.«

»Dann geht das also schon eine ganze Weile so? Ich hatte keine Ahnung.«

»Es handelt sich um eine ernste, hartnäckige Schlafstörung, Professor. Irgendwie müssen wir den Kreislauf durchbrechen, und in solchen Fällen kann manchmal so ein gutes altes Barbiturat Wunder wirken, wohingegen neuere Tranquilizer wirkungslos bleiben. Wenn wir erst einmal für regelmäßige Schlafphasen gesorgt haben, müßte sich der natürliche Schlafrhythmus innerhalb weniger Wochen wieder einstellen.«

»Das heißt also, daß ich nichts tun kann?«

»Das grundlegende Problem bleibt natürlich vorhanden. Es könnte körperlicher Art sein, doch eigentlich sind Angstzustände die häufigste Ursache für Schlafstörungen. Ich sehe, daß Sie mit ihr fühlen, und das an sich ist schon eine Hilfe, wenn Sie also herausfinden könnten, was sie belastet und irgend etwas Konstruktives tun könnten, wäre das langfristig gesehen eine bessere Behandlung als Barbiturate. Aber bitte, seien Sie diskret.«

»Na prima«, sagte ich.

»Professor, einem intelligenten Menschen wie Ihnen brauche ich wohl nicht zu sagen, daß das Vertrauen eines Patienten in die Verschwiegenheit seines Arztes von entscheidender Bedeutung ist.«

»Allerdings«, entgegnete ich, und nun war es mit meiner Höflichkeit vorbei, »und als intelligenter Mensch sollte ich meiner Frau raten, den Arzt zu wechseln. Guten Morgen.«

Ich stand auf und verließ den Raum.

Bevor ich den Wagen anließ, blieb ich eine Weile sitzen und grübelte darüber nach, warum Geraldine wohl Schlafstörungen hatte und wieso ich das nicht bemerkt hatte. Nie wäre ich auf den Gedanken gekommen, daß das Barbiturat für mich vorgesehen war.

2 Einige Zeit später am selben Morgen an der Universität von Bath beobachtete ich Miss Hunter – die Sekretärin des Dekans der Philosophischen Fakultät –, wie sie sechs Schokoladentörtchen auf einem Tablett arrangierte. Im Nebenzimmer tagte das »Steuerungskomitee« der Uni, und man hatte mich gebeten, zu Punkt sechs der Tagesordnung zu erscheinen. Ich sollte reingehen, wenn der Kaffee serviert wurde. Nach zwanzig Minuten wurde ich allmählich ungeduldig. Das unerfreuliche Gespräch mit Dr. Bookbinder ging mir noch immer nach. Ich erinnere mich, daß ich mir ein Törtchen nahm und, wohl um mich selbst in eine bessere Stimmung zu bringen, im Scherz sagte: »Komischer Name – Steuerungskomitee. Was machen die denn da drin, Radfahren?«

Hilary Hunter lacht gern. Sie schien belustigt über die Vorstellung, daß fünf Professoren den ganzen Morgen lang feierlich durchs Dekanatszimmer strampeln, aber als loyale Sekretärin durfte sie natürlich nicht über den Dekan lachen, deshalb wandte sie sich rasch ab und nahm das Wasser von der Platte. Es hatte schon zweimal gekocht.

Eine weitere Minute verstrich.

Der Summer auf ihrem Schreibtisch ertönte. Sie goß den Kaffee ein und nahm das Tablett in die Hand.

Ich hielt ihr die Tür auf und raunte: »Achten Sie auf den Spitzenreiter im Gelben Trikot.«

Es war, als hätte ich Miss Hunter einen Rippenstoß versetzt. Als sie durch die Tür schritt, gab sie ein quiekendes Geräusch von sich.

Der Dekan fragte: »Brauchen Sie ein Taschentuch, Miss Hunter?«

Sie schüttelte den Kopf. »Dann stellen Sie das Tablett bitte hier ab. Wir nehmen uns selbst. Jackman, kommen Sie doch herein.« Der Dekan deutete auf ein riesiges mit Chintz bezogenes Sofa. Er legt Wert auf die Annehmlichkeiten des Lebens und trägt gerne karierte Wollhemden und handgewebte Krawatten. Seine Mütze und der Golfsack hingen an der Tür. In diesem Jahr war er mit dem Vorsitz im Steuerungskomitee an der Reihe. Die anderen kamen von den übrigen Fakultäten. Ich kannte drei von ihnen flüchtig, und mit dem vierten, Professor Oliver von der Kunstgeschichte, ging ich gelegentlich ein Bier trinken.

»Was macht unser frisch geschlüpftes Anglistik-Institut?« fragte der Dekan in seiner gewichtigen Art.

»Es wird langsam flügge«, antwortete ich.

»Ha – ja. Bereit für einen kleinen Flug?«

»Was wird denn angeboten – eine Reise nach Amerika?«

Der Dekan lachte: »Sie Optimist.« Er wandte sich nach links. »Ist er nicht ein richtiger Optimist? Professor Oliver, wären Sie so freundlich, ihm zu erklären, worum es geht?«

»Ich?« Tom Olivers Frage wurde von einem Sprühregen aus Törtchenkrümeln begleitet. Er brauchte was zum Kauen. Sitzungen, auf denen nicht geraucht werden darf, sind für einen Mann, der stets mit brennender Pfeife durchs Leben schreitet, die reinste Qual. Er trank einen kräftigen Schluck Kaffee. »Sie wissen ja, daß wir versuchen, das Image der Uni bei der Bevölkerung des Ortes ein wenig aufzupolieren.«

»Der Stadt«, sagte der Dekan.

»Berichtigung. Der Stadt. In letzter Zeit sind Vorwürfe laut geworden, wir hätten uns hier oben in den klassischen Elfenbeinturm zurückgezogen und kümmerten uns nicht um die Spießer.«

»Na, das ist wohl etwas unangebracht«, sagte der Dekan.

»Spießer«, wiederholte Oliver. »Aufrechte Bürger. Natürlich ist dieser Vorwurf ungerechtfertigt. Mit unserem Schwerpunkt auf Naturwissenschaft und Technologie haben wir durch unsere Blockseminare schon immer einen engen Kontakt zur hiesigen Industrie unterhalten. Außerdem bieten wir in umfassendem Maße externe Kurse an. Unsere Gesellschaft der Freunde der Musik organisiert Konzerte und dergleichen. In der Adventszeit lassen wir Hunderte von Einkäufern unsere Parkplätze benutzen, damit sie am Park-and-Ride-System teilnehmen können. Und natürlich veranstalten unsere Studenten jedes Jahr ihren traditionellen Straßenumzug und so weiter.«

»Das Sänftenrennen«, warf der Professor für vergleichende Religionswissenschaft ein, ein Federgewicht, der sich alljährlich über den Kurs schleppen ließ.

»Das auch noch. Ich will auf folgendes hinaus, Greg. Vor drei Jahren, da waren Sie noch nicht hier, haben wir in der Victoria-Galerie eine Ausstellung veranstaltet.«

»Über der Stadtbibliothek«, erinnerte sich der Dekan, »eine schöne Ausstellung war das, eine echte Pionierleistung.«

Ein argwöhnischer Ausdruck senkte sich wie ein Visier über mein Gesicht.

»Ich bekam die Aufgabe zugeteilt, sie zu organisieren«, fuhr Oliver fort. »Sie sollte unter dem Titel ›Kunst in Bath‹ laufen und Maler zeigen, die tatsächlich eine Zeit hier gelebt haben. Ein bunt gemischter Haufen, muß ich zugeben. Gainsborough, Sir Thomas Lawrence, Whistler, Lord Leighton und ein paar unbedeutendere Künstler.«

»Professor Oliver hat auch Werke von sich ausgestellt«, sagte der Dekan. »Etwas Abstraktes, hauptsächlich in Rosa, glaube ich mich zu erinnern.«

Oliver sagte verlegen: »Ich mußte den Raum vollkriegen. Am liebsten hätte ich ja nur moderne Kunst gezeigt, aber die Gesellschaft der Künstler in Bath hatte nur einen Monat zuvor ihre Jahresausstellung in der Galerie gehabt, und man gab mir unmißverständlich zu verstehen, daß unsere Ausstellung anders sein sollte, traditioneller.«

Vielleicht weil er meinte, daß die positiven Aspekte der Ausstellung »Kunst in Bath« noch deutlicher betont werden sollten, schaltete sich der Dekan wieder ein. »Wir haben erstklassige Reaktionen auf unsere Bitten um Leihgaben von Bildern bekommen – von Privatsammlern ebenso wie von den bekannteren Museen. Das ist ein Aspekt einer solchen Ausstellung. Man kann die hiesige Bevölkerung ansprechen und ihr zeigen, daß es uns gibt. Die Zeitungen und die regionalen Fernsehstationen und Radiosender haben über die Ausstellung berichtet. Am Ende war Professor Oliver ein richtiger Medienstar.«

Tom Oliver verdrehte die Augen bei der Erinnerung daran.

Mittlerweile hatte ich genug gehört. Ich lehnte mich zurück und verschränkte die Arme. »Also, Gentlemen, lassen Sie hören. Was will man mir aufhalsen?«

Der Dekan runzelte die Stirn. »Hier wird keinem etwas aufgehalst, Jackman. Von einem Professor für Englisch hätte ich eine glücklichere Wortwahl erwartet.«

»Anhängen?«

»Anscheinend reden wir hier aneinander vorbei«, sagte der Dekan. »Ich weiß, daß Sie eine deutliche Sprache lieben, Jackman, aber es besteht kein Anlaß, derart ablehnend zu reagieren, bevor wir unseren Vorschlag überhaupt dargelegt haben. Ich sehe darin eine hervorragende Gelegenheit für das Anglistische Institut, sich zu profilieren. Wissen Sie, als jüngstes Institut an der Universität haben Sie noch einiges aufzuholen im Vergleich zu denjenigen, die von Anfang an dabei sind. Und da Sie erst seit zwei Jahren Studenten annehmen, glaube ich kaum, daß Sie an Überlastung leiden. Es dauert immerhin noch ein Jahr, bis die ersten Abschlußprüfungen anstehen.«

»Es hat mich also erwischt«, erwiderte ich. »Sie möchten, daß ich dieses Jahr die Trommel rühre. Habe ich freie Hand?«

»Innerhalb gewisser Grenzen.«

Ich zuckte die Achseln. »Ich habe keine freie Hand.«

»Der Stadtrat hat uns einen recht interessanten Vorschlag unterbreitet. Und unser Komitee hat sich natürlich entschieden dafür ausgesprochen.«

»Und der wäre?«

»Jane Austen in Bath.«

Stille trat ein.

»Jane Austen, die Schriftstellerin«, fügte der Dekan hinzu, der seinen Sarkasmus nicht durch Feinsinnigkeit schmälerte. »Sie hat nämlich, falls Sie das nicht wußten, einige Jahre in der Stadt gelebt.«

»Man lernt doch nie aus«, sagte ich. »Und das ist alles – bloß Jane?«

»Und Bath. Thema, Motto der Ausstellung soll eine Würdigung der Jahre sein, die Jane Austen in Bath verbrachte.«

»Eine Würdigung?«

»Genau.«

Ich holte tief Luft und atmete langsam wieder aus. »Ein Jammer, daß sie keine Gelegenheit mehr hat, sich an dieser Ironie zu ergötzen.«

Der Dekan blickte verärgert. »Was soll diese Bemerkung?«

»Jane Austens Jahre in Bath bieten keinen Grund zur Würdigung. Sie fand die Stadt zum Kotzen.«

»Professor Jackman!«

»Also gut – es war die unglücklichste Zeit ihres Lebens.«

»Das ist doch wohl grob verallgemeinernd ausgedrückt.«

Der Professor für vergleichende Religionswissenschaft griff sich das letzte Schokoladentörtchen und sagte: »Was heißt schon Glück? Was bedeutete Glück für Jane Austen? Wir reden hier in abstrakten Termini.«

»Soweit ich weiß«, sagte ich, »ist Jane glatt umgekippt, als Reverend George Austen seiner Familie eröffnete, daß sie hierherziehen und Steventon verlassen würden, wo Jane geboren und aufgewachsen war. In Ohnmacht gefallen. Sie sind fünf Jahre in Bath geblieben. Ihrer Einschätzung nach konnte es sich in keinster Weise mit Steventon messen. In diese Phase fiel auch eine Reihe unglücklicher Ereignisse – eine aufgelöste Verlobung, der Tod von Freunden. Ihr Vater ist hier gestorben. Sie mußten in eine einfachere Behausung umziehen, und als sie Bath schließlich den Rücken kehrten, war das in ihren Worten wie eine geglückte Flucht. Für sie bedeutete Glück, aus Bath wegzukommen.«

Nach einer weiteren beklommenen Pause sagte der Dekan trotzig: »Tatsache bleibt, daß sie hier gewohnt hat. Und eine der größten Romanautorinnen überhaupt war.«

»Nicht ein einziger ihrer großen Romane ist in Bath entstanden.«

Der Dekan funkelte mich über seine Brille an. »Korrigieren Sie mich, wenn ich mich irre, Professor. Aber soweit ich weiß, spielt Bath eine wichtige Rolle in den Romanen.«

Ich ließ meinen Blick von einem Komiteemitglied zum nächsten wandern. »Ich werde also wohl nicht drum herumkommen, oder?«

»Um so etwas sollte man nicht herumkommen. So eine Gelegenheit sollte man nutzen, Jackman. Alle, die bislang davon wissen, sind ganz begeistert. Der Leiter der Stadtbibliothek und seine Mitarbeiter haben jede erdenkliche Unterstützung zugesagt.«

Mein Mut sank. »Sie haben bereits mit anderen darüber gesprochen?«

»Mit einigen wenigen wichtigen Leuten.«

»Ich wünschte, Sie hätten mich früher angesprochen.«

Oliver sagte: »Greg, wir haben auch erst heute morgen davon erfahren.«

Ich seufzte tief, stand auf und ging zum Fenster. »Und ich soll jetzt genug Exponate finden, um die Victoria-Galerie vollzukriegen?«

»Die Gesellschaftssäle«, sagte der Dekan mit Triumph in der Stimme. »Man hat uns die Gesellschaftssäle angeboten.«

»Himmel – die sind ja noch größer.«

»Einen angemesseneren Rahmen kann es gar nicht geben. Bedenken Sie doch. Jane Austen muß da oft getanzt haben.«

Tom Oliver sagte: »Na ja, immerhin sind sie im Weltkrieg total zerbombt worden.«

»Und wieder vollkommen restauriert worden.«

»Stimmt«, sagte ich und drehte mich zu ihnen um. »Der Ballsaal ist verdammt groß. Wie soll ich den denn vollkriegen? Meines Wissens gibt es bloß ein postkartengroßes Portrait von Jane, das ihre Schwester gemalt hat, und das hängt in der National Portrait Gallery, weil es kein anderes Bild von ihr gibt. Falls ich das als Leihgabe bekomme, was unwahrscheinlich ist, ist damit noch lange kein Riesenballsaal gefüllt.«

Der Dekan raschelte mit seinen Unterlagen. »Ich bin sicher, daß wir eine schöne Ausstellung bekommen, wenn Sie sich der Aufgabe ebenso engagiert widmen, wie Professor Oliver das vor drei Jahren getan hat.«

Ich wandte mich an den Professor für vergleichende Religionswissenschaften. »›Sich der Aufgabe engagiert widmen‹ – ist das etwa kein abstrakter Terminus?«

Tom Oliver wollte mir helfen und sagte: »Vielleicht könnten Sie die Romane irgendwie nutzen.«

»Sie auf einer bestimmten Seite aufschlagen und in Glasvitrinen ausstellen?« entgegnete ich. »Nicht gerade sensationell, finde ich. Das zieht bestimmt keine Besucherscharen an, wenn sie die gleichen Bücher überall im Ort kaufen können.«

»Stadt«, murmelte Oliver.

»Sie könnten die Häuser fotografieren, in denen sie gewohnt hat«, schlug der Dekan vor.

»Und sie auf naturgetreuen Maßstab vergrößern?« In diesem Augenblick war ich nicht gewillt, irgendeinen Vorschlag ernst zu nehmen. »Zugegeben, wenn ich sie auf Pappe aufziehe und wie Theaterkulissen aufstelle, könnte das diesen verdammten Ballsaal füllen. Ich könnte meine Studenten mit Kostümen aus der Zeit einkleiden und herumspazieren und Erläuterungen geben lassen. »Fürwahr, fürwahr, den Gentlemen des Steuerungskomitees gebührt Beifall, denn eine glücklichere Verbindung von Stadt und Tracht ward noch nie gesehen.«

»Lassen Sie's gut sein, Greg«, sagte Oliver, bevor der Dekan die Geduld verlieren konnte. »Lassen Sie sich etwas Zeit zum Nachdenken, dann fällt Ihnen schon was Gutes ein.«

»Es ist reine Werbung, habe ich recht? Mit dem Namen Jane Austen kann man Touristen anlocken. Keiner hat sich Gedanken darum gemacht, was Jane in Wirklichkeit von Bath gehalten hat. Aber ich nehme an, es ist jetzt zu spät dafür, dem Genie, das sich die Geschichte ausgedacht hat, mit derlei zarten ethischen Bedenken zu kommen.«

»Aber wir wollen genau das Gegenteil erreichen«, stellte der Dekan fest. »Wir möchten ein Zeichen der Solidarität gegenüber der Stadt setzen und sie nicht dadurch erniedrigen, daß wir akademische Punkte sammeln. Und ja, Sie haben recht, es ist zu spät. Viel zu spät.«

Ergeben fragte ich: »Wieviel Zeit bleibt mir?«

Oliver sagte: »Es ist eigentlich eine Sommerausstellung.«

»... die vom 9. September an für drei Wochen geöffnet ist«, sagte der Dekan, als würde er den Satz zu Ende führen.

»Dann muß ich mir um meinen Urlaub keine Gedanken mehr machen«, sagte ich.

»Ich möchte nächste Woche um diese Zeit einen ersten Bericht von Ihnen hören, wenn das nicht zuviel verlangt ist.«

Zufälligerweise bin ich mit einem sehr guten Gehör gesegnet – oder geschlagen. Als ich gerade das Büro der Sekretärin verließ, bekam ich mit, wie der Dekan sagte: »Was für ein widerspenstiger Bursche. Diese Seite hat er uns nicht gezeigt, als er sich auf den Lehrstuhl beworben hat.«

Oliver sagte: »Sie waren doch gar nicht dabei. Sie hatten ein Freisemester.«

»Ach.«

»Bei seinen Studenten ist er sehr beliebt.«

»Das kann ich mir vorstellen.«

»Er wird uns nicht enttäuschen.«

»Das will ich ihm auch nicht geraten haben.«

3 Viele Menschen gehen über die Pulteney Bridge, ohne zu merken, daß sie den Avon überqueren. Das liegt daran, daß die Brücke auf beiden Seiten mit Häusern bestanden ist, wie der Ponte Vecchio in Florenz. Man kann den Fluß nur sehen, wenn man eines der Geschäfte betritt und aus dem Fenster schaut. Ich habe gehört, daß Robert Adam, als er die Brücke 1769 entwarf, an den Ponte Vecchio dachte, doch falls überhaupt eine Ähnlichkeit besteht, dann ist sie nur vordergründig. Adams Brücke ist liebenswert und originell, ein palladianischer, dreibogiger Bau mit einem dreiteiligen Fenster in der Mitte und kuppelbewehrten Wärterhäuschen an den Enden.

In dem Wärterhäuschen auf der Westseite, gegenüber der Bibliothek, ist ein Café namens David's untergebracht. Im Anschluß an mein Gespräch mit dem Steuerungskomitee war ich dorthin gegangen, was jedoch nichts mit meinem neuen Aufgabengebiet zu tun hatte; ich war ins David's gegangen, um mich zu beruhigen. Nach den unerfreulichen Begegnungen mit Dr. Bookbinder und dem Komitee war ich der Ansicht, daß ich eine Pause verdient hatte. Ich hatte keine Lust gehabt, in den Gemeinschaftsraum für die Mitglieder des Lehrkörpers zu gehen. Die Posen und das Gebaren der meisten Provinzakademiker sind mir zuwider. Als Professor eines neu gegründeten Instituts fühlte ich mich meist dazu verpflichtet, dort zu sitzen und mir die ständig gleichen Meinungen aus dem »Guardian« oder dem »Independent« anzuhören, die Klagen über die Kricket-Mannschaft, die Gewerkschaft oder den Fotokopierer. Nicht an diesem Tag.

Das David's ist mein Zufluchtsort. An dem Tag vor fast drei Jahren, als ich in Bath eintraf, um mich der Prüfungskommission zu stellen, die über meine Bewerbung um den Anglistik-Lehrstuhl entschied, kam es mir vor wie ein gutes Omen, als ich zufällig auf dieses kleine, aber geschmackvolle Lokal stieß, das kaum breiter ist als ein Eisenbahnwagen, mit seinem Cappuccino-Duft, seinen schmalen Bänken, die Rükken an Rücken stehen, seinen Leinentischtüchern und den ruhigen Gästen, die sich hinter den ausliegenden Zeitungen verstecken. An einem Ende befindet sich ein gerahmtes Bild von Michelangelos David. Am anderen Ende bereitet der David unserer Tage Tee und Kaffee in einem Thekenbereich zu, der den zur Verfügung stehenden engen Raum optimal nutzt. David ist schlank und geschmeidig, eine unerläßliche Voraussetzung, denn um hinter diese Theke zu gelangen, muß man schon fast ein Limbo-Tänzer sein.

Von den beliebtesten Plätzen aus hat man einen Blick über den Fluß. Der breite Wasserlauf unter der Brücke wird von dem Wehr dominiert, eine weiße, u-förmige Konstruktion in drei Stufen, deren elegante Linien jedoch darüber hinwegtäuschen, daß es sich um eine tödliche Falle handelt. Gewaltige Wassermassen strömen hier zusammen, stürzen hinab und bilden Strudel, in denen Jahr für Jahr tollkühne Schwimmer und Kanufahrer verunglücken.

Ich suchte mir einen Fensterplatz und nahm mit geübter Vorsicht Platz, um der Person am Nebentisch keinen Stoß zu versetzen. Dann bestellte ich mir einen Kaffee und dachte über das Gespräch in der Praxis nach. Zum Teufel mit Bookbinder. Ich würde Geraldine genau erzählen, was er gesagt hatte. Die Ehrlichkeit in unserer Ehe war wichtiger als ein ärztliches Ethos, das der Arzt selbst schon besudelt hatte.

Nach einem kurzen Blick auf die Titelseite der »Times« schob ich sie beiseite und zog eine Taschenbuchausgabe von »Die Abtei von Northanger« aus meinem Jackett, die ich aus meinem Regal im Büro genommen hatte, bevor ich hierhergekommen war. Ich suchte und fand eine Bemerkung, die Jane Austen Isabella Thorpe in den Mund gelegt hatte: »Weißt du, allmählich habe ich Bath ganz furchtbar satt. Dein Bruder und ich waren uns diesen Morgen darüber einig, daß es zwar für ein paar Wochen wunderbar hier ist, aber wohnen möchte ich hier nicht für eine Million.« Balsam auf meine Seele. Die Worte, die ich so ähnlich in Erinnerung gehabt hatte, trösteten mich. Natürlich ist es unseriös, die Meinung einer Romanfigur auf ihre Autorin zu übertragen, und das Buch enthält auch einige schmeichelhafte Bemerkungen über die Stadt, aber in meiner damaligen Stimmung erfreute mich die Vorstellung, wie die Ratsmitglieder durch ihre Ausstellung marschierten und malerische Bilder des georgianischen Bath sahen – unterlegt mit Janes ätzenden Kommentaren.

Ich trank meinen Kaffee und ermahnte mich selbst, mir derlei subversive Gedanken aus dem Kopf zu schlagen. Die Ausstellung war mir in den Schoß geworfen worden. Sie war jetzt mein Kind, und es wäre besser für mich, wenn ich allmählich anfing, es zu lieben. Eine Würdigung von Jane Austen in Bath. Im Prinzip war ich mehr als gewillt, ihre sechs Romane zu würdigen. Wäre ich das nicht gewesen, hätte ich meinen Beruf verfehlt. Aber ihre Schöpferin zu würdigen, fiel mir schwerer. Ich hatte nie das Verlangen, mich in das Heer der begeisterten Jane-Austen-Liebhaber einzureihen. Nicht, daß mich irgend etwas an Janes Charakter stören würde. Die gelegentlich arroganten Kommentare in ihren Briefen machen sie nur ein wenig menschlicher. Mein Problem ist grundlegender. Ich habe kein Verständnis für diejenigen, die Schriftsteller verehren und deren Leben genauestens studieren. Jedes literarische Werk hat seinen eigenen Wert, ist abgeschlossen und von seinem Schöpfer unabhängig zu betrachten. Deshalb sträube ich mich gegen den Trend in der modernen Kritik, kreative Arbeit unter biographischen Fakten zu begraben.

Durch das Fenster sah ich etwas, das meine Gedanken kurzfristig ablenkte. Da unten hatten sich drei Jungen bis zum Ende des Wehrs vorgewagt und standen jetzt auf dem angesammelten Treibholz. Dort war die Strömung nicht so stark wie in der Mitte, wo sie donnernd über den Rand rauschte, die Folge der starken Regenfälle in den letzten Tagen. Die Burschen hoben Holzstücke auf und schleuderten sie in die Mitte, aus reinem Spaß daran, die schimmernde Einförmigkeit des strömenden Wassers zu durchbrechen.

Die Szene veranschaulichte mein eigenes Problem recht plastisch. Die Ausstellung mußte visuell anregend sein. Textseiten, ganz gleich, wie elegant sie auch sein mochten, eigneten sich nur dann als Ausstellungsstücke, wenn sie von ausdrucksvollen Bildern begleitet wurden. Doch in dieser Hinsicht hatten die Romane selbst nur wenig zu bieten. Ich finde illustrierte Ausgaben von Austen-Romanen meist ziemlich fade. Natürlich konnte ich die Örtlichkeiten fotografieren, die Jane Austen in »Die Abtei von Northanger« und »Überredungskunst« erwähnt hatte, die beiden Romane, die in Bath spielten, aber wozu? Wer hatte denn schon Lust, sich Fotos von der Milsom Street und dem Pump Room, dem Kurhaus, anzusehen, wenn er sie in Natura vor der Haustür hatte? Nein, ich würde nicht umhin können, meine Einwände gegen den biographischen Ansatz außer acht zu lassen und Bilder von Janes Familie zusammenzutragen, von den Häusern, die sie bewohnte, und von den Menschen, mit denen sie Umgang pflegte. Die Illustrationen würden zwar statisch sein, aber zumindest nicht eintönig wirken.

Und wie wäre es mit bewegten Bildern? Vielleicht könnte man eine Videoanlage installieren und Ausschnitte aus einer

Fernsehverfilmung zeigen, die kürzlich in Bath gedreht worden war. Ich erinnerte mich, vor nicht allzu langer Zeit eine Produktion von »Überredungskunst« gesehen zu haben. Vermutlich hatte die BBC vom Rat der Stadt Bath die Erlaubnis erhalten, vor Ort zu drehen, so daß es nicht abwegig war, sie als Gegenleistung um ihre Mitarbeit zu bitten.

Vor meinem geistigen Auge sah ich an einem Ende des Ballsaals mehrere Stuhlreihen vor einem großen Bildschirm, und allmählich wurde ich optimistischer. Mein Blick wanderte zurück zum Wehr.

Einer der Jungen ging am Rand entlang auf die Mitte zu. Ein Stock, vermutlich einer, den er geworfen hatte, war fast genau im Zentrum hängengeblieben. Die beiden anderen sahen zu, wie er sich ziemlich selbstsicher darauf zubewegte. Er mochte vielleicht zwölf oder dreizehn Jahre alt sein und wirkte recht kräftig. Trotzdem war es ein waghalsiges Unternehmen. Schilder an beiden Flußufern warnten davor, wie gefährlich Schwimmen oder Kanufahren an dieser Stelle war.

Ich weiß noch, wie ich einerseits dachte, daß der Junge ein Vollidiot ist, während ich andererseits überlegte, daß Kinder in diesem Alter körperliche Herausforderungen brauchen. Wenn sie nicht am Wehr herumturnen würden, wären sie vermutlich mit ihren Skateboards in den Stadtparks unterwegs und würden halsbrecherische Kunststückchen riskieren. Der Junge war in der Mitte angekommen. Jetzt zog er den Stock aus dem Wasser und streckte ihn hoch in die Luft, als hielte er Excalibur in der Hand.

Einer der anderen fand diese Geste wohl übertrieben; jedenfalls nahm er sich ein dickes Holzstück und warf damit nach dem Angeber. Er traf ihn nicht. Der Junge sah es auf sich zukommen und wich mit dem Oberkörper aus. Aber er hatte wohl die Stärke der Strömung unterschätzt, denn er mußte einen Schritt zur Seite machen, um nicht den Halt zu verlieren. Dadurch geriet er näher an den Rand. Er schien die Gefahr zu spüren und schwankte dort einen Moment lang mit ausgestreckten Armen vor und zurück. Doch dann mußte er hinunter auf die nächste Stufe springen. Das war eigentlich vernünftig, weil die betonierten Stufen des Wehrs an dieser

Stelle recht breit waren und der Höhenunterschied nur ein paar Zentimeter ausmachte. Auch die Kraft des Wassers schien ihn nicht in Bedrängnis zu bringen. Er hätte mit Leichtigkeit wieder hinaufsteigen und sich in Sicherheit bringen können. Aber er hatte Pech. Sein Fuß rutschte weg, er verlor das Gleichgewicht und fiel auf den Rücken. Das Wasser riß ihn hinunter auf die nächste Stufe.

Ich sprang auf, weil ich fürchtete, der Junge könnte in den Strudel gezogen werden, wo die Wassermassen zusammenströmten. Ich glaube, ich rief noch zu David hinüber: »Da ist was passiert!« Dann stürmte ich aus dem Café und über die Brücke. Vielleicht hatten andere den Zwischenfall vom Grand Parade aus beobachtet, der Straße, die höher liegt als das Wehr, aber ich war näher an der Stelle, von wo aus man dorthin gelangte. Am Ende der Brücke rannte ich nach rechts, packte das Eisengeländer und eilte die Treppe hinab zu dem steinernen Kai, über dem die Brücke erbaut war. Ich lief zum Geländer. Ich konnte den Fluß überblicken. Der Junge war nirgends zu sehen. Die anderen beiden standen wie versteinert da und starrten auf die Stelle, wo das Wasser über das Wehr brauste und einen schäumenden Strudel bildete.

Auf dieser Seite des Flusses ist eine Schleuse in das Wehr eingelassen, ein gewaltiges schwenkbares Tor, über dem sich eine Plattform befindet. Um das Wehr zu Fuß zu erreichen, hätte ich ungefähr hundert Meter zu der Treppe auf der anderen Seite sprinten und die Plattform überqueren müssen. Der Rettungsring war fast ebenso weit entfernt. Er hing an dem Geländer neben der Schleuse. Dafür reichte die Zeit nicht.

Hastig riß ich mir mein Jackett vom Leib, zog die Schuhe aus, kletterte über das Geländer und sprang die drei Meter hinab in den Fluß. Ich tauchte unter, kam wieder hoch, spuckte widerwärtig schmeckendes Wasser aus und fing an zu schwimmen. Bis zu diesem Punkt hatte ich ganz spontan gehandelt. Doch als ich auf das Wehr zuschwamm, kamen mir Zweifel. Waren da unten wirklich drei Jungen gewesen oder nur zwei? Was für eine sinnlose und peinliche Vorstellung würde ich bieten, wenn sich der Junge im Wasser schon aus eigener Kraft hatte retten können.

Meine rechte Hand berührte etwas Hartes unter der Wasseroberfläche. Ich packte die Steinumrandung des Wehrs, hievte mühsam zuerst die Füße hinauf und schob mich dann seitlich hoch. Es gelang mir, mich aufzurichten, und zwar in der Nähe der Stelle, wo der Junge den Stock aufgehoben hatte. Die Strömung zerrte an meinen Beinen.

Die Jungen am Ende des Wehrs schwenkten die Arme und riefen. Ich rief zurück: »Seht ihr ihn?«

»Er geht immer wieder unter«, schrie einer. Seine Aussprache klang nach Lateinbuch und teurer Schuluniform.

»Wo? Wo habt ihr ihn gesehen?«

Der Junge streckte den Arm aus. »Da, Sir! Da drüben!«

Ich sah nach links und entdeckte einen Arm in der Gischt, eine Hand mit ausgestreckten Fingern. Fast im gleichen Moment verschwand sie wieder.

Ich brüllte: »Holt den Rettungsring! Holt Hilfe!«

Gegen den reißenden Strudel rechnete ich mir kaum Chancen aus, aber man sieht nun mal nicht tatenlos zu, wie ein Kind ertrinkt. Ich konnte deutlich sehen, wie die Fluten sich rasch im Kreis drehten, so daß der Junge unmöglich herausklettern oder stromabwärts getrieben werden konnte. Er würde immer wieder unter Wasser gezogen werden, bis er ertrank.

Verzweifelt suchte ich die schäumende Oberfläche nach einem weiteren Anzeichen des Jungen ab, und plötzlich sah ich ihn nur zwei, drei Meter von mir entfernt wieder auftauchen. Diesmal war nur sein Torso zu sehen, der im Wasser kreiselte wie ein Stück Holz, anscheinend leblos.

Ich hechtete mit ausgestreckten Armen darauf zu, um ihn zu packen. Das kalte Wasser stürzte auf mich ein wie ein angreifendes Nashorn, und ich wurde hinuntergedrückt. Ich versank und schluckte reichlich Wasser. Mir dröhnten die Ohren. Ich wurde herumgewirbelt und gestoßen, verlor die Orientierung. Mein Kopf stieß gegen etwas Festes. Aber es gelang mir, den Jungen am Oberschenkel zu fassen.

Ich zog ihn näher an mich heran und hielt ihn mit beiden Händen fest. Die gegenläufigen Strömungen warfen uns hin und her wie einen Korken. Wir wurden hinuntergezogen, am Boden entlanggeschleift, hochgeschleudert, herumgewirbelt und ins Gesicht geschlagen. Aber ich hielt den Jungen weiter fest. Und ganz allmählich spürte ich, daß die Kraft des Wassers nachließ. Als wir an die Oberfläche kamen, hatte ich Zeit zum Einatmen. Einen kurzen Augenblick sah ich belaubte Zweige über mir, was bedeutete, daß wir an den äußeren Rand des Wehrs getrieben wurden, wo die Strömung weniger stark war. Meine Schulter schabte an der Kaimauer entlang. Mein Fuß fand Halt. Ich holte keuchend Luft, verlagerte das Gewicht des Jungen und schob eine Hand unter seinen Rükken, so daß sein Gesicht aus dem Wasser kam. Es war kalkweiß und leblos. Der Kopf hing nach hinten.

Mit der schlaffen Last in den Armen kämpfte ich gegen die Strömung, bis ich schließlich am äußersten Ende des Wehrs auf die niedrigste Stufe taumelte, genau unterhalb der Stelle, wo die Jungen gestanden hatten. Eines muß ich sagen, auch wenn es sich anhört wie aus einem Lesebuch für junge Pfadfinder: Der Drang, dieses junge Leben um jeden Preis zu retten, verlieh mir mehr Kräfte, als ich mir selbst je zugetraut hätte. Zuerst kniete ich. Dann schaffte ich es, das rechte Bein in eine Position zu bringen, aus der ich mich mühsam aufrichten konnte. Ich stolperte weiter und kletterte nach oben, bis zu einer Stelle, wo der Rand des Wehrs hochgezogen worden war und somit eine Wand der Schleuse bildete. Hier war so viel Platz, daß man ein paar Bäume gepflanzt hatte.

Ich ging in die Hocke und legte den kleinen Körper auf den Boden. Plötzlich wurde mir erschreckend klar, daß der Junge ohne Wiederbelebungsmaßnahmen nicht durchkommen würde. Ich hatte nur eine ganz vage Vorstellung davon, was zu tun war. Wie als Antwort auf meine Gedanken sagte eine Kinderstimme neben mir: »Mund-zu-Mund-Beatmung. Versuchen Sie Mund-zu-Mund-Beatmung, Sir.«

Es war einer der Jungen vom Wehr.

Ich versuchte, mich zu erinnern, was man tun mußte. Ich legte eine Hand auf die Stirn des bewußtlosen Jungen und bog seinen Kopf nach hinten. Ein dünner Faden Wasser sickerte ihm aus dem Mund, also drehte ich seinen Kopf zur Seite, aber es kam nichts mehr. Mund und Nasenlöcher schienen frei von Wasserpflanzen oder sonstigen Fremdkörpern zu sein.

Der Junge neben mir sagte: »Sie müssen ihm die Nase zuhalten und in seinen Mund pusten.«

Ich versuchte es. Seine Lippen fühlten sich kalt an und ließen kein Leben ahnen. Ich blies ihm mehrmals meinen Atem ein und sah, wie sich der Brustkorb hob, wenn die Luft in seine Lunge drang. Sonst geschah nichts. Da ich keinen Erfolg zu haben schien, probierte ich es mit einer Herzmassage, indem ich wiederholt auf die untere Hälfte des Brustknochens drückte.

Ohne das blasse Gesicht aus den Augen zu lassen, fragte ich den Jungen: »Habt ihr Hilfe geholt?«

»Nelson ist unterwegs. Der Junge, der das Holzstück geworfen hat.« Die Identität des Werfers war mir völlig egal. Ich verlor allmählich jeden Glauben an meine Fähigkeit zur Wiederbelebung. Ich hörte auf, die Brust zu bearbeiten, und legte meine Finger auf die Schlagader neben dem Adamsapfel des Jungen. Falls da Leben pochte, so war es zu schwach, um es zu spüren. Ich zog das rechte Augenlid hoch. Keine Reaktion. Wieder drückte ich die Nasenlöcher zusammen und legte meinen Mund auf den des Jungen.

Auf so kurze Distanz war es schwer zu sagen, aber als ich den zweiten Atemzug in die Lunge des Jungen blies, meinte ich, ein Zucken in dem Auge zu sehen, das ich eben geöffnet hatte. Es blieb zwar geschlossen, aber die Muskeln drumherum schienen sich zusammenzuziehen. Ich war nicht sicher, ob dem wirklich so war. Und ich konnte nicht wissen, ob ich diese Reaktion nicht selbst durch den Druck meiner Hand gegen die Nase verursacht hatte.

Ich hörte mit dem Beatmen auf und lehnte mich ein wenig zurück, um besser sehen zu können. Als ich gerade die Hand auf das Auge zubewegte, ging es auf, und die Iris bewegte sich. Beide Augen öffneten sich ganz.

Es war ein zutiefst bewegender Moment. Wie eine Erlösung. Ein Freispruch. Ein Leben war zurückgegeben worden.

Ich sagte leise: »Gott sei Dank!« Ich bin kein religiöser Mensch, aber das waren die einzigen Worte, die meinen Gefühlen Ausdruck verleihen konnten.

Der Junge hustete und spuckte.

»Ich drehe dich jetzt mal auf die Seite«, sagte ich zu ihm, und niemals hatte ich die Lust der Kommunikation so intensiv empfunden.

Der Junge schnappte mehrmals nach Luft und erbrach dann etwas Wasser. Ich massierte ihm den Rücken.

»Er kommt durch! Sie haben ihm das Leben gerettet!« Der andere Junge kniete neben seinen Freund. »Alles okay, Mat?«

»Heißt er so – Mat?« fragte ich.

»Matthew. Und ich bin Piers.«

»Gut, Piers, zieh mal dein Hemd aus. Das legen wir ihm dann um die Schultern.« Und als der Junge am Boden den Kopf drehte, sagte ich zu ihm: »Wir bringen dich gleich nach Hause, Matthew.«

Piers verkündete: »Da kommt Nelson mit dem alten Bill.«

Ich sah mich um. Da kamen nicht nur Nelson und der alte Bill, sondern an die zwanzig Leute rannten im Gänsemarsch am Fluß entlang auf das Wehr zu. Sie würden zuerst die Treppe hinaufsteigen und die Schleuse überqueren müssen. Ich nutzte die Gelegenheit, um für Nelson ein gutes Wort einzulegen: »Piers, wenn ich du wäre, würde ich nichts davon erzählen, daß einer von euch das Stück Holz geworfen hat. Matthew ist am Wehr entlanggeturnt und reingefallen. Mehr brauchst du niemandem zu sagen.«

»Ist wahrscheinlich besser.«

»Da bin ich ganz sicher.«

»Sie haben recht, Sir.«

Matthew selbst sagte mit krächzender Stimme: »Es war keine Absicht.«

Ich blickte auf das blasse Gesicht, die rotgeränderten Augen, das schwarze Haar, das ihm an der Stirn klebte. Er schien ein aufgeweckter Junge zu sein. »Stimmt, mein Sohn«, erwiderte ich. »Jeder von uns hat im Leben mal eine Dummheit gemacht, an die er nicht erinnert werden möchte.« Das »mein Sohn« war mir ganz selbstverständlich über die Lippen gekommen, obwohl ich keine Kinder hatte. In diesem herrlichen Augenblick, als Matthew wieder zum Leben erwachte, hatte ich etwas empfunden, das der Freude und Erleichterung nahekam, die ein Vater wohl beim Wunder der Geburt fühlt.

Piers sagte: »Der Gentleman hat dir das Leben gerettet.«

Ich sagte: »Mat braucht jetzt Ruhe.«

Nelson hatte keinen richtigen Polizisten gefunden, sondern einen Hilfspolizisten. Er führte den Rettungstrupp die Treppe hinauf und über die Plattform. Sie mußten über ein Geländer steigen und sich auf der anderen Seite herunterlassen.

Jemand hatte netterweise daran gedacht, mein Jackett und die Schuhe mitzubringen. Während ich sie anzog, erzählten die Jungen ihre Version der Geschehnisse. Die Sirene eines näherkommenden Krankenwagens unterbrach die Erklärungen. Eine Decke wurde runtergereicht. Matthew protestierte und wollte lieber nach Hause gehen, aber er wurde in die Decke gewickelt und hochgezogen.

Das war die beste Gelegenheit, mich aus dem Staub zu machen. Die Rolle des heldenhaften Retters behagte mir nicht. Dann schon eher die des widerspenstigen Burschen, der dem Dekan den letzten Nerv tötet.

4 Am späten Nachmittag saß ich zu Hause in der Küche, als ich das donnernde Geräusch der Garagentorrollen hörte, das mir Geraldines Rückkehr von ihrem Brunch ankündigte. Rasch hintereinander folgten das dumpfe Schließen des Tores, das Klappern von Absätzen auf dem Betonboden und das Quietschen der Türklinke. Sie öffnete schwungvoll die Tür. So viele Jahre im Fernsehen, und noch immer konnte sie es nicht lassen, sich einen bühnenwirksamen Auftritt zu verschaffen.

Diesmal war er besonders gelungen. »O Gott«, sagte sie, als sie mich im weißen Bademantel dort sitzen sah. »Was geht hier vor – Ehebruch?«

Ich lächelte. Wenn sie in guter Stimmung war – und dessen konnte ich mir in letzter Zeit nie sicher sein –, wollte ich sie gern darin bestärken. »Möchtest du einen Kaffee?«

Sie nickte. Die Pimms, die sie konsumiert hatte, verliehen ihrem Gesicht eine rosige Farbe. Die Haut ihrer Wangen war straff zum Kiefer hin gespannt. Fast ein Jahrzehnt lang hatten die Maskenbildner der BBC die jugendliche Weichheit ihrer

Pfirsichhaut bewahrt. Jetzt war sie verschwunden. Vor zwei Jahren war sie aus der Serie rausgeschrieben worden, doch das Bild der Candice drängte sich einem noch immer auf, wenn man sie ansah. Sie war nach wie vor eine auffallend schöne Frau, doch auch die Veränderungen fielen auf. Sie zeigten deutlich, warum die gerahmten Hochzeitsfotos in den meisten Familien nach ein paar Jahren in der Schublade verschwinden. Sie sagte zu mir: »Vorhin habe ich einen Moment lang geglaubt, du wärst tot.«

»Tot?«

»Ich habe den Anzug in der Garage hängen sehen. Auf den ersten Blick sah es so aus, als wärst du es selbst. Was, um alles in der Welt, hat er da zu suchen?«

»Er ist naß geworden, oder zumindest die Hose. Ich bin heute unfreiwillig baden gegangen. Die Sachen riechen nach Flußwasser, deshalb habe ich sie draußen hingehängt.«

»Flußwasser? Machst du Witze?«

Ich tat etwas Instantkaffee in eine Tasse, goß kochendes Wasser darüber und erzählte ihr von dem Jungen am Wehr. Als ich fertig war, sagte sie: »Du hättest dabei ertrinken können. Du könntest jetzt wirklich tot sein.«

In ihrer Stimme lag keineswegs die Betroffenheit, die nach so einer Erkenntnis eigentlich zu erwarten gewesen wäre. Im Gegenteil, sie klang fast ein wenig wehmütig.

Ich beließ es dabei. Als Literaturliebhaber weiß ich um die grenzenlose Fähigkeit des Geistes, der Phantasie freien Lauf zu lassen. »Wohl kaum«, sagte ich heiter. »Ich habe einen Schutzengel, wie die Taube auf der Great Russell Street.«

»Ach die.«

»Dann hast du sie also nicht völlig vergessen?«

»Wie sollte ich?«

Die Taube von der Great Russell Street war in letzter Zeit anscheinend zu einem Unglücksvogel mutiert. Ohne die besondere Art, in der wir unsere Ehe führten, wäre sie vielleicht schon längst zerbrochen. Doch obwohl Geraldine keine beruflichen Verpflichtungen mehr hatte, waren wir bei unserer Vereinbarung geblieben, ein großes Maß an Unabhängigkeit zu bewahren. So ging ich beispielsweise auf Vortragsreisen, ohne von Geraldine zu erwarten, daß sie mich als mein Anhängsel begleitete; und sie fuhr allein in Skiurlaub. Jeder von uns hatte sein eigenes Auto, sein eigenes Bett und die eigenen Zeitungen, Bücher und Schallplatten. Sie ging zur Kirche, ich nicht. Manchmal gingen wir getrennt auf Parties. Der Grundgedanke dabei war, daß wir die Zeit, die wir dann zusammen verbrachten, intensiver erlebten, weil wir uns bewußt dafür entschieden hatten und nicht bloß durch die Umstände gezwungen waren, zusammen zu sein. Und in den ersten Monaten nach der Hochzeit hatte das auch funktioniert, sexuell und emotional.

Angesichts unserer freiheitlichen Ehe war nicht zu befürchten gewesen, daß sich durch Gerrys veränderten Lebensstil, nachdem sie ihre Rolle in »The Milners« verloren hatte, etwas entscheidend ändern würde. Sie hatte jede Menge Geld, und sie gab es großzügig aus. Bald hatte sie einen munteren Freundeskreis aus Bristol um sich versammelt, der sie nur allzu gern an dem ausgelassenen gesellschaftlichen Leben teilnehmen ließ, das sie bislang vermißt hatte.

Doch jetzt, zwei Jahre später, war unsere Unabhängigkeit so ziemlich das einzige, worauf wir uns noch einigen konnten. Ihre unberechenbaren Launen, die Wutanfälle und Vorwürfe hatten aus dem Freiraum, den wir geschaffen hatten, einen Abgrund gemacht. Unser Sexualleben war mechanisch geworden, und wir mußten schon beide halb besoffen sein, um überhaupt miteinander zu schlafen. Die Gespräche zwischen uns waren spannungsgeladen, selbst dann, wenn Geraldine in einer ihrer hysterisch ausgelassenen Stimmungen war, weil sich unsere Welten kaum noch berührten. Sie hatte Freunde, die ich gar nicht kannte. »Die würden dich nur langweilen«, sagte sie nur, »und du sie noch mehr!« In der Art und Weise, wie wir miteinander umgingen, schwang unausgesprochen mit, daß eine Trennung unausweichlich sein würde.

Dennoch war mir nicht klar, daß Geraldines Vorstellung von Trennung erheblich endgültiger war als meine.

Und ich fühlte mich noch immer irgendwie für sie verantwortlich. Während wir also dasaßen und Kaffee tranken, sagte ich beiläufig: »Heute morgen habe ich meinen Gesundheitscheck machen lassen. Dabei habe ich Bookbinder kennengelernt, deinen Arzt.«

Geraldine warf mir einen strengen Blick zu. »Ich habe dir nicht erzählt, daß ich bei Bookbinder bin.«

»Du hast mir auch nicht erzählt, daß du wegen Schlafstörungen behandelt wirst.«

»Verdammt noch mal!« Die Kaffeetasse kippte um, als sie heftig mit dem Arm über den Tisch fegte. »Das ist persönlich und vertraulich. Du hattest kein Recht, danach zu fragen.«

»Jetzt geh doch nicht gleich an die Decke, Gerry«, entgegnete ich. »Bookbinder hat das von sich aus erzählt. Er dachte, ich wüßte davon. Ich habe ihm gesagt, daß dem nicht so ist. Es ist mir völlig neu. Ich muß sagen, mir ist nicht aufgefallen, daß du nachts wach liegst.«

Sie antwortete nicht. Sie funkelte mich aus ihren grünen Augen an, und ich befürchtete schon, daß sie jeden Moment das alte Vorurteil über Rothaarige und deren Temperament bestätigen würde. Versöhnlich sagte ich: »Gerry, ich will ja kein Drama daraus machen. Wenn du in letzter Zeit schlecht geschlafen hast, tut's mir leid. In den wenigen Nächten, wenn ich selbst mal wach gelegen habe, hast du tief und gleichmäßig geatmet, so daß ich dachte, du wärst im Tiefschlaf. Aber die Tabletten haben das Problem ja wohl gelöst.«

Ihre Augen weiteten sich und wurden dann zu schmalen Schlitzen. »Davon weißt du also auch? Was zum Teufel hast du denn sonst noch rausgekriegt? Hast du gleich meine ganze Krankengeschichte gelesen?«

Nachdem ich versucht hatte, das Gespräch in friedlichere Bahnen zu lenken, fand ich ihre Reaktion brüskierend. Ich herrschte sie an: »Beschwer dich bei deinem Arzt, aber hack nicht auf mir herum.«

Voller Wut fuhr sie mich an: »Du falsche Schlange! Du versuchst, mich auszuspionieren! Schnüffelst rum und willst wissen, wie ich behandelt werde. Was hast du vor? Hinter meinem Rücken meinen Arzt auszuhorchen – widerlich!«

Das Übliche. Ich sagte: »Würdest du mir bitte zuhören? Dein Verfolgungswahn hängt mir allmählich zum Hals raus. Man hat mich zu Bookbinder geschickt, weil Marshall, mein eigener Arzt, nicht da war. Ich bin da rein, weil er mir die Ergebnisse von meinem Gesundheitscheck mitteilen sollte.«

»Du hast den Termin gemacht, obwohl du wußtest, daß Marshall nicht da sein würde.« Sie durchbohrte die Luft zwischen uns mit dem Finger. »Du hast dir das mit dem Gesundheitscheck ausgedacht, um an meinen Arzt zu kommen und rauszukriegen, welche Medikamente ich nehme.«

»Jetzt mach aber mal halblang, ja?«

»Das stinkt doch zum Himmel! Was du im Schilde führst, macht mir Sorgen. Willst du hinter meinem Rücken irgendwas mit ihm aushecken? Das ist es, nicht? Jetzt steckst du auch noch mit meinem Arzt unter einer Decke, du Schwein.«

»Wenn ich was hinter deinem Rücken vorhätte, warum sollte ich dir dann wohl die Sache erzählen?« gab ich zu bedenken.

»Weil du verdammt raffiniert bist, deshalb!« schrie sie. »Du sicherst dich ab, tust so, als wäre alles ganz harmlos, aber das ist es nicht. Wieso hast du denn davon angefangen, wo du doch wußtest, daß ich mich aufregen würde? Du führst was im Schilde, soviel ist klar.«

»Bist du jetzt fertig? Willst du wissen, warum ich es dir erzählt habe? Das kann ich dir sagen. Es ist genau das Gegenteil von dem, was du denkst. Ich habe davon angefangen, weil ich immer daran geglaubt habe, daß wir offen und ehrlich zueinander sind. Und es gibt noch einen Grund: Ich bin mir verdammt sicher, daß du nicht trinken oder Auto fahren solltest, wenn du Barbiturate nimmst. Beim nächsten Mal wäre ein Taxi vielleicht ratsamer.«

»Scher dich zum Teufel.« Sie packte ihre Tasche und marschierte zur Tür.

Ich sagte: »Das war mein Ernst. Du wirst noch jemanden umbringen, wenn du so weitermachst.«

Sie fing an zu lachen.

Ich gab es auf, vernünftig mit ihr reden zu wollen.

5

Am Donnerstag nachmittag derselben Woche stand ich vor einer Fernsehkamera neben einem der sieben Marmorkamine im großen Ballsaal von Bath, dem Raum, der so leichtfertig für die künftige Jane-Austen-Ausstellung vorgeschlagen worden war. Der Zufall wollte es jedoch, daß meine Anwesenheit nicht direkt mit der Ausstellung zusammenhing. Ich war von anderer Stelle dorthin eingeladen worden, um in der Regionalsendung der BBC namens Points West etwas über die Geschichte des Gebäudes zu erzählen. Dennoch eilten meine Gedanken ständig voraus in den September. Der Raum war sogar noch größer, als ich ihn in Erinnerung hatte. Mein Blick wanderte eine korinthische Säule hinauf über die verzierte Decke bis hinüber zur Orchestergalerie.

»Professor, treten Sie bitte etwas näher an Sadie heran?«

»Falls es Sadie nicht zu nervös macht«, antwortete ich.

»Okay. Bleiben Sie bitte so stehen.« Der hektische Neuseeländer, der bei dem Interview Regie führte, fragte den Beleuchter, ob es so besser war, und der hielt den Daumen hoch. »Prima. Ist mit dem Ton alles klar?«

Während sie die letzten Vorbereitungen trafen, unterhielt ich mich unter vier Augen mit Sadie, die mich interviewen sollte. »Bevor wir anfangen, möchte ich eines klarstellen. Sie haben vorhin die Ausstellung ›Jane Austen in Bath‹ erwähnt. Zur Zeit ist die gute Jane nicht mehr als eine Idee, und noch dazu eine ziemlich unausgegorene. Ich habe selbst erst vor wenigen Tagen davon erfahren. Es wäre mir lieb, wenn Sie mich nicht nach meinen Plänen in dieser Hinsicht fragen.«

»Kein Problem«, meinte sie. »Hat Dougie Ihnen nicht gesagt, daß ich nicht danach frage? Im Anschluß an das Interview werden wir nur kurz erwähnen, daß Sie für September eine Ausstellung planen. Das ist alles, ein bißchen kostenlose Publicity. Wir können es auch weglassen, wenn Sie wollen.«

»Nein, das sollte rein.«

»Heute geht es nur darum, für welche verschiedenen Zwecke der Ballsaal im Laufe der Jahrhunderte verwendet wurde, Professor. Von Ihnen möchten wir nur hören, was hier zu Janes Zeiten so vor sich ging.«

»Meinen Sie hinter den Säulen?«

Leichte Beunruhigung malte sich auf Sadies Gesicht ab. Sie sagte: »Eigentlich wäre es uns lieber, wenn Sie die festlichen Aspekte hervorheben würden, die Kostümbälle und so. Ich mache noch zwei andere Interviews, um die etwas anrüchigeren Zwecke zu beleuchten, denen er in jüngerer Zeit gedient hat. Zwischen den Kriegen wurde er etwa als Kino genutzt.«

»Als Kino?« Mit ernstem Gesicht sagte ich. »Etwas Anrüchigeres kann ich mir beim besten Willen nicht vorstellen.«

Alle Fernsehinterviewer fürchten Witzbolde vor der Kamera. Sadie musterte mich ohne Heiterkeit und sagte bestimmt: »Übrigens geht alles noch mal durch den Schneideraum. Es muß erst Freitag raus. Dougie will mindestens zwei Aufnahmen machen, für den Fall, daß es irgendwelche Schwierigkeiten gibt. Wenn Sie also husten müssen oder so, machen Sie sich keine Sorgen. Das geht dann nicht auf den Sender.«

»Meine Liebe, ich mache mir nie Sorgen.«

Sadie fuhr sich mit der Zunge über die Lippen, wandte sich ab und sagte leiser, wohl an die Crew: »Du machst mir Sorgen, Süßer.« Sie nickte zu Dougie hinüber. »Ruhe bitte«, sagte er, »wir machen eine Aufnahme. Die erste – und Action.«

Sadie hatte die erste Frage noch nicht zu Ende gesprochen, da sagte Dougie schon: »Cut.« Irgendwas war mit dem Ton nicht in Ordnung. Während sie das überprüften, genehmigte ich mir eine kurze Pause. Ich ging vom Kamin weg, schlenderte hinüber zu einer Reihe von Chippendale-Stühlen, die die Crew zwischen den Aufnahmen in Beschlag genommen hatte, und nahm mir eine Zeitung, die jemand dort liegengelassen hatte, den »Bath Evening Chronicle«. Die Schlagzeile lautete: »Scheuer Held rettet Jungen am Wehr«.

Ich setzte mich und las:

»Ein Unbekannter ist gestern nachmittag am Pulteney Wehr in den Fluß gesprungen und hat einen Schuljungen vor dem Ertrinken gerettet. Der zwölfjährige Junge, Matthew Didrikson aus Lyncombe Rise, der als Tagesschüler die Abbey Choir School besucht, war bewußtlos, als er von dem Unbekannten ans Ufer getragen wurde, doch der Retter konnte ihn mit Mund-zu-Mund-Beatmung wiederbeleben. Der Junge, der unter Schock stand und erhebliche Mengen Wasser geschluckt

hatte, wurde ins Royal United Hospital gebracht und konnte nach ambulanter Behandlung wieder entlassen werden. Matthews Lebensretter, ein gut gekleideter Mann Mitte Dreißig, verschwand, ohne seinen Namen genannt zu haben.

Mr. David Broadbent, ein Optiker im Ruhestand, konnte den ganzen Vorfall vom Grand Parade aus beobachten. Er gab an: ›Der Junge hat mit zwei anderen neben dem Wehr gespielt und ist dann in die Mitte gegangen. Nach den heftigen Regenfällen in der letzten Zeit war die Strömung ziemlich stark. Der Junge ist irgendwie ins Schwanken geraten, ausgerutscht und in Sekundenschnelle in die Wassermassen unterhalb des Wehrs gerissen worden. Der Mann muß das von der Pulteney Brücke aus gesehen haben, weil er nämlich die Treppe neben der Brücke heruntergerannt kam und von da aus in den Fluß gesprungen ist. Er hat kein bißchen gezaudert. Er ist zum Wehr geschwommen und hinter dem Jungen her. Das war sehr mutig, weil schon etliche Leute dort ertrunken sind. Irgendwie hat er den Jungen zu fassen gekriegt, und die beiden sind an die Seite getrieben worden, wo er rausgeklettert ist und den Kleinen ans Ufer gezerrt hat. Da hat er ihn wiederbelebt. Ich denke, der Mann hat einen Orden verdient.‹

Dr. Rajinder Murtah, der Matthew im Krankenhaus untersuchte, sagte: ›Zweifellos verdankt der Junge dem raschen und umsichtigen Eingreifen dieses Unbekannten sein Leben.‹ Matthews Mutter, Mrs. Dana Didrikson, die als Fahrerin für die Firma Realbrew Ales Ltd. arbeitet, sagte gegenüber unserer Zeitung: ›Ich wäre sehr froh, wenn ich Gelegenheit hätte, dem mutigen Mann zu danken, der das Leben meines Sohnes gerettet hat.‹ Matthew, der sein Abenteuer bis auf ein paar Hautabschürfungen offenbar gut überstanden hat, kann morgen wieder zur Schule gehen.

Ein Sprecher der Polizei stellte fest: ›In den letzten drei Jahren sind mindestens drei Menschen am Pulteney Wehr ertrunken, und es hat eine Vielzahl von gefährlichen Zwischenfällen mit Schwimmern und Kanufahrern gegeben. Den meisten ist nicht klar, daß das Wasser unterhalb des Wehrs so tief ist, daß man einen Doppeldeckerbus dort versenken könnte. Jeder, der in diesen Strudel gerät, steckt in einer tödlichen Falle.‹«

Plötzlich sagte eine Stimme über meine Schulter: »Flucht ist zwecklos. Ich habe Sie aufgespürt.«

»Was?« Ich warf die Zeitung mit der Vorderseite nach unten auf einen Stuhl.

Sadie sagte: »Wir machen die nächste Aufnahme.«

An dem Abend, als das Interview gesendet wurde, mußte ich zu einer Fakultätssitzung und verpaßte es deshalb. Gerry sah es sich an und war so aufmerksam, den Videorecorder einzuschalten, der jedoch, was sie nicht bemerkte, auf Kanal vier eingestellt war. Als ich nach Hause kam, sah ich mir also erst mal zehn Minuten lang eine Sendung über Gartenbau an, bevor mir klar wurde, was passiert war. Aber nach dem Krach, den wir wegen meines Besuches bei Dr. Bookbinder gehabt hatten, war diese Geste ein Friedenszeichen, und ich dankte ihr für die gute Absicht.

»Es ist seltsam«, bemerkte sie. »Immer wenn ich dich im Fernsehen sehe, siehst du irgendwie anders aus – eigentlich fast sexy.«

»Sexy?« sagte ich mit gespielter Entrüstung. »Wir haben die gesellschaftlichen Sitten in Bath zu Jane Austens Zeiten erörtert. Das war meine Akademiker-Miene.«

»Na, ich bin jedenfalls nicht drauf reingefallen«, sagte sie. »Es ist auch nur eine Rolle, nicht? Greg Jackman läßt den Professor raushängen, wie ein Schmierenkomödiant, der sich an Julius Cäsar versucht.« In dieser Bemerkung steckte mehr als nur ein Körnchen Wahrheit, aber ich fand ihren Vergleich nicht besonders schmeichelhaft.

Irgendwann nach zehn am selben Abend, als ich gerade einen Cognac trank, bevor ich mich auf meine Kontrollrunde durchs Haus machte, um zu prüfen, ob alle Türen und Fenster verschlossen waren, klingelte das Telefon. Gerry stand unter der Dusche, deshalb hob ich ab, obwohl ich damit rechnete, eine ihrer Freundinnen an der Strippe zu haben, die zu jeder Tages- und Nachtzeit anriefen, um den neuesten Klatsch loszuwerden. »Könnte ich bitte mit Professor Jackman sprechen?« fragte eine Frauenstimme.

»Am Apparat.«

»Ihre Stimme kam mir auch bekannt vor. Verzeihen Sie, daß ich so spät noch anrufe. Störe ich sehr?«

»Nun ja, Sie haben mich zu Hause erwischt«, sagte ich zurückhaltend und versuchte rauszufinden, ob es sich vielleicht um eine meiner Studentinnen handelte, die mit meiner Benotung nicht einverstanden war. »Dann kenne ich Sie wohl?«

»Nein. Mein Name ist Abershaw, Molly Abershaw.« Sie legte eine Pause ein, als ob ich ihren Namen schon einmal gehört hätte, und fuhr fort: »Vom ›Bath Evening Telegraph‹.«

Taktvoller, als ich es normalerweise bin, sagte ich: »Jetzt, wo Sie die Zeitung erwähnen, meine ich, mich zu erinnern, daß ich Ihren Namen schon mal darin gelesen habe.«

»Und ich habe Sie heute abend im Fernsehen gesehen.«

Deshalb war ihr meine Stimme bekannt vorgekommen. Nachdem ich mir den Anruf erklären konnte, war ich weniger argwöhnisch. »Dann haben Sie wohl mitbekommen, daß eine Ausstellung über Jane Austen stattfinden soll, nicht wahr?«

»Ja, allerdings. Im September, ist das richtig?«

»Das ist korrekt«, erwiderte ich und verkniff mir die Bemerkung, daß man deshalb kaum um zehn Uhr abends anrufen mußte.

»Sie werden doch bestimmt Werbung dafür machen wollen«, redete sie weiter. »Wir würden gern kurz vorher einen Beitrag darüber bringen.«

»Schön«, sagte ich, bemüht, das Gespräch nicht unnötig in die Länge zu ziehen, nachdem die gegenseitigen guten Absichten geklärt waren. »Es ist noch ein wenig früh, aber ich werde gerne darauf zurückkommen. Und da Sie ja offenbar nicht nur meine Uni-Nummer, sondern auch meine private haben, dürfte es kein Problem sein, mich zu erreichen.«

»Ich würde Sie gerne noch etwas fragen«, warf sie rasch ein. »Ich weiß nicht, ob Sie meine Zeitung kennen. Wahrscheinlich bekommen Sie sie zweimal die Woche in den Briefkasten geschoben. Sie ist kostenlos, aber wir haben einen sehr guten Ruf, was unsere Nachrichtenredaktion betrifft. Ich habe heute abend mit dem Schuljungen gesprochen, der letzten Montag am Pulteney Wehr fast ertrunken wäre. Er hat sie im Fernsehen gesehen und meint, Sie wiedererkannt zu haben. Er meint, daß Sie der Mann waren, der ihm das Leben gerettet hat. Können Sie das bestätigen, Professor?«

Ich wich aus: »Warum fragen Sie das, Miss Abershaw?«

»Liegt das nicht auf der Hand? Die Angelegenheit ist von öffentlichem Interesse. Das war eine sehr mutige Tat, und darüber sollte berichtet werden.«

»Aber es ist doch schon darüber berichtet worden, gleich am nächsten Tag.«

»Ja, im ›Evening Chronicle‹. Da wurde aber nicht der Name genannt …«

»Von dem scheuen Helden.«

»Genau.«

»Und Sie hoffen jetzt auf einen Exklusivartikel?«

»Waren Sie es, Professor?«

Törichterweise gab ich es zu, und nach der begeisterten Reaktion am anderen Ende der Leitung zu schließen, konnte es durchaus sein, daß sie einen Luftsprung machte. »Hören Sie, ich will kein Aufsehen«, fügte ich hinzu, natürlich zu spät. »Jeder andere, der den Jungen in Gefahr gesehen hätte, hätte das gleiche getan.«

Sie lachte. »Schwachsinn.«

»Wie bitte?«

»Ach, nun kommen Sie, Professor. Die Geschichte ist doch schon zigmal geschrieben worden, ohne eine Zeile zu ändern. Mann rettet Kind, oder alte Dame oder junges Kätzchen – und verschwindet dann unerkannt. Wenn man ihn dann schließlich aufspürt, sagt er: ›Jeder andere hätte das gleiche getan.‹ So ein Quatsch! Heutzutage würden neun von zehn Leuten in die andere Richtung gucken.«

Ich flüchtete mich in eine weitere abgedroschene Phrase: »Ich weiß nicht, was Sie von mir wollen, Miss Abershaw, aber was mich betrifft, ist die Sache erledigt.«

Sie sagte: »Wir werden Ihren Namen abdrucken. Ich dachte, Sie würden sich vielleicht über die Gelegenheit freuen, ein paar kluge Sätze dazu zu sagen. Hätten Sie was dagegen, wenn wir morgen früh einen Fotografen vorbeischicken, damit er ein Foto von Ihnen macht?«

»Ja.«

»Das ist sehr freundlich von Ihnen. Würde es Ihnen um neun passen?«

»Ich sagte, ja, ich hätte was dagegen. Ich posiere nicht für ein Foto.«

Mit stählerner Stimme sagte sie: »Wir sind eine große regionale Zeitung, Professor. Wir arbeiten eng mit der Uni zusammen, informieren die Öffentlichkeit über Ereignisse.«

»Mag ja sein, aber über dieses Ereignis muß die Öffentlichkeit nicht informiert werden.«

»Das sehe ich anders, ohne Ihnen zu nahe treten zu wollen.«

»Dann sind wir eben unterschiedlicher Ansicht.«

Dann spielte sie ihren Trumpf aus. »Möchten Sie denn nicht wissen, wie es dem kleinen Matthew geht?«

Im Grunde war das die versteckte Androhung einer negativen Publicity. Ich sagte, ohne einen allzu beunruhigten Eindruck zu machen: »Doch. Wie geht es ihm?«

»Ganz gut, aber er würde Sie gerne kennenlernen und Ihnen persönlich danken.«

»O nein«, entgegnete ich. »Es freut mich, daß es ihm gut geht, und damit ist die Sache für mich erledigt. Vielen Dank für Ihren Anruf, Miss Abershaw.« Ich legte auf.

Am nächsten Tag besorgte ich mir mit einer Mischung aus Neugier und Besorgnis ein Exemplar von Molly Abershaws Zeitung. Es war noch peinlicher, als ich befürchtet hatte. Der Aufmacher, versehen mit einer breiten Schlagzeile, lautete:
»Professor als rettender Engel
Bei dem geheimnisvollen Unbekannten, der am letzten Montag beherzt einen Schuljungen am Pulteney-Wehr rettete und ihn mit Mund-zu-Mund-Beatmung wiederbelebte, handelt es sich um einen Professor von der hiesigen Universität. Professor Gregory Jackman ist siebenunddreißig Jahre alt, stammt aus Bathwick und wurde 1987 auf den neu eingerichteten Lehrstuhl für Anglistik berufen. Der ›Evening Telegraph‹ hatte in dieser Woche um Hilfe bei der Suche nach dem Helden gebeten, der einfach verschwunden war, ohne seinen Namen zu nennen. Mehrere Leser gaben uns telefonisch eine detail-

lierte Beschreibung des Mannes, doch der Zufall wollte es, daß er ausgerechnet von dem Jungen wiedererkannt wurde, dem er das Leben rettete: vom zwölfjährigen Matthew Didrikson, Schüler der Abbey Choir School. Matthew sah den Professor in der gestern abend ausgestrahlten Sendung ›Points West‹, die einen Beitrag über den Ballsaal in Bath brachte.

Bei einem Telefongespräch mit dem ›Telegraph‹ gestern abend sagte Matthew: ›Ich bin sicher, daß der Professor der Mann ist, der mir das Leben gerettet hat. Ich habe die Sendung zufällig eingeschaltet, und da war er. Es war eine echte Überraschung.‹

Noch am selben Abend hat sich der ›Telegraph‹ mit dem Professor in Verbindung gesetzt, und er bestätigte uns, daß er der Lebensretter war. Nachdem er sich vergewissert hatte, daß Matthew wieder vollständig bei Bewußtsein und ein Krankenwagen unterwegs war, hat er sich entfernt, weil die Sache damit für ihn erledigt war, wie er es ausdrückte. Er freute sich zu hören, daß Matthew mittlerweile wieder wohlauf ist.«

Ich wäre natürlich am liebsten im Boden versunken, aber andererseits hätte das Ganze durchaus noch peinlicher werden können. Ich konnte froh sein, daß ich für dieses Semester bereits meine letzte Vorlesung gehalten hatte, denn dieser Artikel hätte meine Studenten sicher zu einem dummen Streich animiert.

Wie die Dinge lagen, nahm ich mir vor, mich an diesem Wochenende möglichst zurückzuziehen. Das einzige gesellschaftliche Ereignis war eine kleine Veranstaltung in Waterstone's Buchladen am Sonntag nachmittag anläßlich des Erscheinens eines neues Lyrikbandes von Ted Hughes, dem Poeta laureatus, der persönlich zugegen sein würde, um Exemplare seines Buches zu signieren. Ich hatte Hughes nie kennengelernt, mochte aber sein Werk und die Themen, mit denen er sich auseinandersetzte, und deshalb wollte ich hingehen. Falls ich einigermaßen zeitig dort wegkam, konnte ich vielleicht noch am selben Nachmittag nach Hampshire fahren, um mir das Haus in dem Dörfchen Chawton anzusehen, das Jane Austen einmal bewohnt hatte. Es war zum Museum gemacht worden, daher war es unumgänglich, daß ich auf der Jagd nach Exponaten möglichst bald dorthin fuhr.

Das Wochenende war eine jener kostbaren, wenn auch ungewohnten Unterbrechungen des englischen Sommers, wenn die Meteorologen uns eine Hitzewelle in Aussicht stellen. Landauf, landab wurden die Shorts vom Vorjahr anprobiert und Strohhüte entstaubt. Kneipen- und Cafébesitzer stellten Tische und Stühle vor die Tür. Der Absatz von Sonnencremes, Mückenschutz, Bier und Salat schoß gewaltig in die Höhe. Und meine Frau war, ohne daß ich etwas davon ahnte, mit den Vorbereitungen für meine Ermordung beschäftigt.

Am Sonntagmorgen mußte ich ein wenig Verwaltungsarbeit nachholen, daher legte ich noch ein paar Stunden in der Uni ein, bevor die Hitze weiteres Arbeiten unmöglich machte. Dann fuhr ich zu der Signierstunde nach Bath hinunter, die mir jedoch durch einen unerwarteten Zwischenfall verdorben wurde. Als ich kurz nach zwölf dort eintraf, war das Gedränge um den Tisch im ersten Stock, wo Ted Hughes signierte, ein schöner Beweis für den literarischen Geschmack der Bürger von Bath, obwohl einige von ihnen das Niveau senkten, indem sie auf Hocker gestiegen waren, um einen Blick auf den berühmten Mann zu erhaschen. Ich sah mich nach vertrauten Gesichtern um und entdeckte ein Grüppchen verwandter Geister von der Universität. Im Nu waren wir in eine angeregte Diskussion über moderne Lyrik vertieft.

Die kräftige Frau, die einen meiner Gesprächspartner praktisch mit dem Ellbogen beiseite stieß und mich mit Namen ansprach, kannte ich nicht, obwohl mir die Stimme bekannt vorkam. Sie stellte sich als Molly Abershaw vor, die Reporterin, die mich am späten Donnerstagabend angerufen hatte. Ich war, gelinde gesagt, verärgert und erinnerte sie daran, daß ich der Presse nichts weiter zu sagen hatte.

Offensichtlich hatte Miss Abershaw genug Zeit gehabt, einen Schlachtplan auszuhecken, wohingegen ich so reagierte, wie vorauszusehen war. Wenn ich es mir recht überlege, habe ich vielleicht etwas überreagiert. Sie sagte lächelnd, daß sie nicht hier sei, um eine Stellungnahme von mir zu bekommen, daß sie mir lediglich jemanden vorstellen wolle. Dann griff sie nach hinten und schob einen Schuljungen vor mich – Matthew, den Jungen, den ich am Wehr aus dem Wasser gezogen hatte. Der arme Bursche fühlte sich ganz offensichtlich nicht wohl in seiner Haut. Miss Abershaw versuchte, ihn zu irgendeiner Dankbarkeitsäußerung zu bewegen, doch noch bevor er den Mund aufmachte, sagte ich, das sei nicht nötig.

Die Verwunderung der Leute, mit denen ich zusammenstand, ist leicht vorstellbar. Sie wußten nichts von meinem Abenteuer am Wehr. Aber Molly Abershaw war noch nicht fertig. Sie sagte, daß auch die Mutter des Jungen da sei, um mit mir zu sprechen. Inzwischen war ich ganz und gar nicht mehr in der Stimmung, noch zu irgend jemandem höflich zu sein, und als ein Blitzlicht aufflammte und mir klar wurde, daß ich so richtig schön reingelegt worden war, handelte ich schnell. Ich packte den Fotografen, der offenbar von der Zeitung war, und bestand darauf, daß er mir den Film aushändigte. Der arme Mann war vor Angst wie erstarrt, und das ist nicht gerade die normale Reaktion von Menschen, die ich neu kennenlerne. Ich verlangte den Film und bekam ihn auch. Nicht unbedingt ein Zwischenfall, wie man ihn bei einer Signierstunde erwarten würde.

6 Nach diesem unerfreulichen Intermezzo verließ ich die Buchhandlung so bald wie möglich. Die Fahrt nach Chawton zwang mich, an andere Dinge zu denken. Das Häuschen, in dem Jane Austen die letzten acht Jahre ihres Lebens verbrachte, liegt auf dieser Seite des Alton unweit der A31 und wurde von der Jane Austen Society als Museum eingerichtet. Normalerweise wäre ich wohl nicht dorthin gefahren, aber das Steuerungskomitee hatte meinen Einfallsreichtum so richtig in Schwung gebracht. Ich notierte mir ein paar Exponate – Manuskripte, Familienportraits und andere Erinnerungsstücke –, die ich so interessant fand, daß ich mich erkundigen wollte, ob ich sie als Leihgabe bekommen konnte. Auf meiner Liste standen nicht die Locke von Janes Haar, die kürzlich hellrot eingefärbt worden war, oder die vergrößerten Aufnahmen von mikroskopisch kleinen Hautstückchen, die noch an den Wur-

zeln klebten. Ich hatte zwar schon einen Großteil meiner akademischen Skrupel über Bord geworfen, aber es gab Grenzen, auch wenn man einen riesigen Ballsaal zu füllen hatte. Bevor ich wieder zurückfuhr, erklärte ich dem Kustoden mein Anliegen und horchte ihn nach möglichen Leihgaben aus. Wie es aussah, würde ich mich mit der Jane Austen Society in Verbindung setzen müssen. Es gab die üblichen Schwierigkeiten wegen des Versicherungsschutzes.

Als ich mich auf den Nachhauseweg machte, hatte die Hitze nachgelassen, aber die Fahrt war trotzdem anstrengend, da ich ständig von der niedrig stehenden Sonne geblendet wurde. Nach kurzer Rast in Marlborough, wo ich mir ein Bier und einen Salat bestellte, kam ich schließlich kurz vor neun in Bath an – zu einer weiteren unangenehmen Überraschung. Noch bevor ich die hintereinander parkenden dicken Autos in meiner Einfahrt sah, hörte ich das stumpfsinnige Dröhnen von Discomusik aus dem Garten. Einen roten Porsche und einen grauen Bentley-Oldtimer erkannte ich wieder: Geraldines Clique aus Bristol. Es roch nach Holzkohlengrill und Kebab. Was für ein Gegensatz zu Jane Austen.

Die Haustür stand offen, und ein bärtiger Mann, den ich noch nie gesehen hatte, saß auf den Stufen. Mit den Fingern trommelte er den Discorhythmus auf einer Keksdose, die zum fünfundzwanzigjährigen Kronjubiläum von 1935 hergestellt worden war, ein schönes Sammlerstück, das normalerweise auf der Anrichte stand. »Hi«, begrüßte mich der Mann, ohne aufzublicken, »was hast du mitgebracht?«

»Nichts. Ich wohne hier.«

Jetzt hob der Mann den Kopf und blinzelte. »Mit Gerry, meinst du? Glückwunsch, Mann. Willst du reinkommen?«

Ich stieg über seine Beine, ging durchs Haus und entdeckte Gerry, die auf der Veranda mit einem Immobilienmakler namens Roger tanzte, der sich solche Feste nie entgehen ließ. Er trug ein gestreiftes Hemd und rote Hosenträger. Gerry winkte mir zu. Die Musik war ohrenbetäubend laut, und ich stellte sie leiser.

Weiter mit den Hüften wackelnd rief sie mir zu: »Das Essen ist noch nicht so weit. Der Grill braucht noch eine halbe

Stunde, bis er heiß genug ist. Du hast Zeit genug, dir etwas Bequemeres anzuziehen.« Sie trug einen bequemen smaragdgrünen Overall. Ihre Füße waren nackt.

Daß ich nicht gerade in Partylaune war, wäre eine glatte Untertreibung gewesen. Ich sagte: »Meine Güte, Gerry – du hättest mir sagen sollen, daß du so was planst.«

»Hatte keine Gelegenheit dazu, Liebling. Du warst heute morgen schon zu früh weg. Aber mach dir nichts draus, ich habe für dich ein Rendezvous arrangiert.«

»Was?«

»Ein Rendezvous. Mit einem Weibsbild. Oder welche charmanten Ausdrücke benutzt ihr Männer heutzutage? Die Kassette war zu Ende, und sie hörte auf zu tanzen, kam auf mich zu und versuchte, meine Krawatte zu lockern. Sie verhielt sich so gut gelaunt wie nur selten, wenn ich mit ihr allein war. Ich vermutete, daß sie Wodka getrunken hatte, weil ihr Atem nicht nach Alkohol roch. »Also zieh dir was Aufreizendes an«, sagte sie zu mir. »Sie muß jeden Moment kommen.«

Ich sagte: »Du brauchst eine Abkühlung, Gerry.«

»Ich erzähle keinen Quatsch«, beteuerte sie. »Vor einer Stunde hat eine Frau mit einem Männernamen angerufen und wollte dich sprechen. Warte, er liegt mir auf der Zunge. Wie ein Filmstar aus den Vierzigern mit verträumten Augen und einem Filzhut. Dana Andrews. Genau. Sie heißt Dana.«

»Ich kenne keine Dana.«

»Das wird sich bald ändern. Sie war so darauf erpicht, dich zu sprechen, daß ich sie zu meinem Grillfest eingeladen habe. Sie ist die Mutter von diesem Jungen, den du aus dem Fluß gerettet hast.«

»Mrs. Didrikson.« Der Tag war und blieb unerfreulich. »Du Spatzenhirn. Diese Leute sind eine Plage. Die sind schon bei der Signierstunde von Ted Hughes aufgetaucht.«

»Was ist denn mit dir, du alter Langeweiler?« sagte Geraldine. »Ich dachte, Publicity wäre dein ein und alles.«

»Aber nicht dieses Held-der-Stadt-Getue. Ich hab die Nase gestrichen voll. Verstehst du, ich will auf keinen Fall, daß die Presse bei uns ins Haus einfällt – schon gar nicht, solange hier noch gefeiert wird.«

»Sie kommt alleine, hat sie gesagt«, erwiderte Geraldine.

»Jaja, und man hat auch schon Pferde kotzen sehen.«

Ich ging hinauf ins Schlafzimmer, nahm mir frische Sachen vom Bügel, warf einen Blick ins Badezimmer, nur um festzustellen, daß schon eine Frau unter der Dusche stand, und mußte mich statt dessen im Gästebad waschen. Und, so unglaublich es klingen mag, jemand hatte den Spiegel von der Wand genommen.

Zuerst hatte ich Geraldine sagen wollen, sie sollte diese Didrikson wegschicken, sobald sie auftauchte. Doch Gerry war unzuverlässig, auch im nüchternen Zustand. Ich würde das selbst übernehmen. Ich zog mich an, ging wieder nach unten, stieg über den Mann in der Haustür und warf einen Blick auf die Einfahrt, um nachzusehen, ob schon ein weiteres Auto angekommen war. Dann ging ich auf die Straße. Inzwischen war es ganz dunkel geworden und wohltuend kühl.

Wenn ich noch geraucht hätte, wäre das die ideale Zeit für eine Zigarette gewesen. Ich hatte keine Lust, bei Geraldines Grillfest mitzumachen. Ihre Freunde und ich hatten nichts gemeinsam, dennoch würde ich wohl später in den sauren Apfel beißen müssen. An Schlaf war ja nicht zu denken.

Aus der Richtung von Bath hörte ich einen Wagen kommen. Noch bevor ich ihn sehen konnte, leuchteten die aufgeblendeten Scheinwerfer hoch über die Mauern und Hecken. Er kam langsam näher, als ob der Fahrer nach einem bestimmten Haus Ausschau hielt. Dann tauchte der Wagen selbst auf, und das Scheinwerferlicht senkte sich. Ein Mercedes. Er hielt genau mir gegenüber auf der anderen Straßenseite, aber niemand stieg aus. Am Steuer saß eine dunkelhaarige Frau. Sie kurbelte das Fenster runter und fragte: »Soll ich lieber hier auf der Straße parken?«

»Wollen Sie zu dem Grillfest?«

»Eigentlich nicht«, sagte sie zögernd. »Sind Sie Professor Jackman?«

»Ja, meine Frau ist die Gastgeberin. Sie können da parken, wenn Sie möchten. Um diese Zeit ist hier nicht viel Verkehr.«

Sie sagte: »Ich glaube, hier liegt ein Mißverständnis vor. Ich wollte nur kurz mit Ihnen sprechen, Professor.«

»Sind Sie etwa Mrs. Didrikson?« Ich hatte nicht erwartet, daß die Frau in einem Mercedes vorfuhr.

»Ja. Hat man Ihnen denn nicht ausgerichtet, daß ich komme?«

»Wenn Sie mit mir reden wollen, ist es hier im Haus nicht so günstig«, sagte ich, denn mir war plötzlich eine geniale Idee gekommen. Ich konnte Molly Abershaw, die dieses Treffen mit Sicherheit arrangiert hatte, ein Schnippchen schlagen und der Party ein Weilchen entfliehen, indem ich mich zum nächsten Pub fahren ließ. »In meiner Stammkneipe wäre es angenehmer, The Viaduct. Hätten Sie was dagegen?«

Sie zögerte. »Tja, nein, wenn Sie möchten«, sagte sie.

Ich stieg ein, plauderte zirka eine Meile lang über das Wetter und die Touristen und bewunderte, mit welcher Geschicklichkeit sie den Mercedes um die scharfen Kurven am Brassknocker Hill steuerte. Sie manövrierte den Wagen, als ob ihr das Fahren Spaß machte. Ich fragte mich, warum sie sich nicht für einen Sportwagen entschieden hatte, weil sie weiß Gott zu klein für den Mercedes war. Zwei dicke Kissen verschafften ihr die nötige Größe. Der Pub war gut besucht. Sie wollte etwas Alkoholfreies, und so bestellte ich für sie ein St. Clement's und für mich einen doppelten Cognac.

»Was da heute in der Buchhandlung passiert ist, war mir so peinlich, daß ich einfach mit Ihnen reden mußte«, brach es aus ihr heraus, kaum daß wir unsere Getränke hatten. »Glauben Sie mir, Matthew und ich waren vollkommen überrascht, als dieser Fotograf auftauchte. Wir waren in dem Glauben, daß sich dort die Gelegenheit bieten würde, Sie ganz zwanglos zu treffen und Ihnen zu danken. Als Molly Abershaw den Vorschlag machte, klang er ganz überzeugend. Jetzt könnte ich mich in den Hintern treten wegen meiner Blödheit. Können Sie mir verzeihen?«

Bei Waterstone's hatte ich sie kaum richtig wahrgenommen. Der Zwischenfall war so überraschend gekommen, daß ich kaum richtig begriffen hatte, wer der Junge war, als auch schon das Blitzlicht losging und meine zornige Reaktion auslöste. Dana Didriksons tiefliegende braune Augen betrachteten mich jetzt beklommen, während sie auf meine Antwort wartete. Sie sah nicht so aus, als wollte sie mehr Publicity. Die Form ihres Gesichts, die hohe Stirn, der schöne Mund und das feingeschnittene Kinn ließen auf einen intelligenten, aber arglosen Menschen schließen. Sie hatte die kleinen Hände fest verschränkt.

Ich sagte: »Vergessen Sie die Sache, Mrs. Didrikson. Mir ist der Kragen geplatzt, und darauf bin ich nicht eben stolz. Ich hoffe, Ihr Sohn hat sich von seinem unfreiwilligen Bad gut erholt.«

»Ganz und gar«, sagte sie. »Aber ich kann nicht so einfach darüber hinweggehen. Nicht, ohne Ihnen dafür zu danken, daß Sie ihm das Leben gerettet haben – aber Worte erscheinen mir völlig unzulänglich.«

»Schon gut«, sagte ich lächelnd. »Sie können mir gleich einen Drink spendieren, und dann geht es uns beiden besser.«

»Und die Reinigungskosten für Ihre Kleidung?«

»Die mußten sowieso in die Reinigung.«

»Der Anzug ist doch bestimmt hinüber.«

Ich schüttelte den Kopf. »Sie kennen den Mann nicht, bei dem ich meine Sachen reinigen lasse. Der ist ein Genie, ein Künstler. Eigentlich sollte er Leonardos Fresken restaurieren. Statt dessen muß er meine Hosen wieder sauber kriegen.«

Sie war eine von den Frauen, deren Schönheit im Lächeln liegt. »Und jetzt habe ich Sie noch von Ihrer Party entführt.«

»Die Party meiner Frau«, stellte ich richtig. »Zutreffender wäre wohl, daß ich Sie entführt habe. Gerry hatte Sie eingeladen, oder?«

»Oh, ich hatte nicht vor zu bleiben.« Sie errötete. »Verzeihung – das klingt unhöflich. Ich bin ziemlich müde. Es war eine strapaziöse Woche.«

»Was arbeiten Sie?«

»Ich bin Fahrerin für eine Brauerei.«

»Dann haben Sie bestimmt einen großen Freundeskreis.«

Wieder ein rasches verlegenes Lächeln. »Ich bekomme keine Getränke umsonst. Der Wagen gehört der Firma.«

»Ist die Arbeit anstrengend?«

»Ich muß meinen Lebensunterhalt verdienen.«

»Sind Sie, äh ...«

»Geschieden.« Sie sagte das gleichmütig, ohne Emotionen. »Matthews Vater ist zurück nach Norwegen gegangen. Wir haben zu jung geheiratet.«

»Ist es schwer, den Jungen großzuziehen?«

Sie sah nach unten auf ihr Glas und überlegte, bevor sie antwortete. Das fiel mir besonders auf – die Tatsache, daß sie nicht einfach einen oberflächlichen Spruch vom Stapel ließ. »Wichtig ist, bewußt wahrzunehmen, wie er sich entwickelt. Mat ist jetzt zwölf und steht kurz vor der Aufnahmeprüfung für die Oberstufe. Er kommt langsam in das Alter, wo er kein kleiner Junge mehr ist, aber auch noch kein Mann. Ich muß mir immer wieder sagen, daß mich sein Verhalten nicht erstaunen sollte. Aber ich habe Sorge, daß er den Respekt vor mir verliert. Wie soll ich ihm ein Vorbild sein, wenn er mich nicht achtet? Manchmal fallen mir erste Anzeichen dafür auf, und dann bin ich hin und her gerissen, ob ich ihn bestrafen oder in den Arm nehmen soll.«

»Schwierig. Hat er Kontakt zu seinem Vater?«

»Nein. Wir hören überhaupt nichts von Sverre. Mat ist ungemein stolz auf den Ruf seines Vaters – er ist ein international bekannter Schachspieler –, und er hat eine Sammlung von Zeitungsartikeln und Fotos, die ich ihm gegeben habe, aber er könnte ebensogut ein hölzernes Götzenbild anhimmeln. Es kommt einfach keine Reaktion.« Sie lehnte sich zurück und warf das dunkle Haar auf den Rücken. »Wie bin ich bloß darauf gekommen? Möchten Sie jetzt Ihren zweiten Drink?«

Ich sah ihr nach, wie sie die Gläser zur Theke trug und mit zwei Männern, die an einem anderen Tisch saßen und sie offenbar kannten, ein paar Worte wechselte. Sie war klein, aber sie hatte ein selbstbewußtes Auftreten. Die Arbeit hatte sie wohl zäh gemacht. Ich fühlte mich geehrt, weil sie mir erzählt hatte, wie schwierig es für sie war, für Matthew Mutter und Vater zugleich sein zu müssen. Doch als sie mit den Getränken zurückkam, machte sie deutlich, daß sie lieber das Thema wechseln wollte.

»Hab ich das neulich abend im Fernsehen richtig verstanden, Sie bereiten eine Ausstellung über Jane Austen vor?«

»Gegen meinen Willen, ja. Ich habe den kürzeren gezogen. In meiner Freizeit fahre ich durch Südengland und suche nach Exponaten. Davon gibt es bedenklich wenige. Falls Sie von einem Ofenschirm hören, den sie bestickt hat, oder von einem Häubchen, das sie irgendwo günstig erstanden hat, bin ich der Mann, den Sie anrufen sollten.«

»Egal was, es muß bloß mit ihr zu tun haben?«

»Völlig. Genaugenommen heißt diese Ausstellung ›Jane Austen in Bath‹, aber ich bin für jedes Angebot dankbar – Spitzentaschentücher, Teekannen, Schuhe, Tennisschläger.«

»Tennis – zur Zeit von Jane Austen?«

»Ein Witz. Irgendwie muß ich ja den Ballsaal vollkriegen.«

»Sie hat auf der Gay Street gewohnt, nicht?«

»Ja, allerdings. Verzeihen Sie meine Taktlosigkeit, aber woher wissen Sie das?«

»Von einem Schulprojekt, bei dem Matthew mitmacht.«

»Dann sollte ich Matthew wohl um seine Mitarbeit bitten. Ja, abgesehen von der Gay Street haben die Austens noch drei andere Adressen gehabt: Sydney Place, Green Park Buildings und Trim Street. Außerdem hat sie, noch bevor die Familie hierherzog, eine Zeitlang am Queen Square und am Paragon bei ihrer skandalösen Tante gewohnt.«

»Jane Austen hat eine skandalöse Tante gehabt?«

Da ich Tante Janes Namen verunglimpft und Mrs. Didrikson neugierig gemacht hatte, fühlte ich mich verpflichtet, die ganze Geschichte zu erzählen. »In fast allen Biographien ist die Sache übertüncht worden. Die Tante mag eine tugendhafte Nichte gehabt haben, aber von ihr selbst kann man das nicht gerade behaupten. Sie wurde wegen Ladendiebstahl vor Gericht gestellt, damals ein Kapitalverbrechen. Angeblich soll sie in einem Putzmachergeschäft ein Stück Spitze gestohlen haben. Kennen Sie das Bekleidungsgeschäft an der Kreuzung Bath und Stall Street, gleich gegenüber dem Eingang zu den Thermen?«

»Sie meinen ›Principles‹.«

Über den Namen mußte ich lächeln. »Wenn das keine Ironie ist. Ja, das muß der Laden gewesen sein. Jedenfalls kaufte Tante Jane dort im August 1799 schwarze Spitze und ist mit einem Stück weißer Spitze aus dem Laden marschiert, das sie nicht bezahlt hatte. Kurz danach hat die Inhaberin sie auf offener Straße angehalten und zur Rede gestellt. Tante Jane behauptete, sie müßten im Laden einen Fehler gemacht haben, aber sie erstatteten Anzeige, und die Gute mußte sieben Monate in Arrest verbringen, bis zu ihrer Verhandlung.

»Zu der Zeit muß das hart gewesen sein.«

»Es hätte schlimmer kommen können. Da sie sich in besseren Kreisen bewegte, erlaubte man ihr, im Wärterhaus zu wohnen statt in einer Gefängniszelle, und ihr Gatte wohnte bei ihr. Auch Jane Austen wäre fast dort eingezogen. Ihre Mutter hatte angeboten, daß Jane und ihre Schwester Cassandra der Tante Gesellschaft leisten könnten, aber die Räumlichkeiten ließen das nicht zu.«

»Gutes Material für eine Schriftstellerin.«

»Ob Jane das auch so gesehen hat, steht auf einem anderen Blatt. Die Wärtersfrau leckte nämlich immer das Messer sauber, mit dem sie Zwiebeln geschnitten hatte, und benutzte es anschließend zum Butterstreichen.«

Mrs. Didrikson verzog das Gesicht. »Immerhin besser als Wasser und Brot. Wie ist die Verhandlung ausgegangen?«

»Am Ende wurde Tante Jane freigesprochen, und lange Zeit ist man davon ausgegangen, daß die gute alte Dame Opfer von Verleumdung und falschen Beweisen geworden war, doch modernere Autoren, die die Beweislage genauer untersucht haben, sind da skeptisch. Anscheinend ist sie hauptsächlich dank ihres guten Leumunds als unbescholtene Bürgerin davongekommen. Man hat jede Menge Zeugen berufen, die ihren guten Charakter bestätigen sollten – Parlamentsabgeordnete, ein Mitglied des Oberhauses, Geistliche, Geschäftsleute. Der Richter hat das in seiner Ansprache an die Geschworenen betont und ihnen gleichzeitig zu verstehen gegeben, daß eine wohlhabende und anständige Frau keinen Grund zum Ladendiebstahl hatte.«

»Was nicht unbedingt stimmt«, bemerkte sie. »Wohlhabende Frauen stehlen. Es gibt andere Motive als Armut.«

Ich nickte. »Ein Glück für Tante Jane, daß die postfreudianische Psychologie im Jahre 1800 noch Zukunftsmusik war.«

»Trotzdem ist die Geschichte wirklich interessant. Ich hoffe, Sie können sie in Ihrer Ausstellung berücksichtigen.«

»Ich wage zu behaupten, daß ich das kann. Sehen Sie, die Sache ist gar nicht so unbedeutend, wie man zunächst vielleicht meinen könnte. Überlegen Sie nur, was passiert wäre, wenn man Tante Jane verurteilt hätte.«

»Wäre sie gehängt worden?«

»Realistisch gesehen hätte man sie deportiert. Sie hätte ihre Tage in Australien beschließen müssen. Und dann wäre die Familie Austen mit ziemlicher Sicherheit nicht ein Jahr nach dem Freispruch hierhergezogen. Während sie auf Haussuche waren, haben sie bei ihr gewohnt. Vielleicht hätte Jane Austen ›Die Abtei von Northanger‹ und ›Überredungskunst‹ nie geschrieben.«

»Ach, aber wer weiß, was statt dessen aus Janes Feder geflossen wäre. Waren sie Blutsverwandte?«

»Nein, Tante Jane war eine geborene Cholmeley. Dann hat sie Onkel James geheiratet und wurde Mrs. Leigh Perrot.«

»Mrs. wie?«

»Zwei Wörter: Leigh und Perrot. Sie ist sehr alt geworden, über neunzig.«

»Der Lohn der Unschuld?«

Ich schüttelte den Kopf. »Die Guten sterben früh und die Bösen spät.«

Ihre weicher werdenden Züge, wenn sie lächelte, weckten in mir den Wunsch, sie noch weiter zu erheitern. Doch bevor ich wieder Gelegenheit dazu hatte, hängte sie sich ihre Tasche über die Schulter und sagte: »Ich möchte nicht unhöflich sein, aber möchten Sie, daß ich Sie zurückfahre?«

»Jetzt schon?«

»Ich sollte Sie nicht so lange von Ihren Gästen fernhalten.«

»Ich brenne nicht gerade darauf, zurück zu der Party zu kommen. Aber Sie haben gesagt, daß Sie müde sind«, fiel mir ein. »Ich hätte nicht mit meiner Tante-Jane-Geschichte anfangen sollen.« Ich trank aus. »Gehen wir.«

7 Während der Mercedes die kurvenreiche Steigung zum Brassknocker Hill hinauffuhr, sagte ich: »Ich habe über Ihren Sohn nachgedacht. Das klingt jetzt vielleicht seltsam, nach dem, was passiert ist, aber schwimmt er gerne?«

»Ich denke ja«, antwortete Mrs. Didrikson. »Eine Bahn oder so schafft er schon. Aber Schwimmen ist nicht gerade seine Stärke. In der Schule tun sie nicht genug in sportlicher Hinsicht. Meiner Meinung nach verbringen sie zuviel Zeit mit Singen. Aber, was beklage ich mich, schließlich war ich so dumm, ihn auf eine kirchliche Schule mit Chor zu schikken.«

»Ich frage, weil wir an der Universität ein Schwimmbad haben. Komischerweise wird es gerade in der Jahreszeit, wenn die anderen Schwimmbäder überfüllt sind, kaum genutzt. Fast alle Studenten sind in den Semesterferien. Meinen Sie, es würde ihm Spaß machen, dort mal zu schwimmen?«

»Professor, Sie haben mehr als genug für Mat getan.«

»Ich würde ihn gern wiedersehen. Schließlich haben wir beide uns im Wasser kennengelernt.«

Sie lächelte schwach. »Daran wird er sich kaum erinnern.«

»Er wird sich aber an die Abfuhr erinnern, die er heute morgen im Buchladen von mir bekommen hat. So ein Erlebnis kann für ein Kind in diesem Alter sehr verletzend sein. Ich würde ihm gerne zeigen, daß das nicht gegen ihn gerichtet war. Irgendwann abends nach der Schule, was meinen Sie?«

Die Straße vor uns wurde eben. Nachdem sie einen Augenblick nachgedacht hatte, antwortete sie: »Ich bin sicher, daß ihm das Spaß machen würde.«

»Dienstag?«

»Gut. Ich setze ihn dann bei Ihnen ab.«

»Sagen wir um sieben? Kommen Sie doch mit.«

Die Antwort kam wie aus der Pistole geschossen, als hätte sie die Frage erwartet. »Nein, danke.«

Ich hatte nur höflich sein wollen, und das unterstrich ich jetzt, indem ich möglichst beiläufig erwiderte: »Wie Sie wollen. Wissen Sie, wo das Schwimmbad an der Uni ist?«

Sie lachte: »Vergessen Sie nicht, Sie reden mit einer ehemaligen Taxifahrerin.«

Ein Stück der Rolling Stones dröhnte uns entgegen, als wir auf der Straße gegenüber meinem Haus hielten. Fast hysterisches Gekreische drang aus dem Garten.

»Gut, daß Ihre Nachbarn nicht so nah wohnen«, bemerkte Mrs. Didrikson. »Wenn wir eine Grillparty machen, müssen wir auf die Lautstärke achten.«

»Und ich gehe jede Wette ein, in dem Augenblick, wo Sie das erste Streichholz anzünden, kommt jemand aus dem Nachbarhaus marschiert und nimmt betont auffällig die Wäsche von der Leine.«

»Unter Garantie.«

»Möchten Sie noch auf ein Glas mit reinkommen? Oder einen Happen essen? Einen Kebab?«

»Danke, aber ich möchte jetzt gern nach Hause und Mat erzählen, wie es gelaufen ist. Er war ziemlich gespannt.«

Das verstand ich. Und ihrer Stimme konnte ich entnehmen, daß das nicht bloß ein Vorwand war. Ich stieg aus, verabschiedete mich und sah zu, wie sie den Mercedes zügig wendete und dann Richtung Bath davonbrauste. Eine tüchtige Frau. Hinter ihrem betont unabhängigen Auftreten steckte ein Mensch mit Verstand und Integrität, Eigenschaften, die mir viel bedeuten.

Die Nacht war feucht und windstill. Seit Sonnenuntergang war es kaum kühler geworden. Der Geruch von gebratenem Speck vermischte sich angenehm mit dem schweren Honigduft der Geißblattsträucher. Ich ging langsam ums Haus in Richtung des Lärms. Die Flutlichtbeleuchtung am Swimmingpool war eingeschaltet worden, und die meisten Partygäste standen um ihn herum und beobachteten amüsiert drei Frauen und zwei Männer, die einander nackt um den Pool herumjagten. Es ging darum, einen anderen ins Wasser zu stoßen, bevor man selbst hinterhersprang. Geraldines Freunde hielten sich gern für lebenslustig – die lebenslustigsten Menschen, die man sich vorstellen kann –, und manchmal merkte man ihnen an, wie anstrengend das ist. Ich ging automatisch davon aus, daß Gerry eine der drei Frauen war, doch dann entdeckte ich sie in ihrem Overall als bloße Zuschauerin, eine Hand auf die Schulter von Roger, dem Immobilienmakler, gelegt. Die Jagd um den Pool erinnerte mich an eine Serie von Zeichnungen von James Thurber mit dem Titel »The Race of Life«, in der die nackten Gestalten blaß, dickbäuchig und eher skurril als erotisch wirken. Unmöglich zu sagen, wie lange das schon so ging, aber die Schreie und das Gelächter klangen inzwischen unecht, als ob das Publikum nur noch aus Barmherzigkeit zusah. Schließlich wurde einer der Männer von beiden Seiten in die Zange genommen, und er sprang ins Wasser, wobei er zwei Frauen mit sich zog. Ein mächtiger Platsch, Lachen und Gejohle, und dann sprangen die anderen hinterher. Gleich würden sie singen »Einer geht noch, einer geht noch rein« und nach den Knöcheln der Unvorsichtigen grapschen, die zu dicht am Rand standen.

Ich weiß noch, daß ich auf meine Uhr geschaut habe und an den klugen Ausspruch von Mr. Woodhouse in »Emma« denken mußte, daß ein Fest um so schöner ist, je früher es endet. Mr. Woodhouse, ein früher Vertreter der modernen Gesundheitsobsession, hätte zweifelsohne auch etwas Treffendes über die Gefahren des Nacktbadens beisteuern können. Ich wandte mich vom Pool ab und ging zur Terrasse hinüber, wo der Grill geschürt werden mußte, wenn ich mir noch ein Steak braten wollte. Mit einer kleinen Schaufel entfernte ich etwas Asche von der darunter glimmenden Holzkohle und fächelte ihr neues Leben zu. Das Fleisch war unter einem Fliegengitter auf einem Tablett arrangiert. Es war noch viel übrig. Ich hob die Abdeckung hoch, nahm mir ein Steak und etwas Speck, Tomatenviertel und Pilze und plazierte alles auf dem Grill.

Plötzlich stand jemand neben mir. Geraldine hakte sich bei mir ein und sagte: »Wo hast du denn den ganzen Abend gesteckt?«

»Ich bin noch ein wenig ausgegangen. Amüsierst du dich?«

»Und wie. Ist deine Freundin doch nicht gekommen?«

»Sie war da. Konnte aber nicht bleiben.«

»Schade.« Sie betrachtete das Steak. »Ich hatte genug für euch beide verwahrt. Du mußt ja mittlerweile halb verhungert sein. Soll ich das hier übernehmen?«

»Nicht nötig. Geh ruhig zurück zu deinen Freunden.«

»Die brauchen mich nicht. Die würden mich nur in den Pool ziehen und meine Sachen ruinieren. Hör dir das an.« Sie nahm eine Gabel und drehte einen Speckstreifen um. »Außerdem will ich meinen Liebsten nicht vernachlässigen.«

»Deine falsche Schlange, meinst du wohl.«

»Was?«

»Neulich hast du mich so genannt. Angeblich hecke ich Gott weiß was gemeinsam mit deinem Arzt aus.«

Sie drückte meinen Arm. »Darling, du kennst mich doch. Ich bin nun mal Löwe. Ich kann nichts für meine Art. Ich habe ein bißchen gebrüllt, wie Löwen es nun mal tun, das ist alles. Pustest du in die Holzkohle? Sonst wird das Steak nie fertig. Ich hab dir was von meiner selbstgemachten Sauce verwahrt. Die haben sich drauf gestürzt wie die Geier. Sie ist im Haus.«

»Wo?« fragte ich. »Ich hol sie eben.«

»Mach ich schon. Paß du lieber hier auf. Ich weiß, wo ich sie vor den anderen versteckt habe.«

Ich schob die Tomaten an den Rand des Grills, damit sie nicht verbrannten, war aber mit den Gedanken woanders. Mittlerweile hatte man mir für die Ausstellung fast genug Exponate in Aussicht gestellt. Die nächste Herausforderung war, diese auch interessant zu präsentieren. Meine anfängliche Abwehr war inzwischen dem starken Wunsch gewichen, daß die Ausstellung ein Erfolg werden sollte. Noch immer war ich nicht gewillt, sie als einen Lobgesang über das Leben in Bath zu inszenieren. Ich war fest entschlossen, Janes Haltung zu dieser Stadt deutlich zu machen.

Dann kam Gerry mit dem Saucentopf zurück. »Die wird dir schmecken. Hast du einen Teller?«

Ich nahm einen vom Stapel. »He, nicht zuviel.«

Zu spät. Sie hatte über alles eine dicke Saucenschicht gegossen. »Komm doch damit runter zum Pool. Du kennst ja die meisten.«

»Danke. Ich esse lieber hier, solange es noch heiß ist.«

»Du fühlst dich nicht sonderlich wohl mit meinen überkandidelten Freunden, was Prof?«

»Ich beschwere mich doch nicht.«

»Ich mache gleich Kaffee und verlagere das Ganze nach drinnen. Die freuen sich über was Warmes nach ihrem Bad.« Sie räumte ein paar Teller vom Tisch und reichte mir Besteck und eine Papierserviette. »Hör mal, ich hab mir gedacht, daß du müde sein wirst, wo du doch heute den ganzen Tag unterwegs warst. Deshalb hab ich dir das Feldbett im Sommerhaus gemacht. Du kannst dich einfach verdrücken, wenn dir danach ist. Da stört dich keiner. Eine halbe Flasche Courvoisier und eine Packung Zigarren stehen neben dem Bett.«

Diese Fürsorge war so ungewohnt von Gerry, daß ich gleich finstere Motive dahinter vermutete. Ich konnte mir kaum vorstellen – noch nicht mal von Gerry –, daß sie die Dreistigkeit besaß, ihren Verehrer, den Immobilienmakler, ins Schlafzimmer zu bitten, während ihr Ehemann die Nacht im Garten verbrachte, aber was konnte sonst dahinterstecken?

Ich sagte: »Ich bin nicht müde.«

»Dann ist es ja gut«, sagte Gerry so liebenswürdig, daß ich beruhigt war. »Aber du weißt, wo du dich hinlegen kannst, falls du dich zurückziehen willst, bevor die Party zu Ende ist.«

Sie ging ins Haus und ließ mich auf der Terrasse mein Abendessen verzehren. Es war lecker, die Sauce vielleicht ein wenig zu pfeffrig. Ich schabte etwas davon von meinem Steak. Plötzlich merkte ich, daß jemand neben mir stand, ein Bierglas in der Hand. Es war Roger, der Immobilienmakler, dessen Mondgesicht in dem künstlichen Licht grünlich leuchtete.

»Hallo, Bruder Gregory. Was ist denn das, Nachschlag?«

Ich warf ihm einen nicht eben brüderlichen Blick zu. »Ich bin gerade erst gekommen. War unterwegs.«

»Beruflich oder privat? Letzteres, hoffe ich. Sechs Tage sollt ihr arbeiten.«

»... und am siebten Tage sollt ihr grillen?«

Roger lachte. »Wo wir von Arbeit sprechen. Ich muß morgen früh taufrisch im Büro sein.«

»Gerry macht gerade Kaffee«, teilte ich ihm mit.

»Ich fürchte, darauf werden wir verzichten müssen. Hast du Val irgendwo gesehen?«

»Val?«

»Meine Frau.«

»Äh, nein.« Ich verkniff mir die Bemerkung, daß ich aufgrund seines Verhaltens Gerry gegenüber bislang angenommen hatte, Roger sei Junggeselle.

»Sie war eine der ersten im Pool«, sagte Roger.

»Vielleicht ist sie reingegangen, um trocken zu werden.«

»Nein, da ist sie ja«, sagte Roger und rief: »Val, Darling, wir müssen los. Komm und verabschiede dich.«

Val kam herüber. Inzwischen trug sie ihre Kleidung wieder. Im angezogenen Zustand und mit feuchtem Haar, das ihr am Kopf klebte, sah sie sogar noch mehr wie eine Schöpfung von James Thurber aus. Ihr starrer Blick war vernichtend. »Sie sind also ihr Ehemann.«

Ich kam mir vor wie der Besitzer eines mißratenen Hunds.

Roger lächelte matt und sagte: »Sie meint, vielen Dank für die Einladung. Komm, meine Wassernymphe. Für dich und mich ist die Party vorbei. Gute Nacht, Greg.«

Sie gingen ums Haus herum. Kurz darauf hörte ich einen Wagen anspringen und wegfahren. Ich fragte mich, ob Gerry wohl wußte, daß sie gegangen waren.

Als ich fertig gegessen hatte, schlenderte ich ins Haus, um eine Tasse Kaffee zu trinken. Dort konnte ich es nicht verhindern, in ein Gespräch mit Leuten verwickelt zu werden, die eine vage Verbindung zum Theater in Bristol hatten und mich mit ihrem Theaterklatsch beeindrucken wollten. Das Vage lag dabei eher an mir, denn ungewöhnlicherweise konnte ich mich kaum noch konzentrieren. Auch schwarzer Kaffee half nicht. Ich wurde von Minute zu Minute müder. Unfähig, länger zuzuhören, murmelte ich eine Entschuldigung und ging nach draußen. Mein einziger Gedanke war das Feldbett im Sommerhaus. Ich bewegte mich, als ob ich einen alten Taucheranzug mit Bleigewichten in den Schuhen anhätte. Das konnte nicht am Alkohol liegen; seit den Cognacs im Pub hatte ich nichts mehr getrunken, und von Cognac wurde ich nie müde. Dann hörte ich spitze Absätze hinter mir auf der Terrasse klappern, und schon war Gerry neben mir.

»Greg, alles in Ordnung?«

»Bloß müde«, antwortete ich und bemerkte, daß ich lallte. »Ich geh ins Bett.«

»Schaffst du es bis dahin?«

»Ja.«

Ich stieß mit dem Oberschenkel schmerzhaft gegen einen Tisch. Als ich den Kopf wandte, war Gerry schon wieder zurück bei ihren Gästen. Durch den Schmerz wurde mein Verstand für kurze Zeit wieder klar. Ich dachte, man hat mir was verabreicht. Irgendwelche Drogen. Ich tastete über den Tisch, bekam den Senftopf zu fassen, zog ihn zu mir, löffelte mir eine große Portion auf den Finger und schob sie mir tief in die Kehle. Sofort fing ich an zu würgen, taumelte zu einem Geranienkübel und erbrach so viel ich konnte von meinem Abendessen. Mir drehte sich alles, als ich mich aufrichtete. Noch immer fühlte ich mich unendlich müde. Wieder schob ich mir den Finger tief in den Hals, und das Ergebnis war fast ebenso ergiebig. Der Schweiß auf meiner Stirn war eiskalt. Ich wankte die Terrassenstufen hinunter und torkelte gefährlich dicht am Pool entlang über den Rasen bis zum Sommerhaus, einem achteckigen Holzbau, der nach zwei Seiten hin offen war.

Wie versprochen hatte Gerry dort das Feldbett vorbereitet. Ich ließ mich wie ein gefällter Baum darauf fallen, zu erschöpft, um auch nur noch die Schuhe auszuziehen.

Ich hatte das Gefühl zu schweben. Keine angenehme Empfindung. Selbstgemachte Sauce, dachte ich, als ich mir erneut den Finger in den Hals steckte.

Das nächste, woran ich mich erinnere, ist, daß ich mich bewegte, die Augen öffnete und versuchte herauszufinden, wo ich war. Es war noch dunkel und still, aber dennoch hatte mich irgendwas aufgeschreckt. Meine Arme und Beine fühlten sich schwer an, und ich konnte nur langsam denken. Ich schloß die Augen wieder.

Noch ein Geräusch, eine Bewegung in meiner Nähe. Mir fiel ein, daß ich mich im Sommerhaus befand und daß es an zwei Seiten offen war. Vielleicht war ein leichter Wind aufgekommen und hatte etwas rascheln lassen. Aber das Geräusch war schwer gewesen, als ob ein Lebewesen mit mir im Haus war. Ein Fuchs? Manchmal liefen welche durch den Garten.

Ohne mich ansonsten zu rühren, öffnete ich die Augen. Im schwachen Mondlicht konnte ich eine menschliche Gestalt erkennen – Geraldine, in einem dunklen Trainingsanzug. Ich überlegte nebelhaft, warum sie gekommen war, aber ich war zu müde, um eine Erklärung zu finden. Ich war sogar zu müde, um sie danach zu fragen.

Wieder schloß ich die Augen.

Ein gluckerndes Geräusch erreichte meine nebulöse Wahrnehmung, als ob eine Flüssigkeit aus einer enghalsigen Flasche gegossen wurde. Ich sah hin, und genau das war der Fall. Gerry leerte die Courvoisier-Flasche, hielt sie verkehrt herum, so daß der Inhalt auf den Boden floß. Ich dachte, daß sie auch betrunken sein mußte, wenn sie so etwas Verrücktes tat. Zu benommen, um etwas zu unternehmen, beobachtete ich sie teilnahmslos, als ob vor mir ein surrealistischer Film ablief, der zu bizarr war, um ihn verstehen zu können.

Als die Flasche leer war, drehte Gerry sich um und hob eine zweite auf, die sie mitgebracht haben mußte. Sie zog den Korken heraus und übergoß alles, auch das Bett, ausgiebig mit Cognac. Ich wollte protestieren, brachte aber nur ein urzeitlich klingendes Brummen zustande.

Geraldine achtete nicht auf mich. Als nächstes nahm sie eine Zigarre aus der Packung neben dem Bett, zündete sie mit einem Streichholz an und fing an zu rauchen! Ungewöhnlich – sie rührte sonst nie Zigarren an. Ich sah ihr zu, wie sie sie in den Mund steckte und einen tiefen Zug nahm, so daß die Spitze anfing zu glimmen und aufglühte. Dann ging Geraldine in die Hocke, und ich konnte sie nicht mehr sehen.

Mein Augenlider sanken herab. Es war anstrengend gewesen, sie so lange geöffnet zu halten. Ich konnte zwar nichts mehr sehen, aber mein Geruchssinn funktionierte noch. Ich schnüffelte und bemerkte den beißenden Geruch von Rauch. Er drang mir in die Nasenlöcher, und ich mußte husten. Ich hörte ein Zischen. Ich öffnete die Augen und sah, daß das Bett brannte. Nicht nur das Bett, sondern der gesamte Boden war ein züngelndes Flammenmeer.

Wenn ich hier liegenbleibe, dachte ich, verbrenne ich zusammen mit dem Sommerhaus.

Teil drei

Die Männer im weißen Kittel

1 Der Einsatzraum auf dem Polizeirevier in der Manvers Street war nicht so beengt, wie es der Wohnwagen gewesen war. Die Büroklammern hüpften nicht mehr in ihren Schachteln, wenn Peter Diamond durch den Raum ging. Die Schreibkräfte spürten nicht mehr seinen Atem im Nacken. Blätter und Karteikarten wurden nicht mehr so schnell von den Tischkanten gefegt. Das drehbare Karteikartenregister beherrschte nicht mehr den Raum, sondern war in eine Ecke verbannt worden. Vier trojanische Pferde, wie Diamond sie getauft hatte, in Form von Computern standen auf einem Tisch in der Nähe der Tür. Das Polizeikomitee hatte veranlaßt, daß keine größere Untersuchung mehr ohne Computerunterstützung durchgeführt werden sollte, ungeachtet der Vorurteile eines einzigen unbelehrbaren Detectives.

»Die haben wir in Null Komma nix aufgebaut und am Laufen, Sir«, hatte Inspector Dalton, der gemeinsam mit den Computern und vier PC-Technikern eingetroffen war, voreilig versprochen.

Worauf Diamond erwidert hatte: »Am Laufen? Wohin? Ich hoffe, weit weg.«

Abgesehen davon war die mutlose Stimmung, die am See geherrscht hatte, Zuversicht gewichen. Jetzt hatten sie ein konkretes Ziel. Um eine abgedroschene, aber tröstliche Formulierung zu benutzen, sie bekamen sachdienliche Hinweise von einem Mann aus dem unmittelbaren Umfeld des Opfers. Er war seit anderthalb Stunden im Vernehmungszimmer.

Diamond und Wigfull kamen heraus, um ein Sandwich zu essen. Keiner von beiden trug ein Jackett. Der »letzte Detective« war in seinem Element. Er hatte die Krawatte gelockert und den obersten Hemdknopf geöffnet. Er strotzte vor Selbstvertrauen und wollte, daß alle es mitbekamen. Er würdigte die Computerbildschirme keines Blickes. Er rechnete damit, daß sich alle neueren Erkenntnisse in diesem Fall aus der Vernehmung von Professor Jackman ergeben würden. Nachdem er sein Gewicht sicher auf einem Schreibtisch gelagert hatte, öffnete er eine Dose Bier und sagte zu Wigfull: »Wissen Sie, was das Ganze soll – diese Geschichte mit dem Feuer?«

Wigfull wartete. Er war kein Gedankenleser.

»Er legt das Fundament für seine Verteidigung«, sagte Diamond. »Im Geiste steht er schon vor Gericht und plädiert auf mildernde Umstände. Sie hat einmal versucht, ihn umzubringen, und beim zweiten Mal hat er sich nur verteidigt. Hat seine Kräfte nicht richtig eingeschätzt. Ist in Panik geraten. Wollte die Leiche verschwinden lassen, indem er sie in den See warf. Sie werden schon sehen, daß ich recht habe, John.«

Wigfull hatte die Stirn in Falten gelegt. »So hat er das gestern aber nicht dargestellt.«

Diamond war unbeeindruckt. »Zuerst machen sie immer einen auf Unschuldsengel. Als ich ging, schlief sie friedlich, und danach habe ich sie nicht wiedergesehen. Er hat jede Menge Zeit gehabt, sich eine Geschichte zurechtzulegen. Das ist bloß seine erste Verteidigungslinie. Er rechnet im Grunde nicht damit, daß er sie lange halten kann.«

»Meinen Sie, daß er schon reif für ein Geständnis ist?«

»Noch nicht. Jackman ist kein Dummkopf. Zuerst will er uns auf seine Seite ziehen und sich im besten Licht darstellen. Aber diese Geschichte mit dem Sommerhaus verrät, wie sein Verstand arbeitet.«

»Glauben Sie sie nicht, Sir?«

Diamond sagte nichts, aber sein Schweigen sprach Bände.

»Das Sommerhaus ist aber tatsächlich abgebrannt«, stellte Wigfull klar.

»Stimmt. Und hat er das damals gemeldet? Nein. Er kann alles so darstellen, wie es ihm in den Kram paßt.«

»Sollen wir die Spurensicherung hinschicken und feststellen, ob es Beweise gibt, die seine Geschichte erhärten?«

»Schon geschehen.« Diamond konnte den selbstgefälligen Ton in seiner Stimme nicht unterdrücken. Es machte ihm Spaß, Wigfull immer einen Schritt voraus zu sein, der schließlich kein Trottel war. In Siegermanier zupfte er an der Verpackung seines Ei-Kresse-Sandwichs. »Natürlich wird es Wochen dauern, bis die im Labor was Brauchbares gefunden haben. Sie und ich können den Fall heute knacken.« Er bekam die Verpackung nicht auf und drückte sie zusammen. Das Ergebnis war ein zermatschtes Sandwich. Wütend wollte er es in den nächsten Papierkorb schleudern und traf daneben.

»Möchten Sie eins von meinen, Sir, Salat und Tomate?« bot Wigfull an.

»Kaninchenfutter. Kommen Sie, nehmen wir ihn uns noch mal vor. Ich will heute früher zu Abend essen.«

»Werden Sie ihn auf seine Rechte hinweisen?«

Ein argwöhnischer Blick zeichnete sich in Diamonds grobem Gesicht ab. »Soll das ein Rat sein, oder was?«

Wigfull lief rot an. »Ich habe nur gedacht, wenn wir hinreichende Gründe haben, müßten wir ihn auf seine Rechte hinweisen.«

Diamond stieß seinem Assistenten mit dem ausgestreckten Finger gegen die Hemdbrust. »Erzählen Sie mir nicht, wie ich meine Arbeit zu machen habe, Inspector. Was ich gerade gesagt habe – daß er schuldig ist –, war nur so ein Gefühl. Wenn wir beide ein Team werden wollen, dann merken Sie sich eins: Ich habe das Privileg, laut zu denken. Wenn ich hören will, was Sie denken, dann werde ich Sie verdammt noch mal danach fragen. Ist das klar?«

»Klar, Sir.«

»Ich habe ihn gestern abend auf seine Rechte hingewiesen, bevor er auch nur ein Sterbenswörtchen zu mir gesagt hat. Erinnern Sie ihn noch mal daran, wenn wir reingehen.«

Professor Jackman warf einen Blick auf seine Uhr, als sie den Raum wieder betraten. Er wirkte souverän, so, als hätte er vor, ihnen die Fragen zu stellen. Auf dem Schreibtisch vor ihm befanden sich eine leere Tasse und ein Keks, der letzte aus einer Dreierpackung. Diamond griff danach und schob ihn sich mit einer einzigen raschen Bewegung in den Mund.

Die Polizistin, die mitstenografierte, schob sich unauffällig hinter ihnen durch die Tür und setzte sich hinter Jackman, während Wigfull ihn noch einmal auf seine Rechte hinwies.

Diamond verlor keine Zeit mit Höflichkeiten. »Kommen wir zurück zu dem Feuer in Ihrem Sommerhaus, Professor. Ich nehme an, daß Sie ohne schwere Verletzungen da rausgekommen sind.«

Jackmans Antwort war noch direkter: »Ja.«

»Es ist Ihnen also gelungen aufzustehen, als Sie die Gefahr gespürt haben?«

»Es war nicht leicht. Ich mußte mich sehr anstrengen.«

»Sind Sie sicher, daß man Sie unter Drogen gesetzt hatte?«

»Davon bin ich überzeugt. Sie muß das Barbiturat verwendet haben, das sie von dem Arzt bekommen hatte. Weiß der Himmel, wie viele Tabletten sie zerstoßen und in die Grillsauce getan hat. Wenn ich mich nicht erbrochen hätte, wie ich Ihnen ja erzählt habe, wäre ich überhaupt nicht mehr zur Besinnung gekommen.«

»Sie hatten Glück.«

»Das können Sie laut sagen. Ich wäre innerhalb weniger Sekunden verbrannt. Als ich rauskam, hatten meine Schuhe und die Hose schon Feuer gefangen.«

»Ich darf vermutlich nicht darauf hoffen, daß Sie sie verwahrt haben?«

»Die Schuhe und die Hose? Die habe ich weggeworfen, waren nicht mehr zu gebrauchen.« Seine Augen verengten sich. »Sie glauben mir doch, was ich Ihnen erzähle, oder?«

Diamond antwortete mehrdeutig: »Das abgebrannte Sommerhaus habe ich gesehen.« Er lehnte sich in seinem Sessel zurück und verschränkte die Hände im Nacken. »Professor, mich interessiert vor allem, was danach passiert ist. Ihre Frau hatte versucht, Sie umzubringen. Was haben Sie gemacht?«

»Ich war außerstande, irgend etwas zu machen. Ich bin in sicherer Entfernung von den Flammen auf den Rasen gesunken und habe zugesehen, wie das Feuer ausbrannte. Ich hatte noch immer genug von dem Zeug im Körper, so daß ich wohl eingeschlafen bin, denn das nächste, woran ich mich erinnere, ist, daß es Tag war und mir jeder Knochen im Leibe weh tat. Alles kam mir wie ein Traum vor, nur daß ich vor mir den Haufen Asche sah, der einmal das Sommerhaus gewesen war. Ich bin ins Haus gegangen und habe nach meiner Frau gesucht. Sie hatte sich zwar benommen wie eine Wahnsinnige, aber sie war nicht blöd. Sie war weggefahren.«

»Woran haben Sie das gemerkt?«

»Der Wagen war nicht in der Garage.«

»Und was haben Sie dann gemacht?«

»Noch ein paar Stunden geschlafen. Ich war noch immer zu benebelt, um nach ihr zu suchen. Als ich dann endlich wieder einigermaßen klar war, habe ich nach und nach angefangen, die Überreste von der Party wegzuräumen. Ich mußte mich mit irgendwas beschäftigen.«

Vorwurfsvoll, als ob Jackman einen Fauxpas begangen hätte, sagte Diamond: »Sie haben uns nicht benachrichtigt.«

»Sie?«

»Die Polizei.«

»Ich wollte mir erst Gerrys Erklärung anhören.«

»Aber Sie wußten nicht, wo sie war. Sie hätte sich umbringen können. Das machen viele, die ihren Mann umgebracht haben.«

Jackman erwiderte trocken: »Jemand, der so clever war, einen Mord als Unfall zu fingieren, verdirbt sich seinen Erfolg nicht, indem er Selbstmord begeht. Ich wußte, daß sie wiederkommen würde.«

Diamond und Wigfull warfen sich einen kurzen Blick zu. »Wollen Sie uns im Ernst erzählen, daß Sie einfach angefangen haben, das Geschirr wegzuräumen?«

Jackman stützte beide Ellbogen auf den Tisch und beugte sich vor, um seinen Worten Nachdruck zu verleihen. »Hören Sie, ich bin freiwillig hier. Ich erzähle Ihnen, was passiert ist. Ich will nicht, daß mein Verhalten in Frage gestellt wird.«

Mit der Miene eines Mannes, dessen Verhalten so oft in Frage gestellt worden war, daß es schon längst keine Rolle mehr spielte, bemerkte Diamond: »Wir möchten nur begreifen, wie alles gekommen ist. Machen wir weiter, ja? Wann haben Sie denn nun Ihre Frau gesehen?«

»Am frühen Abend desselben Tages.«

»Ist sie zurück zum Haus gekommen?«

»Ja.« Jackman schilderte die Ereignisse mit einer Offenheit, die lebendig und überzeugend wirkte. »Sie kam nicht sofort ins Haus. Ich sah, wie sie den Wagen in der Einfahrt stehenließ und ums Haus herum in den Garten ging. Sie hatte den schwarzen Trainingsanzug an, in dem ich sie zuletzt gesehen hatte. Sie blieb einen Moment stehen und starrte auf die Trümmer des Sommerhauses. Sie ging nicht näher ran, sondern blieb rund dreißig Meter davon entfernt stehen und fingerte an ihren Haaren herum. Dann drehte sie sich um und kam aufs Haus zu. Sie benutzte die Terrassentür, die noch immer offenstand.« Er lächelte schwach. »Natürlich bekam sie den Schock ihres Lebens, als sie mich mit hochgelegten Beinen vor dem Fernseher sitzen sah. Um ein Haar wäre sie umgekippt. Ich mußte ihr einen Drink eingießen. Ich habe sie nicht gleich beschuldigt, weil ich erst feststellen wollte, wie sie die Sache darstellt. Also habe ich sie gefragt, wo sie denn den ganzen Tag gesteckt hätte. Sie sagte, sie wäre früh weggefahren und hätte den Tag auf einem Liegestuhl in Parade Gardens verbracht und etwas Schlaf nachgeholt. Sie hat gesagt, sie hätte es zu Hause nicht länger ausgehalten. Vermutlich war das sogar die Wahrheit.«

»Und was ist passiert, als Sie dann doch auf die kleine Feuersbrunst zu sprechen kamen?«

»Sie hat alles abgestritten und gesagt, ich hätte bloß geträumt, daß sie im Sommerhaus gewesen sei. Sie hat steif und fest behauptet, ich hätte sicher eine brennende Zigarre fallen lassen und das Haus selbst in Brand gesteckt – was sie mit Sicherheit auch der Polizei erzählt hätte, wenn es ihr gelungen wäre, mich zu töten. Das war natürlich von vorne bis hinten erlogen«, sagte Jackman rasch, als spürte er, daß er sie möglicherweise auf einen Gedanken gebracht hatte. »Erstens, sie hat mich unter Drogen gesetzt, daran besteht kein Zweifel.«

»Sagen wir, irgend jemand hat Sie unter Drogen gesetzt«, bemerkte Diamond.

Jackman wischte die Einschränkung beiseite. »Hören Sie, Geraldine war im Besitz der Barbiturate. Sie hatte die für mich bestimmte Sauce versteckt. Sie hat darauf bestanden, sie selbst zu holen. Sie hat sie über das ganze Essen geschüttet. Innerhalb kürzester Zeit nach dem Verzehr war ich fast völlig hinüber. Sie hatte Zigarren und Cognac neben das Feldbett im Sommerhaus gestellt. Es war alles vorbereitet. Und ich weiß genau, daß es kein Traum war, als ich sie gesehen habe, weil mir aufgefallen ist, was sie anhatte. Denselben schwarzen Trainingsanzug, den sie am nächsten Tag trug.«

»Das erwähnten Sie bereits. Sie sind die Sache oft im Geiste durchgegangen, nicht wahr?«

Jackman nickte. »Und die Schlußfolgerung ist zwingend.«

»Also gut, Professor«, sagte Diamond munter, als ob er jedes Wort der Geschichte glauben würde. »Was meinen Sie, warum das passiert ist?«

»Warum sie versucht hat, mich umzubringen?«

»Ja.«

Jackman stützte nachdenklich den Kopf in die Hand. »Ich habe es mir mit ihrer psychischen Verfassung erklärt. Wie ich schon sagte, einige Zeit vor diesem Abend hat sie Anzeichen von Paranoia erkennen lassen. Sie bildete sich ein, ich würde ihren Untergang planen oder so was in der Art. Es war an den Haaren herbeigezogen, reine Einbildung, aber offensichtlich für sie ganz real. Ich habe nicht erkannt, wie besorgniserregend ihr psychischer Zustand war – zumindest bis zu jenem Abend.«

»Hatte sie vorher schon psychische Probleme?«

»Nur die beschriebenen. Ich bin kein Psychiater.«

»Paranoia«, wiederholte Diamond und sah mit einem boshaften Funkeln in den Augen zu der mitschreibenden Polizistin hinüber. »Soll Ihnen der Professor das buchstabieren?«

Sie schüttelte den Kopf.

Diamond wandte sich wieder Jackman zu. »Und was war mit Ihnen? Fühlten Sie sich verfolgt?«

Mit angespanntem Gesicht nahm Jackman die Arme vom Schreibtisch. »Was?«

»Verfolgt oder doch zumindest bedroht. Eigentlich müßten Sie sich so gefühlt haben, nachdem was passiert war.«

»So würde ich das nicht ausdrücken.«

»Wären Sie so nett, es anders ausdrücken, Sir?«

Der Professor zögerte, und als er sprach, klang es widerwillig, als ob man ihn zwingen würde, unbekanntes Gebiet zu betreten. »Natürlich hatte ich kein Vertrauen mehr zu ihr. In Zukunft mußte ich auf der Hut sein.«

»Aber Sie haben gedacht, daß Sie auf sich selbst aufpassen könnten?«

»Sie hatte ja nicht vor, mit einer Axt auf mich loszugehen oder so was. Zumindest habe ich das so gesehen. Der Vorfall im Sommerhaus war ganz genau geplant worden, hauptsächlich, weil die Sache wie ein Unfall aussehen sollte. Sie wollte nicht erwischt werden. Ich dachte, falls sie noch einen Anschlag auf mein Leben vorhatte, würde ich das rechtzeitig durchschauen.

»Sehr mutig von Ihnen«, log Diamond.

Jackman beugte sich vor, als wollte er um Verständnis bitten. »Lebt man mit einem Menschen zusammen, ist mit ihm verheiratet und teilt seine Freuden und Sorgen, muß man einfach daran glauben, daß man noch einen Einfluß hat, irgendeine Hoffnung, ihn zur Vernunft zu bringen. Zugegeben, die Leidenschaft war aus unserer Ehe verschwunden, aber deshalb mußten wir uns doch nicht gegenseitig ins Unglück stürzen.«

Stille trat ein. Weder Diamond noch Wigfull sagten einen Ton, weil sie meinten, daß er kurz davor war zu gestehen.

Anscheinend hatte Jackman die Erwartung in ihren Augen gelesen, denn er sagte: »Lassen Sie es mich anders ausdrükken. Ich war bereit, meinen Teil der Verantwortung für das Geschehene zu übernehmen. Wir hatten beide Fehler in unserer Ehe gemacht. Ich hatte Gerry vernachlässigt und ihr nicht genug Zuwendung gegeben. Jetzt wollte ich versuchen, ihr Vertrauen zurückzugewinnen.«

»Im Zweifel für die Angeklagte?«

»Ich hatte keinen Zweifel«, sagte Jackman ausdruckslos. »Sie hatte versucht, mich umzubringen, und es war schiefgegangen. Die Tatsache, daß ich das mit Sicherheit wußte, war meine Lebensversicherung.«

Jemand klopfte an die Tür und öffnete sie. Diamond wirbelte in seinem Sessel herum und wollte schon losbrüllen. Er konnte keinerlei Unterbrechungen vertragen, wenn er einen Zeugen vernahm. Doch der Störenfried war der Polizeiarzt in Begleitung eines Constables, der eine nierenförmige Stahlschüssel mit einer Spritze und diversen anderen Gegenständen darin trug. »Aha«, sagte Diamond beruhigt. Er wandte sich um und sprach Jackman an, auf dessen Gesicht sich Ungläubigkeit und Beunruhigung abzeichneten. »Ich habe den Doktor hergebeten. Wir möchten gerne, daß er Ihnen etwas Blut abnimmt, fürs Labor. Reine Routine. Ich darf Ihr Einverständnis doch wohl voraussetzen?«

»Bloß eine Blutprobe?«

Diamond grinste unfreundlich. »Was hatten Sie denn erwartet – eine Wahrheitsdroge?«

2 Während die beiden Detectives draußen warteten, nutzte Wigfull die Gelegenheit und fragte: »Was steht als nächstes an?« Sein Vorgesetzter war nicht gerade mitteilsam.

»Das.« Diamond nahm ein kleines Buch in die Hand und hielt es in Schulterhöhe, als ob er vor Gericht einen Eid schwören wollte, nur daß dieses Buch einen Folieneinband mit rosa Elefanten darauf hatte. »Geraldines Adreßbuch.«

»Wollen Sie die Namen durchgehen?«

Diamond bejahte dies mit einem Grinsen. »Natürlich mit der Hilfe unseres Freundes da drinnen. Wir sollten ihn etwas an der langen Leine laufen lassen, John.«

»Und abwarten, ob er sich daraus den Strick dreht, an dem wir ihn gern hätten?«

»Sie sind nicht auf dem neuesten Stand, mein Lieber.«

Wigfull nickte. Diamonds Haltung zur Todesstrafe war allgemein bekannt. Er war der festen Überzeugung, daß Großbritanniens Niedergang als Weltmacht auf das Jahr 1964 zurückzuführen war, als die Todesstrafe abgeschafft wurde. Es war nicht der passende Augenblick, ihn auf sein Lieblingsthema anzusprechen. »Wie wird er sich denn Ihrer Meinung nach verraten?«

»Indem er jemand anderen belastet.«

»Um uns abzulenken, denken Sie?«

»Um uns zu helfen«, betonte Diamond und setzte dabei eine gequälte Miene auf. »Wir wollen doch keine voreiligen Schlüsse im Hinblick auf unseren Professor ziehen, oder? Schließlich kooperiert er nach besten Kräften mit uns. Sie sind ein verschlagener Hund.«

»Und Sie ein sarkastischer«, entgegnete Wigfull.

Diamond strahlte.

Als sie ins Vernehmungszimmer zurückkamen, knöpfte Jackman gerade seine Manschette zu. Er wirkte nicht mehr so selbstsicher wie vorher. »Warum wollen Sie mein Blut haben?» fragte er sofort.

»Das klingt ja, als wäre ich ein Vampir«, sagte Diamond. »Wie gesagt, das ist heute eine Routinemaßnahme. Haben Sie schon mal vom genetischen Fingerabdruck gehört?«

»Ja, aber was hat das mit mir zu tun?«

»Auf der Tagesdecke, die auf dem Bett Ihrer Frau lag, waren Blutspuren.«

»Sind mir nicht aufgefallen.«

»Sie waren auch nicht besonders auffällig.«

Nach einer vieldeutigen Pause fragte Jackman: »Dann ist sie also im Bett angegriffen worden?«

»Das kann man jetzt noch nicht sagen. Wir wissen ja noch nicht mal, ob das Blut von ihr stammt. Vielleicht gibt es eine völlig harmlose Erklärung dafür, zum Beispiel, daß sie sich selbst aus Versehen gekratzt hat, wie das ja schon mal vorkommt. Es kann aber auch von Bedeutung sein. So oder so, vor Ende der Woche erfahren wir gar nichts. Das kriminaltechnische Labor ist nicht gerade für seine raschen Ergebnisse bekannt. Und falls Ihre Blutprobe mit den Flecken übereinstimmt, gibt es sicher eine harmlose Erklärung dafür. Wenn Sie möchten, können wir jetzt darüber sprechen.«

Jackman schüttelte den Kopf. »Zeitverschwendung.«

»Wie Sie meinen.« Diamond ließ das Adreßbuch auf den Tisch fallen, und sie machten sich daran, die Namen durchzugehen. Man kann sich darüber streiten, ob ein Adreßbuch Aufschluß über den Charakter seines Besitzers gibt, das von Geraldine Jackman war jedenfalls chaotisch. Neben den wenigen vollständigen Namen und Anschriften, die unter dem entsprechenden Buchstaben eingetragen waren, standen noch weitere, die lediglich mit dem Vornamen aufgeführt waren, häufig ohne Anschrift, nur mit der Telefonnummer. Manche waren umkringelt oder dick unterstrichen, und viele waren durchgestrichen. Außerdem hatte sie auf den meisten Seiten zusätzliche Notizen gemacht, Ankunftszeiten von Zügen, Termine, Bankverbindungen und Kritzeleien, die sich über die Einträge zogen wie die Fäden eines Spinngewebes. Ein Detective in der Tradition von Sherlock Holmes hätte aus diesen Seiten sicher genug Schlüsse gezogen, um den Mörder zu überführen und genau darzulegen, wie und wann die Tat begangen wurde. Diamonds weniger geniale Methode bestand darin, Jackmans Verhalten zu beobachten und auf seine Kommentare zu achten, während die drei Männer versuchten, eine Liste von Geraldines Freunden zusammenzustellen.

Im Verlauf der nächsten anderthalb Stunden wurde diese Aufgabe mit großer Sorgfalt erledigt – soweit das überhaupt möglich war. Anhand der regionalen Anschriften und Telefonnummern konnte Jackman über dreißig Bekannte identifizieren, mit denen seine Frau in den letzten zwei Jahren Umgang gehabt hatte. Einige Namen blieben rätselhaft, aber seine Bereitschaft, der Polizei zu helfen, war unbestreitbar. Er ging das Buch gewissenhaft durch und erklärte die Notizen. Nur in einer Hinsicht konnte man ihm einen Vorwurf machen. Ärgerlicherweise unterließ er jede Andeutung, daß einer der Namen zu einem möglichen Verdächtigen gehörte.

Alles andere als zufrieden verlegte sich Diamond auf weniger einfühlsame Fragen. »Als Sie uns von dem Grillfest erzählt haben, erwähnten Sie einen Immobilienmakler namens Roger, der Typ, der mit Ihrer Frau getanzt hat.«

»Ja, er steht hier irgendwo drin. Roger Plato.« Jackman blätterte die Seiten durch. »Unter ›R‹. Büro und privat.«

Diamond nahm das Buch und betrachtete den Eintrag, als hätte er ihn vorher übersehen. »Seine Frau steht nicht drin.«

»Soweit ich weiß, gehörte sie nicht zu der Clique.«

»Aber sie war auf dem Grillfest, wie Sie sagten.«

»Ja. Bis zu diesem Abend wußte ich noch nicht mal, daß es sie gab.«

Unvermittelt klappte Diamond das Buch zu und sagte mit einer plötzlich aggressiven Stimme: »Hat Plato mit Ihrer Frau geschlafen?«

Es war offensichtlich, daß er es darauf anlegte, Jackman zu schockieren, doch der reagierte völlig unbeeindruckt und gelassen. »Sollten Sie das nicht lieber mit Roger erörtern als mit mir?«

Diamond kehrte umgehend zu seiner höflicheren Methode zurück. »Dann lassen Sie es mich anders formulieren. Hatten Sie den Verdacht, daß er mit ihr schlief?«

Seltsamerweise löste das eine verdrossene Reaktion aus. »Nein, hatte ich nicht. Dann wäre sie nicht so auffällig mit ihm rumgezogen. Sie hat sich mit Roger geschmückt wie mit einem neuen Hut.«

»Gab es einen anderen Mann in ihrem Leben?«

»Das kann ich nicht sagen. Ich weiß es einfach nicht.«

»Hätte es Ihnen was ausgemacht?«

Jackman zögerte. »Ja.«

»Die Offenheit in Ihrer Beziehung, von der Sie uns erzählt haben, ging also nicht so weit, sich Liebhaber zu nehmen?«

Jetzt unternahm der Professor den Versuch, die Initiative zu übernehmen, indem er eine Gegenfrage stellte: »Wozu sind diese Fragen nötig, Superintendent?«

Diamond antwortete aufrichtig: »Weil Eifersucht das Motiv sein könnte, nach dem ich suche.«

»Eifersucht bei wem?«

Diamond, der es nicht gewohnt war, eindringliche Fragen beantworten zu müssen, schlug die Augen zur Decke und erwiderte: »Bei einer Frau, die betrogen wurde, vielleicht.«

»Oder bei einem Ehemann?« sagte Jackman aufgebracht. »Sie haben mir doch deutlich genug zu verstehen gegeben, daß ich Ihr Hauptverdächtiger bin, also warum sprechen Sie es nicht aus?«

»Hauptzeuge«, betonte Diamond. »Bis jetzt sind Sie ein Hauptzeuge. Ich brauche Ihre Hilfe. Ich werde Sie doch nicht beschuldigen, wenn Sie uns helfen.« Wieder griff er nach dem Adreßbuch. »Da stehen ein paar Namen drin, über die wir ziemlich schnell weggegangen sind. Andy. Nachname fehlt.

Telefonnummer aus Bristol. Kennen Sie einen Bekannten Ihrer Frau namens Andy?«

»Nein.«

»War jemand, der so hieß, auf dem Grillfest?«

»Keine Ahnung. Aber ich werde wohl auch nicht jeden gesehen haben, der da war.«

»Sie haben erwähnt, daß Sie über jemanden hinwegsteigen mußten, der in der offenen Tür saß und Ihre Krönungskeksdose als Trommel benutzte.«

»Eine Keksdose zum fünfundzwanzigjährigen Kronjubiläum. Wie der Mann hieß, weiß ich nicht.«

Diamond probierte es mit einem anderen. »Chrissie – sagt Ihnen das was?«

»Nein.«

»Fiona?«

»Hören Sie, hätte ich die Namen wiedererkannt, hätte ich Ihnen das gesagt, als wir das Buch durchgegangen sind. Ich dachte, ich hätte Ihnen deutlich zu verstehen gegeben, daß wir nicht unzertrennlich waren. Gerry führte ihr eigenes Leben, und ich habe nur einen Teil davon mitbekommen.«

Diamond nickte nachsichtig und lehnte sich in seinem Sessel zurück. »Konzentrieren wir uns mal auf Ihr Leben. Schildern Sie uns die Wochen vor dem Verschwinden Ihrer Frau. Wieviel Zeit nach dem Grillfest ist sie verschwunden?«

»Das Grillfest war am 5. August. Ich habe Gerry zum letzten Mal am Montag, den 11. September, gesehen.«

Diamond warf Wigfull einen Blick zu, der kurz im Kopf nachrechnete und dann sagte: »Etwas über fünf Wochen.«

»Was haben Sie in der Zeit gemacht?«

Jackman stieß einen verärgerten Seufzer aus. »Zum Donnerwetter! Ich habe mich für die Vorbereitung der Ausstellung dumm und dämlich geschuftet.«

Die Jane-Austen-Ausstellung interessierte Diamond nicht. »Und Ihr Privatleben? Was ist bei Ihnen zu Hause passiert?«

»Nicht viel. Nach den Ereignissen sind wir uns mit ziemlichem Argwohn begegnet. Gerry ist mir soweit wie möglich aus dem Weg gegangen, damit ich die Sache verdauen konnte, nehme ich an. Und ich kam immer spät nach Hause.«

»Haben sie weiter miteinander geschlafen?«

»Falls Sie meinen im selben Schlafzimmer, ja.«

Wigfull warf fast neugierig ein: »Wie konnten Sie sich denn entspannen, wo Sie wußten, daß sie versucht hatte, Sie umzubringen?«

»Ich habe mich sicherer gefühlt, wenn sie im selben Zimmer mit mir war als irgendwo im Haus, wo sie weiß der Himmel was hätte anstellen können.« Er hörte sich ganz vernünftig an.

Auch Diamond gab sich alle Mühe, vernünftig zu klingen. »Dann sah Ihr Leben in den letzten fünf Wochen vor dem Verschwinden Ihrer Frau also so aus: viele Überstunden bei der Vorbereitung der Ausstellung?«

»Richtig.«

»Das muß ja sehr anstrengend gewesen sein.«

»Manchmal bin ich abends noch schwimmen gegangen.«

Diamond hob einen Finger. »Ach – danach wollte ich Sie auch noch fragen. Sie haben uns ja von dem Jungen erzählt, den Sie gerettet haben. Wie hieß er noch?«

»Matthew.«

»Sie haben ihn zum Schwimmen im Uni-Pool eingeladen.«

»Das habe ich nur so nebenbei erwähnt«, sagte Jackman. »Mir ist nicht klar, wieso das für die Polizei von Interesse sein könnte.«

Diamond stützte sich auf die Ellbogen, legte müde oder niedergeschlagen beide Hände vors Gesicht und strich sich dann über die Stirn und die kahle Wölbung seines Schädels. »Professor«, sagte er schließlich, »bei einer so schwierigen Untersuchung ist alles für die Polizei von Interesse. Alles.«

Mit einer leichten Aufwärtsbewegung der Schultern sagte Jackman: »Also schön. Matthew ist zum Schwimmen gekommen. Ein paarmal. Meistens habe ich mich mit ihm gegen sieben vor dem Sportzentrum getroffen.«

»War seine Mutter auch da?«

»Sie hat ihn hingefahren, aber sie ist nicht mitgekommen. Er und ich hatten den Pool an den meisten Abenden für uns alleine. Ich habe ihm geholfen, seinen Kraulstil zu verbessern. Wenn er weiter trainiert, wird er noch ein guter Schwimmer.«

Im Grunde genommen wollte Diamond nichts weiter über Matthews Fortschritte beim Schwimmen hören. Ihn interessierte vielmehr, inwieweit Jackman die Schwimmstunden zum Vorwand genommen hatte, Matthews geschiedene Mutter regelmäßig zu sehen. Ihm war aufgefallen, wie wohlwollend Jackman zuvor von Mrs. Didrikson gesprochen hatte, ja sogar erwähnt hatte, daß er ihr Lächeln schön fand. »Und nach dem Schwimmen ...?« lockte er.

»Ist Mat nach Hause gefahren.«

»Im Wagen seiner Mutter?«

»Meistens.«

»Und wenn nicht?«

»Gelegentlich habe ich ihn nach Hause gebracht.«

»Sind Sie dann mit ihm ins Haus gegangen – auf einen Kaffee oder so?« fragte Diamond so nebenbei, als ob die Antwort kaum eine Rolle spielte.

Seine beiläufige Art überzeugte Jackman nicht. Seine Geduld war am Ende: »Herrgott noch mal! Worauf wollen Sie denn jetzt wieder hinaus? Wollen Sie von mir hören, daß das Schwimmen nur ein Vorwand für heimliche Treffen mit Mrs. Didrikson war? Das ist doch nicht zu fassen! Schließlich leben wir nicht mehr im 19. Jahrhundert. Wenn ich wirklich mit dieser Frau hätte zusammensein wollen, hätte ich mir keinen blödsinnigen Vorwand ausdenken müssen.«

»Vielleicht wären Sie so nett, meine Frage zu beantworten, Professor.«

»Vielleicht wären Sie so nett, mir zu erklären, was das mit dem Tod meiner Frau zu tun haben soll.«

»Das wird sich noch herausstellen. Sind Sie müde? Möchten Sie eine Pause machen?«

Jackman stöhnte ungehalten und sagte: »Zwei- oder dreimal bin ich auf eine Tasse Kaffee hereingebeten worden. Sind Sie jetzt zufrieden? Und da Sie offenbar wild entschlossen sind, weiter in diese Richtung zu fragen: Ich habe Mat einmal nachmittags zu einem Kricketspiel mitgenommen und ein anderes Mal zu einem Heißluftballonfest in Bristol. Ich mag den Jungen. Ich habe selbst keinen Sohn, und es hat mir Spaß gemacht, mit ihm was zu unternehmen. Seine Mutter hat beide

Male gearbeitet. Sind Sie bereit zu glauben, daß Menschen mitunter ganz unschuldige Motive haben?«

»Was ich glaube, tut nichts zur Sache«, sagte Diamond. »Was ist mit Ihrer Frau? Hat es sie gestört, daß Sie mit dem Jungen zum Kricket gegangen sind und so?«

»Wieso sollte es?«

»Bei ihrem Mißtrauen hat sie vielleicht gedacht, Sie wollten sich an die Mutter ranmachen.«

»Bei Gerrys Mißtrauen oder dem Ihren?« fragte Jackman. »Hören Sie, Geraldine war zwar durchaus fähig, alles so zu verdrehen, daß es wie ein Komplott aussah, aber bedenken Sie, daß sie es war, die Mrs. Didrikson auf ihr Grillfest eingeladen hat. Daher konnte sie wohl kaum etwas dagegen einzuwenden haben, daß ich mit der Frau bei der nächsten zufälligen Begegnung ein paar freundliche Worte wechselte. Und mehr war nicht. Ich bin nicht mit ihr im Bett gewesen.«

»Wie war denn nun Ihre Frau in den letzten fünf Wochen ihres Lebens?«

»Ihr Verhalten? Ich habe nicht viel von ihr gesehen. Morgens lag sie im Bett und telefonierte mit Freunden.«

»Mit jemand besonderem?«

»Mit der ganzen munteren Schar, so kam es mir jedenfalls vor. Wenn wir doch aufeinandertrafen, war sie ziemlich unerträglich, entweder so übellaunig, daß sie nicht mit mir redete, oder sie suchte Streit – worauf ich mich nicht einließ.«

»Hat sie sich auch anderen gegenüber so verhalten?«

»Nein, sie war der Charme in Person, sobald das Telefon klingelte und einer ihrer Freunde dran war. Sie konnte, wenn sie gerade aus Wut auf mich völlig ausgerastet war, den Hörer abheben und mit sexy Stimme sagen: ›Hallo, Gerry am Apparat‹, noch bevor sie wußte, wer am anderen Ende war. Das macht eine gute Schauspielerin aus, nehme ich an.«

»Worüber haben Sie sich gestritten?«

Jackman ballte die Hände zu Fäusten und schlug auf den Tisch. »Wie soll ich euch Burschen das bloß klarmachen? Ich habe mich nicht gestritten. Die Aggression ging einzig und allein von ihr aus. Es waren ganz banale Anlässe. Ein Beispiel. Der Handspiegel von ihrer Frisierkommode war verschwunden, und sie hat mich beschuldigt, ihn weggenommen zu haben. Was sollte ich denn mit einem Handspiegel mit Ebenholzgriff anfangen? Ich habe ihr gesagt, daß sich vielleicht eine der Frauen auf dem Grillfest darin verguckt hatte, aber Gerry wollte nichts davon hören, daß eine ihrer Freundinnen stehlen würde. Über solche belanglosen Kleinigkeiten konnte sie sich aufregen. Schließlich habe ich ihr, bloß damit sie den Mund hielt, einen Rasierspiegel angeboten, den ich früher benutzt hatte. Sie brauchte ihn nicht. Sie hatte drei verstellbare Spiegel am Frisiertisch, einen weiteren im Bad und eine Menge Spiegel im Haus verteilt. Aber sie hat mir gesagt, daß sie sich den Rasierspiegel schon aus dem Badezimmerschrank genommen hatte. Ich habe nicht weiter nachgefragt, was einen Handspiegel so unentbehrlich macht. In der Stimmung, die sie hatte, war sie für logische Überlegungen unempfänglich.«

»Wollen Sie damit andeuten, das sei ein weiteres Symptom für die bereits erwähnte Paranoia gewesen?«

»Ich will überhaupt nichts andeuten. Ich stelle nur fest, was passiert ist. Ich habe weder die Sachkenntnis noch die Energie, ihre psychischen Probleme zu ergründen. Wie lange gedenken Sie, mich noch hierzubehalten?«

Diamond ging nicht auf die Frage ein und sagte: »Ich möchte die letzten beiden Tage im Leben Ihrer Frau in allen Einzelheiten durchgehen. Ich schlage vor, wir machen jetzt eine Pause, dann können Sie schon mal darüber nachdenken. Sie haben bestimmt Hunger. Ich werde ein paar Sandwiches holen lassen, sagen Sie nur, was Sie haben möchten. Möchten Sie etwas Warmes zu trinken, oder vielleicht ein Bier?«

»Ich dachte, Leuten wie mir setzt man hier nur Wasser und Brot vor.«

3 Peter Diamond zog sein Jackett aus und hängte es über einen Aktenschrank. Dann schob er die Hände unter die Hosenträger und rieb den Schweiß auf seiner Brust. Die Vernehmung hatte sich nicht so vielversprechend entwickelt, wie er gehofft hatte. Der Professor erwies sich als härtere Nuß, als es zunächst den Anschein gehabt hatte. Sie hatten zwar

gewisse Fortschritte gemacht – einige Antworten waren jetzt weniger besonnen –, aber Jackman war noch immer auf der Hut. Durch seine Weigerung, jemand anderen zu beschuldigen, hatte er der Verlockung widerstanden, der die meisten Schuldigen erlegen wären. Jeder in seiner Situation hätte die Gelegenheit beim Schopf gepackt, den Verdacht auf einen der Namen im Adreßbuch zu lenken.

Diamond war alles andere als entmutigt, im Gegenteil, er freute sich über die Herausforderung. In dieser Phase war eine taktische Änderung ratsam, die sowohl das Nervenkostüm des Professors als auch das einer anderen Person auf die Probe stellen könnte. Ohne von der Abendzeitung auf seinem Schreibtisch aufzublicken, sagte er zu John Wigfull: »Ich denke, wir sollten jetzt stärker als Team vorgehen. Sie führen die Gespräche, und ich schalte mich unvermittelt ein, sobald sich eine gute Gelegenheit bietet.«

Befriedigt bemerkte er die freudige Reaktion Wigfulls. Sein Assistent hatte sich schon mit der passiven Rolle abgefunden, denn bisher hatte Diamond die Bühne stets allein beherrscht, obwohl Wigfull immerhin schon zwei Morduntersuchungen geleitet hatte, bevor er diese zweifelhafte Rolle als Zweitbesetzung zugeteilt bekommen hatte. Diamond hatte nicht etwa eine schlechte Meinung von den Fähigkeiten des Inspectors, eher im Gegenteil. Aus Wigfulls Personalakte ging hervor, daß er mit vierundzwanzig bei der Polizei angefangen hatte, im zweiten Jahr zur Mordkommission gewechselt war und sich dort rasch nach oben gearbeitet hatte. Er war der intelligente Bursche, den jeder schon in einer hohen Position sah, der Studierte, der die zur Beförderung erforderlichen Prüfungen mit links bestanden und es in lächerlich jungen Jahren zum Inspector gebracht hatte. Dann war es ihm zu allem Überfluß sogar noch gelungen, zwei Morde in Bristol aufzuklären. Pech für ihn, daß der Missendale-Bericht Diamond freigesprochen hatte, sonst würde jetzt bestimmt er diese Ermittlung leiten.

»Halten Sie noch durch?« fragte Diamond den Professor mitfühlend, als sie den Vernehmungsraum wieder betraten – und dann verdarb er den freundlichen Auftakt gleich, indem er zeigte, daß ihn die Antwort nicht interessierte. »Es geht um den Zeitraum kurz vor dem Tod Ihrer Frau. Sind Sie bereit? Inspector Wigfull wird Ihnen die Fragen stellen.« Er stützte einen Ellbogen auf den Tisch und legte das Kinn in die Hand wie Nero im Kolosseum in Erwartung des Wettkampfs.

Wigfull nahm gegenüber Jackman Platz. Sein buschiger Schnurrbart und die weit auseinanderliegenden braunen Augen ließen ihn weniger furchteinflößend erscheinen als Diamond. Er begann in einem so milden Tonfall, daß er fast schüchtern wirkte, und sagte mit einem kurzen Nicken: »Sir, wenn ich nicht irre, haben Sie angegeben, daß Sie Ihre Frau am Montag, den 11. September, zuletzt gesehen haben.«

»Ja.«

»Erinnern Sie sich an das Wochenende davor?«

»Das werde ich wohl kaum vergessen«, entgegnete Jackman, aber ohne Gereiztheit in der Stimme. »Die Ausstellung ›Jane Austen in Bath‹ wurde an diesem Samstag offiziell vom Bürgermeister eröffnet. Ich war derart in Hektik, als hätte ich Hummeln im Hintern.«

»Irgendwelche Katastrophen in letzter Minute?«

»Eine zumindest. Darauf komme ich später. Eigentlich war am Donnerstagabend alles fertig. Ich nehme nicht an, daß einer von Ihnen sie sich angesehen hat, aber ich denke, es war eine ordentliche Ausstellung. Der Ballsaal war zwar nicht ganz ausgefüllt, aber durch den geschickten Einsatz von Stellwänden und einer Videoanlage haben wir den Raum interessant gestalten können. Es gab ein paar wohlwollende Kritiken in der Presse, und die regionalen Fernsehsender haben Beiträge darüber gebracht. Aber Sie wollen ja wohl nichts über die Ausstellung hören.«

»Falls sie sich in irgendeiner Weise auf das Geschehene ausgewirkt hat …«, sagte Wigfull.

Diamond holte laut hörbar Atem und rutschte demonstrativ auf seinem Stuhl hin und her. Er befürchtete, daß das Gespräch in falsche Bahnen geriet.

»Ich wüßte nicht, welche Rolle die Ausstellung dabei gespielt haben sollte«, meinte Jackman mit Blick auf Wigfull, »aber Gerrys Tod ist mir so oder so unerklärlich. Soll ich

Ihnen über das ganze Wochenende erzählen? Den Freitag habe ich überwiegend am Flughafen Heathrow verbracht, wo ich jemanden abgeholt habe, der übers Wochenende bei uns zu Gast war.«

Wigfulls Augen wurden rund. »Sie hatten an diesem Wochenende Besuch?«

Jackman antwortete beiläufig: »Es handelte sich um Dr. Louis Junker, einen amerikanischen Literaturwissenschaftler von der Universität Pittsburgh. Er ist Spezialist für Jane Austen, was ich von mir nicht behaupten kann. Junker hat einige Aufsätze über die Romane veröffentlicht, und zur Zeit bereitet er eine umfangreiche Biographie vor. Er hatte von der Ausstellung gehört und seinen Urlaub so gelegt, daß er sie besuchen konnte. Den Sommer über hatten wir korrespondiert, und ich hatte ihn eingeladen, das Wochenende der Ausstellungseröffnung bei uns zu verbringen. Leider hatte sein Flugzeug sechs Stunden Verspätung. Statt Freitagmorgen um zehn kam es erst nachmittags um vier an. Ein Glück, daß die Ausstellung am Vorabend fertig geworden war.«

»Kannten Sie Dr. Junker schon vorher?«

»Nein. Wir hatten lediglich brieflich miteinander verkehrt. Aber in Akademikerkreisen ist es nicht ungewöhnlich, Kollegen bei sich übernachten zu lassen. Ich selbst habe bei meinen Reisen in die USA die gleiche Gastfreundschaft genossen.«

»Hat er das ganze Wochenende bei Ihnen verbracht?«

»Bis Sonntag. Er hat an der Eröffnung teilgenommen und ist noch bis zum Nachmittag geblieben. Hat jede Menge nette Dinge gesagt. Ich hatte an dem Tag alle Hände voll zu tun, habe Interviews gegeben und wichtige Leute rumgeführt, deshalb mußte ich ihn sich selbst überlassen. Na ja, nicht ganz. Gerry hat sich um ihn gekümmert. Sie hat sich selbst angeboten, sehr zu meinem Erstaunen, weil sie sich normalerweise nicht besonders für das interessiert, was an der Uni so los ist. Offenbar hatte sie Junker ins Herz geschlossen. Ich kann mir nicht vorstellen, welche gemeinsamen Gesprächsthemen sie gefunden haben – sie hat nie in ihrem Leben einen anspruchsvollen Roman gelesen.«

»Hat sie sich normal verhalten?«

»Kommt drauf an, was Sie mit normal meinen. Bei anderen Leuten konnte sie überaus charmant sein. Wenn sie ihre verrückten Ausbrüche hatte, waren die meist gegen mich gerichtet.« Ein Seufzer entwich Jackmans Lippen, als ob er sich für die Verbitterung tadeln wollte, die er eben offenbart hatte. »Jedenfalls waren wir am Samstagabend alle erschöpft. Die Ausstellung schloß um sechs, und danach haben wir zu dritt im Pub was gegessen und sind dann nach Hause gefahren. Am Sonntagmorgen haben wir in aller Ruhe Zeitung gelesen, und anschließend sind wir in meine Stammkneipe auf ein Bier und ein Sandwich.«

»Sie und Dr. Junker?«

»Ja. Gerry war wie immer lange im Bett geblieben. Als unser Gast abfahren mußte, war sie gerade aufgestanden. Ich habe ihn um Viertel vor vier zum Bahnhof gebracht.«

»Vorhin haben Sie von einer Katastrophe gesprochen.«

Er nickte. »Die passierte später am selben Abend.«

»An dem Sonntag?«

»Ja. Ich kann nicht sagen, ob da eine Verbindung zu Gerrys Tod ist. Aufgrund der vielen Publicity im Vorfeld der Ausstellung war mir eine Vielzahl von Gegenständen angeboten worden, die irgendwie mit den Austens zusammenhingen – das Modell eines Schiffes, auf dem Janes Bruder Frank als Kapitän gefahren war, einige Scherenschnitte von Figuren aus den Romanen, frühe Ausgaben mit besonderen Einbänden etcetera. Das meiste war für meine Zwecke ungeeignet, aber am Vorabend der Ausstellung wurden mir zwei Briefe aus dem Jahre 1800 geschenkt, die, falls sie echt waren, bei Literaturwissenschaftlern Aufsehen erregt hätten. Sie waren offensichtlich von Jane Austen an ihre Tante Jane geschrieben worden, die einige Jahre in Bath gewohnt hat.«

»Das nenn ich ein Geschenk!« bemerkte Wigfull.

Als ob er fürchtete, die Bedeutung der Briefe übertrieben zu haben, sagte Jackman: »Sie waren ziemlich kurz, und es stand auch nichts Bewegendes drin, doch für Austen-Forscher wären sie recht interessant gewesen. Selbstverständlich konnte ich sie nicht ohne einen Beweis ihrer Echtheit in die Ausstellung aufnehmen. Trotzdem war ich ungeheuer begeistert darüber, wie Sie sich vorstellen können, und wollte sie unbedingt als Exponate verwenden, wenn sich herausstellte, daß sie echt waren. Natürlich habe ich sie Dr. Junker gezeigt. Er kennt Janes Handschrift besser als ich, und seiner Meinung nach stammten sie aus ihrer Feder.«

»Wirklich? Und woher, haben Sie gesagt, haben Sie sie erhalten?«

»Ich bekam sie von jemandem, der mich im Fernsehen gesehen hatte, als ich für die Ausstellung Werbung machte. Der Spender wollte keine Publicity, und ich hab versprochen, den Wunsch zu respektieren. Ich glaube, sie gehörten zu einem ganzen Stapel alter Briefe, die ein Philatelist wegen der Briefmarken verkauft hatte. Das war, bevor Poststempel und Umschläge benutzt wurden. Damals hat man Briefe auf einer Seite des Blattes geschrieben, auf der Rückseite adressiert, dann zusammengefaltet und versiegelt. Die Post selbst frankierte sie. Heute werden sie wegen der Stempel gesammelt, aber sie sind nicht so begehrt wie Briefe mit den ersten Marken, und wenn man Glück hat, bekommt man sie für wenig Geld.«

»Es sei denn, sie wurden zufällig von einer weltberühmten Romanautorin geschrieben.«

Jackman erlaubte sich ein flüchtiges Lächeln. »Sie meinen, es sei denn, der Verkäufer ist klug genug und weiß, was er da verkauft. Diese waren unterschrieben mit ›Deine Dich liebende Nichte Jane‹. Um 1800 wimmelte es von Janes. Man hätte wissen müssen, daß Mrs. Leigh Perrot Janes Tante mütterlicherseits war.«

»Welchen Preis würde ein Brief von Jane Austen erzielen?«

»Schwer zu sagen. Es existieren etwa hundertfünfzig Briefe, und die stehen selten zum Verkauf. Ich denke, auf einer Londoner Auktion könnte man mit einer fünfstelligen Summe rechnen.«

»Ich frage mich, ob der Stifter eine Vorstellung von ihrem Wert hatte«, überlegte Wigfull.

Jackman schüttelte den Kopf. »Wohl nicht. Ich hatte vor, sie zurückzugeben, falls sie sich als echt erwiesen.«

Die Verwendung der Vergangenheitsform veranlaßte Wigfull zu fragen: »Ist etwas schiefgegangen?«

Jackman schien peinlich berührt, als er zugab: »Sie sind aus meiner Schreibtischschublade verschwunden. Ich hätte sie sicherer aufbewahren sollen. Dummerweise tat ich das nicht. Als ich an jenem Sonntagabend in die Schublade schaute, waren sie nicht mehr da. Ich habe alles rausgeholt und sämtliche Papiere durchsucht. Ich habe sogar die ganze Schublade rausgezogen und nachgesehen, ob sie dahinter gefallen waren. Ich habe Gerry gefragt, ob sie die Briefe vielleicht an sich genommen hatte. Sie sagte, das hätte sie nicht.«

»Wußte sie von der Existenz der Briefe?«

»O ja. Sie war dabei, als Junker sie sich ansah. Gentlemen, mir war richtig übel. Ich war verdammt sicher, daß jemand an der Schublade gewesen sein mußte und sie rausgenommen hatte. Natürlich habe ich das ganze Haus auf den Kopf gestellt – bis weit nach Mitternacht –, aber anders konnte ich mir nicht erklären, warum diese Briefe nicht mehr in der Schublade waren. Schließlich hatte ich einen fürchterlichen Krach mit Gerry und habe sie beschuldigt, sie gestohlen zu haben. Es war paradox – ich muß mich genauso paranoid angehört haben wie sie, als sie mir vorgeworfen hat, ich hätte ihren Wagen manipuliert und solche Sachen. Völlig verrückt.«

Diamond war äußerst zurückhaltend gewesen. Aber jetzt war es mit seiner Beherrschung vorbei. »Ein fürchterlicher Krach? Wie meinen Sie das? Haben Sie sie geschlagen?«

»Nein. Ich bin nicht gewalttätig.« Jackman funkelte ihn an, empört über die Unterstellung.

»Wann war das – Sonntagabend oder Montagmorgen?«

»Montag, glaube ich. Es muß in den frühen Morgenstunden gewesen sein. Ich habe ja schon gesagt, daß ich den ganzen Abend nach den Briefen gesucht hatte.«

»Wo hat dieser Krach stattgefunden? Im Schlafzimmer?«

Jackmans Gesicht nahm allmählich einen gehetzten Ausdruck an. »Ja, in der Tat. Sie lag schon im Bett.«

»Hat sie schon geschlafen? Sie haben sie geweckt und ihr vorgeworfen, die Briefe gestohlen zu haben?«

»Nicht so voreilig«, sagte Jackman. »Sie war noch wach.«

»Sie haben sie nicht vielleicht gepackt und geschüttelt?«

»Hundertprozentig nein.«

»Ein fürchterlicher Krach, haben Sie gesagt.«

»Wir haben uns angeschrien. Ich habe gesagt, sie hätte sie genommen, um mir eins auszuwischen. Ich wollte wissen, wo sie waren.«

»Beschreiben Sie genau, wo Sie während dieses Wortwechsels gestanden haben«, verlangte Diamond.

Jackman runzelte die Stirn, zögerte. »Ich weiß nicht. Ich ging hin und her. Ich habe nicht auf einer Stelle gestanden.«

»Sind Sie zum Bett gegangen?«

»Möglich. Aber ich habe sie nicht angerührt, wenn Sie das meinen. Ich habe ihr kein Haar gekrümmt.«

»Da noch nicht?«

»Auch später nicht.«

»Am nächsten Morgen?«

»Nein.«

»Professor, es kommt schon mal vor, daß Menschen einen fürchterlichen Krach haben und sich hinterher nicht mehr genau daran erinnern, was sie gesagt und getan haben.« Diamond hatte eine gemäßigtere Gangart eingelegt. Ein Verhör in dem von ihm angeschlagenen Rhythmus ist nur wenige Minuten lang effektiv.

»Das ist aber hier nicht der Fall«, beteuerte Jackman. »Ich weiß haargenau, was passiert ist. Wir haben uns gegenseitig lauthals beschimpft, und sie hat mich ausgelacht, was mich noch mehr auf die Palme gebracht hat. Sie hat gesagt, es geschehe mir recht, daß ich die Briefe verloren hätte, weil ich sie nicht weggeschlossen hatte. Natürlich hatte sie recht, aber die Art, wie sie mir das unter die Nase rieb, während ich sie verdächtigte, die Briefe aus Schadenfreude oder Boshaftigkeit versteckt zu haben, machte mich einfach rasend. Nach einer Weile haben wir dann kein Wort mehr miteinander gewechselt.«

»Würden Sie sich als jähzornigen Menschen beschreiben?« fragte Diamond, der sich nur ungern von der Rolle des Fragestellers verabschieden wollte.

»Was meinen Sie – daß ich aufbrausend bin? Nein, ich verliere nicht oft die Beherrschung.«

»Aber in diesem Fall war es so.«

»Nur insoweit, als ich meine wütenden Gedanken ungehemmt ausgesprochen habe. Wenn ich sie körperlich angegriffen hätte – worauf Sie ja wohl hinauswollen –, meinen Sie, dann würde ich Ihnen das alles erzählen?«

Diamond bedachte ihn mit einem milden Lächeln und sagte: »Es kann sehr befreiend sein, alles zu erzählen.«

Als einzige Reaktion auf diesen Vorschlag klappte Jackmans Mund zu, woraufhin Diamond sich aus dem Geschehen zurückzog und seinem Assistenten mit einer gebieterischen Handbewegung bedeutete weiterzumachen.

Es entstand eine Pause. Dann: »Haben Sie die Möglichkeit in Erwägung gezogen«, formulierte Wigfull behutsam, »daß Dr. Junker die Briefe genommen hat?« Ein geschickter Versuch, das Gespräch wieder in Gang zu bringen.

Der Professor schwieg noch einen Moment, dann bequemte er sich zu einer Antwort. »Natürlich ist mir der Gedanke gekommen. Gerry war die Hauptverdächtige, aber auch Junker konnte ich nicht außer acht lassen. Es ist eine unangenehme Wahrheit, daß auch ein Akademiker nicht vor Diebstahl zurückscheut, wenn er sich beispielsweise seinem Forschungsgebiet mit solcher Hingabe verschrieben hat, daß er es als sein moralisches Recht betrachtet, notfalls auch illegal in den Besitz von Originaldokumenten oder Erstausgaben zu gelangen. Jeder Bibliothekar an einer Universität weiß ein Lied von Forschern zu singen, die sich als Langfinger betätigen. Um Ihre Frage zu beantworten, ja, ich fing an zu glauben, daß ich Junker nicht ausschließen konnte.«

»Aber da hatte er Ihr Haus schon verlassen.«

»Seit Stunden. Wie gesagt, ich hatte ihn zum Bahnhof gefahren, wo er den Zug um vier Uhr zwölf nach London nehmen wollte. Er hatte für Montag einen Termin bei Professor Dalrymple vom University College, und anschließend wollte er nach Paris und dort Urlaub machen. Je länger ich darüber nachdachte, desto klarer wurde mir, daß ich ihm folgen sollte. Nach einer recht schlaflosen Nacht bin ich also am Montag früh aufgestanden und mit dem Zug nach London gefahren.«

»Mit dem um acht Uhr neunzehn, wie Sie uns gesagt haben, als Sie das Verschwinden Ihrer Frau meldeten.«

Dieser Beweis für das gute Gedächtnis des Inspectors beeindruckte Jackman offenbar, wenn auch nicht Diamond.

»Ja.«

»Und das war das letzte Mal, daß Sie Ihre Frau lebend gesehen haben. War sie wach?«

Jackman neigte den Kopf. »Das sagte ich Ihnen schon.«

»Was genau haben Sie beide geredet?

»Ich habe ihr gesagt, daß ich hinter Junker herfahren wollte, um ihn nach den Briefen zu fragen.«

Auf der anderen Seite des Tischs beugte Diamond sich vor und sagte: »So haben Sie das aber uns gegenüber nicht formuliert. Sie haben gesagt, Sie müßten sich wegen eines Manuskriptes mit jemandem treffen.« Ein Einwurf, der demonstrieren sollte, daß auch er sich gut daran erinnerte, was zuvor gesagt worden war.

Ohne Diamond eines Blickes zu würdigen, sagte Jackman: »Zu Anfang habe ich noch gedacht, die Geschichte mit den fehlenden Briefen müßte nicht zur Sprache kommen.«

»Sie wollten sie für sich behalten?«

»Falls möglich, ja.«

An Wigfull gewandt bemerkte Diamond: »Diese Widersprüche sind höchst interessant. Machen Sie weiter.«

»Was ist passiert?« fragte Wigfull den Professor. »Haben Sie Dr. Junker eingeholt?«

»Er war nicht am University College. Er hatte seine Verabredung mit Dalrymple sausen lassen, was mich noch mißtrauischer machte. Er hatte Dalrymple vom Flughafen aus angerufen und sich damit entschuldigt, daß sein Flug nach Paris im letzten Moment geändert worden sei. Ich bin also so schnell wie möglich nach Heathrow gefahren und habe das nächste Flugzeug nach Paris genommen.«

»Wußten Sie, wo er dort wohnte?«

»Nein, aber ich wußte, daß er kein Zimmer reserviert hatte, da er eigentlich erst am Dienstag aus London reisen wollte. Nach der Landung in Paris bin ich also schnurstracks zur Touristeninformation am Flughafen gegangen und habe die Leute da um Hilfe gebeten. Ich habe gesagt, ich müßte dringend einen Kollegen finden. Er war tatsächlich dort gewesen, und sie hatten ihn zu einem kleinen Hotel in der Nähe der Sorbonne geschickt.«

»War er da?«

»Nicht, als ich ankam, aber er hatte sich ein Zimmer genommen. Ich stieg ebenfalls dort ab und richtete mich darauf ein, so lange zu warten wie nötig. So gegen elf kam er endlich. Er war erstaunt, mich zu sehen, aber nicht erkennbar beunruhigt. Ich erklärte den Grund für meine Anwesenheit und versuchte, mich so vorsichtig wie möglich auszudrücken. Daß die Briefe vielleicht irrtümlich zwischen seine Unterlagen geraten sein könnten – im Grunde genommen ein Angebot, sie mir ohne großen Ärger zurückgeben zu können. Ich hatte darüber nachgedacht. Ich wollte keine Anzeige erstatten. Ich wollte bloß die Brief zurückhaben.«

»Und, hatte er sie?«

Jackman schüttelte den Kopf. »Ich bin davon überzeugt, daß er sie nicht hatte. Falls er mich doch getäuscht hat, dann war er großartig. Er war um meinetwillen sehr bestürzt, aber auch recht schockiert darüber, daß ich ihn verdächtigt haben könnte, sie genommen zu haben. Er bat mich auf sein Zimmer, und wir sind zusammen sein Gepäck durchgegangen. Er hat seine Taschen ausgeleert, seine Brieftasche, alles. Letztlich mußte ich einsehen, daß Geraldine sie genommen hatte. Am nächsten Tag flog ich zurück, fest entschlossen, die Wahrheit aus ihr rauszuholen – und natürlich war sie nicht da.«

»Wieso haben Sie das nicht der Polizei gemeldet?«

»Den Diebstahl der Briefe? Wer hätte sie denn nehmen können außer Geraldine? Ich war überzeugt, sie dazu bringen zu können, die Wahrheit zu sagen, ohne die Sache an die große Glocke zu hängen. Und ich wollte nicht, daß die Person, von der ich die Briefe hatte, erfuhr, daß sie verschwunden waren.«

»Sie haben uns noch nicht den Namen dieses großzügigen Wohltäters genannt.«

»Wie gesagt. Das ist vertraulich.«

Diamond sagte: »Nun hören Sie schon auf, Professor. Wir untersuchen hier einen Mord und kein Bagatelldelikt.«

Unnachgiebig sagte Jackman: »Ich habe mein Wort gegeben. Und damit basta.«

»Es gibt so etwas wie Behinderung der polizeilichen Ermittlungen, wissen Sie.«

»Ich behindere niemanden. Das steht in keinem unmittelbaren Zusammenhang mit Gerrys Tod.«

»Das zu entscheiden, müssen Sie schon uns überlassen.«

»Nein«, erwiderte Jackman fest. »Das entscheide ich.«

4 »Noch Fragen?«

Diamond beäugte die Kripo-Beamten, die sich im Besprechungsraum auf der Milsom Street versammelt hatten. Er erwartete keine Fragen. Seine Anweisungen waren deutlich genug gewesen. Bei der Vernehmung der Freunde der Ermordeten sollte festgestellt werden, wann sie sie zuletzt gesehen, zuletzt mit ihr telefoniert hatten, worüber sie gesprochen hatten, und schließlich – eine Aufforderung an die Klatschlieferanten, die bei solchen Aktionen immer aktiv wurden –, ob sie sich irgendeinen Grund vorstellen konnten, warum sie ermordet worden war.

»Also dann, ran an die Arbeit.«

Allein im Besprechungsraum wandte der Detective sich an Wigfull. »Sie auch, John. Der Freund, Roger Plato. Und seine Frau. Wie hieß sie noch gleich?«

»Val.«

Er hatte nicht mit einer so raschen und sicheren Antwort gerechnet. In einem Anfall von Jovialität sagte er: »Alles bei Ihnen auf der Festplatte, was? Warum stellen wir uns hier zig Computer hin, wo wir Sie haben? Gönnen Sie sich ein Stündchen Erholung von unserer Klausursitzung, und versuchen Sie, was aus den Platos rauszukriegen. Die sind zu wichtig, um sie den Frischlingen von der Polizeischule zu überlassen.«

Als guter Detective mußte Wigfull die Argumente für die Anordnung respektieren, aber er war offensichtlich unglücklich darüber, für andere Aufgaben abgestellt zu werden. »Was ist mit dem Professor? Wir sind doch noch nicht fertig mit ihm, oder?«

»Der kann ruhig ein bißchen schmoren«, sagte Diamond leichthin.

Die Vorstellung, daß der Professor über einen nennenswerten Zeitraum schmoren sollte, beruhigte Wigfull nicht. »Er wird da drin allmählich sauer. Wenn wir ihn nicht offiziell festnehmen, kann er jederzeit gehen.«

»Er ist verunsichert, oder?« erwiderte Diamond. »Er will nicht unkooperativ erscheinen. Das könnte später gegen ihn ausgelegt werden.«

»Er kooperiert schon seit vierundzwanzig Stunden.«

»Und wir haben gerade mal die Fassade angekratzt. Da kommt noch mehr, verlassen Sie sich drauf.«

»Dann werden Sie ihn also festnehmen?«

»Würden Sie es tun?«

Beide Männer hatten die Vorschriften im Kopf, die den zulässigen zeitlichen Rahmen für das Festhalten eines Verdächtigen bestimmten. Diamond durfte einen Verdächtigen bis zu sechsunddreißig Stunden dabehalten, danach mußte ein richterlicher Haftbefehl erlassen werden.

»Ich würde lieber erst den Laborbericht sehen«, sagte Wigfull.

»Den kriegen wir aber noch nicht heute abend.«

Wigfull sagte ausdruckslos: »Noch eine Nacht bleibt er nicht hier.«

»Und falls wir ihn rausspazieren lassen«, sagte Diamond, »könnte er abhauen.«

Wigfull dachte kurz nach und sagte: »Wir sollten überprüfen, ob er am 11. September wirklich in dem Flugzeug nach Paris gesessen hat.«

»Das wird bereits erledigt.«

»Und der Professor vom University College – Dalrymple?«

»Um den kümmert sich Boon.«

»Also, was haben Sie vor, Sir?«

Diamond vermied eine direkte Antwort. »Der Fall entwikkelt sich ganz ordentlich. Die Gelegenheit liegt auf der Hand. Er war mit ihr im Haus. Motiv: Ehe im Eimer, und sie war, nach seinen eigenen Angaben, verflucht gefährlich.«

»Das erklärt aber noch keinen Mord.«

»Ich rede ja nicht von kaltblütigem Mord.« Diamonds Ärger schwang in seiner Stimme mit. »Es ist vermutlich während eines heftigen Streits passiert. Diese Briefe waren verschwunden, und – ob zu Recht oder nicht – er beschuldigte sie, sie gestohlen zu haben. Eine Frau mit ihrem Temperament läßt sich so was nicht gefallen. Sie schlägt zurück. Falls es an diesem Sonntagabend einen gewalttätigen Kampf gegeben hat und er ihr ein Kissen aufs Gesicht gedrückt und sie erstickt hat, dann wußte er genau, daß seine Karriere damit vorbei war – es sei denn, er ließ die Leiche verschwinden. Er hat sie im Wagen verstaut, ist zum See gefahren und hat sie dort reingeworfen, nachdem er Kleidung und Ehering entfernt hatte. Um sich ein Alibi zu verschaffen, hat er sich am nächsten Tag so verhalten, als wäre seine Frau noch am Leben und als würde er den Amerikaner verdächtigen, die Briefe gestohlen zu haben.«

Die Theorie war zwar überzeugend, aber sie schien Wigfull nicht vom Hocker zu reißen. »Wenn es bei dem Streit, der mit ihrem Tod endete, wirklich um die Briefe ging, wieso hat er sie dann uns gegenüber erwähnt?«

»Weil er ein cleveres Kerlchen ist, John. Nach seiner Version sind die doch sein Alibi. Ich bin mir sicher, daß er die Wahrheit erzählt hat, daß er wirklich nach Paris geflogen ist und sich mit Dr. Junker getroffen hat. Ich wette mit Ihnen um einen doppelten Whisky, daß Dr. Junker, wenn wir ihn ausfindig machen, uns bestätigen wird, daß die Gespräche im Wortlaut haargenau so stattgefunden haben, wie Jackman sie uns geschildert hat. Und ist Ihnen schon mal in den Sinn gekommen«, sagte Diamond und überspielte geschickt die Tatsache, daß er selbst erst in diesem Moment darauf gekommen war, »daß die verschwundenen Briefe bloß ein dickes Ablenkungsmanöver sein könnten? Vielleicht hat er sie aus einem völlig anderen Grund getötet.«

»Das ist eine Möglichkeit«, gab Wigfull großzügig zu.

Diamond nickte, trat näher heran und fuchtelte mit einem dicken Finger vor dem Gesicht des Inspectors herum. »Soviel zum Motiv. Und jetzt« – ein weiterer Finger schnellte hoch – »sein Verhalten. Er hat sich wie ein Schuldiger benommen. Wartet über zwei Wochen, bis die Leiche gefunden wird, bevor er seine Frau als vermißt meldet. Warum? Weil er hofft, sie würde auf den Grund des Sees sinken und dort bleiben. Nachdem sie gefunden worden ist und wir ihr Foto in der Glotze gebracht haben, hat er keine andere Wahl, als sich zu melden. Es war damit zu rechnen, daß viele Leute die Schauspielerin erkennen würden, die Candice Milner gespielt hat.«

»Am Ende gar die Mordkommission«, murmelte Wigfull.

Diamond ließ sich durch die ironische Bemerkung nicht aus dem Konzept bringen. »Er hatte jede Menge Zeit, sich seine Geschichte auszudenken. Sie ist nicht schlecht, aber auch nicht perfekt. Er hat einen Heidenschiß davor, was die Leute im Labor rausfinden werden. Haben Sie sein Gesicht gesehen, als der Doktor reinkam, um ihm die Blutprobe abzunehmen? Damit könnten wir ihn auf alle Fälle kriegen.«

»Die Männer im weißen Kittel sind ab und an ganz nützlich«, bemerkte Wigfull.

Diamond lächelte schwach. »Wenn alle Stricke reißen, ja. Vielleicht können sie sogar nachweisen, daß sein Wagen zum Transport der Leiche benutzt wurde. Und weil Jackman ein intelligenter Mensch ist, baut er schon jetzt für den Fall vor, daß er unter Druck gerät – redet uns ein, wie verrückt Geraldine war und was für eine Bedrohung sie darstellte. Falls die Spurensicherung nachweisen kann, daß er sie erstickt und anschließend in den See geworfen hat, kann er darauf plädieren, unerträglich provoziert worden zu sein. Dann kriegt er die Mindeststrafe.« So wie Diamond den letzten Satz aussprach, war klar, was er von milden Urteilen hielt.

Das Ganze war ein interessanter Test dafür, welche Rolle Wigfull in Wahrheit bei den Ermittlungen spielte. War er tatsächlich nur Reservespieler, wie der Chief Constable behauptet hatte, oder sollte er eventuelle Einschüchterungsversuche von Diamonds Seite verhindern? Falls ja, dann hatte er jetzt ein Problem. Während er nach Bristol fuhr, um die Aussage des Ehepaars Plato einzuholen, hätte Diamond genug Zeit, um ein Geständnis aus dem Professor herauszupressen. Es war eher Zufall als Absicht gewesen, daß seine Worte vorhin recht aggressiv geklungen hatten: »Wir haben gerade mal die Fassade angekratzt ... Er hat einen Heidenschiß ... Haben Sie sein Gesicht gesehen?«

»Wenn Sie ihn noch mal vernehmen wollen, würde ich gern dabei sein«, stellte Wigfull entschieden fest.

»Klar doch«, sagte Diamond heiter. »Ich warte auf Sie.«

»Die Frage ist, ob er auch wartet. Ich könnte die Platos später vernehmen.«

Diamond brummte mißbilligend. »Die ganze Aktion hat nur dann Sinn, wenn alle gleichzeitig vernommen werden. Wir wollen doch nicht, daß unsere Freunde herumtelefonieren und den anderen verraten, daß die Bullen unterwegs sind und welche Fragen gestellt werden. Roger Plato ist ein dicker Brocken, John. Er gehört Ihnen, okay?« Er hielt Wigfull ein Blatt unter die Nase. Darauf standen die Anschriften sämtlicher Freunde von Geraldine Jackman. Mit unverhohlenem Widerwillen nahm Wigfull das Blatt und suchte die Adresse der Platos heraus.

Diamond gähnte, streckte sich und sagte: »Ich denke, ich werde mal ein bißchen frische Luft schnappen.«

Er ging mit Wigfull durch den Empfangsbereich. Sofort sprang eine Gruppe von Leuten auf und umringte sie. Die Presse.

»Irgendwelche neuen Erkenntnisse, Mr. Diamond?«

»Absolut nichts. Sie sollten nach Hause fahren. Das werde ich auch gleich tun.«

»Stimmt es, daß Sie gerade einen Mann vernehmen? Wird er hier festgehalten?«

»Werden Sie ihn festnehmen?«

»Wir befragen jeden, der uns helfen kann.« Die Detectives bahnten sich einen Weg auf den Vorplatz, wo die Wagen geparkt waren. Wigfull stieg in seinen Toyota, ließ ihn an und fuhr davon.

Diamond blickte ihm nach. Dann wandte er sich um und marschierte energisch zurück ins Polizeirevier.

5 Diamond schritt wortlos durch den Einsatzraum. Hier liefen so viele Informationen ein, daß sechs Verwaltungskräfte und Computerleute alle Hände voll zu tun hatten. Ein Berg von Laufzetteln und Computerausdrucken wartete dar-

auf, durchgesehen zu werden, doch der leitende Ermittler hatte Wichtigeres zu tun. Er war zuversichtlich, daß er ein Geständnis erhalten könnte, bevor John Wigfull aus Bristol zurückkam.

Er stieß die Tür zum Vernehmungszimmer auf. Jackman war aufgestanden, und seine Haltung wirkte selbstbewußt, wenn nicht gar streitlustig; sein angespanntes Gesicht verriet, daß er sich darauf eingestellt hatte, in die Mangel genommen zu werden. »Hören Sie«, sagte er, »ich möchte jetzt eines von Ihnen wissen. Bin ich festgenommen oder nicht?«

»Festgenommen?« wiederholte Diamond, als ob das Wort in der modernen Polizeisprache nicht vorkäme.

»Ich bin aus freien Stücken hierhergekommen, um Ihnen zu helfen. Ich könnte jederzeit gehen.«

Diamond bestätigte dies mit einem Nicken. »Aber es wäre mir lieber, wenn Sie das nicht täten. Schließlich haben wir doch noch nicht alles geklärt.« Er empfand es als äußerst vielversprechend, daß der Mann so nervös geworden war. Der kühle Akademiker war ein schwieriger Gegner gewesen.

Jackmans Miene hatte sich verfinstert. »Was gibt es denn noch? Ich habe Ihnen alles erzählt, was ich weiß.«

Diamond lächelte gütig und sagte: »Sie haben uns sehr geholfen, Sir.« Eine respektvolle Note, die eine grundlegend geänderte Taktik signalisierte. »Habe ich übrigens schon erwähnt, daß ich Peter heiße? Ich würde die Sache gerne etwas zwangloser angehen, wo wir jetzt unter vier Augen sind.«

Jackman quittierte das Angebot mit einem hohlen Auflachen. »Zwanglos?« Seine Augen wanderten verächtlich über die schallisolierten Wände.

»Unsere Gespräche wurden nicht aufgezeichnet«, konnte Diamond wahrheitsgemäß feststellen. »Das dürften wir nicht, ohne Sie darauf hingewiesen zu haben. Deshalb hat die junge Kollegin mitgeschrieben.« Er legte eine kurze Pause ein, damit die Abwesenheit der Stenotypistin auch gebührend honoriert wurde. »Wenn Sie lieber woanders hinmöchten, kann ich das arrangieren. Ich würde Ihnen gerne einen Abendspaziergang vorschlagen, aber dann hätten wir die Presse am Hals. Sie wissen ja, wie die sind, Gregory.«

Jackman war durch die überraschende Jovialität aus der Fassung gebracht und zuckte zusammen, als er beim Vornamen genannt wurde. »Greg, wenn es unbedingt sein muß.«

»Tut mir leid ... Greg.« Diamond hätte genausogut mit seinem ältesten Freund reden können. Im Gegensatz zu den Gerüchten, die nach seiner Versetzung nach Avon und Somerset in Umlauf gewesen waren, schüchterte er die Verdächtigen nicht ein, bis sie sich ergaben. Er ging subtiler vor. Er versuchte, ihr Vertrauen zu gewinnen. Wenn er fand, daß der richtige Moment gekommen war, machte seine normalerweise schroffe Art einer Liebenswürdigkeit Platz, der nur wenige nach stundenlangen Vernehmungen widerstehen konnten. In dieser Phase war ein Lächeln von Peter Diamond mehr wert als eine geballte Faust. Damals war er überzeugt gewesen, daß er Hedley Missendale zu seinem Geständnis förmlich betört hatte; der Bursche schien so durcheinander, daß er seine Geschichte nur so heruntergeschnurrt hatte, als ob er stolz darauf wäre, endlich mit Bonnie und Clyde und allen anderen Raubmördern der Geschichte in einem Atemzug genannt zu werden. Diamond sah durch diesen einen Fehler jedoch nicht die Wirksamkeit seiner Methode in Frage gestellt.

»Ich muß Sie für einiges, was ich zuvor gesagt habe, um Verzeihung bitten«, fuhr er im gleichen leutseligen Stil fort. »In meinem Job ist man manchmal so sehr auf die Fakten eines Falles fixiert, daß die menschliche Seite in den Hintergrund tritt. Ich meine, da kann es leicht passieren, daß ich vergesse, daß Sie aus freien Stücken hergekommen sind.«

Und das habe ich bis zur Erschöpfung getan«, sagte Jackman bissig. Er schien dem Charme widerstehen zu können.

Diamond nickte. »Allerdings. Noch ein Kaffee würde Ihnen bestimmt guttun, Greg.«

Jackman, der über den plötzlichen Umschwung zwar verblüfft war, ihn aber richtigerweise als ein zynisches Manöver durchschaute, kam zu einem falschen Schluß. »Versuchen Sie jetzt, mich weichzukochen, bevor Ihr Kollege reinkommt und mich zusammenschlägt?«

Diamond, den die Vorstellung belustigte, wie John Wigfull, der Saubermann des Präsidiums, sich auf einen Verdächtigen stürzte, mußte tatsächlich lächeln. »Der ist nach Bristol gefahren, um mit einem Zeugen zu sprechen.«

»Sollte ein Witz sein«, sagte Jackman wenig überzeugend.

Diamond grinste. »Allmählich verstehe ich Ihren Sinn für Humor.«

»Ich glaube, ich hätte doch gern einen Kaffee.«

»Gut. Gehen wir runter in die Kantine. Ich weiß nicht, wie es Ihnen geht, aber ich bin halb verhungert.« Er sah auf seine Uhr und griff zum Telefon. »Momentchen noch, ja?« sagte er zu Jackman. »Ich hätte schon früher anrufen sollen. Sie ist zwar dran gewöhnt, aber sie möchte, daß ich ihr Bescheid sage.« Er wählte eine Nummer. »Ich bin's«, sagte er in den Hörer. »Hallo ... Kann ich noch nicht genau sagen, Liebes, aber sobald wie möglich. Was hast du denn vor? ... Hatte ich ganz vergessen ... Gut, ja, natürlich, aber warte nicht auf mich.« Er legte den Hörer auf und sagte zu Jackman: »Sie sieht sich Fußball an. Wenn ich zu Hause bin und selbst Fußball gucken will, beschwert sie sich. Versteh einer die Frauen.«

Unten, bei Toast und Kaffee, blieb er noch eine Weile bei dem Thema, während im Hintergrund alte Beatles-Songs liefen und der Lärm von Kartenspielern aus der Ecke drang, wobei sich vor allem ein ehemaliger Sergeant, der jetzt als Computerspezialist angestellt war, hervortat. Ein- oder zweimal gelang es Diamond mit seinen Anekdoten von schrulligen Frauen Jackmans Wangenmuskeln eine Regung zu entlocken, was fast einem Lächeln gleichkam. Dadurch ermutigt, erzählte er, welche Schwierigkeiten er gehabt hatte, seine Frau Stephanie für sich zu gewinnen. Als sie sich kennenlernten, war sie Leiterin der Pfadfinderinnen in Hammersmith, und er war als Beamter für Öffentlichkeitsarbeit dorthin geschickt worden, um Verkehrsunterricht zu erteilen. Er war von der reizenden Leiterin fasziniert gewesen. An diesem Abend war ein Feuer entbrannt, das so heftig loderte, daß die Funken nur so flogen, und zwar fast ausschließlich vor den Augen kleiner Mädchen in braunen Pfadfinderuniformen.

»Es muß mich schon verdammt erwischt haben«, erinnerte er sich. »Richtig erhört hat Steph mich erst, als ich im Sommerlager mit zwei Eseln aufgetaucht bin. Der Sergeant in der

Telefonzentrale hatte nach seiner Pensionierung ein Heim für alte Grautiere eröffnet. Er war ein guter Kumpel. Ich glaube, die Esel haben für mich ihr Herz erobert. Kurz danach haben Steph und ich uns verlobt. Damals war ich noch schlanker.« Er grinste. »Relativ. Na ja, ich konnte noch auf einem Esel reiten, ohne daß gleich jemand den Tierschutz anrief.«

Er legte eine Pause ein, stopfte sich den Rest seines Toasts in den Mund und fragte: »Glauben Sie an Liebe, Greg?«

»An Liebe?«

Diamond nickte. »Gibt es sie überhaupt, oder machen wir uns was vor? Ist sie vielleicht bloß die kitschige Erfindung von Schnulzenschreibern und Schriftstellern? Begehren kann ich verstehen. Bewunderung und Achtung. Aber Liebe ist etwas anderes. Ich meine, haben Sie Geraldine geliebt, als Sie sie geheiratet haben?«

Jackman sah ihn nachdenklich an. »Wollen Sie darauf hinaus? Möchten Sie mehr über meine Beziehung zu meiner Frau wissen? Warum haben Sie das nicht gleich gesagt?«

»Vergessen Sie's, wenn Sie das so sehen«, erwiderte Diamond gekränkt. »Ich versuche nur, zwischen uns ein paar Gemeinsamkeiten zu entdecken.«

»Alter Freund«, sagte Jackman sarkastisch, »ich würde Ihnen alles erzählen, wenn ich Sie dadurch loswerde.« Er räusperte sich und sagte: »Lassen Sie es mich anders ausdrücken: Wenn Sie mir Fragen stellen wollen, dann sollten wir es hinter uns bringen. Ich möchte heute abend noch nach Hause. Ja, ich glaube, ich habe sie geliebt. Später haben wir Probleme bekommen, aber ich empfand noch immer eine gewisse Zärtlichkeit für sie. Ist Ihre Frage damit beantwortet?«

»Was hat ihren Reiz für Sie ausgemacht, abgesehen davon, daß sie gut aussah?«

»Ich dachte, das hätten wir alles schon geklärt. Ich habe mich geschmeichelt gefühlt, weil sie mir den Vorzug vor den tollen Fernsehleuten gegeben hat, mit denen sie arbeitete.«

»Das ist nicht Liebe.«

»Was wollen Sie denn beweisen – daß ich keine menschlichen Empfindungen habe, eine Art Psychopath bin? Haben Sie vielleicht irgendeine Theorie zum Phänomen des Mordes, in die Sie mich reinquetschen wollen? Ich habe Gerry geliebt, weil sie anders war als alle Frauen, denen ich je begegnet war. Sie war witzig, neugierig, mutig und optimistisch. Auf eine ganz einzigartige und unerklärliche Weise waren wir Seelenverwandte. Wir haben uns für die gleichen Dinge begeistert und über die gleichen Dinge gelacht. Reicht das?«

Die Hommage war kurz, aber überzeugend.

»Und dann ist es falsch gelaufen«, fuhr Jackman fort, »katastrophal falsch. Wir haben die Nähe zwischen uns verloren. Ich weiß nicht, wieso. Bis zu einem gewissen Punkt kann ich es mir erklären – ihre Karriere ging den Bach runter –, aber warum sie mich zu ihrem Feind erklärt hat, werde ich wohl nie begreifen. Für ihre Freunde war sie noch immer die alte, überschäumend vor Lebenslust. Aber für mich nicht mehr.«

»Sie hat Ihnen das Leben unerträglich gemacht«, drängte Diamond. »Das haben Sie uns ja schon geschildert.«

»Nein«, korrigierte Jackman rasch. »Nicht unerträglich. Das sagte ich nicht. Tatsache ist, ich habe sie ertragen.«

»Das sollte mich lehren, einem Anglistikprofessor Worte in den Mund zu legen«, bemerkte Diamond trocken. Er wollte den Redefluß nicht unterbrechen. »Sagen wir einfach, sie war schwierig. Warum haben Sie sich nicht scheiden lassen, Greg? Wäre das nicht die beste Lösung gewesen?«

Jackman atmete aus, als wollte er dagegen protestieren, erneut in die Arena gezerrt zu werden. »Sie denken noch, daß ich das Problem gelöst habe, indem ich sie umbrachte.«

»Das habe ich nicht gesagt.«

»Das müssen Sie auch nicht.« Er schob seinen Teller mit dem halb gegessenen Sandwich von sich. »Wenn Sie es unbedingt wissen wollen, ich habe keine weltanschaulichen Einwände gegen Scheidung, ebensowenig wie Gerry. Ich denke, wir wußten beide, daß wir uns im freien Fall darauf zubewegten, aber wir hatten noch nicht darüber gesprochen.«

»Warum nicht?«

»Bedenken Sie, daß wir erst zwei Jahre verheiratet waren. Zugegeben, im Laufe dieser Zeit hatte sich Gerrys Persönlichkeit radikal verändert, aber ich konnte verstehen, wieso. Sie hatte eine schwierige Zeit durchgemacht, der Rausschmiß aus der BBC, der Verlust ihrer Wurzeln, der Umzug zu mir aufs Land. So hatten wir uns unser Leben nicht vorgestellt. Vielleicht war ich ja naiv, aber ich redete mir ein, daß die Frau, zu der sie geworden war, nicht die wahre Gerry war. Sie brauchte mehr Zeit, um sich daran zu gewöhnen, daß sie ein ganz normaler Mensch war und keine Figur im Fernsehen.« Seine Augen schossen hin und her, verhießen eine noch tiefere Enthüllung. Niemand in der Kantine hätte bei »She Loves You« von den Beatles etwas hören können. »Das klingt zwar ziemlich irre, aber manchmal hatte ich das Gefühl, als ob ein Dämon von ihr Besitz ergriffen hätte. Wäre es mir gelungen, ihn auszutreiben, hätten wir unsere Ehe vielleicht retten können. Um auf Ihre Frage zurückzukommen, ich habe nicht mit ihr über Scheidung gesprochen, weil ich sie nicht verlassen wollte. Mit Hilfe der Liebe, die wir einmal füreinander empfanden, hätten wir die Krise eigentlich überwinden müssen.«

»Aber es hat weiter fürchterlich gekracht zwischen Ihnen.«

»Natürlich. Sie nutzte jede Gelegenheit, mich zu ärgern.«

»Haben Sie sie getötet, Greg?«

»Nein.«

Frage und Antwort, ganz offen.

»Ohne Vorsatz, meine ich.«

»Aha.« Jackmans Augen weiteten sich ein wenig. »Das ist der Köder, nicht? Totschlag statt Mord.«

»Sie haben sich mit der Terminologie vertraut gemacht.«

»Ich lese nicht nur Milton und Shakespeare. Nein, ich lasse mich nicht auf Totschlag ein. Ich lasse mich auf keinen Ihrer Vorschläge ein. Wenn Sie mich drankriegen wollen, ist das Ihr Fehler. Rechnen Sie nicht damit, daß ich Ihnen helfe.«

Diamond knirschte mit den Zähnen. Einen Moment hatte er das Gefühl, sich nur mühsam beherrschen zu können.

»A propos Autoren«, fügte Jackman hinzu, »ich glaube, es ist eine Figur in einem Stück von Joe Orton, die sagt, daß Polizisten wie seltene Eichhörnchen unter Artenschutz gestellt werden müßten. Sie könnten Ihren buschigen Schwanz riskieren, wenn Sie sich bei mir einen Fehler erlauben.«

Diamond hatte es so schnell gar nicht mitbekommen, aber das Blatt hatte sich gewendet, jetzt war er in der Defensive.

Ihm kam der unangenehme Verdacht, daß dieser glattzüngige Professor von der Missendale-Sache wußte. Vielleicht kam ihm dieser Gedanke ja genau im richtigen Moment; er mußte der Versuchung, die Wahrheit aus ihm rauszuprügeln, unter allen Umständen widerstehen. Er unterdrückte also seinen Stolz und holte sich Hilfe bei den Männern im weißen Kittel. »Gegen die Laborberichte können Sie nichts machen. Wenn Sie sie umgebracht haben, kriegen die Beweise der Spurensicherung Sie dran, wie Sie es ausdrücken, nicht ich. Ihr Blut, Fingerabdrücke, die Gewebeproben aus Ihrem Wagen. Ich kann gerne noch ein paar Stunden warten.«

»Was hat denn mein Wagen damit zu tun?«

»Die Leiche muß ja irgendwie zum See geschafft worden sein.« Während er sich selbst reden hörte, dachte er, er verliere die Kontrolle. Er wollte ihn nicht in Angst versetzen, sondern ihm die Wahrheit entlocken.

»Ich darf doch wohl in meinem eigenen Wagen Fingerabdrücke hinterlassen«, sagte Jackman stirnrunzelnd.

»Das schon, aber wenn zum Beispiel ein menschliches Haar im Kofferraum gefunden wird und es ohne jeden Zweifel von Ihrer Frau stammt, dann müßten sie dafür schon eine plausible Erklärung parat haben.«

Jackman blickte skeptisch. »Können die vom Labor denn Haare so eindeutig identifizieren?«

»Nicht das Haar selbst«, gab Diamond zu, »aber die mikroskopischen Hautpartikel an der Wurzel.«

»Haben sie denn Haare gefunden?«

»Die finden alle möglichen Staubteilchen und Partikel.«

»Sie wollen mich wirklich drankriegen.«

»Halten Sie sich lieber an Milton und Shakespeare, Greg. Sie sind total auf dem Holzweg.«

Jackman sagte trotzig: »Sie haben das Gefühl, daß ich sie getötet habe, und davon lassen Sie sich nicht abbringen.«

Der Grundton des Gesprächs war unwiderruflich gekippt. Diamond schüttelte langsam den Kopf, um zu zeigen, daß er mehr als nur so ein Gefühl hatte, unendlich viel mehr.

Jackman sagte: »Wie kann ich Sie davon überzeugen, daß Sie falsch liegen?«

»Sie könnten mir erklären, wieso Sie fast drei Wochen warteten, bevor Sie Ihre Frau als vermißt gemeldet haben.«

»Ich dachte, das wäre klar.«

»Mir nicht.«

»Es hat mich nicht überrascht, daß sie weg war. Sie hatte die Jane-Austen-Briefe gestohlen und war nicht bereit, sich mir zu stellen.«

»Wo meinten Sie denn, daß sie war?«

»Bei irgendeinem Freund von ihr. Schlupflöcher hatte sie jede Menge.«

»Haben Sie rumtelefoniert?«

»Ich habe es bei den Leuten probiert, die mir einfielen, und nichts herausgefunden. Es war durchaus möglich, daß sie sie gebeten hatte, mir nichts zu sagen.«

»Aber Sie sind nicht zur Polizei gegangen. Sie haben noch nicht mal das Verschwinden der Briefe angezeigt.«

»Weil ich die Sache selbst klären wollte«, beteuerte Jackman. »Ich war sicher, daß sie sie genommen hatte. Wenn ich schnurstracks zur Polizei gelaufen wäre und sie als Diebin gebrandmarkt hätte, was wäre denn dabei rumgekommen? Ich wollte nicht, daß die Geschichte in die Zeitungen kam.« Seine Antworten klangen plausibel, beunruhigend plausibel.

»Was haben Sie denn unternommen – außer, daß Sie ihre Freunde angerufen haben?«

»Ich dachte, sie würde möglicherweise versuchen, die Briefe schätzen zu lassen, also habe ich mich bei den Auktionshäusern und Händlern der Gegend und in London umgehört. Auch das ohne Ergebnis.«

»Lassen Sie mich das klarstellen«, sagte Diamond. »Wollen Sie mir jetzt erzählen, daß Sie geglaubt haben, sie würde die Briefe verkaufen? Vorhin haben Sie uns noch erzählt, daß Sie meinten, sie hätte sie aus reiner Bosheit genommen.«

Jackman nickte. »Das war meine erste Vermutung. Ich dachte nicht, daß der Geldwert der Briefe Gerry interessierte. Sie war nicht knapp bei Kasse, soweit ich wußte. Aber ein paar Tage nach ihrem Verschwinden kam ein Brief von ihrer Bank. Ich habe ihn aufgemacht, in der Hoffnung, einen Hinweis auf ihren Aufenthaltsort zu finden. Sie hatte ihr Konto um fast dreitausend Pfund überzogen. Auf dem letzten Auszug ihres Kreditkartenkontos stand sie noch mit fünfzehnhundert Pfund in der Kreide. Sie hatte ihr ganzes Geld durchgebracht.«

»Wie?«

»Das meiste durch Barabhebungen. Sie hat ihre Kreditkarte belastet, was dumm ist, bei den Zinsen, die die berechnen.«

»Aber wofür kann sie soviel Geld ausgegeben haben?«

Jackman zog die Schultern hoch. »Sie hat es wohl mit ihren sogenannten Freunden auf den Kopf gehauen.«

»Und ein ganzes Vermögen durchgebracht?«

»Ich weiß nicht, ob man da von einem richtigen Vermögen sprechen kann. Als wir uns kennenlernten, hatte ich den Eindruck, daß es ihr finanziell sehr gut ging. Das Fernsehen zahlte gut, und sie hatte jede Menge Extraeinnahmen.«

Schritte hallten auf dem gefliesten Boden. Einer der Constables aus dem Einsatzraum durchquerte die Kantine und machte dem Gespräch ein Ende, indem er Diamond mitteilte, daß er dringend am Telefon verlangt wurde.

»Wer ist dran?«

»Inspector Wigfull, Sir.«

»Aus Bristol?«

»Ja.«

»Wehe ihm, wenn es nicht wirklich dringend ist. Warten Sie hier bei dem Professor. Ich bin gleich wieder da.«

Wigfull leise verfluchend, weil der die Frechheit besaß – da war er verdammt sicher –, ihn zu kontrollieren, betrat er das Vernehmungszimmer und schnappte sich den Hörer. »Ja?«

»Mr. Diamond?« John Wigfulls Stimme klang angespannt.

»Wer sonst?«

»Ich habe gerade mit dem Ehepaar Plato gesprochen. Sie haben mir etwas erzählt, das Sie, glaube ich, sofort erfahren sollten, Sir. An dem Tag, als Professor Jackman seine Frau zuletzt gesehen hat – der Montag –, hat sie zwischen zehn Uhr und zehn Uhr dreißig bei den Platos angerufen.«

»Morgens?«

»Verstehen Sie, was das bedeutet, Sir? Wenn Jackman den Zug um 8.19 nach London genommen hat, wie er behauptet, und dann weiter nach Paris geflogen ist, kann er sie nicht getötet haben. Sie war nach seiner Abfahrt noch am Leben. Mr. Diamond – sind Sie noch dran?«

Diamond ließ den Hörer fallen, ohne zu antworten. Er brüllte quer durch den Raum: »Sergeant Boon!«

»Sir?«

»Haben Sie die Angaben des Professors überprüft, wie ich Sie gebeten hatte?«

»Jawohl, Sir.«

»Mit welchem Ergebnis? Los doch, Mann!«

»Es hat sich alles bestätigt, Sir. Er hat Professor Dalrymple am University College in London getroffen, irgendwann vor elf Uhr am 11. September, und er war auf dem Air-France-Flug 1410 von Heathrow nach Paris.«

Einen Augenblick lang sah Diamond aus wie ein Ballon, aus dem die Luft entweicht. Dann sagte er mit schwacher Stimme: »Lassen Sie sofort einen Wagen am Hinterausgang vorfahren. Der Professor wird nach Hause gebracht.«

6

Der erste Frost. Während des gesamten Sommers hatten die Leute über das Loch in der Ozonschicht und den Treibhauseffekt gesprochen, weil sie einfach nicht akzeptieren konnten, daß in England wochenlang die Sonne schien. Jetzt war die Normalität wiederhergestellt. An diesem kühlen Morgen sahen die Geranien in den Blumenkästen von Bath glanzlos und besiegt aus, wie Peter Diamond mit zynischem Blick bemerkte, als er auf seinem Weg zum Polizeirevier auf der Manvers Street im Stau stand. In diesem Jahr hatte das städtische Gartenbauamt keine Kosten und Mühen gescheut, um Bath' Erzrivalin Exeter den Titel der schönsten Blumenstadt zu entreißen. Auf jeder Fensterbank, jedem Sims und jeder Stellfläche drängten sich Blumenkübel, selbst auf den Dächern der Bushaltestellen. Kein Laternenpfahl war ohne Hängekorb. Welche Begeisterung! Doch vergebens; Exeter hatte erneut den Titel geholt. Bath' üppige Blumen waren die Verlierer.

Diamond war zu sehr Polizist, um ein paar welkende Geranien für sich als Losung des Tages zu akzeptieren, und er wünschte sich, daß jemand sie wegschaffen würde.

Der Bus vor ihm wurde langsam, als er sich einer Haltestelle näherte. Diamond scherte aus, um zu überholen, mußte aber erkennen, daß der Verkehr auf der gesamten Spur vor ihm stillstand. Kein vielversprechender Start in den Tag. Er mußte abbremsen und behinderte die Gegenfahrbahn. Glücklicherweise machte jemand hinter ihm mit der Lichthupe Zeichen und setzte ein paar Meter zurück. Anständig von ihm. Diamond manövrierte zurück in seine Spur und sah in den Rückspiegel, um sich den guten Samariter genauer anzusehen. Ein Typ in einem Toyota. Mächtiger Schnurrbart, breites Grinsen. John Wigfull, ausgerechnet. Wahrscheinlich dachte er gerade, wie blöd sein Vorgesetzter war, daß er nicht bemerkte, daß der Bus einer von den grellgelben, oben offenen Doppeldeckern für Touristen war. Jedes Kind in Bath wußte, daß diese Tour-Busse nicht an regulären Haltestellen hielten.

Er schaltete das Radio ein, und nach dem Knistern, während die automatische Antenne ausgefahren wurde (er hatte sie schon seit Wochen nicht mehr abgewischt), hörte er den Nachrichtensprecher von Radio Bristol sagen: »Man geht davon aus, daß die Ermittlungen im Mordfall Geraldine Snoo heute ausgeweitet werden. Die unbekleidete Leiche von Mrs. Snoo, dem ehemaligen Star der bekannten Fernsehserie ›The Milners‹, war am Wochenende im Chew Valley Lake aufgefunden worden. Identifiziert wurde sie von ihrem Ehemann, Professor Gregory Jackman von der Universität in Bath. Angeblich ist Mr. Jackman der Polizei …«

»… auf die Nerven gegangen«, murmelte Diamond, als er ausschaltete. Der Bus vor ihm setzte sich wieder in Bewegung und gestattete einen ungehinderten Blick auf sein Hinterteil. Um seinen Einsatz für den Tourismus zu unterstreichen, hatte das Unternehmen jedem Bus einen Namen gegeben, der mit der illustren Vergangenheit der Stadt in Verbindung stand. Diamond hatte gerade erst bemerkt, wie der da vor ihm hieß: Jane Austen. Wenn das so weiterging, würde er noch glauben, die Götter machten sich über ihn lustig.

Fast hätte er die Einfahrt zum Polizeirevier verpaßt, und er riß das Steuer heftig herum, ohne zu blinken. Gut, daß nur Wigfull hinter ihm war. Keiner von beiden spielte auf den

Vorfall an, als kurz darauf in Diamonds Büro Halliwell, Croxley und Dalton zu ihnen stießen. Eine Verbrechenskonferenz – sozusagen; es sollte bloß niemand meinen, daß die Beamten der Mordkommission in der Klemme saßen. Auf der Leiter, wäre passender gewesen, auf der Steinleiter vor der Abteikirche, und sie hielten sich krampfhaft an ihren Sprossen fest. Und jetzt sollten vier Detectives auf ihrem steilen Weg nach oben ein paar Ideen abliefern, und zwar schnell.

Diamond wählte eine zurückhaltende Eröffnung. »Noch mehr Laborberichte, was auch immer sie hergeben mögen«, sagte er zunächst. »Die Herren im weißen Kittel wollen sich noch nicht auf den Todestag festlegen, aber der 11. September ist wohl am wahrscheinlichsten. Sie war mit Sicherheit tot, bevor sie in den See geworfen wurde – als ob wir das nicht wüßten. Und Asphyxie bleibt die wahrscheinlichste Todesursache. Na prima.« Er nahm sich ein zweites Blatt vor. »Das hier ist der Untersuchungsbericht über die Autos, Jackmans und das des Opfers. Es deutet nichts darauf hin, daß die Leiche in einem von beiden transportiert wurde. Keine relevanten Spuren und Fasern. Entweder kann der Mörder ungemein geschickt mit einem Staubsauger umgehen, oder wir müssen nach einem anderen Fahrzeug suchen.« Leise schimpfend nahm er den dritten Laborbericht. »Blutgruppen. Das Opfer war Null Rhesus positiv, ebenso wie ihr Mann. Sie werden sich erinnern, daß wir auf der Tagesdecke Blutspuren fanden, aber die Mengen waren für eine Analyse nicht ausreichend.«

»Dann ist der Prof also aus dem Schneider«, sagte Keith Halliwell und bereute seine Bemerkung sofort, denn sein Vorgesetzter warf ihm einen wütenden Blick zu. Halliwell kaute doppelt so schnell. In Diamonds Team hatte jeder eine Überlebensstrategie; die des jungen Halliwell bestand darin, sich als knallharten New Yorker Cop zu sehen. Man sah ihn nie anders gekleidet als in Lederjacke und Jeans.

Diamond richtete die Augen erneut auf das Blatt Papier in seiner Hand. »Hier steht, daß Proben von dem gefundenen Blut zur DNS-Analyse eingeschickt worden sind – genetischer Fingerabdruck –, was die Jungs von der Presse bestimmt freuen wird, wenn schon sonst niemanden.«

Croxley, normalerweise der schweigsamste Detective, sah sich veranlaßt, für die Wissenschaft in die Bresche zu springen. »Der Identitätstest bringt absolut sichere Ergebnisse.«

»Mit denen wir nichts anfangen können, solange wir keinen Verdächtigen haben, der dazu paßt«, sagte Diamond.

Croxley lief blaßrot an. Halliwell unterstützte Croxley unbesonnenerweise mit einem Vorschlag: »Okay, wenn die das Blut auf der Tagesdecke analysiert haben, schicken wir ihnen so lange Blutproben ein, bis wir jemanden gefunden haben, der paßt, wie bei dem Mordfall in den Midlands.«

Zum Glück schaltete sich Wigfull ein, bevor Diamond loslegen konnte: »Vergiß es, Keith. Wenn du den Fall in Leicester meinst, dann besteht aber auch nicht die geringste Chance, daß wir hier etwas Ähnliches machen könnten. Damals konnte die Polizei den fraglichen Personenkreis stark einengen – ein Mann zwischen siebzehn und vierunddreißig, in drei kleinen Ortschaften, ungefähr viereinhalbtausend Männer –, und schon das hat einen Monat gedauert. Wir kennen ja noch nicht mal das Geschlecht unseres Mörders.«

Dalton sagte: »Den Kerl haben sie schließlich nur deshalb geschnappt, weil ein anderer gequatscht hat. Er hatte den Test umgangen, indem er irgendeinen Trottel überredet hatte, den für ihn zu machen.«

»Wenn Sie fertig sind«, sagte Diamond verdrossen, »würde ich gern über den anstehenden Fall reden. Mag ja sein, daß ich ein unverbesserlicher Optimist bin, aber ich würde heute morgen gerne ein Brainstorming mit Ihnen machen.«

Das ließ sie alle verstummen. Er ließ sich Zeit, um die Wirkung seiner Ankündigung abzuschätzen, bevor er weiterredete. »Zuerst sollten wir uns auf den neuesten Stand bringen. Die Vernehmungen von gestern abend. Mr. Dalton, würden Sie kurz referieren?«

Dalton, der für die Computerarbeit zuständig war, starrte ihn entsetzt an. »Wir haben sie noch nicht eingegeben, Sir.«

»Warum nicht?«

»Es ist noch zu früh.«

»Ich dachte, hier läuft alles durch Computer.« Diamond blickte sich scheinbar ratsuchend um, doch in Wirklichkeit wollte er sich nur über den Inspector lustig machen, der so erpicht darauf war, Eindruck zu schinden, daß er eine leichte Beute war. »Hier steht Hardware im Wert von zigtausend Pfund rum. Wieso haben wir keinen Ausdruck vorliegen?«

»Die Daten müssen erst eingegeben werden, Sir.«

»Ersparen Sie uns Ihren Computerjargon. Ich dachte, der Hauptvorteil dieser blöden Dinger wäre der, daß wir schneller vorankommen.«

»Ist er auch, aber die Eingabe erfolgt manuell.«

»Dann vergessen Sie's. Ich habe mir die Berichte schon angesehen und nichts Aufschlußreiches entdeckt.« Er legte eine kurze Pause ein. »Mit einer wichtigen Ausnahme.«

Einen Moment lang schien es, als sei niemand bereit, Diamond das Stichwort zu liefern. Dann hielt Inspector Croxley das angespannte Schweigen nicht länger aus. »Und was?«

Diamond sagte beiläufig: »Bei einer Vernehmung konnten wir in Erfahrung bringen, daß Geraldine Jackman am Montagmorgen, den 11. September, noch am Leben war. Sie hat telefoniert. John, bitte wiederholen Sie, was Sie von Mr. und Mrs. Plato erfahren haben.«

»Nun, es sieht ganz so aus ...«

»Fakten«, unterbrach Diamond, »keine Vermutungen.«

Wigfulls Kieferpartie spannte sich leicht an, als er einen zweiten Anlauf machte: »Mrs. Valerie Plato hat ausgesagt, daß sie zwischen zehn und zehn Uhr dreißig einen Anruf entgegengenommen hat. Die Anruferin behauptete, Geraldine Jackman zu sein.«

»Bestehen daran irgendwelche Zweifel?« Diamond stürzte sich begierig auf diese Möglichkeit.

»Meiner Ansicht nach nicht, Sir«, sagte Wigfull gepreßt. »Aber ich kann nicht mit absoluter Sicherheit sagen, daß die Stimme am Telefon die von Geraldine war. Ich muß mich auf die Aussage der Platos verlassen.«

»Weiter.«

»Sie wollte Roger sprechen, den Ehemann. Er war an dem Morgen zu Hause. Er ist ans Telefon gekommen, und seine Frau blieb im Zimmer. An dieser Stelle würde ich gerne, mit Ihrer Erlaubnis, Sir, auf meine Notizen zurückgreifen.«

Diamond war nicht sicher, ob Wigfull bewußt sarkastisch sein wollte. Niemand war so tollkühn zu lächeln.

Mit geöffnetem Notizbuch fuhr Wigfull fort. »Mrs. Jackman sagte, sie bitte um Verzeihung für die Störung, aber sie brauche Hilfe. Sie gab an, sie habe Knatsch mit Greg – Professor Jackman –, und sie müsse ein paar Tage weg von zu Hause, bis sich die Wogen wieder geglättet hätten, wie sie es ausdrückte. Sie wollte wissen, ob sie ein paar Tage bei den Platos wohnen könne. Nun, Valerie Plato stand direkt neben ihrem Mann und machte ihm unmißverständlich klar, daß sie die Frau auf keinen Fall unter ihrem Dach haben wollte.«

»Warum nicht?« fragte Halliwell. Sein Unwissen war entschuldbar. Als der unerfahrenste Beamte, der wegen seines quasi amerikanischen Stils mit Mißtrauen beäugt wurde, war er mit einer Reihe kleinerer Aufgaben zur Informationsbeschaffung betraut worden, so daß er die ganze Woche über keinen Fuß in den Einsatzraum gesetzt hatte.

»Plato hat's mit ihr getrieben«, antwortete Wigfull.

»Ist ›treiben‹ das passende Wort?«

»Valerie Plato war jedenfalls der Ansicht. Roger bestreitet es vehement.«

»Bei dem Nachnamen?«

»Ehrlich gesagt, ich glaube ihm«, sagte Wigfull. »Ich habe ihn allein vernommen. Er sagte, es war nichts Ernstes. Sie waren bloß häufiger zusammen, weil ihre jeweiligen Ehepartner nicht gern auf Parties gingen. Er sagte auch, Gerry Jackman wäre nicht an einem Liebhaber interessiert gewesen.«

»Vielleicht hat Valerie Plato das anders gesehen.«

Diamond sagte gereizt: »Wir können den ganzen Vormittag damit zubringen, uns ein Vielleicht nach dem anderen auszudenken. Zurück zu dem Telefongespräch.«

»Das war's eigentlich schon«, sagte Wigfull. »Plato hat Gerry Jackman gesagt, daß ihnen ein längerer Besuch nicht gut passen würde, und sie hat aufgelegt.«

»War sie wütend?«

»Anscheinend nicht. Sie wird sich wohl schon gedacht haben, daß sie keine Chance hatte, als Valerie zuerst am Apparat war.«

»Und das war alles, was sie über den Krach mit Jackman gesagt hat, daß sie Knatsch hätten und sie eine Zeitlang weg wollte, bis sich die Wogen wieder geglättet hätten?«

»Ja. Sie klang nicht sehr aufgewühlt, meinten die Platos.«

»Hat sie danach noch jemanden angerufen? Was haben die anderen Vernehmungen von gestern abend ergeben?« fragte Croxley in seinem westirischen Akzent.

»Rein gar nichts«, sagte Diamond in dem weniger melodischen Tonfall des Londoner Südens.

»Dann ist der Anruf bei den Platos also das letzte Lebenszeichen von ihr?«

»Das letzte, von dem wir wissen.« Diamond breitete die Arme aus, um weitere Vorschläge zu hören.

Beklommenes Schweigen. Brainstorming hin oder her, die Geistesblitze ließen auf sich warten. Er ließ den Blick über ihre Gesichter wandern. »Wenn das so ist, Gentlemen, wenn hier keine genialen Vorschläge mehr kommen, müssen wir wohl wieder auf die Diamond-Methode zurückgreifen – das gute, altmodische Klinkenputzen. Halliwell, schicken Sie Ihre Leute nach Widcombe. Ich will wissen, wer oder was am Montag, den 11. September, in der Nähe des Jackman-Hauses gesehen wurde. Fragen Sie Nachbarn, Milchmann, Zeitungsjungen, Postboten. Klar?«

»Jawohl, Sir.«

»Worauf warten Sie noch?«

Halliwell verließ eilig die Sitzung, zweifellos erleichtert.

»Was haben wir sonst?« wollte Diamond vom Rest seines Teams wissen.

»Es ist vielleicht abwegig, Sir«, schickte Dalton vorsichtig voraus, »aber ich finde, wir sollten feststellen, wie Valerie Plato den Rest des Tages verbracht hat. Ob zu Recht oder Unrecht, sie hat Gerry Snoo offenbar unlautere Absichten unterstellt, ein Fernsehstar, der sich an ihren Mann ranmachte. Könnte sein, daß sie nach dem Anruf, in dem Gerry unverblümt darum gebeten hat, für ein paar Tage zu ihnen ziehen zu dürfen, ziemlich verzweifelt war.«

Diamond wandte sich an Wigfull. »Er hält Valerie Plato für verdächtig. Was halten Sie davon?«

Die Theorie erntete ein widerwilliges Nicken. »Nicht auszuschließen. Sie ist ein stiller Typ, sieht recht gut aus, aber nicht umwerfend. Durchaus möglich, daß sie in einem Anfall von Eifersucht eine Kurzschlußhandlung begangen hat.«

»Hat sie ein Alibi?« fragte Dalton.

»Hat sie ein Auto?« fragte Diamond.

»Auto, ja. Einen Volvo. Sie sind im Immobiliengeschäft und ganz gut betucht. Er fährt einen Rover. Was das Alibi betrifft, sie waren beide bis gegen eins zu Hause, dann mußte Roger weg, um ein Haus zu schätzen. Valerie hat nachmittags Einkäufe gemacht.«

»Kein Alibi«, sagte Dalton.

»Moment«, sagte Wigfull. »Wenn sie einkaufen war, hat sie doch wohl irgendwer in den Geschäften gesehen.«

»Und wenn sie im Supermarkt war?«

»Vielleicht hat sie noch den Kassenbon.«

Dalton zuckte die Achseln und verstummte.

»Wie war sie, als Sie mit ihr gesprochen haben?« wollte Diamond von Wigfull wissen. »Fanden Sie sie nervös?«

»Eigentlich nicht. Eher reserviert.«

»Und der Ehemann?«

»Der war hektischer, aber das ist vielleicht normal, wenn die eigene Frau neben einem sitzt und denkt, man hatte eine Affäre.«

»Hatten Sie den Eindruck, daß die beiden schon Streit deswegen hatten?«

»Darauf würde ich wetten.«

»Aber trotzdem scheinen die beiden für Sie als mögliche Verdächtige nicht in Betracht zu kommen.«

»Richtig, Sir. Vielleicht sollten Sie selbst mit ihnen reden.«

»Danke für den Rat«, bemerkte Diamond sarkastisch. Er lehnte sich zurück und legte die Hände flach auf den Bauch, als ob er dessen Umfang messen wollte. »Gentlemen, ich muß sagen, ich bin nicht gerade begeistert von Ihrem, äh, Input.«

Hartnäckig verteidigte Wigfull seine Meinung. »Ich glaube, die Platos sagen die Wahrheit, Sir. Lassen wir nicht außer acht, daß ihre Aussage mit der von Jackman übereinstimmt.«

»Reden Sie weiter.«

»Es bestätigt die Geschichte der Jane-Austen-Briefe, die uns Jackman erzählt hat. Falls Geraldine sie genommen hat, wie er sagt, wollte sie ihm bei seiner Rückkehr aus Paris bestimmt nicht begegnen. Es ist also nicht verwunderlich, daß sie rumtelefoniert hat, um sich ein Plätzchen zu suchen, wo sie eine Zeitlang in Deckung gehen konnte.«

»Ein Schlupfloch.«

»Wenn Sie so wollen.«

»Der Ausdruck ist von Jackman, nicht von mir«, erklärte Diamond. »Gestern abend hat er mir erzählt, daß sie jede Menge Schlupflöcher hatte. Das ist angeblich der Grund, warum er so lange gewartet hat, bis er ihr Verschwinden meldete. Er ist davon ausgegangen, daß sie noch lebte, bis er von der Leiche im See erfuhr.«

Dalton warf ein: »Die Eine-Million-Dollar-Frage lautet also, was ist passiert, nachdem die Platos Mrs. Jackman eine Abfuhr erteilt hatten. Danach hat anscheinend keiner ihrer Freunde mehr von ihr gehört.«

»Es sei denn, einer von ihnen lügt«, meinte Croxley.

Diamond verzog das Gesicht zu einem Ausdruck, der eher ungehalten als neugierig wirkte. »Was soll das denn heißen?«

»Nun, Sir, daß der, den sie als nächstes angerufen hat, ihr Mörder ist. Jemand, der sie bei sich aufgenommen und getötet hat.«

»Aus welchem Grund?«

Da Croxley offenbar kein plausibles Motiv liefern konnte, schlug der unverwüstliche Halliwell vor: »Wegen der Briefe von Jane Austen. Sie muß sie mitgenommen haben.«

»Wegen zwei Briefen wird jemand umgebracht?«

»Sie waren einiges wert.«

»Nach Jackmans Schätzung über zehntausend«, gab Diamond zu. »Aber die Leute, mit denen Geraldine verkehrte, waren schließlich keine Vollidioten. Die müssen gewußt haben, wie schwer es sein würde, so wertvolle Briefe zu verkaufen. Das überzeugt mich nicht.«

»Trotzdem«, gab Wigfull leise zu bedenken, »vielleicht sollten wir die einschlägigen Antiquitätenhändler verständigen. So viele können es ja nicht sein.«

Zur Belohnung erhielt er einen eisigen Blick von Diamond und die knappe Anweisung: »Veranlassen Sie das.«

»Wenn ich sie hätte, würde ich sie nach Amerika schaffen«, sagte Dalton. »Da kriegt man mehr dafür.«

Diamond schüttelte den Kopf. »Ich bin nicht davon überzeugt, daß die Briefe ein glaubwürdiges Motiv darstellen. Ich bin ja noch nicht mal ganz von ihrer Existenz überzeugt.«

»Meinen Sie, der Professor hat gelogen?«

»Er war ausweichend.«

»In der Frage, wo er sie herhat?«

»Ja.«

Dalton zuckte die Achseln. »Dann sollten wir ihn uns vorknöpfen.«

Diamond winkte ab. »Dafür ist es zu spät.«

»Es gibt noch eine andere Möglichkeit festzustellen, ob die Briefe überhaupt existieren«, schlug Croxley beherzt vor, »und zwar, indem wir diesen Amerikaner fragen, Dr. Junker. Er soll sie doch gesehen haben, nicht?«

»Junker.« Diamond schnippte mit den Fingern. »Ja – ich hatte ihn abgeschrieben, weil ich dachte, er wäre noch auf Europatour, aber mittlerweile müßte er wieder in Amerika sein. An welcher Uni ist er noch mal?«

»Pittsburgh«, antwortete Wigfull.

»Wir rufen ihn sofort an.«

»Das sollten wir nicht tun, Sir«, sagte Wigfull.

»Und wieso nicht?«

Wigfull hatte seinen Taschenrechner hervorgeholt. »Weil es bei denen erst fünf Uhr morgens ist.«

7 Um kurz nach drei Uhr nachmittags bekam Diamond endlich eine Verbindung zu Louis Junker. Er hatte den Lautsprecher eingeschaltet, damit Wigfull und Dalton, die bei ihm im Büro waren, mithören konnten.

»Wer ist da bitte?« fragte die Stimme aus Pittsburgh.

»Detective Superintendent Peter Diamond aus Bath in England. Mein Name wird Ihnen nichts sagen, Sir.«

»Das stimmt allerdings.«

»Ich versuche, den Tod von Mrs. Geraldine Jackman aufzuklären.«

Es entstand eine Pause. Die drei Detectives warteten.

»Mrs. Jackman – ist tot?«

»Leider ja.«

»Greg Jackmans Frau? Tot?«

»Man hat ihre Leiche aus einer Talsperre gezogen. Allem Anschein nach ist sie ermordet worden.«

»Ermordet?« Die Stimme stieg eine Oktave höher. »Das ist doch wohl nicht Ihr Ernst.«

»Sie wurde am Montag, den 11. September, zuletzt lebend gesehen. Meines Wissens waren Sie etwa zu dieser Zeit Professor Jackmans Gast.«

»11. September? Da muß ich einen Moment überlegen. Nein, ich bin am Tag davor nach Paris abgereist ... Aber hören Sie, Mr. äh ...«

»Diamond.«

»Mr. Diamond. Ich weiß davon nichts, gar nichts. Ich bin völlig schockiert.«

Diamond brüllte etwas Beruhigendes durch das transatlantische Kabel. »Dr. Junker, niemand glaubt, daß Sie etwas mit Mrs. Jackmans Tod zu tun haben. Ich rufe nur an, weil ich hoffe, daß Sie mir helfen können, die Ereignisse an dem betreffenden Wochenende zu klären. Wäre das möglich?«

Das Schweigen am anderen Ende dauerte so lange, daß Dalton augenzwinkernd zu Wigfull sagte: »Jetzt ruft er über die Zweitleitung seinen Anwalt an.«

Junkers Stimme ertönte erneut. »Wenn Sie wirklich meinen, daß ich Ihnen behilflich sein kann, will ich es versuchen. Ich bin immer noch ganz fassungslos. Wie geht es Greg?«

»Professor Jackman geht es gut.«

»Ich traf ihn in Paris das letzte Mal. Er wollte mit mir reden. An welchem Tag, sagten Sie, wurde sie getötet?«

»Ich habe gesagt, daß sie am Montag, dem 11. September, verschwunden ist.«

»An dem Montag? Mein Gott ... Das war der Tag, als er mich in meinem Hotel aufgesucht hat – spät. Das muß so gegen elf Uhr abends gewesen sein. Er hat mir erzählt, daß er nachmittags aus London gekommen sei. Hören Sie, wenn Sie Greg Jackman verdächtigen, sollten Sie mir das sagen, finde ich. Er war sehr freundlich zu mir. Das waren sie beide.«

Junker war ein Schnellsprecher, und körperlose Worte mit ungewohntem Akzent sind schwer zu verstehen. Diamond hatte ein Tonband mitlaufen und würde die Antworten später analysieren können. Dennoch mußte er das Gespräch sinnvoll führen.

»Dr. Junker, bislang ist noch niemand des Mordes beschuldigt worden, wenn Sie das meinen. Ich bitte Sie lediglich, mir bei der Klärung einiger Fragen bezüglich des Wochenendes vor Mrs. Jackmans Verschwinden behilflich zu sein.«

»Wie Sie möchten.«

»Danke. Fangen wir damit an, wie Sie Kontakt zu Professor Jackman aufgenommen haben.«

»Das war schon im Juli. Vor diesem Sommer waren wir uns noch nie begegnet. Als ich von der Ausstellung über Jane Austen in Bath erfuhr, die er vorbereitete, habe ich ihm geschrieben. Der Roman des 19. Jahrhunderts ist mein Spezialgebiet. Zufälligerweise arbeite ich gerade an einer Biographie über Jane Austen, die, wie ich hoffe, richtungweisend wird. Brauchen Sie mehr Hintergrundinformationen über mich?«

»Im Moment noch nicht, Sir. Sie beschlossen also herzukommen.«

»Ich hatte ohnehin vor, meinen Urlaub in Europa zu verbringen. Ich änderte meinen Reiseplan, damit ich die Ausstellung besuchen konnte, und Greg Jackman war so freundlich, mich übers Wochenende zu sich nach Hause einzuladen.«

»Soweit ich weiß, hat er sie in Heathrow abgeholt.«

»Das stimmt. Am Freitag. Leider hatte es technische Probleme gegeben, und der Flug hatte mehrere Stunden Verspätung. Es war tapfer von Greg, so lange zu warten. Ich weiß noch, daß wir nachmittags um zehn nach vier gelandet sind, fast sieben Stunden zu spät, und ich hatte eigentlich nicht mehr mit ihm gerechnet, aber er war da und hat mich begrüßt, als wäre es gerade erst neun Uhr früh. Dann sind wir über die Schnellstraße nach Bath gefahren. Irgendwo haben wir ein Sandwich gegessen. Ich weiß aber nicht mehr wo.«

»Macht nichts.«

»Die Fahrt dauerte ungefähr zwei, zweieinhalb Stunden, und wir sprachen, glaube ich, über seine und meine Arbeit. Meine Erinnerung an den Abend ist ein wenig getrübt. Ich war todmüde, um ehrlich zu sein. So gegen halb acht kamen wir endlich bei ihm zu Hause an, und ich war schon ziemlich lange auf den Beinen. Gerry – Mrs. Jackman – begrüßte mich. Sie war ein Traum; schön, wunderschön. Anders kann ich es nicht sagen. Wußten Sie, daß sie Schauspielerin war? Sie wollte mir etwas kochen, und ich mußte ihr sagen, daß ich zu müde war, um auf eine richtige Mahlzeit zu warten oder sie genießen zu können, also machte sie mir ein Sandwich und Kaffee. Greg war in ein anderes Zimmer gegangen, weil er noch ein paar Anrufe wegen der Ausstellung erledigen mußte. Der Arme hatte nicht damit gerechnet, den ganzen Tag am Flughafen zu verbringen. Nachdem ich gegessen hatte, zeigte Gerry mir mein Zimmer, und ich ging unter die Dusche.« Jetzt, wo er seine Bedenken, mit der Polizei zu sprechen, überwunden hatte, erwies sich Junker als Zeuge mit einem äußerst präzisen Gedächtnis, beinahe zu präzise.

Diamond sagte: »Dr. Junker, falls an diesem Abend sonst nichts Bedeutsames passiert ist ...«

»Ich habe Ihnen ja noch nicht von dem Besuch erzählt.«

»Dem was?«

»Dem Besuch. Jemand kam zu Besuch – verstehen Sie?«

Diamond umklammerte die Sessellehne und beugte sich vor. »Ich verstehe. Bitte fahren Sie fort.«

»So habe ich dann von den Jane-Austen-Briefen erfahren. Nach der Dusche war ich wieder etwas munterer, also zog ich mir frische Sachen an und ging nach unten, weil ich dachte, wenn ich mich noch zwei Stunden länger wach hielte, würde ich mich schneller an die Zeitumstellung gewöhnen. Unten angekommen, hörte ich Gregs Stimme aus einem der vorderen Zimmer und bin dort hingegangen. Jemand war bei ihm, und es war nicht Gerry. Eine kleine Frau mit braunem Haar. Sie standen über einen Tisch gebeugt und betrachteten ein Dokument. Ich entschuldigte mich für die Störung, aber Greg bat mich herein. Er war offensichtlich sehr aufgeregt, denn er vergaß, mich der Dame vorzustellen. Er sagte: ›Louis, Sie sind im richtigen Moment gekommen. Sehen Sie sich die mal an!‹ Ich erkannte sofort den Grund für seine Begeisterung. Glauben Sie mir, mein Herz fing an zu rasen. Vor uns lagen zwei Originalbriefe aus Jane Austens Feder. Keine Frage.«

Diamond hörte ausdruckslos zu und vermied Augenkontakt mit Wigfull. Nachdem er die Existenz der Briefe mehrfach in Frage gestellt hatte, war aus dieser Ecke mit einer gewissen Häme zu rechnen. Nicht, daß es ihm viel ausgemacht hätte. Ein guter Detective mußte nun mal alles hinterfragen.

Junker erging sich in einer so detaillierten Beschreibung der Briefe, daß es unrealistisch gewesen wäre, noch länger an ihrer Existenz zu zweifeln. Beide waren sie im September 1799 verfaßt worden. Ihre Adressatin war Janes Tante, Mrs. James Leigh Perrot, die im Wärterhaus des Ilchester-Gefängnisses darauf wartete, daß man ihr wegen Ladendiebstahls den Prozeß machte. Sie waren von Steventon aus geschickt worden und unterschrieben mit »Deine Dich liebende Nichte Jane«. Der erste sollte offensichtlich ein Angebot von Janes Mutter bekräftigen, daß ihre beiden Töchter bei den Leigh Perrots (Onkel James hatte seine Frau in der Gefangenschaft nicht allein gelassen) im Wärterhaus wohnen könnten, bis die Schicksalsprüfung vorüber sei. Janes »größter Wunsch« war es, daß sich ihre Tante und ihr Onkel »überzeugen ließen, die Trostlosigkeit der unverdienten Gefangenschaft zu lindern«, indem sie die Erfahrung mit ihren liebenden Nichten teilten. Der zweite war geschrieben worden, nachdem das Angebot dankend abgelehnt worden war, und bildete einen hübschen Nachtrag zum ersten. Es war Jane nicht gelungen, ihre Erleichterung zu kaschieren. Er war beschwingt im Ton und spontan, kurz, aber im leichten Plauderton gehalten und alles in allem typischer für den Stil ihrer sonstigen Korrespondenz.

»Natürlich muß man sich vor Fälschungen hüten«, fuhr Junker fort. »Aber ich würde meinen letzten Dollar darauf wetten, daß die Briefe echt waren. Stil, Handschrift, alles stimmte. Selbst die Rechtschreibung. Jane hatte ein reizendes Problem mit dem Wort ›glauben‹, bei dem sie oft a und u vertauschte, und dieser Fehler fand sich im zweiten Brief.«

Mittlerweile hatten die drei Detectives, die es kaum erwarten konnten herauszufinden, wer die Schenkerin der Briefe war, mehr über Jane Austens Stil und Orthographie erfahren, als ihnen lieb war. Um das Gespräch in die richtige Richtung zu lenken, sagte Diamond: »Also ein großzügiges Geschenk?«

»Unglaublich. Habe ich Ihnen schon das Aussehen der Briefe beschrieben?«

»Danke, aber das kann Professor Jackman machen. Was mich mehr interessiert, ist die Frau, die an dem Tag mit im Zimmer war. Hatte sie die Briefe gefunden?«

»So wurde mir gesagt.«

»Sie sagten vorhin, Sie wurden einander nicht vorgestellt?«

»Anfangs nicht. Greg war einfach zu begeistert, um daran zu denken. Er hat es später nachgeholt. Ihr Name war – ich glaube, das habe ich richtig in Erinnerung – Mrs. Didrikson.«

Dana Didrikson.

Ein Rätsel gelöst. Diesmal sahen Diamond und Wigfull sich lange an. Da taten sich faszinierende Möglichkeiten auf. Gregory Jackmans Weigerung, den Namen zu nennen – angeblich, weil seine Wohltäterin ungenannt bleiben wollte –, ließ jetzt ganz neue Interpretationen zu.

»Haben Sie den Namen verstanden?« fragte die Stimme aus Pittsburgh.

»Ja. Ich habe ihn schon mal gehört, in einem anderen Zusammenhang. Sagen Sie, waren diese Briefe ein völlig überraschendes Geschenk für Professor Jackman?«

»Da bin ich ganz sicher. Er war völlig aus dem Häuschen. Wer wäre das nicht?«

»Mrs. Didrikson war bestimmt auch begeistert.«

»Das würde ich nicht sagen.«

»Nein?«

»Ich kenne die Dame nicht, aber ich würde sagen, die Sache ließ sie recht ungerührt. Sie hat nicht viel gesagt.«

»Aber Sie hat Ihnen erzählt, wo die Briefe herkamen?«

»Das hatte sie schon, bevor ich dazukam. Ich habe später gehört, daß sie die Briefe über irgendeinen Briefmarkenhändler aufgespürt hat.«

»Meinen Sie, sie wußte um ihren Wert?«

»Sicher. Sie wußte, daß sie eine Menge wert waren. Ich sagte in ihrem Beisein, daß sie auf einer Auktion bestimmt einen hohen Preis erzielen würden. Merkwürdig war nur, daß das keine nennenswerte Wirkung auf sie hatte. Mir kam es so vor, als wollte sie sie bloß abgeben und so schnell wie möglich wieder aus dem Haus kommen. Greg hat gesagt, er wollte sie ihr nach der Ausstellung zurückgeben, aber sie bestand darauf, daß sie ein Geschenk seien – für ihn persönlich. Anscheinend wollte sie ihm damit danken, weil er ihren Sohn vor dem Ertrinken gerettet hatte. Macht das für Sie Sinn?«

»Das paßt zu unseren Informationen.«

»Gut. Tja, langsam bekam ich das Gefühl zu stören. Greg mußte das mit ihr allein ausmachen. Ich meine, ich habe keine Ahnung, wie die Lebenssituation dieser Dame war, aber sie wollte sich von etwas ungemein Wertvollem trennen. Ich habe mich also diplomatisch Richtung Tür bewegt, da ich sie allein lassen wollte, damit sie die Sache klären konnten. Genau in diesem Moment ging die Tür auf, und Mrs. Jackman kam herein. Nein, das ist eine Untertreibung. Sie trat auf, wie der Stargast bei einer Talkshow. Sie duftete nach teurem Parfüm und trug ein hautenges, bodenlanges schwarzes Kleid. Das war die Dame, die mir nur eine halbe Stunde zuvor im karierten Hemd und verwaschenen Jeans ein Sandwich geschmiert hatte. Okay, dachte ich, vielleicht wollen sie zum Abendessen ausgehen, auch wenn Greg noch seine Freizeitkleidung trug, die er schon am Flughafen angehabt hatte. Jedenfalls begrüßte er sie herzlich und erzählte ihr von den Briefen. Sie und Mrs. Didrikson kannten einander offenbar, aber von Anfang an herrschte zwischen ihnen eisige Stimmung, und die wurde auch nicht besser, als Gerry nur einen kurzen Blick auf die Briefe warf und dann meinte, sie würde nie verstehen, warum Leute solche verstaubten alten Dinger sammelten, die doch ohne jeden literarischen Wert seien.«

»Wollte sie eine Reaktion provozieren?«

»So schien es mir. Aber es kam keine. Mrs. Didrikson sagte kein Wort. Greg versuchte taktvoll, einen Einwand vorzubringen, und ich unterstützte ihn, so gut ich konnte, worauf Gerry ganz dicht an mich herantrat – praktisch auf Tuchfühlung –, mich verführerisch ansah und fragte, was denn derzeit am Broadway gegeben werde. Sie wollte Mrs. Didrikson die Schau stehlen. Mir war äußerst unbehaglich zumute. Ich antwortete ihr wahrheitsgemäß, daß ich nicht in New York wohne und mich in der Theaterszene nicht auskenne. Sie verwickelte mich weiter in ein Gespräch, das die beiden anderen ausschloß, bis Mrs. Didrikson deutlich machte, daß sie gehen wollte. Da brach Gerry mitten im Satz ab und schlug vor, daß Greg Mrs. Didrikson zum Abendessen ausführen sollte.«

»An dem Abend?«

»Ja, um ihr für all die Mühe beim Aufspüren der Briefe zu danken. Ich wußte nicht, welches Spiel Gerry da spielte, und ich weiß es bis heute nicht. Greg sagte, er könne mich nicht am ersten Abend allein lassen, worauf Gerry erwiderte, sie würde sich liebend gern um mich kümmern. So angezogen – sie und ich allein im Haus – können Sie sich das vorstellen?«

»Hat er den Vorschlag angenommen?«

»Nein. Mrs. Didrikson stellte klar, daß sie keine Zeit habe. Er brachte sie zur Tür. Das heißt, er ging sogar mit ihr bis zur Einfahrt, vermutlich um ungestört reden zu können. Als ich mit Gerry allein war, ließ sie einen Finger meinen Rücken hinuntergleiten und sagte, es wäre einen Versuch wert gewesen.« Dr. Junker hüstelte nervös, als ob er die Erfahrung noch einmal durchlebte. »Mein Gott, ich bin Wissenschaftler, Mr. Diamond. Ich trage eine dicke Brille, und ich bin sechsundvierzig Jahre alt. Ich habe mittlerweile eine sehr hohe Stirn und eine übergroße Nase. Ich bin es nicht gewohnt, von attraktiven Frauen angemacht zu werden. Oder überhaupt angemacht zu werden. Was hätten Sie in meiner Lage getan?«

So interessant es auch gewesen wäre, Diamonds Antwort zu hören, er verweigerte sie. Statt dessen fragte er: »Wollen Sie damit sagen, daß zwischen Ihnen und Mrs. Jackman etwas vorgefallen ist? Heißt es das?«

»Nein, Sir! Ich will damit sagen, daß ich das Angebot nicht angenommen habe.« Nach der Verneinung nahm Junkers Stimme einen unverkennbar bedauernden Ton an.

»Ich könnte mir vorstellen, daß es auch nicht leicht gewesen wäre, wo Professor Jackman doch im Haus war.«

»Denken Sie, es war ihr nicht ernst damit? Daß sie mir etwas vorgemacht hat?«

»Wie soll ich das wissen?« entgegnete Diamond, dessen Geduld langsam zu Ende ging. »Ich bin Polizist, keine Kummerkastentante. Was ist dann passiert?«

»Sie hat mir einen Drink eingegossen. Dann hörte ich Mrs. Didriksons Wagen davonfahren, und Greg kam zurück. Wir haben die Briefe noch länger studiert. Als Wissenschaftler wußte Greg, daß er ihre Echtheit bestätigen lassen mußte, bevor er sie in die Ausstellung aufnehmen konnte. Das konnte frühestens Montag geschehen. Himmel, ich wünschte, ich hätte daran gedacht, sie zu fotografieren. Sie haben sie wohl nicht wiedergefunden?«

»Nein.«

»Ein Jammer, wirklich.«

»Und nach Ihrem Drink, Dr. Junker?«

»Bin ich zu Bett gegangen. Ich habe geschlafen wie ein Toter! So gegen elf am nächsten Morgen kam ich wieder zur Besinnung. Als ich herunterkam, war Greg schon zur Ausstellung gefahren.«

»Dann waren Sie mit Mrs. Jackman allein?«

Ein beklommenes Lachen drang durch die Leitung. »Ja, aber diesmal hat sie sich nicht so aufgeführt. Sie war ganz anders. Freundlich, aber in keiner Weise anzüglich. Sie hat mich zur Eröffnungsfeier zum Ballsaal gefahren und den ganzen Nachmittag mit mir verbracht – was unerträglich langweilig für sie gewesen sein muß. Die Ausstellung, meine ich. Ich habe fast jedes Exponat fotografiert. Greg hatte sich die Anerkennung verdient – es war eine phantastische Ausstellung.«

»Haben Sie sich viel unterhalten.«

»Klar.«

»Hat Mrs. Jackman Ihnen irgendwas Interessantes über ihre Probleme, ihre Pläne erzählt?«

»Tut mir leid«, sagte Junker. »Wir sprachen nicht über persönliche Dinge. Nach meinen Erfahrungen am Vorabend habe ich mich an den Roman des 19. Jahrhunderts gehalten.«

»Haben Sie jemanden kennengelernt? Zum Beispiel Freunde von ihr?«

»Zwei Herren vom Anglistischen Institut wollten mit mir über einen Aufsatz reden, den ich vor einer Weile für die Literaturbeilage der Times geschrieben hatte. Das war alles.«

»Niemand, der Mrs. Jackman kannte?«

»Viele haben sie wiedererkannt. Sie hat bestimmt ein Dutzend Autogramme gegeben. Ansonsten hat sie, glaube ich, niemanden getroffen, den sie schon kannte. Sie hat mir gesagt, daß ihre Freunde nicht gerade Leseratten sind.«

»Wahrscheinlich stimmte das auch.« Diamond war noch immer auf der Suche nach neuen Verdächtigen. »Haben Sie die Briefe irgend jemandem gegenüber erwähnt?«

»Nein. Greg und ich hatten vereinbart, keinem Menschen ein Wort davon zu sagen. In der akademischen Welt hält man so eine Sensation unter Verschluß, bis man seiner Sache hundertprozentig sicher ist.«

Diamond stellte weitere Zwischenfragen, während Junker den Ablauf des Tages schilderte, doch im großen und ganzen stimmte seine Darstellung mit der Jackmans überein: das Essen im Pub nach der Ausstellung, das frühe Zubettgehen, am nächsten Tag der geruhsame Morgen mit der Lektüre der Sonntagszeitung in einem anderen Pub.

»Bloß Sie und Professor Jackman?«

»Ja. Die Dame war noch im Bett, glaube ich wenigstens.«

»Dann war das nach der Episode am Freitagabend die erste Gelegenheit, die Jackman für ein Gespräch unter vier Augen mit Ihnen hatte?«

»Richtig.«

»Hat er was dazu gesagt?«

»Kurz. Er wollte sich entschuldigen. Er sagte, Gerry würde gelegentlich so ein unberechenbares Verhalten an den Tag legen. Und ich bin mit einer chauvinistischen Bemerkung über Frauen im allgemeinen darüber hinweggegangen. Das war alles. Nach dem Mittagessen sind wir zu ihm nach Hause, und bald darauf mußte ich zum Bahnhof. Gerry war aufgestanden und hat sich von mir verabschiedet. Sie verhielt sich normal, wir schüttelten uns keusch die Hand, und danach habe ich sie nicht mehr gesehen. Greg fuhr mich rechtzeitig zum Bahnhof, so daß ich meinen Zug nach London bekam. Am nächsten

Morgen war ich dort eigentlich im University College verabredet.«

»Mit Dalrymple.«

»Sie sind gut informiert. Aber ich mußte absagen. Als ich meinen Flug nach Paris buchte, war mir nicht klar gewesen, daß Heathrow so weit außerhalb liegt. Ich hätte meinen Flug verpaßt, wenn ich mich mit Edgar Dalrymple getroffen hätte.« Junker stockte. »Soll ich Ihnen von meinem Treffen mit Greg in Paris erzählen?«

»Bitte sehr.«

»Da gibt es nicht viel zu erzählen. Montagabend ging ich essen, und als ich zurückkam, stand er zu meiner Verblüffung in der Empfangshalle meines Hotels. Er sagte, daß die Austen-Briefe verschwunden seien, und fragte, ob ich sie vielleicht irrtümlich mitgenommen hätte. Sie können sich vorstellen, wie ich mich gefühlt habe. Es war klar, was er dachte. Ich hatte deutlich gezeigt, wie sehr ich ihn beneidete, weil ihm diese Briefe in den Schoß gefallen waren. Und jetzt sah es aus, als hätte ich seine Gastfreundschaft mißbraucht und sie gestohlen. Mr. Diamond, ich versichere Ihnen, daß ich das nicht getan habe – und es war völlig ausgeschlossen, daß ich sie irrtümlich hätte einstecken können. Wir haben meine Sachen zusammen durchsucht. Mein Gepäck, mein Zimmer, alles. Ich glaube, ich konnte ihn schließlich überzeugen, daß ich sie nicht hatte. Er sagte, dann hätte Gerry sie wohl, um ihn zu ärgern. Niemand sonst wußte von ihnen. Ich mußte ihm zustimmen. Ich sagte, sie sei vielleicht erbost, daß ihm eine andere Frau dieses einzigartige Geschenk machte. Das könnte auch erklären, warum sie sich damals so seltsam verhielt.«

»Was hielt er von Ihrer Theorie?«

»Nicht viel. Er meinte, derlei theatralische Szenen kämen häufiger vor. Ich glaube, er war mehr daran interessiert, die Briefe wiederzubekommen, als das Verhalten seiner Frau zu analysieren. Wir haben uns voneinander verabschiedet, und er versprach, mich anzurufen, falls die Briefe wieder auftauchten. Ich habe noch gesagt, daß wir uns vielleicht beim Frühstück sähen, aber er ist am nächsten Morgen früh abgereist. Danach habe ich nichts mehr von ihm gehört.«

Diamond fragte Wigfull und Dalton per Zeichensprache, ob sie noch Fragen hätten, aber beide schüttelten den Kopf. Er beendete das Gespräch und legte auf. Keiner rührte sich. »Warum die Geheimnistuerei?« fragte Wigfull schließlich.

»Erklären Sie.«

»Mrs. Didrikson. Warum hat Jackman uns nicht gesagt, daß er die Briefe von Dana Didrikson bekommen hatte?«

»Suchen Sie wirklich nach einer Antwort«, erwiderte Diamond, »oder vermute ich richtig, daß Sie sie bereits haben?«

Wigfull breitete die Arme aus, um zu zeigen, wie offensichtlich die Schlußfolgerung war. »Er deckt sie. Er weiß, daß sie seine Frau getötet hat, und er deckt sie.«

»Nicht sonderlich erfolgreich«, meinte Diamond.

»Er hat damit gerechnet, daß es rauskommt, aber er wollte nicht derjenige sein, der mit dem Finger auf sie zeigt.«

»Warum nicht?«

»Weil er es ihr nicht verübelt und denkt, sie sollte davonkommen. Nicht ausgeschlossen, daß er diese Frau liebt.«

Diamonds Staunen über die selbstbewußte Analyse wurde nur von seiner Verwunderung übertroffen, daß sie von Wigfull kam, dem Spitzel des Präsidiums. Er hatte nichts dagegen, wenn einer seiner Leute sich mit einer wüsten Theorie zu weit aus dem Fenster lehnte, aber Wigfull! Die einzig mögliche Erklärung war, daß ihm etwas zu Kopf gestiegen sein mußte, und Diamond empfand fast so etwas wie Sympathie für den Mann, weil er endlich menschliche Schwäche zeigte. »Reden Sie weiter, John. Was könnte ihr Motiv sein?«

»Schwärmerei.«

Diamond schielte zu Dalton hinüber, der so teilnahmslos blieb wie eine Statue.

»Klassische Konstellation«, bekräftigte Wigfull seine Theorie. »Sie: eine alleinerziehende Mutter in ärmlichen Verhältnissen, die sich abrackert, um ihren Jungen auf eine gute Schule schicken zu können. Jackman: der edle Ritter, der furchtlose, gutaussehende Held, der ihren Sohn aus den Klauen des Todes rettete. Sie findet heraus, daß er Professor ist, gut betucht, mit einem großen Haus und einer Frau, die ihm nicht nur das Leben schwermacht, sondern sogar versucht hat, ihn umzubringen. Dana sieht in ihm die Lösung all ihrer Probleme, er müßte bloß seiner Frau den Laufpaß geben. Leider will er das nicht. Er ist so ritterlich, ein so treuer Gatte, daß ihm der Gedanke an Scheidung fernliegt. Also ...« Er schloß seine Darlegung dramatisch ab, indem er sich mit dem ausgestreckten Finger über die Kehle fuhr, eine Geste, die zwar nicht den Tatsachen entsprach, aber unmißverständlich war.

»Wir sollten uns mal mit ihr unterhalten«, sagte Diamond und enthielt sich eines Kommentars.

»Soll ich das tun?« erkundigte sich Wigfull.

Diamond grinste. Es war kein herzliches Grinsen.

8

Es fielen harsche Worte in Diamonds BMW, als er eine wichtige Kreuzung verpaßte, weil Wigfull, die Karte auf dem Schoß, sie zu spät angekündigt hatte. Wigfull entschuldigte sich damit, daß Mrs. Didriksons Adresse (die sie aus dem Telefonbuch rausgesucht hatten) zwischen Widcombe und Lyncombe liege und daß die Karte just an dieser Nahtstelle zerrissen und falsch wieder zusammengeklebt sei. Trotz dieser Komplikation war er zuversichtlich, daß sie einen anderen Zufahrtsweg finden würden. Diamond, wohl wissend, daß er ein unbeholfener Kartenreparierer war, verlagerte seinen Angriff, indem er sich darüber beschwerte, daß die Straße, auf die Wigfull sie dirigiert hatte, nicht für moderne Autos gebaut worden sei. Er hatte die Hügel im Süden der Stadt noch nie leiden können, deren von Schlaglöchern übersäte Straßen von schroffen, drei bis vier Meter hohen Steinmauern gesäumt wurden, über die langweilige Grünpflanzen rankten.

Wigfull sagte nichts mehr, bis das nächste Problem auftrat. Da Wenden ausgeschlossen war, mußten sie eine steile Straße hinauf, deren Fahrspur so schmal war, daß sie eigentlich eine Einbahnstraße hätte sein müssen. Wie als Beweis dafür, daß sie das nicht war, kam ihnen ein Lieferwagen der Post entgegen, und sie mußten zurück. Beim zweiten Versuch schafften sie es zwei Drittel den Berg hinauf, bis oben ein anderes Fahrzeug auftauchte, ein roter Mini, klein, aber groß genug, um den Weg zu blockieren. Nach allen Regeln der Höflichkeit im

Straßenverkehr hätte der Fahrer zurücksetzen müssen, um sie vorbeizulassen, aber er fuhr stur weiter, die Scheinwerfer voll aufgeblendet.

»Sie wissen ja, was die Kollegen von der Verkehrspolizei sagen«, meinte Diamond. »Augen auf bei Leuten, die einen Hut tragen und ein rotes Auto fahren. Der da ist wohl ein Paradebeispiel dafür.« Er hielt an.

»Ich mach das schon«, erbot sich Wigfull und öffnete den Sicherheitsgurt. Die Stimmung im BMW besserte sich, da sich beide über das gleiche ärgerten. Diamond warf einen Blick auf den Fahrer, der ebenfalls angehalten hatte. »Nein. Lassen Sie ihn. Der ist mindestens neunzig, ein alter Kauz. Wahrscheinlich weiß er nicht mehr, wo der Rückwärtsgang liegt.«

»Dann soll er nicht Auto fahren.« Wigfull fand Mitleid hier fehl am Platz. Er hatte viel einstecken müssen; wieso sollte so ein rücksichtsloser Alter damit durchkommen?

»Eine innere Stimme sagt mir, daß wir ihn in Ruhe lassen sollten, John«, erklärte Diamond, drehte sich im Sitz um und fuhr rückwärts den Berg hinunter.

»In London hätten Sie das bestimmt nicht gemacht«, bemerkte Wigfull.

»Stimmt. Ich bin weich wie Pudding, seit ich hier bin.«

»Ist mir noch gar nicht aufgefallen.«

Unten angekommen, ließ der alte Mann den Motor kräftig aufheulen und fuhr an ihnen vorbei, wobei er unbekümmert die Hand vom Lenkrad nahm, um seinen Hut zu ziehen.«

»Sehen Sie?« sagte Diamond. »Höflichkeit zahlt sich aus.«

Ihr dritter Versuch war erfolgreich. Oben bogen sie nach rechts ab und entdeckten schließlich den Straßennamen in eine Mauer gemeißelt. Ein Stück oberhalb der Straße standen dicht gedrängt sechs kleine georgianische Häuschen mit Vorgärten, jedes mit einem eisernen Tor. Das Haus der Didriksons war das zweite. Wie die anderen war es reinigungsbedürftig. Besonders unter dem Dachsims und den Fensterbänken waren häßliche Flecken. Sie hielten an und stiegen drei steile Treppchen hinauf zur königsblau gestrichenen Haustür.

»Es ist jemand zu Hause«, sagte Wigfull.

»Gut. Diese Weltreise möchte ich nicht häufig machen.«

Auf ihr Klopfen öffnete ein Junge in grauer Hose, weißem Hemd und gestreifter Krawatte, die Uniform einer der besten Schulen der Gegend – vermutlich der Bursche, den Professor Jackman aus dem Pulteney-Wehr gezogen hatte.

»Hallo, Junge«, sagte Diamond. »Ist deine Mutter da?«

Er antwortete auf die freundliche Begrüßung: »Wir kaufen nichts.« Er mochte zwischen zwölf und vierzehn sein. Er befand sich in dem Stadium, in dem alle Proportionen aus den Fugen geraten und sich die Verbitterung über diesen Prozeß im Gesicht widerspiegelt, oder über die Welt im allgemeinen.

»Wir sind von der Polizei«, sagte Diamond.

»Haben Sie einen Durchsuchungsbefehl?«

»Wie heißt du, mein Junge?«

»Matthew.«

»Matthew, und weiter?«

»Didrikson.«

»Tja, Matthew, siehst du dir Krimis im Fernsehen an?«

»Manchmal.«

»Dann solltest du demnächst besser aufpassen. Wir brauchen keinen Durchsuchungsbefehl, wenn wir nichts durchsuchen wollen. Wir möchten nur deine Mum sprechen. Ich frage also noch mal. Ist sie da?«

»Sie geht arbeiten«, sagte der Junge.

»Dann kommen wir rein und warten auf sie.« Diamond machte einen Schritt nach vorn.

Der Junge stellte sich ihm trotzig in den Weg, machte aber einen Schritt zurück, als Diamond einen riesigen Fuß auf die Türschwelle setzte.

Wigfull, der hinter ihm stand, hatte im Flur eine Bewegung bemerkt. »Da haut jemand durch die Hintertür ab!« sagte er.

»Los, hinterher.«

Diamond hatte sich gerade in Bewegung gesetzt, als er von einem fürchterlichen Tritt in die Leistengegend gestoppt wurde. Wie jeder ehemalige Rugbyspieler versuchte er, dem hochschnellenden Fuß auszuweichen, indem er sich seitlich drehte und gleichzeitig duckte. Dieses Manöver hätte ihn gerettet, wenn er inzwischen nicht so viele zusätzliche Pfunde angesetzt hätte. Sein Körper gehorchte nicht mehr. Zugegeben, die Wirkung wäre verheerender gewesen, hätte Matthew Didrikson Lederstiefel getragen statt Turnschuhe. Dennoch hatte Diamond das Gefühl, von einer Rakete durchbohrt und gleichzeitig von einem Rottweiler zerfleischt zu werden. Und zu allem Überfluß hechtete der Junge anschließend nach vorn und versuchte, Diamonds Oberschenkel zu packen. Nur von seinem Instinkt gelenkt, stieß Diamond ihn beiseite und ließ sich, brüllend vor Schmerz, auf alle viere fallen. Hinter ihm krachte der Junge gegen die Wand. Der Schmerz war extrem. Irgendwann würde ein taubes Gefühl einsetzen, versprach Diamond sich selbst. Konnte er so lange warten?

Er hatte die Augen geschlossen. Über sein Stöhnen hinweg hörte er Wigfull sagen: »Überlassen Sie mir das.« Ein überflüssiges Angebot.

Ganz allmählich breitete sich der Schmerz aus und verlor an Intensität. Diamond öffnete die Augen. Sie tränten kolossal. Gut so, dachte er grimmig, denn er bezweifelte, daß das Körperteil, mit dem normalerweise Flüssigkeit ausgeschieden wurde, je wieder funktionieren würde. Er sah sich nach dem Jugendlichen um, der ihn zum Krüppel gemacht hatte. Matthew hatte sich wohlweislich durch die Haustür davongemacht. Mit Hilfe eines Tischbeins gelang es Diamond, sich hochzuziehen. Er machte taumelnd ein paar Schritte und ließ sich auf einen Stuhl sinken. Dort blieb er sitzen und spürte nichts außer dem Feuer in seinen Eingeweiden. Er wußte nicht, wie lange er dasaß, und es war ihm auch egal.

»Alles in Ordnung, Sir?«

Er blickte auf. Die alberne Frage kam von Wigfull.

»Sehe ich so aus, als wäre alles in Ordnung?« Selbst die Vibration seiner eigenen Stimme tat weh.

»Das war bestimmt Mrs. Didrikson«, informierte Wigfull ihn. »Leider habe ich sie nicht erwischt. Hinter dem Haus ist eine andere Straße. Sie ist durch den Garten gerannt und in einem schwarzen Mercedes weggefahren. Ich habe mir die Nummer gemerkt.«

»Erwarten Sie jetzt, daß ich Ihnen auf die Schulter klopfe?«

»Sie haben nicht zufällig ein Funkgerät dabei?« fragte Wigfull vorsichtig.

»Was soll ich denn mit so einem blöden Laberkasten?«

»Wir könnten eine Nachricht durchgeben.«

»Auf dem Tisch neben Ihnen steht ein Telefon«, sagte Diamond. »Machen Sie schon, Mann!« Danach fühlte er sich unwesentlich besser.

Wigfull bekam eine Verbindung und sorgte dafür, daß die Streifenwagen alarmiert wurden. »Mit dem schnellen Wagen versucht sie vermutlich, zur Autobahn zu kommen«, sagte er anschließend. »Mit ein bißchen Glück haben sie sie bald. Jedenfalls sind wir ein ganzes Stück weitergekommen. Die Dame haut ab und bestätigt damit, daß sie verdächtig ist, jedenfalls sehe ich das so. Das wird ihr noch leid tun. Soll ich mal nachsehen, ob ich ein paar Schmerztabletten finde?«

»Der erste vernünftige Satz aus Ihrem Munde«, erwiderte Diamond. Kurze Zeit später setzte er sich behutsam auf den Beifahrersitz seines Wagens. Das Mittel, das Wigfull im Badezimmer gefunden hatte, zeigte allmählich Wirkung. Wigfull schloß sachte die Tür, ging um den Wagen herum und setzte sich hinters Steuer. Dann hüstelte er verlegen.

Was hat er denn jetzt wieder? dachte Diamond.

»Die Schlüssel.«

»Hätten Sie daran nicht früher denken können? Oder ich?« Nichts ist so unangenehm, wie in der Hosentasche herumsuchen zu müssen, wenn man in einem Wagen sitzt, oder so gefährlich, wenn man da unten einen Bluterguß hat. Es war mühsam und schmerzhaft, aber Diamond fischte sie heraus, reichte sie rüber, und sie fuhren los. Er bot sich nicht an, die Karte zu lesen. Sollte Wigfull sich doch erinnern. Nach zwei engen Kurven bogen sie nach links in die Straße ein, die steil nach unten führte und auf der sie auf dem Hinweg solche Schwierigkeiten gehabt hatten. Wigfull hielt an.

»Nicht schon wieder.« Der Weg nach unten war versperrt. Diamond fing an zu lachen. Das war töricht, denn bei jeder Bewegung durchfuhren ihn krampfhafte Schmerzen, aber er konnte nicht anders. Er schüttelte sich vor Lachen.

Bei dem Wagen, der auf halbem Weg nach unten gestoppt worden war, handelte es sich um einen schwarzen Mercedes – gestoppt, weil er Stoßstange an Stoßstange mit einem heraufkommenden Wagen stand. Das andere Fahrzeug war ein roter Mini mit aufgeblendeten Scheinwerfern. Der Fahrer mit dem schon bekannten Hut war ausgestiegen und stand neben den Wagen, um den Schaden zu inspizieren. Eine Gestalt saß noch in dem Mercedes.

»Kann nicht so schlimm sein, wenn die Scheinwerfer noch an sind«, sagte Wigfull. »Ich geh mal nachsehen.«

Diamond stieg aus und humpelte hinterdrein. Das Erlebnis war ihm die Schmerzen wert.

9 Die Fahrzeuge waren nur leicht beschädigt. Bei dem Mercedes war der Lack ein wenig abgeblättert, und der Mini hatte eine kleine Delle im Kotflügel. Aber es reichte als Vorwand, um dienstlich einzuschreiten. Nachdem er sich vergewissert hatte, daß keiner der beiden Fahrer verletzt war, nahm Wigfull die Personalien des alten Mini-Besitzers auf – ein Arzt im Ruhestand –, während Diamond die Tür des Mercedes öffnete, sich vorstellte und die Frau am Steuer bat, ihm die Schlüssel zu geben. »Danke. Würden Sie jetzt bitte auf die andere Seite rutschen?«

Sie tat wie geheißen, und ihre Hände zitterten, als sie sich mit ihnen abstützte.

»Ist Ihnen auch wirklich nichts passiert?«

»Nein.«

Er wollte sich auf den Fahrersitz schieben und merkte gerade rechtzeitig, daß er nicht hineinpassen würde. Der Sitz war durch zwei viereckige Schaumstoffkissen erhöht worden, so daß es verheerende Folgen gehabt hätte, wenn er den ohnehin schon angeschlagenen Teil seiner Anatomie in den verbleibenden engen Raum unter dem Steuer gequetscht hätte. »Die muß ich leider wegnehmen.« Sie zuckte zustimmend die Achseln, und beim zweiten Anlauf gelang ihm das Manöver.

»Sind Sie Mrs. Dana Didrikson?«

»Ja.« Ihr Gesicht nahm die Farbe von Magermilch an, was durch das braune Haar, von dem es umrahmt wurde, noch deutlicher wurde. Ein hübscher, fein geschnittener Mund und dunkle intelligente Augen, in denen jetzt ein gehetzter Blick lag. Fähig zu einem Mord? fragte er sich, während er laut sagte: »Würden Sie mir bitte erzählen, was passiert ist?«

»Ich bin zu schnell gefahren. Es war nicht seine Schuld. Ich dachte, ich könnte noch rechtzeitig anhalten.«

»Warum so eilig?«

Sie stieß einen Seufzer aus, der klarmachte, daß sie beide den Grund kannten und mit den Spielchen aufhören sollten. »Ich habe versucht zu fliehen.«

Einfache Ursache und Wirkung. Natürlich hatte sie es eilig gehabt, da sie auf der Flucht war. Sie verhielt sich so ungerührt, als spräche sie übers Wetter. Diamond war nicht so gefaßt. Er bebte. Adrenalin schoß durch seine Adern. Das war der Durchbruch. Die vielen deprimierenden Stunden am See, im Wohnwagen, am Telefon mit Merlin, bei Fallbesprechungen, vor den verdammten Computermonitoren – endlich sollten sie belohnt werden. Seine Kehle war trocken. Er brachte das Wort heraus, das am wichtigsten war: »Fliehen?«

»Durch die Hintertür. Haben Sie mich nicht gesehen?«

»Doch.«

Im Bemühen, bloß nichts zu sagen, das ihre Freimütigkeit einschränken könnte, hielt er sich an Vordergründiges. »Ich nehme an, Sie hatten Ihren Wagen hinter dem Haus geparkt?«

Sie nickte. »Ich bin zu schnell gefahren. Was passiert nun?«

»Wir brauchen Ihre Aussage. Würden Sie bitte hier warten?« Er hievte sich aus dem Sitz und ging zu Wigfull, der noch immer so tat, als würde er den Mini-Fahrer vernehmen. »Setzen Sie den Mercedes zurück, John. Ich glaube, sie will mit der Wahrheit rausrücken.«

Sofort schaltete sich der alte Mann ein: »Wenn sie ihre Schuld zugibt, muß das schriftlich festgehalten werden.«

»Danke für den Hinweis, Sir«, antwortete Diamond. »Alles weitere übernehmen unsere Kollegen.« Er ging zum Mercedes und setzte sich auf die Rückbank hinter Dana Didrikson. »Zurück zum Haus«, wies er Wigfull an.

Auf dem Hügel stieg er in seinen Wagen um und fuhr das kurze Stück, und irgendwie war die Prellung jetzt weniger hinderlich. Wigfull folgte in dem Mercedes, und sie parkten beide Wagen vor dem Haus der Didriksons.

Die Tür stand noch offen. Da er spürte, daß ein zweiter Fluchtversuch unwahrscheinlich war, ließ Diamond Mrs. Didrikson als erste eintreten. Sie rief einen Namen.

»Wenn Sie nach Ihrem Sohn rufen«, sagt Diamond, »der ist vorne raus abgehauen, als wir kamen.«

Sie sagte: »Er hatte doch gar keinen Grund wegzulaufen.« Lauter rief sie: »Mat, bist du da?«

Wigfull erklärte: »Er wollte uns daran hindern, das Haus zu betreten, Ma'am. Wir könnten ihn wegen Behinderung der Polizeiarbeit und versuchter Körperverletzung drankriegen. Er hat Mr. Diamond böse erwischt.«

Sie sagte mit Verachtung: »Er ist noch ein Schuljunge.«

Diamond signalisierte Wigfull, die Sache auf sich beruhen zu lassen, eine großmütige Anwandlung. »Ihre Vernehmung wird wohl einige Zeit in Anspruch nehmen, Mrs. Didrikson. Unten im Polizeirevier Manvers Street. Es ist schon spät. Pakken Sie vielleicht ein paar Sachen zum Übernachten ein.«

»Warum auf dem Revier? Können wir nicht hier reden?«

»Das wird nicht gehen.«

»Und Mat? Ich kann ihn nicht die ganze Nacht allein lassen. Er ist erst zwölf, müssen Sie wissen.«

Diamond versicherte ihr, daß sich jemand um den Jungen kümmern würde. Die Abbey Choir School hatte auf der Lansdown Road ein Haus für Internatsschüler. Während Dana Didrikson in Begleitung von Diamond nach oben ging, um ihre Sachen zu packen, hängte sich Wigfull ans Telefon, um dafür zu sorgen, daß der Junge von einer Polizeistreife abgeholt und zum Internat gebracht wurde.

Dana Didriksons Schlafzimmer verriet wenig über seine Bewohnerin, nur daß sie ordentlich war und keinen extravaganten Geschmack hatte. Die Wände waren im Magnolienfarbton gestrichen. Einbauregal, Einbauschrank und ein Doppelbett. Freistehender Frisiertisch. Teppichboden in neutraler Steinfarbe. Passende Vorhänge. Keine Bilder, Fotos, Stofftiere oder herumliegende Kleidungsstücke. Vielleicht wirkte der Raum auch wie ein Hotelzimmer, weil Mrs. Didrikson aufgrund ihrer Arbeit als Fahrerin nur wenig Zeit hatte, ihn zu etwas anderem als zum Schlafen zu benutzen.

Sie nahm eine Reisetasche vom Schrank und tat ein paar Sachen hinein. »Kann ich auch Matthews Tasche packen?«

Diamond willigte ein. Er hörte, daß Wigfull unten noch immer telefonierte. Sie mußten eine Treppe höher ins Kinderzimmer, das bewohnter aussah. Von der Decke baumelten Vögel und Fledermäuse aus einem Bastelsatz. Poster mit Popstars zierten die Wände, und auf dem Boden lagen Socken und Plattenhüllen. Auf einem Schreibtisch stand ein nicht beendetes Schachspiel. Entschieden bewohnt, nicht zuletzt deshalb, weil der Bewohner auf dem Bett hinter der Tür lag.

»Mat, ich dachte, du wärst draußen«, sagte seine Mutter.

Er lag auf dem Bauch und blätterte in einem Comic-Heft, nur sein dunkles Haar war zu sehen. Er blickte nicht auf.

»Mat, hörst du?«

Noch immer ohne sie anzusehen, sagte der Junge: »Das sind die Bullen. Die haben mich umgestoßen und sind mit Gewalt ins Haus. Ich habe gefragt, ob sie einen Durchsuchungsbefehl hätten, aber das hat die gar nicht interessiert.«

Diamond erklärte: »Ich habe ihn zur Seite gestoßen, als er nach mir getreten hat.«

»An die Wand«, sagte Matthew heftig. »Sie haben meinen Kopf an die Wand geknallt. Was wollen Sie eigentlich?«

»Deine Mutter wird uns bei einem Fall helfen, den wir untersuchen«, sagte Diamond mit mehr Taktgefühl, als Matthew seiner Meinung nach verdiente. Für ihn war er das Paradebeispiel eines Jungen, dem die väterliche Hand fehlte und der seine glücklose Mutter um den Finger wickeln konnte. Er ging zum Treppenabsatz und rief nach unten: »John, der Junge ist hier oben. Schon die ganze Zeit.« Währenddessen erklärte Mrs. Didrikson ihrem Sohn, warum er eine Nacht in der Schule verbringen mußte. Mat bettelte vergebens, allein im Haus bleiben zu dürfen, drehte sich dann beleidigt um und las weiter in seinem Comic. Unter den nachsichtigen Blicken Diamonds, der trotz allem für den Jungen Mitleid empfand, packte seine Mutter eine Tasche. Es würde wohl kaum bei einer Nacht im Internat bleiben.

Teil vier

Dana

1 Es geht um Geraldine Jackman, nicht wahr? Sie möchten wissen, wie ich die Jackmans kennengelernt habe. Ich bin bereit, jetzt darüber zu reden, wenn Sie es mich auf meine Weise erzählen lassen, aber das fällt mir nicht leicht. Ich gehöre nämlich nicht zu diesen geschwätzigen Frauen, die in der Warteschlange vor der Kasse im Supermarkt jedem gleich ihre Lebensgeschichte auf die Nase binden. Von Natur aus bin ich ein eher zurückhaltender Mensch, was vielleicht so klingt, als wollte ich mir auf diese Weise andere vom Leibe halten, und oft ist das auch so, aber ich würde mich nicht als schüchtern bezeichnen, weil ich bei dem Begriff immer an eine Fünfjährige denken muß, die auf einer Geburtstagsparty das Gesicht in den Händen verbirgt. Zutreffender wäre, daß es mir schwerfällt, mich anderen anzuvertrauen, weshalb man mir manchmal nachsagt, ich sei unfreundlich oder unnahbar. Ich bemühe mich ständig, das zu ändern, denn, glauben Sie mir, als alleinerziehende Mutter darf man sich und dem eigenen Kind nicht die Butter vom Brot nehmen lassen.

Nachdem Sverre, mein Exmann, mich vor drei Jahren verlassen hat, habe ich zunächst als Taxifahrerin gearbeitet, und Sie finden es bestimmt seltsam, daß sich eine Einzelgängerin wie ich so ihren Lebensunterhalt verdient. Aber in Wirklichkeit war es meine Rettung. Ich habe gelernt, eine Fassade aufzubauen und mich dahinter zu verstecken. Ich konnte mir selbst dabei zuhören, wenn ich die Rolle der Taxifahrerin spielte, banale Dinge über den Verkehr und die Touristen oder die letzte Meldung im Radio von mir gab, während ich wußte, daß mein wahres Ich unendlich weit vom Geschehen entfernt war. Nichts davon hat mich wirklich berührt. Aber die jetzige Situation ist etwas völlig anderes. Das Eis ist geschmolzen.

Aber kommen wir zur Sache. Zum Zeitpunkt, als ich die Jackmans kennenlernte, hatte ich das Taxifahren schon aufgegeben. Ich arbeitete bereits als Fahrerin für Mr. Stanley Buckle, den Geschäftsführer von Realbrew Ales. Deshalb fahre ich auch den Mercedes. Er gehört mir nicht.

Die Stelle wurde mir von Mr. Buckle angeboten, als er sich mit meinem Taxi von Bath zu seinem Haus in Bristol fahren ließ. Er war schon einige Male mein Fahrgast gewesen, und ich hatte mich mit ihm unterhalten und fand ihn recht angenehm, da er nicht annähernd so aufdringlich flirtete, wie man es als Taxifahrerin sonst von Männern im mittleren Alter gewohnt ist. Nichts, woran ich hätte Anstoß nehmen können. Damals wußte ich nicht, daß er der Boß von Realbrew ist. Ich hatte die vage Vorstellung, daß er Beteiligungen an diversen Unternehmen in Bath und Bristol besaß, und natürlich hatte ich sein wunderschönes Haus mit Blick auf Clifton College gesehen, daher war ich ziemlich sicher, daß er mir keinen Bären aufband, als er mir den Job anbot. Am Ende der Tour fragte er bloß, wieviel ich in einer guten Woche einnahm, und bot mir dasselbe als regelmäßiges Gehalt für eine Sechstagewoche ohne Nachtschicht. Außerdem durfte ich den Firmenwagen benutzen, wann immer ich wollte, solange ich genau Fahrtenbuch führte. Ich zögerte nicht lange. Das Taxifahren brachte zwar genug zum Leben, war aber ein Schlauch. Bis zu diesem Abend hatte ich keine Alternative gesehen.

Natürlich wissen Sie, daß mein Sohn im vergangenen Juli nur knapp vor dem Ertrinken gerettet wurde. Das hat Ihnen Greg – Professor Jackman – bestimmt schon erzählt. Es war einer der schrecklichsten Tage meines Lebens, und nicht bloß wegen Mats Unfall. Ich hatte schon Scherereien mit der Polizei, noch bevor ich die Sache mit Mat erfuhr. Nicht hier in Bath, sonst wüßten Sie doch davon, oder?

Es tut mir leid. Ich erzähle nicht sehr zusammenhängend, was? Am besten schildere ich Ihnen diesen Tag ausführlich, weil damit alles, was dann später geschah, seinen Anfang nahm.

An diesem Morgen rief mich Mr. Buckle schon früh an. Er brauche den Wagen, ob ich um neun Uhr zu seinem Haus in Clifton kommen könnte? Normalerweise bedeutete das, daß er geschäftlich nach London mußte und zum Bahnhof gefahren werden wollte, um den Zug zu nehmen; die Intercity-Verbindung ist eine gute Stunde schneller als die Fahrt über die Autobahn. Doch als ich an dem Morgen an der Buckleschen Villa eintraf, stellte sich heraus, daß ich falsch gedacht hatte. Übrigens, es war bereits abzusehen, daß es ein sehr heißer Tag werden würde. Kein Wölkchen am Himmel. Die Filipina-Haushälterin führte mich hinters Haus, wo mein Boß, angetan mit Strohhut, graublauen Shorts und einer verspiegelten Sonnenbrille, auf einer Liege am Swimmingpool lag. Das einzige Zugeständnis an seine Arbeit war ein Handy, das in Reichweite auf dem Boden lag. Er winkte mir zu, auf einem der Metallstühle Platz zu nehmen. Mr. Buckles Stimmung paßte zum Wetter. Er entschuldigte sich dafür, mich schon so früh herbestellt zu haben, und bot mir ein Glas frischen Grapefruitsaft an. Dann fragte er mich, ob mein Sohn schon die Ergebnisse seiner Aufnahmeprüfung für die Public School bekommen hätte. Ich erklärte ihm, daß Mat erst mit dreizehn, also im nächsten Jahr, die Prüfung ablegen würde.

Er sagte: »Wenn das so ist, hören Sie auf meinen Rat, Dana. Gönnen Sie ihm etwas Erholung von den Büchern. Lassen Sie ihn draußen spielen und den Sommer genießen.«

Ich nickte. Männer erteilen mir dauernd irgendwelche Ratschläge, um die ich nicht gebeten habe, als ob sie aus männlicher Solidarität dafür sorgen müßten, daß Matthew nicht zu einem Muttersöhnchen heranwächst.

Nachdem er das losgeworden war, senkte Mr. Buckle die Stimme. »Der Grund, warum ich Sie hergebeten habe, ist vertraulich.« Um seine Aussage zu bekräftigen, tippte er sich an die Nase. »Ganz unter uns, Sie verstehen?«

Ich rundete meine Lippen zu einem »O«, um zu signalisieren, daß ich verstand, ohne mich auf etwas einzulassen.

»Nichts liegt mir ferner, als eine junge Dame vom geraden Weg abzubringen«, vertraute er mir mit wölfischem Grinsen an. Und paradoxerweise stimmte das sogar. Charmian, das

Teufelsweib, mit dem er zusammenlebte, hätte ihn mit bloßen Händen entmannt, wenn er je ein Auge auf eine andere Frau geworfen hätte. Das hatte sie mir gleich bei unserer ersten Begegnung unmißverständlich klargemacht. »Meine Bitte an Sie ist ziemlich unmoralisch«, fuhr Mr. Buckle fort. »Sie fahren für Realbrew, und der Mercedes ist ein Firmenwagen, aber ich bin auch noch an anderen Unternehmen beteiligt, wie Sie wissen. Ich möchte Sie mir sozusagen für einen Tag ausleihen. In Southampton wartet eine Warensendung darauf, abgeholt zu werden. Alle meine regulären Fahrer sind anderweitig im Einsatz. Ob Sie wohl so lieb wären, mir in dieser Sache aus der Patsche zu helfen?« Seine flehend aufblickenden Augen erinnerten mich an diese Gipshündchen, mit denen für den Tierschutz gesammelt wird. »Es ist äußerst dringend.«

Ich zögerte. Wenn er mich direkt angewiesen hätte, hätte ich keine Sekunde darüber nachgedacht. Doch die flehende Art machte mich mißtrauisch. Angesichts seines Lebensstils hatte ich mich schon manchmal gefragt, ob alle seine Aktivitäten im Rahmen der Legalität waren. Ich wollte auf keinen Fall in irgendeine Gaunerei mit hineingezogen werden. »Worum genau handelt es sich?« fragte ich.

»Um Teddybären.«

Um sicherzugehen, daß ich richtig verstanden hatte, fragte ich nach einer kurzen Pause: »Teddybären?«

»Achthundert, aus Taiwan. Ganz kleine. Nur so groß.« Er spreizte Daumen und Zeigefinger. »Die wiegen fast nichts und sind in vier Kartons verpackt, die gut ins Auto passen.«

In meinem Kopf schrillte eine Alarmglocke. Mein Hirn ratterte die verschiedenen Möglichkeiten runter wie ein Nachrichtenticker. Hafen von Southampton ... Einfuhrlizenz ... gefährliches Spielzeug ... verstecktes Rauschgift ...

»Die Papiere sind in Ordnung, falls Sie darüber nachdenken«, sagte er, um mich zu beruhigen. »Dana, Sie müssen nur die Genehmigung vorlegen, die ich Ihnen mitgebe, die Teddys vom Lager abholen und hierherbringen. Na ja, nicht hierher. An der Whiteladies Road ist eine Garage. Ich werde Ihnen den Schlüssel geben.«

»Darf ich fragen, was daran so dringend ist, wenn es sich bloß um eine Ladung Teddybären handelt?« erkundigte ich mich in beiläufigem Ton, als wäre ich nur neugierig.

Er breitete die Arme aus, als ob das offensichtlich wäre. »Na, ich bitte Sie. Sie haben doch bestimmt von dem großen Wohltätigkeitsfest im Longleat House gehört, das ›Teddybärenpicknick‹ am Samstag. Jeder halbwegs wichtige Bär wird dabei sein. Hunderte von Teddys. Und Kinder natürlich. Man hat mich gebeten, diese Minibären als Souvenirs zu besorgen, und ich kann die Kleinen doch nicht enttäuschen.«

»Oh.« Fast war mir, als hörte ich das Lied vom Picknick der Teddybären. Und plötzlich kam ich mir albern vor.

Und Stanley Buckle grinste.

Natürlich erklärte ich mich bereit, die Fahrt zu machen. Ich war auf der A36 kurz vor Warminster, als ich angehalten wurde. Bis dahin war alles reibungslos gelaufen. Ich hatte das Lagerhaus an den Docks von Southampton ohne Schwierigkeiten gefunden, eine Empfangsbestätigung für die Lieferung unterschrieben und die vier Kartons in den Kofferraum des Mercedes geladen. Auf der Rückfahrt hatte ich rund vierzig Meilen hinter mich gebracht und war gerade an Heytesbury vorbei, als ich einen roten Wagen bemerkte, der mir folgte. Einmal fuhr ich betont langsam, aber der Wagen machte keine Anstalten zu überholen, also gab ich etwas mehr Gas, weil ich es nicht mag, wenn jemand zu dicht hinter mir fährt. Ungefähr eine Meile weiter schaute ich wieder in den Rückspiegel und sah ein Blaulicht auf dem Dach des Autos. Das war vorher nicht dagewesen. Die beiden Männer im Wagen trugen, soweit ich erkennen konnte, keine Polizeiuniform, aber sie blinkten mich wie verrückt mit der Lichthupe an, so hielt ich auf dem nächsten Rastplatz, ebenso wie sie.

Ich kurbelte das Fenster runter. Der Mann, der an meine Wagentür kam, erklärte, er sei von der Polizei. Er hielt einen Dienstausweis hoch, der echt aussah. Er wies mich an, den Motor auszumachen und den Schlüssel abzuziehen. Ich gehorchte, und das Gespräch verlief dann etwa so: »Wußten Sie, daß Sie eben über siebzig Meilen die Stunde gefahren sind?«

»Das habe ich gar nicht gemerkt.«
»Kennen Sie die zulässige Höchstgeschwindigkeit, Miss?«
»Auf dem Stück hier sechzig.«
»Wohin fahren Sie?«
»Bristol. Ich komme aus Southampton.«
»Beruflich?«
»Ja.« Während ich sprach, mußte ich an die Kartons im Kofferraum denken.

Er wollte meinen Namen wissen und den Führerschein sehen. Dann erkundigte er sich nach meinem Beruf. Ich gab an, Fahrerin zu sein. Die ganze Situation hatte etwas entsetzlich Zwangsläufiges an sich. Er forderte mich auf, aus dem Wagen zu steigen, und irgendwie war mir klar, daß ich nicht ins Röhrchen blasen sollte. Der zweite Mann stieg aus dem roten Wagen und kam zu uns herüber. Auch er zeigte mir seinen Dienstausweis. Er war Detective Inspector.

»Ist der Kofferraum abgeschlossen, Miss?«
»Ich glaube schon.«
»Würden Sie ihn bitte aufschließen?«

Ich öffnete den Kofferraum. Da lagen die vier Kartons. Ich dachte an meinen Boß, der es sich an seinem Swimmingpool gutgehen ließ, während ich diese Tortur durchstehen mußte. Falls sie was fanden und mich beschuldigten, würde ich dafür sorgen, daß Mr. Buckle nicht ungeschoren davonkam, soviel war klar. Mag sein, daß es so was wie Ganovenehre gibt, aber ich war kein Ganove. Genausowenig wie ich wissentlich in Besitz der illegalen Dinge gekommen war, die sich möglicherweise in den Kartons befanden. Ich würde meinen Job verlieren, aber das wäre nicht so schlimm wie eine Vorstrafe.

Einer der Polizisten fragte: »Was ist da drin, Miss?«

»Teddybären«, sagte ich möglichst überzeugend. Wenn ich auf nicht schuldig plädieren wollte, mußte ich unbedingt bei der Geschichte bleiben, die man mir erzählt hatte.

Sie wechselten rasche Blicke. Der erste sagte: »Wie, sagten Sie, heißt die Firma, für die sie arbeiten?«

»Danach haben Sie mich nicht gefragt. Realbrew Ales Limited, aber daß ich diese Teddybären abgeholt habe, war eine private Gefälligkeit für meinen Chef.«

»Privat. Er mag Bären, was?«

Ich erzählte von dem Picknick in Longleat.

»Ich denke, wir sollten uns diese Teddybären mal ansehen. Würden Sie bitte einen Karton öffnen?«

Ich wand mich innerlich wie ein Wurm und sagte: »Sie gehören mir nicht. Ich bräuchte erst die Erlaubnis.«

Der Inspector nickte. »Sie können dem Besitzer sagen, daß wir uns als Polizisten ausgewiesen und um Ihre Kooperation gebeten haben. Ich nehme doch an, daß Sie bereit sind, mit uns zu kooperieren?«

Man reichte mir ein Taschenmesser. Mir rauschte noch immer das Blut im Kopf. Ich machte einen Längsschnitt durch das Klebeband, mit dem der Deckel verschlossen war.

»Entfernen Sie die Verpackung, Miss.«

Ich nahm eine Schicht Schaumgummi weg – und schauderte vor Erleichterung, als ich fünfundzwanzig kleine gelbe Teddybären in fünf Reihen auf einem Styroporbett liegen sah.

Die Polizisten bestanden darauf, daß ich jede Lage Bären aus dem Karton nahm, bis sie den gesamten Inhalt gesehen hatten. Zweihundert Bären. Dann baten sie mich, die anderen Kartons zu öffnen. Protest hätte nichts genutzt; sie rechneten offensichtlich damit, irgend etwas zu finden. Wieder spürte ich bei jeder Schicht dasselbe nervöse Kribbeln, aber eine Reihe Teddybären nach der anderen schaute unschuldig zu mir auf, bis die gesamte Ladung durchgesehen war.

Der Inspector nahm einen der Bären in die Hand, drehte ihn, überprüfte ihn eingehend. Er und der andere Polizist gingen ein paar Schritte zur Seite und unterhielten sich. Ich sah ihnen zu, wie sie Kopf und Glieder des Teddys drehten und wendeten. Der Inspector schüttelte das Stofftier und hielt es ans Ohr, dann schnüffelte er daran. Das Ganze wäre lachhaft gewesen, wenn mich ihr Verdacht nicht so eingeschüchtert hätte. Schließlich trafen sie eine Entscheidung, die einer Genehmigung bedurfte, denn der Inspector ging zu ihrem Wagen und benutzte das Funkgerät. Ich versuchte, meine Nerven in den Griff zu bekommen, indem ich mich damit beschäftigte, die Kartons wieder vollzupacken, bis die Polizisten wieder an mich herantraten. Der Inspector reichte mir den Teddy.

»Da Sie so schön kooperiert haben, werde ich diesmal darauf verzichten, Ihre Geschwindigkeitsübertretung anzuzeigen, aber betrachten Sie das als ernste Ermahnung. Die Geschwindigkeitsbegrenzung dient Ihrer Sicherheit und der der anderen Verkehrsteilnehmer.« Über die Bären verlor er kein Wort.

Ich murmelte irgend etwas angemessen Reumütiges. Die beiden gingen zurück zu ihrem Wagen und fuhren davon.

Bei meiner Rückkehr war Mr. Buckle noch immer am Swimmingpool. Er hatte seine Liege verrückt, um das Gesicht in der Sonne zu haben, und seine Haut sah aus, als würde er einen Sonnenbrand bekommen. Er war nicht allein. Unter dem Sonnendach gleich neben dem Pool spielten zwei Männer mittleren Alters Karten. Sie blickten nicht auf. Ein dritter schwamm im Bruststil auf und ab, und ich mußte zweimal hinsehen, bevor ich sah, daß seine langen Haare, die fächerförmig ausgebreitet hinter ihm auf dem Wasser trieben, nicht weiß waren, sondern aschblond. Er schaute herüber und taxierte mich mit typisch männlichem Blick. Offenbar schien ich ihm noch nicht mal ein flüchtiges Nicken wert zu sein.

Mein Boß schlief. Ich mußte zweimal seinen Namen rufen. Dann bewegte er sich und fragte, wieviel Uhr wir hätten. Ich sagte es ihm und fragte dann, ob wir uns unter vier Augen unterhalten könnten, worauf er antwortete, es gebe nichts, das er nicht auch vor seinen Freunden besprechen könnte. Also erzählte ich ihm, was geschehen war. Er hörte aufmerksam zu und unterbrach mich weder, noch sagte er etwas dazu.

»Ich denke, ich habe das Recht zu erfahren, was das alles zu bedeuten hat«, schloß ich, eher fordernd als bittend.

Er rieb sich den Nacken. »Dana, das Ganze ist mir ein Rätsel. Haben die denn meinen Namen fallenlassen?«

»Nein.«

»So was ist natürlich mal wieder typisch. Da begeht man eine kleine Verkehrswidrigkeit, und die machen ein Heidentheater. Haben sie Reifen und Bremsen überprüft?«

Ich schüttelte den Kopf. »Das habe ich doch wohl deutlich genug gesagt, oder. Der Zustand des Wagens hat sie überhaupt nicht interessiert.«

»Na ja, er ist ja praktisch neu. Das haben die gesehen«, sagte er, »und deshalb haben sie versucht, Ihnen was anderes anzuhängen. Gut, daß Sie die Ruhe bewahrt haben.«

Noch immer überzeugt, daß ich hintergangen worden war, verstieg ich mich zu der Behauptung: »Ich denke, sie hatten einen Tip bekommen. Sie waren ihrer Sache so sicher.«

Das schien ihn nicht zu beeindrucken. »Das kann ich mir nicht vorstellen«, sagte er bestimmt. »Das ist bloß ihre Mentalität. Wenn die einen großen Mercedes sehen, wittern sie gleich was Illegales. Am besten, Sie gewöhnen sich dran, daß so was passiert, oder Sie müssen langsamer fahren.«

»Sie reden wie einer von denen.«

Er grinste und fragte mich, ob ich Lust hätte, ein bißchen zu schwimmen. Er könnte mir einen Bikini geben, wenn ich wollte. »Oder auch nur das Bikinihöschen, wenn Ihnen danach ist«, fügte er hinzu. Er spielte wieder den Schürzenjäger. Vermutlich war Charmian gerade nicht zu Hause.

Ich lehnte dankend ab und wollte gerade gehen, als ihm einfiel, daß jemand für mich angerufen hatte. Ich sollte mich dringend bei der Zentrale in der Firma melden. Er reichte mir sein Handy. So erfuhr ich, daß Mat im Krankenhaus war.

2 Sie können sich vorstellen, wie aufgelöst ich war. Anita in der Telefonzentrale brachte es mir so schonend wie möglich bei. Sie sagte, Mat sei ins Royal United Hospital gebracht worden, nur zur Sicherheit, nachdem er in den Fluß gefallen war, aber wenn man eine solche Nachricht über den eigenen Sohn hört, befürchtet man gleich das Schlimmste. Man glaubt, alle spielen die Situation runter, damit man nicht in Panik gerät.

Ich malte mir die grauenhaftesten Möglichkeiten aus, während ich zum Krankenhaus raste und Führerschein und Arbeit aufs Spiel setzte. Die Dinge sind nie so unproblematisch, wie die Leute einen glauben machen. Mat ist mein einziges Kind, meine ganze Familie. Ich parkte den Wagen vor der Notaufnahme, rannte zum Eingang, holte tief Luft, um meine Fassung wiederzugewinnen, und erklärte, wer ich war.

Ich erkannte die Schwester am Empfang wieder, aber sie bedachte mich nur mit einem Plastiklächeln, wie man auf der Unfallstation eben die Leute beruhigt, und teilte mir mit, daß Matthew gerade von Dr. Murtah untersucht werde. Ich fragte, ob er eine Verletzung habe, aber sie wollte mir partout nichts sagen, außer daß ich mich doch setzen sollte. Oh, und ich weiß noch, daß sie sich schon halb abgewandt hatte und sich dann noch mal umsah und fragte, ob wir uns schon mal begegnet wären. Ich hatte einfach nicht mehr die psychische Kraft, sie daran zu erinnern, daß ich für Realbrew arbeitete und in der Woche zuvor einen Mann hergebracht hatte, der sich am Fließband den Arm gebrochen hatte.

Ich ging zu einem Stuhl in der ersten Reihe und rieb mir die Arme. Die Gänsehaut kam nicht daher, daß es kalt war. Bedenken Sie, es war Juli. Man wirft mir oft vor, daß ich das Leben zu ernst nehme. Mag sein, aber ich kann auch herzhaft lachen; wie gesagt, außer bei engen Freunden bin ich meist sehr zurückhaltend. Das ist auch nicht schlecht. Jeder, der sich seinen Lebensunterhalt als Fahrer verdient, hat Grund, den Rest der Menschheit für Wölfe und Vampire zu halten.

Kurz darauf kam ein Mann in Weiß auf mich zu. Er stellte sich als Dr. Murtah vor und bat mich, mit ihm zu kommen. Während wir durch eine Schwingtür gingen, erklärte er in der förmlichen Ausdrucksweise der Asiaten, daß der junge Bursche – gemeint war Mat – keine gravierenden Schäden von dem Unfall davongetragen habe. Ein paar leichte Hautabschürfungen. Um eine Infektion zu verhindern, hatte Mr. Murtah ihm Penicillin gespritzt. Er fragte mich, ob Mat öfter am Fluß spielte, und ich antwortete wahrheitsgemäß, ich hätte keine Ahnung gehabt, daß er dort gewesen war. Ich konnte nur vermuten, daß er die Schule geschwänzt hatte.

»Er hat erzählt, daß er auf die Abbey Choir School geht.«

»Ja. Als Tagesschüler.«

»Ohne aufdringlich sein zu wollen, Mrs. Didrikson, muß ich sagen, daß Ihr Sohn alles in allem ein netter Bursche zu sein scheint. Wir möchten nicht, daß sich so ein Mißgeschick wiederholt. Wenn ich Sie wäre, würde ich Ihren Mann bitten, ihm tüchtig die Leviten zu lesen. Aber bestrafen Sie ihn diesmal nicht. Er hat einen ziemlichen Schock davongetragen. Trotzdem sollte er wissen, was er da angerichtet hat.«

»Ich verstehe.« Ich sagte nicht, daß ich geschieden war. »Danke, daß Sie sich um ihn gekümmert haben, Doktor.«

Er führte mich in ein kleines Behandlungszimmer und ließ mich mit Matthew allein, ein ausgesprochen reumütiger kleiner Übeltäter, der auf einer Untersuchungscouch saß.

»Mum.« Mats Augen schimmerten feucht.

Ich ging zu ihm und nahm ihn einen Moment in die Arme, ohne ein Wort zu sagen. Ich war so aufgewühlt, daß ich meinen eigenen Emotionen nicht traute.

Er sagte: »Ich bin ...«

Ich legte ihm eine Hand auf den Mund. »Später. Wir sprechen später darüber. Nicht hier.«

Er sagte: »Die haben mir den Bademantel geliehen. Meine Sachen sind noch naß.«

»Das macht nichts«, erwiderte ich.

Eine Schwester kam herein und erkundigte sich, ob wir mit dem Wagen da wären, und ich sagte ja. Sie sagte mir, daß Mat den Bademantel und die Latschen mit nach Hause nehmen könnte, und ich versprach, sie später wiederzubringen.

Ich versuchte, mich ganz auf die praktischen Dinge zu konzentrieren. Ich bückte mich, um Matthew zu helfen, die Latschen anzuziehen, aber er war schneller als ich. Er wollte nicht bemuttert werden, verstehen Sie. Als er dann vor mir stand, wurde ich daran erinnert, daß er schon ein paar Zentimeter größer war als ich – und das mit zwölf Jahren. Es ist eigenartig, wie sich unsere Beziehung verändert hat, seit er so groß geworden ist. Als wir durch die Schwingtür gingen, trat die Schwester vom Empfang mit einem Formular in der Hand auf mich zu und bat mich, noch ein paar Angaben zu machen. Sie sagte, das sei nötig, würde aber nicht lange dauern.

Sie wollten bloß meinen Namen und meine Anschrift wissen sowie Matthews Geburtsdatum und den Namen unseres Hausarztes. Während ich das Formular ausfüllte, hörte ich zu meiner Überraschung, daß Matthew sich mit jemandem unterhielt. Ich blickte auf und sah ihn neben dem Teewagen im Gespräch mit einer übergewichtigen Frau mit kurzgeschnittenem blondem Haar und großen Ohrringen. Ihre blaue Leinenjacke war nicht zugeknöpft, und darunter trug sie ein rotes T-Shirt und weiße Jeans, und zuerst dachte ich, sie würde den Teewagen herumschieben. Dann jedoch entfernten Mat und sie sich mit Tassen in der Hand vom Wagen, und ich begriff, daß es nicht die Jacke einer Schwesterntracht war, sondern ein Blazer. Ich ging zu ihnen. »Ich dachte, ein Schluck Tee würde Ihnen vielleicht guttun«, erklärte die Frau mit einem Lächeln. »Sollen wir uns kurz setzen? Komm Matthew, wir gehen in die hintere Reihe.«

Mir kam der Gedanke, daß sie vielleicht für den Sozialdienst im Krankenhaus arbeitete. Ich bekam einen Pappbecher in die Hand gedrückt. »Danke, aber ich glaube, wir kennen uns nicht.«

»Vielleicht haben Sie meinen Namen schon mal gehört«, erwiderte sie. »Molly Abershaw.«

Hatte ich nicht. Und ich war ihr noch nie begegnet. Die Bemerkung klang ein bißchen wichtigtuerisch, fand ich.

»Ihr beide wollt nach Hause, ich weiß«, sagte sie, »und ich halte euch nicht lange auf. Nur die eine Tasse Tee. Ach, Matthew, hättest du gern einen Keks dazu? Hatte ganz vergessen zu fragen. Ich muß nämlich ein bißchen auf Kalorien achten.«

Ich wiederhole im großen und ganzen, was sie gesagt hat, weil es deutlich macht, was für ein Mensch Molly Abershaw ist, und sie hatte großen Einfluß auf die folgenden Geschehnisse. Bestimmt kennen Sie auch Leute ihres Schlags, die mit unverschämter Dreistigkeit auf andere zugehen, als wären sie uralte Bekannte. Matthew war vernünftig genug, den angebotenen Keks abzulehnen.

»Das ist echt eine aufregende Geschichte.« Molly Abershaw ließ sich nicht bremsen. »Ich war in Bathford, als ich den Anruf bekam. Ich bin wie der Teufel über die A4 gebraust. Ich habe noch gedacht, wenn ich nicht aufpasse, komme ich selbst noch in die Nachrichten. Es ist so wichtig, als erste am Schauplatz des Geschehens zu sein. Mein Fotograf ist auch schon unterwegs. Wir würden gern ein Foto von dir machen, Matthew.«

»Sie sind Reporterin«, sagte ich, wobei mir der mißbilligende Ton in meiner Stimme auffiel.

»Hab ich das nicht gesagt? Vom ›Evening Telegraph‹. Es macht Ihnen doch nichts aus, oder? Es ist so schön, endlich mal eine Story über eine erfolgreiche Rettung zu bringen und nicht immer nur über Tragödien und Unglücksfälle.«

Ich erwiderte knapp, daß wir lieber nicht in die Zeitung kommen wollten.

»Mrs. Didrikson«, widersprach sie, »das ist unvermeidlich. Wenn wir die Story nicht bringen, machen das die anderen Blätter. Für unsere kleinstädtischen Verhältnisse war das ein bedeutendes Ereignis. Ich verspreche Ihnen, daß wir alles wahrheitsgemäß berichten. Deshalb rede ich auch jetzt mit Ihnen, nur um die Fakten zu überprüfen. Ich bitte Sie inständig, meine Fragen zu beantworten.«

»Wozu?» fragte ich und sah mich nach einer Möglichkeit um, den Teebecher loszuwerden. »Ich war ja nicht dabei. Ich weiß weniger Bescheid, was passiert ist, als Sie.«

Matthew unterstützte mich. »Und ich kann mich an fast nichts erinnern.«

Sie war hartnäckig. »Hören Sie, ich will Sie nicht bedrängen, ich muß bloß die wichtigsten Fakten checken. Ich weiß ja noch nicht mal, ob Sie mit C geschrieben werden.«

»Nein«, erwiderte ich.

»Das ist ungewöhnlich.«

»Ich möchte jetzt lieber gehen.«

Anstatt das als Abfuhr zu betrachten, kramte sie in ihrer Handtasche herum und holte ein Notizbuch heraus. »Also gut. Nur das Wichtigste. Wie alt bist du, Matthew?«

Matthew warf mir einen fragenden Blick zu, ob er antworten sollte, und ich nickte, da ich naiverweise davon ausging, daß wir sie schon loswerden würden, sobald sie sich ein paar Notizen gemacht hatte. »Zwölf.«

»Und du hast am Pulteney-Wehr gespielt. Mit Freunden?«

»Ja.«

»Wie viele?«

»Zwei.«

»Wo waren die beiden?«

»Ich will sie nicht in Schwierigkeiten bringen.«

»Wieso – haben sie dich geschubst?«

»Nein, ich bin reingefallen. Ich bin am Rand entlanggegangen und habe das Gleichgewicht verloren.«

»Und bist fast ertrunken, wie ich hörte.«

»Das weiß ich nicht mehr.«

Ich stand auf. »So. Mehr können wir Ihnen nicht sagen. Würden Sie uns jetzt bitte gehen lassen, ich möchte meinen Sohn nach Hause bringen.«

»Aber wir haben noch nicht über die Rettung geredet.«

»Sie haben gehört, was er sagte. Er erinnert sich nicht.«

»Du erinnerst dich doch bestimmt an den Mann, der dich gerettet hat, Matthew. Du hast ihn gesehen, als du die Augen aufgemacht hast.«

»Ja.«

»Weißt du, wie er heißt?«

»Nein. Er hatte dunkles Haar und einen Schnurrbart.«

»Was für einen Schnurrbart?«

Matthew hob beide Hände ans Gesicht und zeichnete mit den Fingern eine Linie von der Nase zu den Mundwinkeln. »So einen.«

»Wie ein Mexikaner?«

»Ja. Und er trug ein gestreiftes Hemd und eine Krawatte.«

»Also gut gekleidet. Ein junger Mann?«

»Nicht sehr.«

»Würdest du sagen, im mittleren Alter? Über vierzig?«

»So alt auch wieder nicht.«

»Hat er was zu dir gesagt?«

»Er hat sich mit Piers unterhalten.«

»Dein Schulfreund?«

Matthew stieß einen kurzen Seufzer aus. »Bitte schreiben Sie seinen Namen nicht in der Zeitung. Wir hätten eigentlich in der Schule sein müssen.«

»Ihr habt also die Schule geschwänzt?«

Ich mußte mich regelrecht dazwischendrängen. »Ich denke, das ist keine Frage, die die Presse interessiert«, sagte ich. »Darum wird sich die Schule kümmern, da bin ich sicher. Komm jetzt, Mat.« Ich machte einen Schritt in Richtung Tür.

»Ich wünschte, unser Fotograf wäre hier«, bemerkte Miss Abershaw. »Ich kann Sie wohl nicht überreden, noch ein bißchen zu warten.«

»Nein, das können Sie nicht.«

Sie ging mit uns aus der Notaufnahme und bot an, uns nach Hause zu fahren.

Ich sagte ihr, ich wäre selbst mit dem Wagen da. Ich ließ den Blick über mehrere Reihen von Autos wandern, die in der Sonne glänzten, und versuchte, mich zu erinnern, wo ich den schwarzen Mercedes abgestellt hatte. Bei meiner Ankunft war ich völlig aufgewühlt gewesen.

»Da drüben ist er«, sagte Matthew und deutete auf den Firmenwagen.

Miss Abershaw stand noch immer neben uns. »Sie fahren einen Mercedes?«

Matthew platzte heraus: »Meine Mutter ist Chauffeur.«

Ich sagte schneidend: »Ja, notieren Sie sich das. Wollen Sie auch noch den Tachostand wissen?«

»Ich mußte nur eben denken, daß wir alle nicht von Luft und Liebe leben können«, entgegnete sie, fast entschuldigend.

Ich zögerte, während sie nach ihren Schlüsseln kramte. Wissen Sie, diese Bemerkung hat mich irgendwie berührt. Die Frau war mir zwar mit ihrer Hartnäckigkeit auf die Nerven gegangen, aber eine innere Stimme sagte mir, daß sie eine schwierige Aufgabe hatte. Sie war von ihrem Herausgeber hergeschickt worden, um die Story zu schreiben. So weit entfernt von meinem Job war das gar nicht, wenn mich mein Chef, Stanley Buckle, nach Bath oder Bristol schickte, um wichtige Kunden vom Bahnhof abzuholen. Solche VIPs können ganz schön unfreundlich sein. Ich sagte: »Es tut mir leid. Ich habe einen schlimmen Tag hinter mir.«

»Meinen Sie, daß Maxim, unser Fotograf, vielleicht ein Foto machen könnte, wenn er in ungefähr einer Stunde bei Ihnen zu Hause vorbeikommt?«

Ich stieg in den Wagen und schrieb ihr unsere Adresse auf.

Sie sagte: »Danke. Ich weiß das wirklich zu schätzen. Wird Ihr Mann auch dabei sein?«

»Ich bin geschieden.«

Matthew meldete sich zu Wort und verkündete. »Mein Dad hat für Norwegen Schach gespielt.«

Ich zog die Wagentür zu und ließ den Motor an. Als ich das Krankenhausgelände hinter mir hatte, sagte ich zu ihm: »Die Bemerkung über deinen Vater war überflüssig.«

»Aber es stimmt doch. Ich bin stolz auf ihn.«

Darauf erwiderte ich nichts.

3 Am nächsten Tag ging Matthew nicht zur Schule, aber nicht weil er krank war. Ich wollte ihm einen Tag Gnadenfrist geben, bevor er ins Büro des Direktors mußte. Außerdem war das Schuljahr fast zu Ende. Bestimmt kennen Sie die Abbey Choir School. Da gibt es die Unterstufe, in der Mat zur Zeit ist, und die Oberstufe für Jungen ab dreizehn. Da kommt er nächstes Jahr rein. Die Aufnahmeprüfung findet in dem Jahr statt, in dem die Kinder dreizehn werden, und bei Mat ist das im Februar nächsten Jahres. Die Überflieger wechseln dann auf die besten Privatschulen des Landes, aber der größte Teil wird einfach in die Oberstufe versetzt. Im Lehrplan wird eine Lanze für traditionelle Werte gebrochen. Die Eltern müssen ein Formular unterschreiben, mit dem sie den Lehrern freie Hand geben, die Jungen für Regelverstöße zu »züchtigen«. Angeblich ist das der beste Weg, Respekt und Loyalität zu fördern, und die meisten Eltern scheinen das auch zu glauben. Schuleschwänzen wird stets mit Schlägen bestraft.

Ich bin auf eine große Gesamtschule gegangen, und ich muß zugeben, daß ich die Methoden an den Privatschulen ziemlich unsympathisch finde. Ich habe mir schon manches Mal den Kopf zerbrochen, ob es richtig ist, Matthew auf der Schule zu lassen. Doch vor drei Jahren, als er neun war, habe ich den Direktor förmlich angefleht, ihn aufzunehmen. Das war, kurz nachdem mein Mann Sverre mich verlassen hatte. An diesem Tiefpunkt in meinem Leben jagte mir die Vorstellung, allein einen Sohn großzuziehen, panische Angst ein. Ich habe in all meinen Beziehungen zu Männern völlig versagt – mein Vater, der ständig Bier trank und den ich schließlich nur noch verachtete, meine Brüder, die ich bis heute als Rivalen betrachte, und mein Mann, der mich nicht wegen einer anderen Frau verließ, sondern wegen des Schachspiels. Wie hätte ich mir zutrauen können, einen Sohn zum Mann zu erziehen?

Nun, ich sage mir, daß die Schule eine männliche Institution ist und daß Matthew sich dort in männlicher Gesellschaft mit den Komplexitäten des Erwachsenwerdens auseinandersetzen kann. Das ist die Rechtfertigung, und jetzt ist er im Chor und alles, so daß ich ihn wohl nicht mehr auf eine andere Schule schicken werde. Ich habe verdammt hart gearbeitet, um die Schulgebühren zusammenzukratzen, zuerst als Taxifahrerin und jetzt als Firmenfahrerin. Ich wäre glücklicher, wenn ich an das System glauben könnte. Mir leuchtet ein, daß Bibellektüre und Kirchenmusik eine wichtige Rolle im Lehrplan einer kirchlichen Schule spielen und daß Latein obligatorisch ist, aber warum wird auch alles andere so konservativ gehandhabt? Im Englischunterricht verbringen sie Stunden mit Satzteilanalysen. Die Lektüre endet bei Dickens. Der Mathematiklehrer hat Taschenrechner im Klassenraum verboten. Der Sportunterricht erschöpft sich darin, den Jungen beizubringen, wie man einen Kricketschläger richtig hält. Das macht keinen Spaß. Man muß kein ausgebildeter Pädagoge sein, um zu sehen, daß die Kinder zuviel pauken. Und die Anwendung körperlicher Züchtigung ist abstoßend.

Seltsamerweise hat Matthew nie darum gebeten, auf eine andere Schule gehen zu dürfen. Das einzige, wogegen er sich immer wieder wehrt, ist das gelegentliche Chorsingen, wenn samstags in der Abteikirche eine Hochzeit stattfindet, weil er so seinen einzigen freien Tag in der Woche verliert. Ansonsten klagt er so gut wie nie. Das Schwänzen (in meiner Schule hieß es blaumachen, und ich habe es oft getan) war eine neue Entwicklung, es sei denn, er hatte es bis dahin mit bemerkenswertem Geschick vor mir verborgen halten können. Als ich ihn darauf ansprach, ging er beiläufig darüber hinweg. Ohne den Blick vom Fernseher zu wenden, sagte er: »Mr. Fortescue mußte als Geschworener ins Gericht, deshalb ist unsere Klasse in die Bibliothek geschickt worden. Wir drei wollten uns nur ein bißchen abkühlen. Mehr nicht.«

»Ihr habt euch eine gefährliche Stelle zum Schwimmen ausgesucht, Mat.«

»Wir waren nicht schwimmen. Wir haben bloß am Wasser gespielt.«

»Egal, es war jedenfalls gefährlich. Warum mußtest denn ausgerechnet du am Wehr entlangspazieren? Warum nicht einer von den anderen?«

»Sie haben gesagt, ich trau mich nicht.«

»Oh, Mat!«

Er wandte sich zu mir um, fuhr sich mit den Fingern durchs Haar und sagte in einem Ton, der etwas Wichtiges ankündigte: »Ma.«

»Ja?« Seit einiger Zeit war ich nicht mehr »Mum«. Ich betrachtete das als Zeichen dafür, daß Mat reifer wirken wollte. Im Krankenhaus hatte er das vergessen, aber jetzt war er wieder ganz der junge Mann.

»Es tut mir leid, daß ich dir so viel Kummer gemacht habe. Es wird nicht wieder vorkommen.«

Mit einer Entschuldigung hatte ich nicht gerechnet. Ich wollte ihm bloß näherkommen. Ich sagte: »Du bist nicht der einzige, der etwas Dummes angestellt hat. Das habe ich auch. Jeder hat das, irgendwann mal.«

Er starrte mich verwundert an. »Das hat er auch gesagt.«

»Wer?«

»Der Mann, der mich rausgeholt hat. Er hat fast genau dasselbe gesagt wie du. Er hat das Wort ›Dummheit‹ benutzt, ja genau, ›Dummheit‹. Er hat gesagt, daß wir alle irgendwann im Leben mal eine Dummheit machen. Oder so ähnlich.«

Ich erwiderte, das höre sich so an, als wäre er ein netter Mensch, und fügte hinzu, daß ich gerne wissen würde, wer er war, damit wir uns bei ihm bedanken könnten. Abgesehen davon hatte er sich wahrscheinlich seine Kleidung ruiniert.

Matthew sagte: »Komisch, daß du dasselbe gesagt hast.«

»Irgendwie schon.«

»Wir sollten rausfinden, wer er ist. Ich würde ihn gern wiedersehen.«

»Na ja, ich kann mir nicht vorstellen, wohin er so klatschnaß, wie er war, gegangen ist«, entgegnete ich. »Vielleicht ist er zum Taxistand an der Abteikirche gegangen. Morgen erkundige ich mich mal bei meinen ehemaligen Kollegen.«

Er drehte den Fernseher lauter. Es fiel uns beiden schwer, über den Zwischenfall zu reden.

Am nächsten Morgen wurde ich am Taxistand vor der Abteikirche herzlich begrüßt, und natürlich hat man mich wegen des Mercedes und meines ›gesellschaftlichen Aufstiegs‹ kräftig auf den Arm genommen. Sobald wie möglich erkundigte ich mich nach dem gestrigen Vorfall. Niemand erinnerte sich an einen durchnäßten Fahrgast, aber etliche Fahrer hatten die Abendzeitungen dabei. Man reichte mir den »Telegraph«. Gleich auf der ersten Seite prangte ein Foto von Mat unter der Schlagzeile »Scheuer Held rettet Jungen am Wehr«.

Ich las Molly Abershaws Bericht und mußte zugeben, daß die Geschichte im großen und ganzen korrekt wiedergegeben war. Ich erinnerte mich nicht an einen ziemlich pathetischen Spruch, den ich angeblich getan hatte, aber im Kern stimmte auch der. Mat und ich wollten den Mann, der ihn gerettet hatte, tatsächlich finden und ihm persönlich danken. Ich gab die Zeitung zurück und bat die Fahrer, mich zu informieren, falls ihnen irgendwas zu Ohren kommen sollte.

Durch meinen Abstecher zum Taxistand kam ich fast vierzig Minuten zu spät zur Arbeit. Als ich dort eintraf, trat ich heftig auf die Bremse, weil ich einen anderen schwarzen Mercedes auf dem Parkplatz des Geschäftsführers stehen sah. Die Firma besaß zwei solcher Wagen, einen, den ich fuhr, und einen, der ausschließlich Mr. Buckle zu Verfügung stand. Als hätte ich's gewußt! Normalerweise kam mein Chef so gut wie nie in die Firma in Bathford, und bestimmt nicht so früh am Morgen. In meiner fatalistischen Stimmung wußte ich, noch bevor ich mit Simon, dem Bürovorstand, gesprochen hatte, daß Mr. Buckle mir ausrichten ließ, ich sollte sofort nach Arbeitsbeginn zu ihm kommen.

Stanley Buckle hat 1988 die Aktienmehrheit von Realbrew erworben, das damals nach jahrelanger Mißwirtschaft kurz vor dem Konkurs stand. Er nahm umfangreiche Investitionen in eine neue Produktionsanlage vor, setzte ein neues Führungsteam ein, und schon jetzt deutet alles darauf hin, daß der Niedergang des Unternehmens gestoppt worden ist.

Als ich bei Realbrew Ales anfing, erfuhr ich, daß Mr. Stanley Buckle nicht unbedingt für jeden der Weihnachtsmann ist. Als er die Firma übernahm, hat er die Hälfte der Belegschaft entlassen, und seitdem mußten viele andere wegen verschiedener Versäumnisse gehen. In sein Büro zitiert zu werden, ist nicht gerade ein vielversprechender Tagesanfang.

Ich klopfte an die Tür und ging hinein, bereit, die bußfertige Sünderin zu mimen – notfalls um Gnade zu flehen, in Sack und Asche zu gehen, alles ... Ich brauchte diesen Job. Ich konnte es mir nicht leisten, wieder Taxi zu fahren. Ich hatte mein Taxi verkauft und das Geld für verschiedene dringend notwendige Anschaffungen verwendet.

Es war deshalb ungemein beruhigend, daß Mr. Buckle mir über seine Lesebrille hinweg zulächelte. Er trug wie üblich einen dunklen, italienisch aussehenden Nadelstreifenanzug, der vermutlich ein Vermögen gekostet hat, und die obligatorische rote Rose im Knopfloch, so daß er zu dieser Uhrzeit und an diesem Ort irgendwie deplaziert wirkte. Er trat um den Schreibtisch herum und kam auf mich zu, als wollte er mich umarmen.

Mir schoß der Gedanke durch den Kopf, daß das vielleicht der Preis wäre, den er für mein Zuspätkommen einforderte, und daß ich mich wohl damit abfinden sollte. Vom Aussehen her – er hatte eine Glatze und einen Bauchansatz unter den tadellos gearbeiteten Maßanzügen – war er nicht gerade mein Traummann, aber vielleicht erschöpfte sich das Ganze ja in einer kurzen Knutscherei. Er streckte die Hand aus, packte mich am Oberarm und zog mich kräftig näher heran. Dann, entgegen allen Erwartungen, ergriff er mit seiner warmen Hand die meine und schüttelte sie.

»Herzlichen Glückwunsch, meine Liebe!«

Meine Verwirrung muß mir anzusehen gewesen sein.

»... zur glücklichen Rettung Ihres Sohnes!« erklärte er. »Ich habe es in der Zeitung gelesen. Ein Wunder! Mir ist der Name aufgefallen. Ungewöhnlich, Ihr Name. Aber ich war mir nicht sicher, bis Realbrew erwähnt wurde.«

Das war es, das hatte ihm gefallen: kostenlose Werbung in der Lokalpresse. Gerettet durch die Macht der Feder! Er sagte: »Möchten Sie einen Kaffee? Das muß ja eine schreckliche Nervenprobe gewesen sein! Ist dem Jungen auch wirklich nichts passiert?«

»Es geht ihm gut«, versicherte ich ihm. »Ich bin deshalb etwas zu spät, weil ...«

»Spät!« fiel Mr. Buckle mir ins Wort. »Nach dem schlimmen Erlebnis hatten wir heute überhaupt nicht mit Ihnen gerechnet. Möchten Sie nicht vielleicht einen Tag frei nehmen?«

»Das ist sehr großzügig«, brachte ich heraus, »aber die Sache ist ja schon zwei Tage her.«

»Das macht doch nichts. Wenn wir irgend etwas für Sie tun können, brauchen Sie es bloß zu sagen.«

An jenem Abend kam ich später als Matthew nach Hause. Er saß vor dem Fernseher und aß Baked Beans auf Toast. Ich fragte nicht, wie es an seinem ersten Tag wieder in der Schule gewesen war; er hatte bestimmt genug Demütigungen erlebt.

»Diese dicke Reporterin, Miss Abershaw, hat angerufen«, sagte er zu mir.

Ich seufzte, zum Teil, weil ich wegen Molly Abershaw entnervt war, zum Teil, weil sie mir leid tat – wegen Mats männlich unterentwickelter Sensibilität. »Mat, für ihre Figur kann sie nichts. Was wollte sie denn diesmal?«

»Sie hat gefragt, ob mir noch was zu dem Mann eingefallen ist. Sie wollte später noch mal anrufen, wenn du da bist. Sie kann was für ihre Figur, bräuchte bloß weniger zu essen.«

»Was hast du ihr gesagt?«

»Daß ich nicht viel sagen kann. Ich meine, schließlich hatte er keine Sicherheitsnadel in der Nase. Er war bloß ein ganz durchschnittlicher Typ mit Schnurrbart.«

Ich fragte vorsichtig an, ob er irgendwelche Hausaufgaben aufhatte. Er schaltete den Fernseher aus. »Jede Menge. Lateinvokabeln, wie immer. Und der alte Fortescue hat uns so ein saublödes Geschichtsprojekt aufgebrummt. Jeder von uns hat eine Straße in Bath zugeteilt gekriegt, und wir müssen ihre Geschichte aufschreiben.«

»Welche hast du?«

»Das hat er sich fein ausgedacht. Er hat gemeint, weil ich von einem Mann durch Mund-zu-Mund-Beatmung wiederbelebt worden bin, sollte ich doch die Gay Street übernehmen. Natürlich hat er dafür ein paar schäbige Lacher gekriegt.«

»Manche Lehrer sind kein bißchen besser als die Jungen, die sie unterrichten. Was sollst du heute abend machen?«

»Einen großen Plan zeichnen, mit allen Gebäuden drauf. Morgen versuchen wir dann rauszufinden, wann sie gebaut wurden und wer da gewohnt hat und so weiter.«

»Besser als lateinische Verben«, munterte ich ihn auf.

Das Telefon klingelte. Molly Abershaw. Sie fragte, ob ich in die Zeitung geschaut hätte.

»Habe ich«, bejahte ich in einem Ton, der nichts verriet.

»Und hat es Ihnen gefallen?«

»Gefallen?« sagte ich. »So stark würde ich das nicht ausdrücken. Wir sind es nicht gewohnt, in der Zeitung zu stehen, wie Sie sich gewiß denken können. Aber es gibt keinen Grund zur Beschwerde. Sie haben sich an die Tatsachen gehalten. Und mein Chef war ganz begeistert, daß Sie seine Firma namentlich erwähnt haben.«

Molly Abershaw am anderen Ende der Leitung gab sich ebenso neutral wie ich. »Rein interessehalber, ich habe mich gefragt, ob Sie irgendwas über den Mann rausgefunden haben, der Matthew das Leben gerettet hat.«

»Nein«, erwiderte ich. »Nichts. Ich habe mich umgehört, aber vergebens. Dieser Spruch von mir in Ihrem Artikel – wo ich sage, daß ich mich gern persönlich bei ihm bedanken möchte –, das war mein Ernst.«

Da wurde ihre Stimme lebhafter. »Darüber würde ich gern mit Ihnen reden, Mrs. Didrikson. Ich habe da so eine Idee für einen Nachfolgeartikel. Ich dachte, wir bringen einen Aufruf an unsere Leser, so was wie ›Finden Sie den Helden!‹«

»Ich verstehe.«

»Sie klingen nicht sehr begeistert.«

»Ehrlich gesagt dachte ich, es käme nichts mehr in der Zeitung.«

»Aber Sie sagten doch, daß Sie ihn gerne finden würden.«

»Das schon.«

»Dann können Sie es genausogut so versuchen. Ich hätte gern noch eine Aussage von Ihnen, wie froh Sie wären, diesen Mann zu finden.«

»Natürlich wäre ich das. Er hat sein Leben aufs Spiel gesetzt und meinen Sohn gerettet. Wir würden uns wirklich gern persönlich bei ihm bedanken, aber ...«

»Großartig. Und Maxim würde gern ein Foto von Ihnen und Matthew zusammen machen. Er könnte gleich morgen früh vorbeikommen, wenn Sie möchten, noch bevor Matthew zur Schule muß.«

»Das wäre aber ziemlich früh. Er geht um halb neun aus dem Haus.«

»Kein Problem. Maxim ist um acht Uhr bei Ihnen. Und, Mrs. Didrikson ...?«

»Ja.«

»Könnten Sie Matthew vielleicht nach den Namen seiner beiden Freunde fragen? Vielleicht können sie sich an etwas erinnern, das uns helfen könnte, den Mann zu finden.«

Ich war mißtrauisch. »Ich weiß nicht recht. Können wir die beiden Jungs nicht aus der Sache raushalten?«

»Ich möchte ja bloß kurz mit den beiden reden. Vielleicht können sie uns eine so gute Beschreibung von dem Mann geben, daß wir ein Phantombild veröffentlichen können.«

»So was macht die Polizei, um Verbrecher zu fangen.«

Nach kurzem Schweigen sagte sie: »So habe ich das nicht gemeint, und ich glaube auch nicht, daß unsere Leser das so sehen würden. Jedenfalls würde ich gerne mit diesen Jungs reden. Sie könnten mich morgen anrufen. Haben Sie unsere Nummer? Sie steht auf der letzten Seite der Zeitung.«

Ich sagte, daß ich zwar nichts versprechen könnte, aber mit Mat darüber reden wollte.

»Gut. Und sollte sich Mat noch an was erinnern, würde ich mich natürlich sehr freuen, von ihm zu hören.«

»Ich werd's ihm ausrichten. Ich legte auf. Dieses Interesse war eine Belastung. Und ich konnte es gut verstehen, wenn Mats Retter lieber anonym bleiben wollte.

4 Am Freitag kam Matthew zu mir in die Küche und öffnete den Kühlschrank. Ich fragte ihn, was er suchte.

»Was von dem Vanillepudding«, lautete die Antwort.

»Optimist«, sagte ich. »Den hast du gestern selbst alle gemacht. In der Kühltruhe ist noch Eis, wenn du was brauchst. Was hast du denn übers Wochenende für Hausaufgaben auf?« Wir haben immer so wenig Zeit, daß sich Gespräche zwischen meinem Sohn und mir auf die Art von Informationsaustausch reduzieren. Ich will nicht die überbesorgte Mutter spielen, aber so mußte es ihm vorkommen, mir jedenfalls kam es so vor. In seinem Alter hat er nicht oft das Bedürfnis, mir zu erzählen, was ihn bewegt, daher halten wir uns an praktische Dinge, und Hausaufgaben sind nun mal unvermeidlich.

Er erklärte, daß er eine Lateinübersetzung fertig machen müsse, für einen Test am Montag einen Bibeltext lesen sollte und – ich zitiere – »dieses beschissene Geschichtsprojekt«.

»Matthew!« Als Taxifahrerin habe ich wahrlich schlimmere Ausdrücke gehört, aber so was aus dem Mund meines Sohns schockierte mich. »Was genau stört dich denn daran?«

»Wir müssen Berühmtheiten raussuchen, die in der Straße gewohnt haben, und was über deren Leben schreiben. Piers hat's gut. Der hat den Circus gekriegt, und da gibt es Gedenktafeln mit den Namen drauf. Aber ich hänge da, mit der Gay Street, das nenne ich Pech.«

»Tja, dann mußt du eben ein bißchen forschen. Das ist wohl auch der Sinn der Übung, nehme ich an.«

»Forschen?«

»Stell dich nicht so dumm an, Mat. Es wird Bücher geben, in denen du nachschlagen kannst.«

»Wo sollen die denn sein?«

»Zum Beispiel in der Bibliothek.«

»Du machst wohl Witze.«

»Nicht die Schulbibliothek. Die Stadtbibliothek. Morgen gehen wir hin. Ich zeige dir, wo du suchen mußt.«

»Wann denn morgen? Du arbeitest doch samstags.«

»Kann ich jetzt noch nicht sagen, Schätzchen. Ich versuche, mir die Zeit zu nehmen.«

Er warf mir einen Blick zu, der verriet, daß er kein großes Zutrauen zu mir hatte. Dann drehte er mir den Rücken zu und schlurfte ins Wohnzimmer. Ich hörte, wie er den Fernseher einschaltete. Mein Nacken und meine Schultern waren verspannt. Wenn ich nicht mal genug Zeit hatte, um dem Kind bei den Hausaufgaben zu helfen, was sollte das dann alles. Und mein Gefühl der Verzweiflung wurde durch Mats Undankbarkeit nicht gerade gelindert. Ich muß mir immer wieder sagen, daß sein Verhalten in der Pubertät ganz normal ist. Er ist noch nicht reif genug, um mit seinen Hormonen fertig zu werden – falls Männer das überhaupt können. Das Beispiel seines Vaters ist nicht ermutigend.

Plötzlich rief er aus dem Wohnzimmer: »Ma, komm mal.«

Das ärgerte mich. »Nicht dieser Ton, Matthew.«

»Schnell.«

Die Dringlichkeit in seiner Stimme war elektrisierend. Mat kniete vor dem Fernseher, einen Finger auf die Mattscheibe gerichtet. »Das ist er!«

»Wer?«

»Er, der Mann, der mir das Leben gerettet hat.«

Flüchtig sah ich auf dem Bildschirm einen dunkelhaarigen Mann mit Schnurrbart, dann wanderte die Kamera weiter und zeigte das Innere eines eleganten Raumes mit Säulen und Kronleuchtern. Anschließend wurde eine junge Frau in einem blauen Hemd gezeigt, die eine Frage formulierte.

Mat sagte: »Gleich zeigen sie ihn wieder.«

»Wer ist das denn?«

»Ich weiß nicht. Ich hatte gerade umgeschaltet.«

Die Frau im Fernsehen stellte eine Frage über Jane Austen.

Wieder erschien das Gesicht des Mannes, der selbstbewußt antwortete und mit einer Deutlichkeit sprach, die erkennen ließ, daß er es gewohnt war, Interviews zu geben. In seinen Augen lag ein amüsiertes Funkeln, als fände er das Ganze ein klein wenig lächerlich.

»Das ist er – mit dem Schnurrbart«, beharrte mein Sohn.

»Es gibt Tausende von Männern mit einem Schnurrbart.«

»Ich weiß.«

»Das kann nicht derselbe Mann sein, Schätzchen.«

»Wieso denn nicht? Er ist es.«

»Im Fernsehen? Die Sendung könnte aus Schottland kommen. Von überall her.«

»Ma, das ist Kanal 1. Points West. Sei doch mal ruhig und hör zu, dann kriegen wir vielleicht seinen Namen mit.«

Der Mann auf dem Bildschirm sagte gerade: »... in ›Überredungskunst‹ schrieb sie, daß die Gesellschaftssäle von dem, wie sie es nannte, ›vornehmen Stumpfsinn häuslicher Gesellschaften‹ verdrängt wurden. Ich vermute, dahinter steckt ein wenig Neid. Sie bekam nicht die Einladungen, die sie gern bekommen hätte. Diese Feste, oder ›Abendgesellschaften‹, wie man sie auch bezeichnete, waren für die damalige Zeit recht wild, frei von den Regeln und Konventionen, die in den Gesellschaftssälen beachtet werden mußten. Daher nahmen weniger Besucher an den Bällen teil. In einem Brief schrieb Jane, daß ihre Laune sich besserte, als plötzlich, nach dem Ende der privaten Feste, zahllose Gäste in den Sälen auftauchten. Können Sie sich vorstellen, wie sie hier gesessen hat, ungeduldig mit den Fingern auf der Sessellehne trommelnd, und auf die Action gewartet hat?«

Ich sagte: »Er redet von Bath.«

»Dann erlebte das gesellschaftliche Leben also einen Wandel?« fragte die Journalistin. »Und die arme Jane hat ihre besten Jahre hier vergeudet?«

»Ja, zu dem Zeitpunkt, als ihre Familie hierherzog, ging es mit Bath gesellschaftlich bereits abwärts. Brighton hatte ihm den Rang abgelaufen. Der Prince of Wales bevorzugte die Seeluft, und somit zog alles, was Rang und Namen hatte, nach Brighton.«

Die Journalistin blickte in die Kamera. »Und von da an wurden die Gesellschaftssäle zunehmend für andere Zwecke verwendet. Vielen Dank, Professor Jackman. Im September wird hier eine von Professor Jackman organisierte Ausstellung über Jane Austen eröffnet werden. Wenden wir uns nun der jüngeren Geschichte der Säle zu ...«

Mat drehte den Ton leiser. »Siehst du? Das ist er«, sagte er begeistert. »Er heißt Jackman.«

»Aber der Mann ist Professor.«

»Na und? Trotzdem hat er mich aus dem Wasser gefischt. Ma, wir müssen uns richtig bei ihm bedanken.«

»Aber wenn du dich irrst, machen wir uns lächerlich.«

»Ich irre mich nicht.«

»Mat, man macht leicht Fehler. Im Fernsehen sehen Leute anders aus.«

»Er nicht.« Trotzig preßte er seine Lippen aufeinander. »Willst du denn nicht mit ihm sprechen?«

Ich zögerte. Das konnte in einen handfesten Streit ausarten, der sich leicht vermeiden ließ. »Natürlich will ich mit ihm sprechen, wenn er der Mann ist, aber ich möchte, daß du ihn richtig siehst, nicht bloß im Fernsehen, bevor wir ihn aufsuchen. Vielleicht steht er ja im Telefonbuch.« Matthew ging es holen.

Am Samstagmorgen wurde mein letzter Verdacht bezüglich der Teddybären restlos zerstreut. Mr. Buckle bat mich, sie rechtzeitig für das Teddybärpicknick am Longleat House abzuliefern. Jetzt kamen mir meine wilden Theorien, daß ein paar der Stofftiere mit Heroin oder Diamanten gefüllt waren, lächerlich vor. Und mein Boß blickte selbstgefällig drein.

Außerdem hatte er mir noch mehr zu sagen.

»Werte Dame, ständig lese ich was über Sie in der Zeitung. Haben Sie den ›Telegraph‹ von gestern gesehen?« Er reichte mir eine Ausgabe. »Seite vier.«

Ich schlug die Seite auf und sah ein Bild von mir, den Arm um Mat gelegt, unter der Schlagzeile: »Helfen Sie uns bei der Suche nach unserem Helden.« Ich sagte bloß: »Ach du meine Güte!« und las nicht weiter.

»Ich hoffe, der Bursche meldet sich«, meinte Mr. Buckle.

»Danke.«

»Falls er, sagen wir, Anfang nächster Woche immer noch nicht gefunden wurde, wäre ich bereit, für seine Identifizierung hundert Pfund Belohnung auszusetzen.«

Ich schluckte trocken, weil mir die Idee nicht gefiel. Wahrscheinlich war das als Wiedergutmachung für den Ärger, den ich wegen der Bären mit der Polizei gehabt hatte, gemeint. »Sehr großzügig von Ihnen«, sagte ich in einem Ton, der Dankbarkeit, aber keine große Begeisterung ausdrückte.

Dieses subtile Signal entging ihm jedoch völlig. »Ganz und gar nicht«, sagte er. »So was ist gut für den Ruf der Firma.«

»Eigentlich wollte ich sagen, daß ich eine Belohnung nicht angemessen finde. Belohnungen werden ausgesetzt, um Informationen über Bankräuber und Einbrecher zu bekommen.«

»Und entlaufene Haustiere«, sagte er. »Ich sehe da keine Schwierigkeit.«

Ich zog seine Logik nicht in Zweifel, sondern sagte stattdessen: »Halten Sie mich bitte nicht für undankbar, Mr. Buckle. Ich möchte nur nicht, daß der Mann sich verfolgt fühlt. Vielleicht will er lieber unerkannt bleiben. Er hat ein Recht auf seine Privatsphäre, wenn er das wünscht.«

»Völlig richtig «, stimmte er zu. »Wer weiß, vielleicht hat er Grund, an diesem Tag nicht in Bath gewesen zu sein.«

»Stimmt.«

»Wir alle brauchen doch hin und wieder mal ein paar Freiheiten, hab ich recht, Dana?«

Ich antwortete ruhig: »Nicht ich. Aber ich danke Ihnen für das Angebot – ich meine das Angebot, eine Belohnung auszusetzen.« Ich fuhr los, um meinen Auftrag zu erledigen.

Als ich die vier Kartons aus der Garage holte, vergewisserte ich mich, daß sich niemand daran zu schaffen gemacht hatte, nachdem ich sie dort abgestellt hatte. Um ganz sicher zu gehen, überprüfte ich, ob noch alle achthundert da waren. Dann fuhr ich nach Longleat und gab sie ab, damit sie an die Kinder verteilt werden konnten. Um halb elf war ich schließlich fertig.

Nachdem die Sache so schnell über die Bühne gegangen war, hatte ich das Gefühl, mir eine kleine Freiheit leisten zu können – wenn auch nicht in dem Sinne, den Mr. Buckle gemeint hatte –, denn ich wollte das Versprechen halten, das ich Mat gegeben hatte. Ich holte ihn zu Hause ab, und wir fuhren nach Bathwick Hill, um dort eine Adresse zu suchen, die im Telefonbuch als John Brydon House angegeben war. Der Besitzer war der einzige G. Jackman, der in Bath wohnte. Ich erinnerte mich schwach daran, das eine oder andere Mal an einem Haus dieses Namens vorbeigefahren zu sein, aber ich wollte mein Gedächtnis jetzt nicht überstrapazieren.

Zu Mat sagte ich: »Ich verspreche gar nichts. Wir suchen das Haus, parken den Wagen irgendwo in der Nähe und sehen mal, ob wir ihn entdecken können.«

»Und wenn er nicht draußen ist?«

»Dann müssen wir uns was anderes einfallen lassen.«

»Du meinst, an die Tür klopfen?«

»Nun hör schon auf, Mat. Ich habe dir doch gesagt, daß ich nichts verspreche.« Im Grunde hatte er recht. Es wäre vernünftig gewesen, zur Haustür zu gehen und zu klingeln. Es war hinterhältig, dem Mann aufzulauern, um einen Blick auf ihn zu erhaschen. Aber ich wußte, wie wenig verläßlich mein Sohn sein kann. Er hat eine blühende Phantasie. Von dem Tag an, als er die ersten zusammenhängenden Sätze bilden konnte, bevölkerte er die Straßen von Bath mit Kobolden, Außerirdischen, Popstars und Figuren aus Fernsehserien. Obwohl er in letzter Zeit etwas zurückhaltender war, was seine Entdeckungen anging, war ich doch der Ansicht, daß wir uns eine peinliche Szene ersparen konnten, wenn er sich Professor Jackman zunächst einmal aus sicherer Entfernung ansah, bevor wir uns ihm vorstellten. Insgeheim rechnete ich fest damit, daß Mat zugeben würde, sich getäuscht zu haben.

Wir bogen links ab und fuhren eine Weile auf der Suche nach dem Hausnamen langsam die Straße entlang. Bald wurde sie recht ländlich, die Abstände zwischen den Häusern wurden größer. Das John Brydon House lag auf der rechten Seite. Mat entdeckte kurz vor mir den Namen auf dem Torpfosten.

Ich fuhr noch etwa fünfzig Meter weiter und parkte den Mercedes außer Sichtweite des Hauses, das ein Stück nach hinten versetzt auf einem schönen Grundstück stand. Es war grauer als der übliche Kalkstein und üppig mit Efeu bewachsen. Vom Stil her wirkte es weder georgianisch noch modern. Ich vermutete, viktorianisch oder edwardianisch. Ein brauner Volvo stand in der breiten halbkreisförmigen Einfahrt.

»Klar, Boss«, sagte Mat und schlüpfte in seine Räuber-und-Gendarm-Rolle. »Sollen wir die Bude durchleuchten?«

Bei diesem Spiel konnte ich nicht mithalten. »Anscheinend ist jemand zu Hause. Laß uns langsam dran vorbeigehen.«

Wir stiegen aus und gingen längs der Steinmauer, die den Abschluß der Einfahrt bildete, bemüht, nicht zu auffällig in Richtung Haus zu starren. An der Stelle, wo die Mauer endete, blieben wir unter einem überhängenden Feuerdornbusch stehen, der einen guten Sichtschutz bot und doch gleichzeitig einen eingeengten Blick auf Haus und Einfahrt ermöglichte.

Mat fragte: »Sollen wir noch mal dran vorbeigehen?«

»Ich denke, wir warten hier ein Weilchen.«

»Da vorne ist ein schmaler Pfad. Wenn wir den nehmen und quer durchgehen, können wir hinter das Haus sehen. Vielleicht arbeitet er gerade im Garten.«

»Nun mal langsam mit den jungen Pferden«, erwiderte ich.

Matthew zuckte die Achseln, hievte sich auf das Mäuerchen, setzte sich darauf und fing an, mit den Fersen gegen die Steine zu treten. Irgendwo über uns trällerte eine Amsel. Es klang schön. Ich höre so selten den Gesang von Vögeln.

Mat sagte beiläufig, wie aus Langeweile: »Molly die Matrone hat gestern abend angerufen.«

Diesmal tadelte ich ihn nicht für die Beleidigung. »Hast du mir ja gar nicht erzählt. Wann denn?«

»Ziemlich spät. Als du gebadet hast. Ich habe ihr gesagt, daß du nicht ans Telefon kommen könntest.«

»Was wollte sie denn jetzt wieder?«

»Dasselbe wie immer. Ob wir was Neues wüßten. Sie sagte, nachdem sie die Geschichte mit der Suche nach dem Helden abgedruckt hatten, hätten sich ziemlich viele Leute gemeldet. Ein paar von denen haben zugeguckt, als ich gerettet wurde. Sie hat gesagt, sie haben ihr den Mann beschrieben, aber keiner hat ihn wiedererkannt. Ich hab ihr gesagt, ich aber. Ich hab ihr gesagt, daß er im Fernsehen war.«

»Oh, Mat!«

Er verschränkte die Arme und starrte gen Himmel. »Was stört dich denn nun schon wieder?«

Ich hätte ihm den Hals umdrehen können. »Das hast du ihr erzählt? Hast du ihr Jackmans Namen genannt?«

»Ja klar.«

»Du Dussel! Und wenn du dich geirrt hast?«

»Hab ich nicht. Das sag ich doch dauernd.«

»Mat, würdest du mich bitte ansehen, wenn ich mit dir rede? So was erzählt man den Presseleuten nicht, es sei denn, man ist sich hundertprozentig sicher, und selbst dann ist es nicht immer ratsam, mit ihnen zu reden.«

»Warum? Wir müssen uns doch für nichts schämen. Sie hat mich gefragt, ob ich ihr sonst noch was erzählen könnte. Hätte ich sie anlügen sollen?«

»Du hättest ihr sagen können … Ach was, ist ja jetzt auch egal. Wieso schleichen wir hier hinter Büschen herum, wenn ohnehin schon Gott und die Welt Bescheid weiß?«

»Du wolltest doch hierherfahren«, stellte Matthew klar. Er hüpfte von der Mauer. »Sollen wir doch zum Haus gehen?«

»Ich denke, das müssen wir. Mittlerweile hat sie ihn bestimmt schon angerufen. Und Matthew …«

»Ja?«

»Überlaß mir das Reden.«

»Nichts lieber als das.«

Die Herablassung kränkte mich. In dieser Bemerkung lag ein Anflug männlicher Überheblichkeit. Das gleiche Gefühl hatte ich bei fast allem gehabt, was Mat an dem Morgen von sich gegeben hatte. Daran war die Schule schuld, dessen war ich sicher. Das konnte ich ihm nicht durchgehen lassen. Ich bin ihm Mutter und Vater zugleich und muß von ihm respektiert werden. So packte ich ihn am Ärmel seines Blazers und sagte eindringlich: »Wenn du dir weiterhin einen solchen Ton mir gegenüber erlaubst, junger Mann, kannst du dir jemand anderen suchen, der dir aus deinem Schlamassel hilft. Für so was habe ich absolut kein Verständnis.«

Seine Augen weiteten sich, und plötzlich sah er sehr kindlich aus. »Tut mir leid, Ma.«

Ich sagte: »Also los. Bringen wir's hinter uns«, und ging in Richtung Haus.

Wir hatten die Einfahrt noch nicht ganz erreicht, da sagte Mat: »Es kommt jemand raus.«

Ich spähte über die Mauer und sah einen Mann auf der Veranda. »Ma, das ist er nicht!« sagte Matthew halblaut.

Ich sah selbst, daß der Mann, der rasch und etwas großspurig auf den Volvo in der Einfahrt zuging, nicht der Professor war, den wir im Fernsehen gesehen hatten. Der hier war nicht viel älter als zwanzig, schien nur aus Muskeln zu bestehen, hatte glatt nach hinten gekämmtes, strohfarbenes Haar und keinen Schnurrbart. Er trug ein kornblumenblaues, kurzärmliges Hemd, weiße Jeans und Tennisschuhe. Irgendwie hatte ich das Gefühl, ihn schon einmal in einem anderen Umfeld gesehen zu haben. Meistens, wenn mir Leute bekannt vorkommen, stellt sich heraus, daß sie mal meine Fahrgäste waren, aber Sie wissen ja, wie das ist, wenn man nicht weiß, wo man jemanden hintun soll. Mein Gedächtnis signalisierte mir jedenfalls, daß der junge Bursche nie in meinem Taxi gesessen hatte. Ich mußte ihn irgendwo anders gesehen haben. Ich faßte Matthew am Handgelenk. »Laß uns noch ein paar Minuten warten. Wir gehen erst mal vorbei.«

Wir hatten kaum zwei Schritte gemacht, als sich vor unseren Augen eine höchst melodramatische Szene abspielte. Aus der noch offenen Haustür schrie eine schrille Stimme empört: »Verdammt, du kannst mich doch nicht so einfach sitzenlassen! Komm zurück!« Dann erschien eine Frau mit langen, wallenden roten Haaren auf der Veranda und eilte hinter dem Mann her. Sie erreichte ihn, als er gerade die Wagentür öffnete. Sie war ein paar Jahre älter als er, mit einem noch schönen Gesicht, aber die Haut wirkte straff und angespannt.

Das alles geschah, während Mat und ich am John Brydon House vorbeigingen. Ich wollte die Szene nicht allzu auffällig beobachten, zumal die Frau barfuß war und einen rosafarbenen Morgenmantel aus Seide trug, der bis zum Oberschenkel aufschlug. Ich hätte mir keine Sorgen machen müssen. Die beiden waren zu sehr mit sich selbst beschäftigt, als daß sie sich darum gekümmert hätten, ob ihnen jemand zusah. Die Frau streckte die Hand aus und bekam das Goldkettchen zu fassen, das der Mann um den Hals trug. Sie versuchte, ihn daran zu hindern, ins Auto zu steigen. Sie schrie: »Nein, Andy, das kannst du mir nicht antun! Bleib hier, bitte, bitte! Was soll ich machen, auf die Knie fallen und dich anflehen?«

Andy antwortete nicht. Er bog ihre Finger einen nach dem anderen von dem Kettchen los, als ob er nicht riskieren wollte, daß es riß, wenn er sie von sich wegstieß. Während dessen zog sie mit der anderen Hand an seinem blonden Haar, aber das schien ihm nichts auszumachen. Als er sein Kettchen gerettet hatte, umklammerte er ihre Handgelenke, zwang sie auf die Knie und stieß sie dann verächtlich zu Boden. Sie schrie: »Dreckskerl!« als ihre Schulter auf den Kies aufschlug, aber wenn er sie fester gestoßen hätte, wäre es wesentlich schmerzhafter für sie geworden. Als die Frau wieder auf die Beine kam, war Andy bereits in den Wagen gestiegen und hatte die Tür zugeknallt. Er ließ den Motor an. Sie trommelte mit den Fäusten gegen das Fenster und rief: »Andy, ich hab's nicht so gemeint!« Der Volvo knirschte über den Kies, bog auf die Straße und entfernte sich in Richtung Bath. Die Frau rannte bis zur Ausfahrt und sah ihm schluchzend nach.

Mat und ich hatten unser Gehtempo auf Laufschritt erhöht und eilten zu unserem Auto, das glücklicherweise nicht in der Richtung geparkt war, in die der Volvo gefahren war. Wir stiegen ein und schlossen die Türen.

»Was meint du, wer die Leute sind?« fragte Matthew.

Ich sagte, daß ich nicht die blasseste Ahnung hätte.

»Es ist das richtige Haus.«

»Ich weiß. Aber Telefonbücher sind nicht immer auf dem neuesten Stand. Vielleicht hat dein Professor es an diese Leute verkauft und ist irgendwo anders hingezogen. Jedenfalls finde ich, daß wir an diese Tür nicht klopfen sollten.«

»Worüber haben die sich so gestritten?«

»Das geht uns nichts an. Irgendwas Privates.«

»Meinst du Sex, zum Beispiel?«

»Matthew, es reicht.«

»Unter dem Morgenmantel hatte sie nichts an. War sie eine Prostituierte, Ma?«

»Mach dich nicht lächerlich.« Ich ließ den Wagen an.

»Ich frag doch nur. Du redest fast nie mit mir über Sex.«

Unsere unverklemmte Jugend! In seinem Alter wäre ich vor Scham fast gestorben, als meine Mutter mir erklärte, worauf ich mich einzustellen hatte – ohne die Fortpflanzungsorgane auch nur ein einziges Mal beim Namen zu nennen.

Ich wendete und fuhr am Haus vorbei. Die Frau war verschwunden, die Haustür geschlossen. Wir fuhren nach Bath und parkten gegenüber vom Orange Grove. Ich war dankbar für die Ablenkung durch das andere Versprechen, das ich Mat gegeben hatte, der Besuch in der Abteilung für Stadtgeschichte in der Stadtbücherei. Ich ging mit ihm dorthin, und eine halbe Stunde lang schlugen wir in allen möglichen Büchern nach, ob die Gay Street erwähnt wurde. Wir fanden heraus, daß sie nach einem Robert Gay benannt worden war, dem das Land gehört hatte, über das sie verlief. »Na bravo!« meinte Mat. Aber immerhin konnten wir eine Liste von ehemaligen Anwohnern und Besuchern zusammenstellen, darunter John Wood, Tobias Smollett, Josiah Wedgwood, Jane Austen und William Friese-Green. Mat schrieb sich die Namen auf und sagte, er hätte noch von keinem von ihnen gehört.

»Du mußt rausfinden, wer sie sind. Darum geht es doch bei diesem Projekt«, erwiderte ich in dem Versuch, ein wenig Begeisterung bei ihm zu wecken. »Wir gehen jetzt rüber in die Handbibliothek, und ich zeige dir, wo du suchen mußt.«

Während er sich Notizen aus dem »Dictionary of National Biography« machte, ging ich los, um einen neuen Parkschein zu ziehen. Und neben meinem Wagen stand eine füllige, vertraute Gestalt, deren Anblick mich nicht gerade erfreute.

Molly Abershaw begrüßte mich mit der Erklärung, daß meine Exkollegen vom Taxistand meinen Wagen erspäht und ihr versichert hatten, daß ich bestimmt bald zurückkäme. Sie trug einen bunten Poncho, den sie wahrscheinlich in einem Laden für lateinamerikanisches Kunstgewerbe erstanden hatte. »Ich dachte, Sie würden sich über ein Exemplar freuen.« Sie reichte mir einen »Evening Telegraph«.

Der Aufmacher trug die Überschrift: »Professor als rettender Engel«. Ich überflog ihn rasch. Ganz offensichtlich hätten Mat und ich uns einige Mühe ersparen können, wenn wir einfach zum Telefon gegriffen hätten, statt über die Mauer des John Brydon House zu spähen. Professor Jackman war erwiesenermaßen der Held vom Pulteney-Wehr.

Molly Abershaw strahlte über beide Ohren und meinte: »Ich gebe zu, ich bin ganz zufrieden damit. Das war von Anfang an meine Story. Es macht wirklich Spaß, wenn man einer Sache so nachgehen kann.«

»Dann haben Sie also mit dem Professor gesprochen?«

»Nachdem Mat mich auf seine Spur gebracht hatte, ja. Er ist ein pfiffiges Kerlchen.«

»Meinen Sie Mat?«

Molly Abershaw bebte vor Heiterkeit. »Wohl beide, aber diesmal habe ich Mat gemeint.« Ihr Lächeln verriet unübersehbar, daß ihr noch etwas auf der Seele lag. »Sie hatten doch nichts dagegen, daß ich mit Mat gesprochen habe?«

»Wieso denn?« sagte ich sinnvollerweise. Ich wollte mich auf keinen Fall auf eine Debatte mit ihr einlassen. »Wenn ich nicht ans Telefon gehen kann, geht er ran.«

»Und das macht er sehr ordentlich. Die meisten Kinder in seinem Alter sprechen doch nur in Halbsätzen. Ich denke, seine Schule macht da viel aus.«

»Mag sein«, sagte ich mißtrauisch. Ich wollte ebensowenig wie Mat, daß die Schule in der Zeitung erwähnt wurde.

»Darf ich fragen, ob Sie vorhaben, Professor Jackman aufzusuchen, um ihm persönlich zu danken?«

Das wäre Mats Stichwort gewesen, um eine plastische Darstellung des Zwischenfalls vor dem Haus zu geben. Aber dank Mr. Fortescue entging der Presse eine heiße Story. Ich antwortete: »Wir werden einen Weg finden, uns zu bedanken.«

»Das dachte ich mir, und ich kann es für Sie arrangieren.«

»Oh, das wird nicht nötig sein«, sagte ich rasch.

»Möchten Sie ihm nicht begegnen?«

»Doch, aber ...« Meine Gelassenheit war dahin.

»Ihm die Hand schütteln und so?«

»Na ja, schon.«

»Morgen kommt er in die Buchhandlung Waterstone. Ted Hughes hat da Signierstunde, und sämtliche geistigen Größen der Stadt sind eingeladen.«

»Da kann ich unmöglich hingehen.«

»Warum nicht? Es ist eine öffentliche Veranstaltung. Darum geht's ja gerade. Man will Bücher verkaufen. Sie und Mat könnten den Professor unauffällig ansprechen und bei einem Gläschen ein wenig mit ihm plaudern. Das wäre doch viel einfacher, als ihn zu Hause oder in der Uni aufzusuchen.«

Ich schwankte. Es klang wirklich ganz einfach.

Molly Abershaw fügte hinzu. »Und Mat würde keinen Unterricht verpassen.«

»Sonntags muß er immer im Gottesdienst singen.«

»Nachmittags?«

Ich gab zu, daß sich alles in allem wohl keine bessere Gelegenheit bieten würde, um Professor Jackman unseren Dank auszusprechen. Und wankelmütig, wie ich bin, ertappte ich mich dabei, daß ich schon überlegte, was ich anziehen sollte.

»Dann sehen wir uns dort«, sagte Molly Abershaw.

5 Um die Mittagszeit an jenem Sonntag wimmelte es in der Buchhandlung Waterstone auf der Milsom Street nur so von Menschen, die einen Blick auf den berühmten Dichter werfen oder ein Autogramm von ihm haben wollten. Dabei herrschte ein solches Gedränge, daß Mat und ich vorübergehend zwischen den Abteilungen Fantasy und Krimi feststeckten.

Mat trug trotz erbitterter Gegenwehr seinen rot-weiß gestreiften Schulblazer, graue Hose, weißes Hemd und Krawatte. Ich hatte ihm gesagt, daß er zu einer solchen Gelegenheit nicht seine normale Sonntagskleidung tragen könne, T-Shirt und Jeans, was alle Chorknaben beim Gottesdienst in der Abteikirche unter ihrem Gewand anhatten. Knurrend hatte er gesagt, wenn einer seiner Klassenkameraden ihn in Schuluniform auf der Milsom Street erwischte, hätte er am nächsten Tag in der Schule die Hölle auf Erden. Ich hatte dagegengehalten, daß ich mich von seiten der Taxifahrer auf einiges gefaßt machen könnte, wenn sie mich im Rock erwischten.

»Da ist er!« sagte Matthew plötzlich.

»Wo?«

»Da hinten bei dem Grüppchen, neben den Büchern.«

»Hier sind überall Bücher.«

»Die an der Wand unter dem Schild Romane, genau vor der Frau mit dem grünen Hut. Er unterhält sich mit einem großen Schwarzhaarigen und einem Kahlkopf mit Fliege.«

»Das ist er?« sagte ich. »Im Fernsehen ist er mir größer vorgekommen.«

»Doch, das ist er«, sagte Matthew mit Bestimmtheit. »Und er ist ziemlich groß.«

»Na gut. Er scheint es tatsächlich zu sein. Ich gebe zu, du hast recht.«

Professor Jackman unterhielt sich angeregt mit den Leuten, die um ihn standen. Mit dem schwarzen Schnurrbart und den flinken Augen und den Händen, die beredt untermauerten, was er sagte, hatte er eher was von einem Gondoliere, der um den Fahrpreis feilschte, als von einem Akademiker. Offensichtlich ein redefreudiger und -gewandter Mensch. Bestimmt waren seine Vorlesungen gut besucht. Ich wäre gern näher herangegangen, um mitzubekommen, was er sagte. Andererseits war ich wie gelähmt bei der Vorstellung, ihn zu unterbrechen, um meinen Sohn und mich selbst vorzustellen.

Auch Matthew wurde jetzt, wo die Gelegenheit gekommen war, recht kleinlaut. »Sein Haar steht jetzt höher als damals«, sagte er zu mir, offensichtlich, um Zeit zu schinden. »War natürlich naß. Und er hatte kein Jackett an.«

»Das da sieht aus wie maßgeschneidert«, murmelte ich. »Ihm muß ganz schön warm sein.«

»Mir auch«, sagte Mat.

»Da drüben reicht eine Frau Orangensaft herum«, sagte ich. »Sollen wir mal sehen, ob der für alle gedacht ist?«

Wir hatten noch keine zwei Schritte gemacht, als mich jemand am Arm berührte und festhielt. Die Luft wurde noch wärmer, und Modeschmuck klimperte. Molly Abershaw hatte uns entdeckt.

»Ihr geht in die falsche Richtung, meine Lieben. Er ist da drüben. Meine Güte, Mat, was bist du schick heute. Kommt mit, ich werde euch vorstellen.«

Sie bahnte sich einen Weg durch den Raum, und Mat und ich folgten ihr wie Infanteristen einem Panzer. Die Gruppe um den Professor lauschte interessiert seinen Ausführungen.

»Professor Jackman?«

»Ja?« Er wandte sich um, die Augenbrauen hochgezogen, wohl weil er mitten im Redefluß unterbrochen worden war.

»Mein Name ist Molly Abershaw. Wir haben Donnerstagabend telefoniert. Ich bin vom ›Evening Telegraph‹.«

Die Muskeln um seine Mundwinkel spannten sich an. »Ich dachte, es wäre klar gewesen, daß ich den Leuten von der Presse nichts zu sagen habe, Miss Abershaw.«

Die Vorwärtsbewegung des Panzers mochte in einer Richtung zum Erliegen gekommen sein, doch in einer anderen wälzte er sich weiter. »Keine Angst, Professor. Ich will ja kein Interview mit Ihnen machen. Ich möchte Ihnen bloß jemanden vorstellen – na ja, eigentlich ist es keine Vorstellung, sondern ein Wiedersehen. Erinnern Sie sich noch an den kleinen Matthew?« Sie legte eine Hand auf Mats Schulter, als ob seine Identifizierung in Frage gestellt wäre. »Jetzt kannst du sagen, was du auf dem Herzen hast, Mat.«

Bevor Mat auch nur den Mund öffnen könnte, sagte Professor Jackman schneidend: »Nicht nötig.«

»Das ist seine Mutter, Mrs. Didrikson«, sagte Molly Abershaw. »Die beiden sind nur hergekommen, um Sie kennenzulernen.«

Der kahlköpfige Mann mit der Fliege sagte: »Na, Greg, holt dich etwa deine Vergangenheit ein?«

Molly Abershaw faßte Matthews Schulter noch fester und schob ihn näher an den Professor heran. Gleichzeitig sagte sie: »Treten Sie ein bißchen zurück, Mrs. Didrikson.«

Dann sagte eine unbekannte Stimme: »Professor, schauen Sie bitte hierher.«

Ein Blitzlicht flammte auf. Alle waren überrascht, nur nicht der Fotograf und Molly Abershaw. Bei dem Gedränge hatte ich die Kamera nicht gesehen. Ich war außer mir. Das Ganze war wie ein Hinterhalt inszeniert, und es mußte so aussehen, als hätten Mat und ich dabei mitgemacht.

Professor Jackman sagte: »Zum Donnerwetter, was soll denn das?«

»Bitte so bleiben. Nur noch eins«, sagte der Fotograf, ein großer bärtiger junger Mann in einem rosa Hemd.

Der Professor reagierte schnell. Er machte einen Schritt nach vorn, griff über das Bücherregal hinter dem der Fotograf stand, packte ihn am Handgelenk und forderte ihn auf, die Kamera zu öffnen und den Film rauszunehmen.

»Das kann ich nicht machen.«

»Wenn Sie es nicht können, mach ich es.« Er bog die Hand mit der Kamera nach oben.

»Sie machen sie kaputt!« sagte der Fotograf.

»Dann tun Sie es.«

Molly Abershaw sagte: »Was fällt Ihnen ein, Sie haben kein Recht dazu ...«

»Falsch«, sagte der Professor, ohne den Griff zu lockern. »Sie hatten kein Recht dazu. Ihr Presseleute habt vielleicht Nerven. Das hier ist kein Fußballspiel, sondern eine Veranstaltung für Mr. Hughes.«

Blicke wandten sich uns zu, und um uns herum war es still geworden.

»Also gut, lassen Sie meinen Arm los«, sagte der Fotograf.

Professor Jackman lockerte seinen Griff.

Der Fotograf öffnete den Kameraverschluß.

»Nehmen Sie den Film raus und geben Sie ihn mir«, befahl der Professor. »Ja, ich will den Film.« Er steckte ihn ein, drehte sich um, blickte in ein paar Gesichter und sagte dann: »Thema beendet.« Dann widmete er sich wieder der Gruppe, mit der er sich zuvor unterhalten hatte.

Er stand mit dem Rücken zu uns. Ich konnte jetzt unmöglich mit ihm reden, ebensowenig wie Matthew. Ich war peinlich berührt und wütend, mehr um Matthews willen als meinetwegen. Sein Vorsatz, sich zu bedanken, war völlig fehlgeschlagen, und schuld daran war Molly Abershaw. Nicht der Professor. Seine zornige Reaktion war verständlich. Wir waren rücksichtslos benutzt worden, wir alle.

Wütend blickte ich hinüber zu Molly Abershaw, die sich mit dem Fotografen beriet.

»Laß gut sein, Ma«, sagte Mat.

Er hatte recht. Eine weitere Szene wäre sinnlos gewesen. Wir ließen es gut sein.

Teil fünf

Kopfzerbrechen

1 Im Polizeirevier auf der Manvers Street reichte Diamond Dana Didrikson eine Tasse Kaffee und teilte ihr mit, daß man ihm gerade Bescheid wegen ihres Sohnes gegeben hatte. Matthew war von einer Polizeistreife im Wohngebäude der Schule abgeliefert worden. Als die Beamten gingen, saß er bereits mit ein paar Freunden vor dem Fernseher und sah sich die Benny-Hill-Show an. »Sie können sich also entspannen«, sagte Diamond mit schwachem Lächeln, das die Absurdität dieses Vorschlags eingestand, auch wenn er nett gemeint war.

Sie reagierte nicht darauf und ließ nur langsam den Blick durch das Vernehmungszimmer wandern, über die schallisolierten Wände mit Kaffeeflecken, Brandstellen von ausgedrückten Zigaretten, Spuren von fettigen Haaren und sonstigen zweifelhaften Substanzen. Im Laufe der letzten Stunde hatte sie sich recht überzeugend als kooperative Zeugin präsentiert, wobei sie die Erinnerung an ihre ersten Begegnungen mit den Jackmans offen und selbstbewußt schilderte, als ob der Fluchtversuch vom frühen Abend nie stattgefunden hätte und es immer schon ihre Absicht gewesen wäre, mit der Polizei zu reden. Diamond betrachtete ihre kindlich kleine linke Hand, die ganz flach und offenbar ohne Anspannung auf dem Holztisch ruhte, und gab sich dem Glauben hin, daß Dana Didrikson mit sich ins reine gekommen war. Durfte er hoffen, so fragte er sich, daß sie nun bereit war, den Mord zu gestehen, und gleich auf ihre gelassene Art schildern würde, wie und warum sie es getan hatte?

»Können wir weitermachen?« fragte er, ganz erpicht darauf, die Vernehmung zum krönenden Abschluß zu bringen. Ein neues Band wurde eingelegt, und John Wigfull, wie gewohnt die Buchstaben des Gesetzes beachtend, versah es mit einer Nummer und sprach Uhrzeit und Datum ins Mikrofon.

»Setzen wir doch nach der Veranstaltung bei Waterstone ein«, gab Diamond ihr das Stichwort. »Offensichtlich waren Sie von dem Zwischenfall dort peinlich berührt.«

»Entsetzt.« In Erinnerung daran schüttelte sie den Kopf und erklärte, daß sie später am selben Tag noch ihren ganzen Mut zusammengenommen und Jackman zu Hause angerufen hatte. Er war nicht da, und sie hatte mit Geraldine gesprochen, die sie freundlich für denselben Abend zu einem Grillfest eingeladen hatte. Das schien eine gute Gelegenheit, mit dem Professor zu sprechen, ohne gleich verpflichtet zu sein, länger zu bleiben. Es kam noch besser, denn als sie dort ankam, hatte Jackman selbst vor dem Haus auf sie gewartet. Er machte den Vorschlag, zu einem Pub zu fahren, wo sie etwas getrunken und alle Mißverständnisse ausgeräumt hatten.

Wigfull konnte sich die Bemerkung nicht verkneifen: »Sie kamen also unter vier Augen gut miteinander aus?«

Sie antwortete nicht. Kein Wunder, fand Diamond, denn Wigfulls Einwurf war so passend wie ein dreifaches Hoch auf einer Beerdigung. Das war nicht der richtige Zeitpunkt, um ihrer Beziehung zu Jackman auf den Grund zu gehen – nicht, wo sie gerade wieder anfing, flüssig zu erzählen.

Nach einer Pause, in der sie wohl die Bemerkung verdaute, fuhr Mrs. Didrikson fort: »Er erzählte mir von der Ausstellung, die er zu Ehren Jane Austens organisierte, und von seinen Problemen, genug Exponate zusammenzubekommen. Irgendwie kamen wir auf Jane Austens Tante zu sprechen, die wegen Ladendiebstahls in Bath angeklagt worden war. Greg erzählte mir die Geschichte, und seltsamerweise fiel mir dazu etwas ein, was ich aber damals nicht erwähnte. Oh, und er sagte, daß er Mat gern wiedersehen wolle. Er bot an, ihn zum Schwimmen ins Hallenbad der Universität mitzunehmen.«

Diesmal tat Diamond schamloserweise genau das, wofür er Wigfull wütend angefunkelt hatte. Er unterbrach sie und sagte: »Erzählen Sie uns von Jane Austens Tante.«

»Die Geschichte mit dem Ladendiebstahl?«

»Nein. Was Ihnen dabei eingefallen ist.«

Sie trank einen Schluck Kaffee, und noch immer war ihre Hand auffallend ruhig. »Also, Sie müssen wissen, daß die Tante Mrs. Leigh Perrot hieß. Ich habe Ihnen doch von Mat und seiner Hausaufgabe für Geschichte erzählt, nicht wahr, und daß ich mit ihm zur Bücherei gefahren bin, um die berühmten Anwohner der Gay Street ausfindig zu machen.«

»Hat die Tante dort gewohnt?«

Sie schüttelte den Kopf und ließ leichte Verärgerung erkennen. »Ich will es Ihnen ja gerade erzählen, Sie müssen mir nur Gelegenheit dazu geben. Wie gesagt hatten wir in der Abteilung Stadtgeschichte angefangen, im Keller des Hauptgebäudes. Die Regale waren voller Bücher über Bath und Bristol und die Ortschaften in der näheren Umgebung, wie zu erwarten, aber während wir die Titel überflogen, blieb mein Blick kurz an einem hängen, der eher in die Musikabteilung zu gehören schien. ›Purcell – Eine Spurensuche‹. Als ich den Band herauszog, bemerkte ich meinen Irrtum. Der Name lautete Perrett, und das Buch hatte ein gewisser George Perrett geschrieben, ein Bewohner von Bath, der sich mit der Geschichte seiner Familie beschäftigte. Für unser Gay-Street-Projekt war es nutzlos, und so stellte ich es wieder ins Regal, doch später, als Greg mir die Geschichte von Mrs. Leigh Perrot erzählte, beschloß ich insgeheim, noch einmal in die Bücherei zu gehen und mir den Band genauer anzusehen. Vielleicht entdeckte ich ja etwas, was für ihn interessant war ... Ich dachte, wie schön es wäre, wenn ich etwas herausfinden würde, was er noch nicht wußte, etwas, was ihm für die Ausstellung nützen könnte, als kleines Zeichen meiner Dankbarkeit dafür, daß er Mat gerettet hatte.«

»Zum damaligen Zeitpunkt haben Sie Professor Jackman nichts davon gesagt?«

»Nein. Es war ja völlig ungewiß, ob Mrs. Leigh Perrot in dem Buch überhaupt erwähnt wurde.« Dann preßte Dana Didrikson die Hände zusammen, verschränkte fest die Finger und ließ die Zügel ihrer Selbstbeherrschung etwas lockerer, als sie sich an den Augenblick erinnerte. »Aber sie wurde erwähnt«, sagte sie mit Befriedigung. »Irgendwo ziemlich in der Mitte war ein Abschnitt, in dem stand, daß viele Mitglieder

der Familie Perrett in keinem der zahlreichen Archive einer Erwähnung wert befunden wurden und daß sie leider allzu gesetzestreu gewesen seien, sonst wäre ihnen vielleicht die eine oder andere Erwähnung zuteil geworden, wie das bei einer gewissen Mrs. Leigh Perrot der Fall war, die im Jahre 1800 in Taunton wegen Ladendiebstahls vor Gericht gestanden hatte.« Ihre Augen weiteten sich vor kindlicher Freude. »Der Name sprang mir förmlich entgegen. Das mußte Tante Jane sein! Und, noch aufregender, der Autor fügte hinzu, daß es im Gerichtsarchiv von Wiltshire County noch Unterlagen gäbe, darunter ein Protokoll des Prozesses und einen Brief, der von einem Mitglied der Familie unterzeichnet war.«

»Das Gerichtsarchiv von Wiltshire County, in Trowbridge«, warf Wigfull gleichmütig ein, nur um sein Wissen anzubringen, fand Diamond, doch es klang ernüchternd.

Gott sei Dank war Mrs. Didrikson durch die Erinnerung an die Ereignisse in einer solchen Hochstimmung, daß sie sich nicht aus dem Konzept bringen ließ. Sie schilderte, wie sie bei der ersten Gelegenheit nach Trowbridge gefahren war und Einsicht in die Unterlagen beantragt hatte. »Ehrlich gesagt, es war ziemlich enttäuschend, als man sie mir vorlegte. Der Brief stammte von einem John Leigh Perrot, und als ich endlich die Handschrift entziffert hatte, stellte sich heraus, daß nichts Interessantes drinstand. Auch das Prozeßprotokoll war langweilig. Ich sprach einen der dortigen Mitarbeiter an, für den Fall, daß sie vielleicht noch andere Unterlagen über Tante Jane hatten. Er sah in einem Karteikartenregister nach und befragte den Computer, doch er fand nichts. Ich wollte schon aufgeben, als eine ältere Angestellte, ich glaube, eine Archivarin, dazukam und sich erkundigte, wonach ich suchte. Ich erklärte es ihr, und sie besorgte mir nähere Informationen über den Erwerb der Unterlagen, die ich durchgesehen hatte. Sie sagte, einer ihrer Kollegen sei daran beteiligt gewesen. Nun, um es kurz zu machen, sie telefonierte, und die Person am anderen Ende der Leitung bestätigte, daß dem Gerichtsarchiv irgendwann in den sechziger Jahren ein dicker Packen Briefe aus der Korrespondenz der Familie Leigh Perrot angeboten worden war, man aber nur eine repräsentative

Auswahl getroffen hatte. Der dafür zuständige Sachbearbeiter wußte nichts über die Verbindungen zu Jane Austen. Aber sie hatten noch den Namen des Mannes, der ihnen die Briefe angeboten hatte, ein Captain Crandley-Jones aus Devizes.«

»Und den haben Sie aufgespürt?«

»Letztendlich. Es hat länger gedauert, als ich gehofft hatte. Er stand nicht im Telefonbuch.«

»Und Professor Jackman hatte die ganze Zeit über keine Ahnung, daß Sie hinter diesen Briefen herwaren?«

Sie schüttelte den Kopf. »Ich habe ihm nichts gesagt. Es hätte ja durchaus nichts dabei herauskommen können.«

»Dann haben Sie Kontakt mit diesem Mann in Devizes aufgenommen?«

»Mit seinem Schwiegersohn. Der Captain war verstorben, aber man gab mir die Adresse seines Nachlaßverwalters, des Schwiegersohns, der auf der Isle of Wight wohnte. Ich wandte mich an ihn und erhielt zwei Wochen keine Antwort. Ich dachte schon, die Spur wäre im Sande verlaufen, und es waren nur noch wenige Tage bis zur Ausstellungseröffnung. Dann, eines Abends in der ersten Septemberwoche, rief er mich an. Er sagte, er sei die Papiere des Captains durchgegangen und habe eine Quittung über den Verkauf einer Sammlung von dreiundsechzig Briefen der Familie Perrot gefunden. Bei dem Käufer handle es sich um einen Briefmarkenhändler in Crewkerne namens Middlemiss. Er hatte den ganzen Packen 1979 für 150 Pfund gekauft. Natürlich bin ich gleich am nächsten Tag hingefahren, und diesmal hatte ich Glück, mehr Glück, als ich zu hoffen wagte. Mr. Middlemiss wohnte noch immer unter der alten Adresse, und er war noch immer im Besitz der Perrot-Briefe. Er hatte die Sammlung gekauft, weil einige der Briefe frühe Briefmarken trugen, die er offenbar mit gutem Gewinn verkauft hatte. Die übrigen brachte er mir in einer Schachtel, und ich durfte sie durchsehen.« Mrs. Didrikson schloß einen Moment fest die Augen. »Ich kann Ihnen nicht beschreiben, wie aufgeregt ich war, als ich die verstaubten Briefe durchsah. Sie trugen verschiedene Handschriften, und ich schätze, sie umfaßten einen Zeitraum von etwa achtzig Jahren. Bei einigen von ihnen waren Vierecke ausgeschnitten, wo die Briefmarken gewesen waren. Glücklicherweise stammten die, die mich interessierten, aus der Zeit, bevor die ersten Briefmarken aufkamen, wann immer das gewesen sein mag.«

Wigfull, der aufgeweckte Junge, lieferte das Datum: 1840. Aber Dana Didrikson war viel zu sehr in ihrer Geschichte versunken, um es mitzubekommen. »Stellen Sie sich vor, was in mir vorging, als ich zwei kurze Briefe aus dem Jahre 1800 entdeckte, gerichtet an Mrs. James Leigh Perrot im Wärterhaus des Ilchester-Gefängnisses und gezeichnet mit ›Deine Dich liebende Nichte Jane‹. Ich war auf Gold gestoßen.«

»War Middlemiss klar, was er da besaß?« fragte Diamond.

»Ich fürchte, ich habe es ihm nicht erzählt.«

»Aber, aber.«

Sie faßte es als ernstgemeinten Vorwurf auf. »Ich hätte den Preis, den er dann verlangt hätte, nie bezahlen können. So jedoch wollte er nur dreißig Pfund dafür haben, und er dachte, ich würde die Geschichte meiner Familie erforschen. Ich habe bar bezahlt und bin gegangen. War das unehrlich?«

»Nein, so funktioniert das Spiel nun mal«, erwiderte Diamond. »Die Faustregel des freien Markts: Eine Ware ist nicht mehr und nicht weniger wert, als der Käufer bereit ist, dafür zu zahlen. Er hat sein Wissen gegen Ihres gesetzt. Sie waren clever und wußten, wieviel die Briefe wert waren, er nicht. Es wäre töricht gewesen, ihn aufzuklären. Deswegen sollten Sie keine schlaflosen Nächte haben, höchstens weil Sie ihn wahrscheinlich noch auf fündundzwanzig hätten runterhandeln können. Die erwarten, daß man mit ihnen feilscht.«

»Ich weiß, aber ich hätte die Spannung nicht ausgehalten.«

»Sie sind also so schnell wie möglich weg.«

»Und auf dem Nachhauseweg stellte ich mir den Augenblick vor, wenn ich sie Greg überreichen würde.«

»Hatten Sie zu diesem Zeitpunkt noch Kontakt zu ihm?«

Mrs. Didrikson stockte, umklammerte mit beiden Händen die Tischkante und lehnte sich zurück, als ob sie hinter der Frage eine Falle vermutete. »Ich hatte ihn einige Male gesehen, wenn er mit meinem Sohn schwimmen war.«

»Und zum Kricket und zu dem Heißluftballonfest«, setzte Wigfull mit dem Feingefühl eines Holzhammers nach.

Das war's. Unterkühlt sagte sie: »Sie scheinen ja bereits alles zu wissen.«

Nach einer unbehaglichen Pause versuchte Wigfull, den Schaden wiedergutzumachen. »Ich wollte damit sagen, daß Professor Jackman sich sehr um Ihren Sohn bemüht hat.«

»Das ist wahr«, räumte sie ein.

»Was für Sie erst recht ein Grund war, ihm die Briefe von Jane Austen zu schenken.«

Diamond fragte: »Wann haben Sie sie ihm überreicht, noch am selben Abend?«

Wieder zögerte sie, bevor sie antwortete. Ihr Redefluß war dahin, und Diamond wußte, wem er das zu verdanken hatte. »Nein«, sagte sie dann. »Ein paar Tage später.«

»Am Vorabend der Ausstellungseröffnung, wie ich hörte«, sagte Diamond. »Warum haben Sie so lange gezögert?«

Die Art, wie sie in ihr Haar griff und es nach hinten über die Schulter warf, verriet ihre Beklommenheit. »Ich, äh ... Als ich aus Crewkerne zurückkam, gab es, äh ... eine häßliche Szene zwischen Geraldine Jackman und mir. Zu meinem großen Erstaunen saß sie bei mir im Wohnzimmer und trank Kaffee.«

»Allein?«

»Nein. Mat war mit Greg schwimmen, und in der Zeit hatte bei Greg zu Hause jemand aus Chawton angerufen, um ihm mitzuteilen, daß er die Erlaubnis bekommen habe, noch einige Exponate für seine Ausstellung auszuleihen. Verständlicherweise wollte er sofort nach Chawton fahren, und deshalb hatte er seine Frau gebeten, Matthew mit ihrem Wagen nach Hause zu fahren, was sie auch tat. Aus Höflichkeit hatte Mat Geraldine auf einen Kaffee hereingebeten, und sie hatte sofort zugestimmt, was die Situation erklärt, die mich zu Hause erwartete. Völlig unerklärlich war mir dagegen, warum die Frau ohne jeden Grund wie eine Furie auf mich losging, kaum daß ich das Wohnzimmer betreten hatte.«

Diamond warf Wigfull einen warnenden Blick zu, falls er wieder unterbrechen wollte. »Sie hat Sie angegriffen?«

»Na ja, sie hat mich nicht geschlagen, aber die Wirkung war beinahe körperlich. Verstehen Sie, es war das erste Mal, daß wir uns gegenüberstanden. Einige Wochen zuvor hatten wir am Telefon miteinander geredet, als sie mich zu ihrer Party einlud, und da hatte sie nett geklungen. Ich konnte kaum glauben, daß das dieselbe Frau war. Tatsächlich wußte ich im ersten Moment gar nicht, wer sie war. Sie überschüttete mich förmlich mit Beschimpfungen.«

»Was für Beschimpfungen?«

»Muß ich das wiederholen?«

»Bitte alles, woran Sie sich erinnern können.«

Dana Didrikson spielte wieder mit ihrem Haar und blickte in ihre Kaffeetasse, während sie leise sagte: »Als erstes fragte sie, ob ich glaubte, irgend jemandem damit was vormachen zu können, daß ich mit einem Mercedes herumfahre, wo ich doch im Grunde nur die Rikscha der Stadt sei.«

Wigfull fragte: »Die was?«

»Zum Donnerwetter, John«, fuhr Diamond ihn an. »Erzählen Sie weiter, Mrs. Didrikson.«

»Ich war eher verblüfft als beleidigt. Ich fragte, wer sie sei, und sie sagte, zufällig sei sie mit dem Mann verheiratet, mit dem ich es derzeit treibe. Und das vor meinem zwölfjährigen Jungen.« Sie blickte auf, das Gesicht aus Kummer über die unangenehme Erinnerung in Falten gelegt. »Können Sie sich das vorstellen? Ich bat ihn, den Raum zu verlassen. Der arme sah völlig verdattert aus. Und noch bevor er zur Tür hinaus war, schleuderte sie mir einen derart hanebüchenen Vorwurf an den Kopf, daß ich kaum glauben konnte, daß sie das ernst meinte. Sie sagte, ich hätte Matthew als Köder benutzt, um ihren Mann zu angeln. Nachdem ich herausgefunden hätte, daß Greg keine Kinder hat, hätte ich ihm Mat vor die Nase gehalten – das waren wirklich ihre Worte –, weil ich genau gewußt hätte, wie sehr er sich einen Sohn wünschte.«

»Was haben Sie darauf geantwortet?«

»Die Wahrheit. Daß sie völligen Blödsinn redete und ich nie mit ihrem Mann geschlafen hätte. Natürlich versuchte sie dann, ihre verrückten Verdächtigungen zu belegen, indem sie aufzählte, wie oft ich Greg zum Kaffee eingeladen hatte, als er Mat nach dem Schwimmen nach Hause brachte. Ich meine, eine Tasse Kaffee und ein Stück Kuchen in der Küche sind doch kein Scheidungsgrund, und das habe ich ihr auch gesagt. Doch in Geraldines Augen war das alles nur Teil des Netzes, das ich gesponnen hätte – das Schwimmen, die Ausflüge, der Drink, den ich Greg im Pub ausgab ... Natürlich hatte uns jemand gesehen. Ich konnte sie nicht davon abbringen. Schließlich hörte ich auf, ihr zu widersprechen, und ließ sie einfach reden, in der Hoffnung, sie würde gehen, wenn sie alles rausgelassen hatte. Und so war es dann auch. Sie war nicht gekommen, um sich meinen Standpunkt anzuhören. Sie wollte bloß Dampf ablassen, und das hat sie bei Gott getan. Schließlich ist sie dann abgerauscht.«

»Sie hat Ihnen nicht gedroht oder ein Ultimatum gestellt?«

»Nein, es war nur ein Schwall wüster Beschimpfungen.«

»Wie war Ihnen danach zumute? Sie müssen doch verdammt wütend gewesen sein.«

»Eher benommen. Mir war schwindlig. Als erstes habe ich mit Mat geredet und ihm gesagt, daß die Frau offenbar nicht ganz normal sei. Er hat sich dafür entschuldigt, sie ins Haus gelassen zu haben, aber bis zu meinem Eintreffen hatte sie sich wohl ganz liebenswürdig verhalten. So ist das bei dieser Form von Wahnsinn. Neunundneunzig Prozent der Zeit wirken die Leute völlig gesund.« Diamond nickte.

»Nur für den Fall, daß Matthew vielleicht doch versucht sein könnte, eine ihrer verrückten Anschuldigungen zu glauben, gab ich ihm mein Ehrenwort, daß nichts davon stimmte. Wir waren uns einig, daß es für Greg furchtbar schwierig sein mußte, mit einer solchen Frau verheiratet zu sein. Ich habe Mat erklärt, daß ich es für besser hielte, wenn er nach diesem Vorfall nicht wieder mit Greg schwimmen gehen würde.«

Das hörte sich in Diamonds Ohren etwas pathetisch an, aber er reagierte ernst. »Wie hat er es aufgenommen?«

»Recht erwachsen für sein Alter. Zuerst wollte er es natürlich nicht einsehen. Schließlich war Greg im Juli und August so was wie ein zweiter Vater für ihn gewesen. Und es tat ihm weh. Ich mußte ihm klarmachen, daß Greg selbst bestimmt keine andere Wahl haben würde, als mit Mats Schwimmunterricht aufzuhören, wenn seine Frau solche Dinge behauptete.«

»Hat er es dann eingesehen?«

»Ja.«

Die Geschichte brachte Diamond einige wichtige Erkenntnisse. Der Zwischenfall war wohl kein unmittelbares Motiv für den Mord, aber er hatte Dana offenbar tief verletzt. Nicht nur ihre Moral war in Frage gestellt, sondern auch ihre Integrität als Mutter – und das hätte jede Frau bis aufs Blut gereizt. Selbst jetzt, einige Zeit nach dem Vorfall, lag in ihren Augen und in ihrer Stimme eine leidenschaftliche Empörung, während sie über Geraldine Jackman sprach.

Er griff den roten Faden wieder auf. »Und Sie hatten da noch ein weiteres Problem – die Jane-Austen-Briefe.«

»Verstehen Sie jetzt, warum ich sie ihm nicht am selben Abend gegeben habe?«

»Aber schließlich haben Sie sie ihm gegeben.«

»Ja. Nach zwei schlaflosen Nächten. Ich dachte, warum soll ich zulassen, daß diese krankhaft eifersüchtige Frau Greg um die Freude bringt, diese kostbaren Briefe zu besitzen? Für mich waren sie nicht von Nutzen, aber in seinen Händen würden sie einiges Aufsehen erregen. Nachdem er sein Leben aufs Spiel gesetzt hatte, um meinen Sohn zu retten, wäre ich ein Feigling gewesen, wenn ich bloß aus Angst vor Geraldine nichts unternommen hätte. Deshalb habe ich an dem Freitagabend, dem Abend vor der Eröffnung, meinen ganzen Mut zusammengenommen und ihn zu Hause angerufen.«

»Sie hätten die Briefe doch per Post schicken und so einer Begegnung mit Mrs. Jackman aus dem Weg gehen können?« wandte Wigfull ein.

»Sie waren zu kostbar, um sie mit der Post zu schicken. Außerdem war nicht mehr genug Zeit.«

Diamond zeigte mehr Einfühlungsvermögen. »Und ich darf wohl annehmen, daß Sie seine Reaktion sehen wollten, wenn Sie sie ihm vorlegten.«

Ihre Mundwinkel hoben sich leicht und bestätigten, daß er recht hatte. »Wenn ich ehrlich bin, ja. Ich habe vorher angerufen, um sicherzugehen, daß er da war. Ich habe nur gesagt, daß ich ihm etwas geben wollte, und ob es recht wäre, wenn ich sofort vorbeikäme. Zugleich habe ich die Gelegenheit am Telefon genutzt, um ihm noch einmal für seine Freundlichkeit

Mat und mir gegenüber zu danken und ihm zu sagen, daß der Schwimmunterricht aufhören müsse.«

»Haben Sie gesagt, warum?«

»Ich glaube, er wußte es. Geraldine hatte ihm sicher von ihrem Verdacht erzählt. Sie war nicht gerade bekannt für ihre Zurückhaltung. Er hat jedenfalls nicht nachgefragt. Und als ich zum Haus kam, war es Greg, der mir die Tür öffnete, zu meiner großen Erleichterung. Und dann habe ich ihm im Arbeitszimmer die Briefe gezeigt. Ein herrlicher Augenblick! Er hat sich so gefreut, daß ich gekommen war. Er war ganz aus dem Häuschen. Ich mußte ihm ganz genau schildern, wie ich sie gefunden hatte, in allen Einzelheiten. Und dann kam ein Mann herein, den ich nicht kannte, ein Amerikaner.«

»Dr. Junker.«

»Ja, genau. Er war ein Experte für Jane Austen, und als er die Briefe sah, konnte er sich vor Begeisterung kaum halten. Er war überzeugt davon, daß sie aus Janes Feder stammten. Daher erhielt Geraldine, die wenige Minuten später hereinstolziert kam, nicht die Aufmerksamkeit, die ihr, wie sie wohl fand, zustand. Sie führte sich auf wie ein verwöhntes Kind.«

So interessant es auch war, eine inzwischen bekannte Episode aus einer neuen Perspektive zu hören, konzentrierte Diamond sich doch auf die Fakten, statt Beobachtungen über die verschiedenen Charaktere anzustellen. Die Übereinstimmungen zwischen Danas Schilderung der Szene und dem, was Jackman und Junker gesagt hatten, waren überzeugend. Ihr war aufgefallen, daß Geraldine sich gegenüber Junker ausgesprochen aufreizend verhalten hatte, und sie wiederholte den hämischen Vorschlag der Dame des Hauses, daß Jackman seine Dankbarkeit zeigen solle, indem er sie, Dana, zum Abendessen ausführte.

»Nur fürs Protokoll, Sie haben keine Verabredung getroffen, das Haus noch mal zu betreten?«

»Habe ich das nicht deutlich genug gemacht?« sagte sie. »Ich wollte unseren Kontakt zu den Jackmans abbrechen.«

»Und, haben Sie das getan?«

»Ja.« Sie lehnte sich zurück, und ihre braunen Augen blickten müde. »Das ist alles. Mehr habe ich nicht zu sagen.«

Diamond starrte sie an und wußte einen Moment lang nicht recht, ob sie das im Scherz oder aus Trotz gesagt hatte. Er war mit einem Mal völlig durcheinander, nicht darauf eingestellt, daß die Vorstellung mittendrin abgebrochen wurde.

»Sie meinen, Sie brauchen jetzt eine Pause?«

»Nein«, sagte sie. »Das habe ich nicht gemeint.«

»Hören Sie, Mrs. Didrikson«, sagte er sanft. »Sie haben doch noch mehr zu erzählen. Das wissen wir.«

Ihr Blick deutete an, daß sie ihm recht gab, aber sie war nicht bereit, es zuzugeben. »Heißt das, ich bin verhaftet?«

»Bis jetzt noch nicht.«

»Wenn das so ist, möchte ich jetzt gern gehen.«

»Dann«, sagte Diamond, »bin ich leider gezwungen, Sie zu verhaften.«

»Aus welchem Grund?«

»Öffentliche Gefährdung des Straßenverkehrs würde fürs erste ausreichen.«

»Das ist doch lächerlich.«

»Tut mir leid. Sie sind festgenommen, Mrs. Didrikson.«

»Was soll das heißen?«

»Das heißt, daß wir Sie vierundzwanzig Stunden festhalten können, oder sechsunddreißig, wenn ich das für nötig halte.«

Ihr Mund bebte. »Aber ich muß doch morgen arbeiten. Ich soll meinen Chef irgendwohin fahren.«

»Dann wird er sich wohl ein Taxi nehmen müssen.« Er sah zu Wigfull hinüber. »Halten Sie das Band an. Wir werden bald ein neues brauchen.«

2 »Bevor wir wieder reingehen, John ...«

»Ja?«

»Auf ein Wort.« Wigfull wölbte die Augenbrauen über dem Operettenschnurrbart und schien keine Ahnung zu haben, worüber Diamond mit ihm sprechen wollte. Nachdem sie Dana Didrikson im Vernehmungszimmer allein gelassen hatten, damit sie darüber nachdachte, was sie noch nicht ausgesagt hatte, hatten sich die beiden Detectives rund zwanzig Minuten unabhängig voneinander beschäftigt, Diamond an seinem

Schreibtisch, Wigfull am Telefon im Einsatzraum. Nun standen sie sich oben an der Treppe gegenüber. Diamond kam zur Sache. »Wir behindern uns gegenseitig. Ich versuche, sie am Reden zu halten, und Sie schießen dauernd quer.«

»Wann denn, beispielsweise?«

»Sie wissen verdammt gut, was ich meine.«

»Wenn Sie mit mir unzufrieden sind, Mr. Diamond, wäre es mir lieber, wenn Sie genau darlegen würden, warum.«

Typisch für seine kleinkarierte Arbeitsweise, dachte Diamond, der plötzlich von einer Wut gepackt wurde, die er nur mühsam beherrschen konnte. »Das ist eine grundsätzliche Frage, John. Wir ziehen nicht am selben Strang. Sie stehen der Frau im Grunde ablehnend gegenüber, das ist zu spüren.«

Die Reaktion darauf war ein unterkühlter Blick. »Ich, ablehnend? Sie hat schließlich einen Fluchtversuch gemacht.«

»Das heißt doch nicht, daß wir sie in die Mangel nehmen müssen.«

»Na, prima«, murmelte Wigfull, womit er klar zu verstehen gab, daß eine solche Aussage aus dem Munde eines Mannes, der Hedley Missendale in den Knast gebracht hatte, auf ihn keinen Eindruck machte.

Diamond ließ sich nicht ablenken. »Hören Sie, wir wollen doch die Wahrheit rausfinden.«

»Ja, daß sie in Jackman verliebt war und seine Frau ermordet hat.« Für Wigfull lag das klar auf der Hand.

»Könnte sein, aber da steckt noch irgend etwas anderes dahinter«, entgegnete Diamond.

»Etwa eine rührselige Geschichte?«

»Ich weiß es nicht. Aber wir erfahren bestimmt noch mehr, wenn wir ihr die Chance geben, es zu erzählen.«

»Anders ausgedrückt, Sie wollen, daß ich nicht mehr so eine kesse Lippe riskiere.« Der Anflug von Selbstironie war ein Entgegenkommen, ein Rückzug aus der unterkühlten Feindseligkeit, und Diamond ging mit einem Grinsen darauf ein. »Dafür ist es zu spät. Sie ist jetzt ganz auf Abwehr eingestellt. Wir müssen sie aus der Reserve locken, aber gezielt. Meiner Meinung nach bringt es nichts, ihr zu drohen.«

»Okay, ich hab ja schon gesagt, daß ich den Mund halte.«

»Nein, ich möchte, daß Sie sich einschalten. Ich brauche Ihr gutes Gedächtnis für Einzelheiten. Wir rücken ihr mit der Wahrheit zu Leibe, indem wir ihre Geschichte mit den Fakten vergleichen, von denen wir wissen, daß sie richtig sind – Sie und ich, John, in Teamarbeit.«

Wigfull nickte widerwillig und fragte eindringlich nach, in welche Richtung die Vernehmung laufen sollte. Diamond war bestens vorbereitet. Zunächst würden sie Dana unterstellen, daß sie am Tag des Mordes im Hause Jackman gewesen war. Wie auch immer ihre Antwort lauten würde, sie würden auf jeden Fall eine Schilderung ihrer Aktivitäten an jenem Montag bekommen. Erst wenn sie ein umfassendes Bild ihres Tagesablaufs hatten, würden sie nachhaken und sie auf Ungereimtheiten hinweisen. Das war ein gut strukturiertes Verhör wie aus dem Lehrbuch, und Wigfull konnte einfach nichts daran aussetzen. Um das Gespräch auf einer etwas menschlicheren Note ausklingen zu lassen, fügte Diamond hinzu, daß das Ganze ihm persönlich ein großes Opfer abverlangte, weil seine Frau Stephanie die vielen Überstunden als Munition in ihrem Feldzug für eine Renovierung der Küche benutzte. Er bekam abends jetzt immer angebranntes Essen vorgesetzt.

»Sie sollten ihr eine Mikrowelle kaufen«, riet Wigfull ihm.

»Ich trau den Dingern nicht.«

»Die gehören einfach in jede moderne Küche. Ich möchte unsere nicht mehr missen.«

»Das glaub ich gern«, sagte Diamond, der sich gut vorstellen konnte, daß Wigfulls Haus einem Elektroladen glich.

»Vielleicht haben Sie mich eben telefonieren sehen«, fuhr Wigfull fort. »Da habe ich aber nicht mit meiner Frau gesprochen. Ich rufe sie nämlich nicht mehr an, seit wir die Mikrowelle haben.« Während Diamond überlegte, was dabei Ursache und was Wirkung war, fügte Wigfull beiläufig, aber mit einem schelmischen Unterton hinzu: »Tatsächlich habe ich mit Mrs. Didriksons Chef gesprochen, Mr. Buckle.«

»Warum?«

»Ich sagte ihm, daß sie morgen nicht zur Arbeit kommt.«

»War es dafür nicht ein bißchen spät?«

»Ich habe ihn zu Hause angerufen.«

»Verstehe.« Leicht verwirrt, aber argwöhnisch wandte sich Diamond in Richtung Vernehmungszimmer. »Dafür ist sie Ihnen bestimmt dankbar.«

Hinter sich hörte er Wigfull etwas lauter sagen: »Ich hab das nicht aus Güte gemacht, Mr. Diamond. Ich hab ihn gefragt, ob sie am Montag, den 11. September, gearbeitet hat.«

Diamond fuhr herum. Wigfull sah so blasiert aus wie eine Katze im teuersten Sessel. »Und sie hat nicht. Buckle hat in seinem Terminkalender nachgesehen. Sie hatte sich einen Tag frei genommen. Am Tag der Tat hat sie nicht gearbeitet.« Er artikulierte die Worte so deutlich wie ein Sprecher in einer Radioserie am Schluß der Folge. Eigentlich hätte jetzt Musik einsetzen müssen. Diamond ließ sich zu keiner Reaktion hinreißen. Er nickte bloß.

»Das wußten Sie schon?« hauchte Wigfull ungläubig.

Diamond antwortete beiläufig: »Wir haben jetzt die Aussagen der Nachbarn. Kurz nach elf Uhr fünfzehn wurde eine Frau im schwarzen Mercedes gesehen, die in die Einfahrt von John Brydon House einbog.« Der Knalleffekt war viel wirkungsvoller.

Sie stand mit dem Rücken zur Tür, als die beiden eintraten. Ihre Haltung verriet, wie angespannt sie war. Eine schmale Gestalt, die aus dem Fenster auf die Lichter von Bath starrte, die Arme vor der Brust verschränkt. Diamond durchfuhr der Gedanke, wie wenig er in der mehrstündigen Vernehmung über den Charakter dieser Frau erfahren hatte. Es war zum Teil deshalb so schwierig, weil sie sich ihre Geschichte offenbar gut zurechtgelegt hatte, wohl wissend, daß die Polizei irgendwann auf sie kommen würde. Ihr reibungsloser Auftritt hatte so gut wie nichts über sie preisgegeben, nur ihre unvermittelte Gereiztheit, als Wigfull sie gegen Ende öfters unterbrach. Zugegeben, sie hatte deutlich machen können, daß sie ein starkes Moralempfinden besaß, ob nun gegenüber ihrem widerspenstigen Sohn, ihrem windigen Chef oder dem strahlenden Held, Professor Jackman, doch es blieb abzuwarten, wieviel davon gespielt war. Diamond war noch etwas aufgefallen, nämlich das noch immer deutlich spürbare Triumphgefühl, als sie ihre Suche nach den Jane-Austen-Briefen schilderte – die Briefe, die, wie sich immer stärker abzeichnete, der eigentliche Auslöser für den Mord waren.

»Können wir weitermachen?« sagte er.

»Ich habe Ihnen nichts mehr zu sagen.« Sie hätte es nicht aussprechen müssen. Er konnte ihren Trotz von den hochgezogenen Schultern ablesen.

Er nickte Wigfull zu, ein neues Band einzulegen und die üblichen Angaben zu machen. Danach erinnerte er sie an ihre Rechte und sagte: »Wir haben gerade etwas über Sie erfahren, Mrs. Didrikson.« Keine nennenswerte Reaktion. »Wir wissen, daß Sie Geraldine Jackman am Tag ihrer Ermordung aufgesucht haben. Sie sind gesehen worden.«

Diesmal durchlief sie ein erschrockenes Beben, was sie zu verdecken suchte, indem sie sich die Arme rieb. Diamond fügte hinzu: »Es muß also noch etwas geben, was Sie uns erzählen sollten.«

Wigfull sagte in seiner neuen, nicht aggressiven Art: »Nehmen Sie doch Platz.«

Sie wandte sich halb um und blickte über die Schulter, unentschlossen, dann ging sie zum Tisch und setzte sich wieder Diamond gegenüber. Ihre Augen wirkten glasig, als ob ihr zuviel durch den Kopf ging, um noch etwas wahrzunehmen.

»Geben Sie zu, daß Sie zum Haus gefahren sind?« wollte Diamond wissen. Sie neigte leicht den Kopf, was vielleicht als Bejahung gemeint war.

»Warum?« fragte Diamond, womit er bereits vom strukturierten Verhör abwich, das er selbst vorgeschlagen hatte. »Warum sind Sie dort gewesen?«

Sie flüsterte so leise, daß es von dem Aufzeichnungsgerät nicht mehr registriert werden konnte: »Um sie zu bitten, die Briefe zurückzugeben.«

»Geraldine?«

Sie nickte und sagte ein wenig lauter: »Ich war sicher, daß sie sie irgendwo im Haus versteckt hatte.« Allmählich blickten ihre Augen wieder hell. »Es lag auf der Hand, daß sie sie genommen haben mußte.«

Wigfull fragte: »Woher wußten Sie denn, daß die Briefe verschwunden waren?«

»Greg hatte mich sehr früh an diesem Morgen angerufen, so gegen halb acht. Er glaubte, daß Dr. Junker sie genommen hatte. Er wollte ihm nach, mit dem Zug nach London.«

»Aber warum hat er Ihnen davon erzählt?«

»Weil er fest damit rechnete, daß Geraldine mich aus Gehässigkeit anrufen würde, bloß um mir ihre Schadenfreude zu zeigen. Er wollte nicht, daß ich es von ihr erfuhr.«

Nach kurzem Nachdenken befand Diamond, daß diese Erklärung einleuchtend war. Sie paßte zu Jackmans Argwohn seiner Frau gegenüber.

»Und hat Geraldine Sie angerufen?«

»Nein.« Mrs. Didrikson beugte sich vor, und ihre dunklen Augen waren plötzlich wieder konzentriert. »Was den Verdacht erhärtet, daß sie selbst sie hatte. Greg hatte sich geirrt. Ich war absolut sicher, daß sie die Briefe hatte.« Sie sprach das Wort »sie« mit unverhohlener Verachtung aus, mit einer leidenschaftlichen Abneigung, die durch den Mord nicht getilgt worden war. Die Feindschaft zwischen den Frauen mußte sehr viel größer gewesen sein, als die bislang beschriebenen Ereignisse vermuten ließen.

Diamond wußte, daß er Gefahr lief, abgelenkt zu werden, und diesmal hielt er sich an das, was an dem verhängnisvollen Montag passiert war. »Was beschlossen Sie also zu tun?«

»Zuerst tat ich gar nichts. Ich habe ein paar Stunden gewartet. Es hat mich wirklich fertiggemacht, daß sie derart gemein sein konnte. Ich war so angeschlagen, daß ich meinen Chef angerufen und mir unter einem Vorwand einen Tag frei genommen habe. Gegen halb neun fuhr ich Mat zur Schule und machte in Bath ein paar Einkäufe. In einem Café neben dem Busbahnhof habe ich einen Kaffee getrunken und nachgedacht. Während ich so dasaß, fiel mir wieder ein Satz von Geraldine ein, den sie gesagt hatte, als ich Greg die Briefe gab. Sie hatte versucht, sie runterzumachen. Sie bezeichnete sie als verstaubte alte Dinger ohne jeden literarischen Wert.«

Ein Detail, das sie fast wortwörtlich auch von Dr. Junker gehört hatten. Dana Didrikson hatte es zuvor nicht erwähnt.

»Mir kam ein entsetzlicher Gedanke«, sagte sie und suchte in ihren Gesichtern nach einer Reaktion. »Sie hätte die kostbaren Briefe ohne Zögern vernichtet. Sie hätte sie lieber angezündet, als Greg einzugestehen, daß sie sie aus Gehässigkeit versteckt hatte. Sie mußte aufgehalten werden, so sehr es mir widerstrebte, mich noch mal mir ihr anzulegen.«

»Sie sind also zum John Brydon House gefahren?«

»Ja.«

»Um wieviel Uhr?«

»Wann ich dort angekommen bin? Ich schätze gegen halb elf. Vielleicht etwas früher. Ich habe an der Haustür geklingelt. Vergeblich. Dachte, daß sie nicht zu Hause wäre. Bin um das Haus rum, um nachzusehen, ob vielleicht irgendwo eine Tür offenstand. Die Hintertür war offen.« Sie stockte und starrte auf ihren rechten Handrücken, als ob die Erinnerung sie nervlich zu sehr belastete, um weiterreden zu können.

»Sie sind also ins Haus gegangen?« drängte Diamond.

»Ja.«

»Und?«

»Ich habe nach ihr gerufen. Mehrmals. Keine Antwort. Habe beschlossen, selbst zu suchen.«

»Reden Sie weiter.«

»Ich wollte mit dem Schlafzimmer anfangen. An ihrer Stelle hätte ich sie da versteckt. Bin also die Treppe hoch und habe dabei noch mal ihren Namen gerufen, für den Fall, daß sie mich vorher nicht gehört hatte. Ich habe ihr Schlafzimmer gefunden und hineingesehen. Sie war da.«

»Was?«

»Im Bett. Sie lag im Bett.«

Diamond ließ sie nicht aus den Augen. Offenbar brachte Dana Didrikson es nicht fertig zu sagen, daß Geraldine tot dort gelegen hatte, aber es schwang unüberhörbar in ihren Worten mit. Genau das hatte sie ausdrücken wollen. Spontan legte Diamond es als einen weiteren Versuch aus, die Vernehmung vorzeitig zu beenden. Er glaubte ihr nicht.

Und Wigfull anscheinend auch nicht: »Mrs. Didrikson, ist das Ihr Ernst?«

Sie antwortete: »Ich sage nur, was ich gesehen habe.« Sie preßte die Hände unter der Tischplatte so fest gegeneinander, daß Kopf und Schultern bebten.

»Mrs. Didrikson«, sagte Diamond, »bitte drücken Sie sich klar aus, fürs Protokoll. Sie haben gesagt, sie lag im Bett.«

»Ja.«

»Und ...?«

Sie flüsterte: »Tot.«

»Sind Sie sicher?«

»Ich habe es mir nicht eingebildet.«

»Beschreiben Sie ganz ruhig, was Sie gesehen haben.«

Sie holte tief Luft. »Sie lag mit dem Gesicht nach oben. Die Augen standen offen und schienen an die Decke zu starren, bis – bis mir auffiel, daß sie sich gar nicht bewegten. Das Gesicht hatte eine erschreckende Farbe, als ob sie eine Schönheitsmaske aufgelegt hätte. Die Lippen waren blau.«

Verfärbungen, besonders von Lippen und Ohren, sind Anzeichen eines Erstickungstodes. »Haben Sie sie angefaßt, ihren Puls gefühlt oder etwas in der Art?«

»Nein. Sie war tot. Das war unverkennbar.«

Als ob sie ihr jedes Wort glaubten, brachten sie sie dazu, die Szene gewissenhaft zu beschreiben. Diamond hatte die Grundregeln festgelegt: Sie würden die Informationen, die sie ihnen gab, auf ihren Wahrheitsgehalt hin prüfen, und dazu mußten sie sie zum Reden bringen und ihre eigene Skepsis so lange unterdrücken, bis sich die richtige Gelegenheit bot.

Die Leiche, erzählte sie ihnen, hatte quer über dem Bett gelegen, das geschwollene, fahle Gesicht an einer Kante. Das rote Haar war völlig zerzaust und lag teilweise unter dem Kissen neben ihrem Kopf, das sich am richtigen Platz befand. Beide Arme steckten unter der blaßgrünen Decke. Mrs. Didrikson bewegte weder das Bettzeug, noch berührte sie die Leiche, doch die Schultern schauten unter der Decke hervor, und sie konnte erkennen, daß Geraldine ein weißes, ärmelloses Nachthemd trug. Verletzungen hatte sie keine bemerkt.

Im Schlafzimmer waren keine Spuren eines Kampfes zu sehen gewesen, bis auf einen leeres Wasserglas, das umgekippt auf dem Nachttisch neben der Leiche lag. Auf dem zweiten Bett hatte eine passende Decke gelegen, die zurückgeschlagen war, und sie erinnerte sich, daß eine Männerpyjamahose auf dem Kissen lag. Sie hatte in keines der beiden Ankleidezimmer geschaut. Die Tür zum Schlafzimmer war offen und das Fenster ein Stück nach oben geschoben. Die Vorhänge waren geöffnet gewesen, so daß es sehr hell im Raum war.

»Was haben Sie dann gemacht?«

»Ich dachte, ich würde ohnmächtig. Ich bin zum Fenster und habe tief Luft geholt. Dann bin aus dem Zimmer geflohen, ohne sie noch mal anzusehen. Ich glaube, ich habe Wasser aus dem Kran in der Küche getrunken. Ich habe funktioniert wie ein Roboter, als ob ich nicht ich selbst wäre.«

Diamond verlangte: »Erklären Sie das.«

»Ich meine, daß ich quasi auf Autopilot geschaltet hatte.«

Wigfull sagte eifrig, übereifrig: »Nicht verantwortlich für Ihre Handlungen?«

Sie funkelte ihn an. »Sie wollen mich reinlegen, nicht?«

Es war an Diamond, sie wieder zu beruhigen. »Wir versuchen nur, Sie zu verstehen, Mrs. Didrikson.«

»Sind Sie noch nie vor Schock wie erstarrt gewesen?« fragte sie. »Verstehen Sie denn nicht, daß ich versuche, Ihnen zu vermitteln, in was für einem Schockzustand ich mich befand? Ich habe die ganze Zeit über gewußt, was ich tat, wenn Sie das wissen wollen. Ich war von dem, was ich gesehen hatte, wie vor den Kopf geschlagen.«

»Und nachdem Sie das Wasser getrunken hatten?«

»Bin ich weg.«

»Auf demselben Weg, wie Sie gekommen waren – durch die Hintertür?«

»Ja. Ich bin wieder zurück zum Wagen und dann nach Hause gefahren.«

»Und dann?«

»Habe ich einen Brandy getrunken, glaube ich.«

»Um wieviel Uhr war das?«

»Ich kann mich nicht mehr genau erinnern. Irgendwann zwischen zwölf und eins.«

»Ob Ihr Sohn sich daran erinnern kann?«

»Nein. Mittags ißt er in der Schule.«

»Und was haben Sie als nächstes getan?«

»Nachgedacht. Dann habe ich den Fernseher angemacht, um das Bild, das ich im Kopf hatte, loszuwerden.«

»Sie haben Ihre Entdeckung nicht gemeldet?«

»Nein.«

»Nicht an jenem Nachmittag, nicht am Abend, nicht am nächsten Tag, überhaupt nicht. Warum nicht? Warum haben Sie uns nicht verständigt?« Sie schwieg.

»Haben Sie mit irgend jemandem darüber gesprochen?«

Sie schüttelte den Kopf.

Diamond legte beide Hände auf den Tisch und richtete sich auf. »Ihnen ist ja wohl bewußt, daß das kein günstiges Licht auf Sie wirft.«

Noch immer äußerte sie sich nicht. »Sehen Sie es mal von unserem Standpunkt«, legte er ihr nahe. »Als wir heute nachmittag zu Ihnen kamen, sind Sie zur Hintertür rausgerannt. Als wir Sie einholten und Sie baten, uns zu helfen, haben Sie uns einen Teil der Geschichte erzählt und dann versucht, uns glauben zu machen, daß das alles sei, was Sie wissen. Sie haben erst dann zugegeben, daß Sie an dem Tag, als Mrs. Jackman zuletzt lebend gesehen wurde, in dem Haus waren, als wir Ihnen gesagt haben, daß Ihr Wagen dort gesehen wurde. Und jetzt sollen wir Ihnen glauben, daß Sie sie tot aufgefunden haben und aus unerfindlichen Gründen zu dem Schluß gekommen sind, niemanden zu informieren. Das klingt nicht gut, Mrs. Didrikson. Das klingt sogar hundsmiserabel.«

Ihre Wangen kräuselten sich vor Schock oder Anspannung. Die Lippen blieben fest aufeinandergepreßt.

Er versuchte es damit, daß er alle gegen sie bestehenden Verdachtsmomente einzeln durchging und dafür Erklärungen verlangte, aber sie verweigerte jede Aussage. Er spürte, daß Wigfull neben ihm immer ungeduldiger wurde. Der Mann brannte darauf, die Theorie auf die Probe zu stellen, die er schon den ganzen Tag mit sich herumtrug. Da dabei auch nicht weniger herauskommen konnte als in den letzten zehn Minuten, nickte Diamond ihm zu.

Wigfull sagte ohne Einleitung. »Seien wir ehrlich, Mrs. Didrikson. Sie und Jackman haben eine Affäre, stimmt's?«

Sie fuhr zusammen. »Nein!«

»Was ist so schlimm daran? Er war unglücklich verheiratet, Sie waren geschieden. Sie haben sich kennengelernt, fanden einander attraktiv und taten, was Millionen andere auch tun.«

»Das ist nicht wahr«, stieß sie hervor. »So war es ganz und gar nicht.«

»Kein Sex?«

»Nein.«

»Ach, kommen Sie, Dana, wir sind doch keine Kinder.«

»Sie irren sich«, beharrte sie. »Wir haben nichts dergleichen getan. Nie. Noch nicht mal ein Kuß.«

Die Art, wie sie die letzten fünf Worte ausgesprochen hatte, verriet mehr, als ihr lieb war. Wigfull wartete einen Moment und sagte dann mit einem vielsagenden Lächeln: »Aber Sie hätten gegen einen Kuß nichts einzuwenden gehabt.«

Sie wurde rot und sagte: »Das ist unerträglich.«

»Aber wahr?«

»Darauf habe ich Ihnen bereits geantwortet.«

»Schön. Sie sagen, Sie haben nicht mit ihm geschlafen.«

»Und das ist die Wahrheit.«

»Ich hoffe, alles, was Sie uns erzählen, ist die Wahrheit. Ich möchte noch auf etwas anderes zu sprechen kommen. Sie haben gedacht, daß er sich über die Briefe von Jane Austen freuen würde.«

»Was gibt es daran auszusetzen?«

»Sie haben sehr viel Mühe auf sich genommen, um sie zu bekommen. Haben Sie nicht, tief in Ihrem Innersten, gehofft, in seiner Achtung zu steigen?«

»Das mag sein«, gab sie zu.

»Sie wollten ihm mit den Briefen nicht bloß dafür danken, daß er Matthew das Leben gerettet hatte. Sie wollten seine Zuneigung gewinnen.«

»Das war nicht der Grund.«

»Aber an dem Nachmittag, als Sie mit den Briefen im Auto von Crewkerne nach Hause fuhren, da haben Sie sich doch ein wenig Ihre Chancen ausgemalt, Dana. Habe ich recht?«

Wieder stieg Farbe in ihre Wangen.

»Es ist Ihr gutes Recht, sich Wunschvorstellungen hinzugeben«, drängte Wigfull. »Deswegen kann Ihnen niemand einen Vorwurf machen.«

Mit einem Atemzug, der fast wie ein Zischen klang, antwortete sie: »Selbst wenn ich mir irgendwas ausgemalt habe, jedenfalls nicht das, was Sie mir vorhin unterstellt haben.«

»Aber weitgehend?«

»Weitgehend würde ich nicht sagen.«

»Vielleicht im Ansatz?«

»Könnte sein.« Wigfull hatte einen Erfolg erzielt, und er wollte mehr. »Als Sie nach Hause kamen, saß da ausgerechnet Geraldine und hat so richtig schön auf den Putz gehauen. Sie hat Sie beschuldigt – wie hat sie es noch mal ausgedrückt? –, es mit ihrem Mann zu treiben, was nicht stimmte, und sie hat Ihren Sohn mit hineingezogen, was sie wütend machte. Genauer gesagt, sie machte Ihre romantischen Träumereien, auch wenn Sie sie nur im Ansatz hatten, zunichte, weil es für Matthew oder Sie von da an unmöglich war, Professor Jackman weiter zu sehen. Und Sie waren unschlüssig, was Sie mit den Briefen machen sollten.«

Je mehr Wigfull sich in Fahrt redete, desto mehr hatte Diamond das Gefühl, daß sich seine Theorie auf unzureichende Fakten stützte. So wie Dana Didrikson sich bislang verhalten hatte, konnte man nicht davon ausgehen, daß sie zusammenbrechen und gestehen würde. Sie würde die ganze Nacht lang alles abstreiten. Sie brauchten überzeugendere Beweise. Mit lobenswerter Selbstbeherrschung ließ er den ganzen Monolog über sich ergehen und hörte sich an, wie Dana Didrikson alles entschieden abstritt. Dann, als Wigfull wieder Atem holte, fragte Diamond, ob sie bereit wäre, sich am nächsten Morgen Fingerabdrücke und eine Blutprobe abnehmen zu lassen.

Sie erklärte sich einverstanden, woraufhin Diamond das Verhör beendete und auf den nächsten Tag verschob. Draußen räumte Wigfull ein, daß er zu weit vorgeprescht war und sie die Rückendeckung der Spurensicherer brauchten. »Wir müssen auch ihren Wagen auf Spuren untersuchen lassen.«

»Ja. Ich werde sie morgen um die Schlüssel bitten.«

»Nicht nötig.« Wigfull tastete in seiner Tasche und klimperte vor Diamonds Nase mit einem Autoschlüssel. »Ich bin ihn zuletzt gefahren, wissen Sie noch?«

Klugscheißer, dachte Diamond.

3 Er belohnte sich damit, bis acht Uhr am nächsten Morgen im Bett zu bleiben, und gönnte sich dann ein ordentliches Frühstück – und warum auch nicht? In Bath wurde er so früh nicht gebraucht. Das Abnehmen der Fingerabdrücke und die Blutprobe waren für halb neun angesetzt, und etwa zur gleichen Zeit sollte der Wagen abgeholt werden, damit er von der Spurensicherung untersucht werden konnte. Währenddessen sollte Wigfull ruhig eine Stunde lang den Boß spielen.

So kam es, daß ein gestärkter Peter Diamond in die Stadt fuhr, als die Sonne bereits so hoch am Himmel stand, daß sie die vielen aufsteigenden Reihen von georgianischen Häusern, die von der Wells Road aus einen vertrauten, aber dennoch atemberaubenden Anblick boten, in strahlendes Licht tauchte, gleißende Kalksteingebäude mit Schieferdächern, die ebenso blaugrau waren wie Lansdown im Hintergrund. Im Vordergrund fügten sich die gotischen Bögen des zinnenbewehrten Eisenbahnviadukts harmonisch in die Szenerie, die aus dieser Perspektive vom dahinter aufragenden, mit vier Türmchen verzierten Hauptturm der Abteikirche beherrscht und von Flächen aus gold- und kupferfarbenem Laub sanft durchbrochen wurde. Ein Tag, an dem Diamond fast bereit war, darüber hinwegzusehen, daß die Rückseiten der meisten vornehmen Straßen und Crescents Schandflecke aus verrußtem Mauerwerk waren, die man über zwei Jahrhunderte den Launen der Witterung, der Bauunternehmer und Klempner überlassen hatte. Fast, aber nicht ganz. Der Polizist in ihm konnte die verborgene Seite nicht übersehen, wie er auch die Bürger von Bath nie ganz so nahm, wie sie sich gaben.

Er hoffte, daß sich dieser Zynismus nicht in seinem Charakter verankert hatte. Er sah ihn lieber positiv, als professionellen Scharfblick. Die Erfahrung hatte ihn gelehrt, daß man keinen als möglichen Mörder ausschließen konnte. Hatte man es mit einem wahren Unschuldslamm zu tun, einem Bischof oder einem Blumenarrangeur, mußte man erst recht auf der Hut sein, sich innerlich gegen Nachlässigkeit wappnen. Der Fall Jackman war ein gutes Beispiel dafür. Wer außer einem hartgesottenen Polizisten würde glauben, daß ein Professor von der Universität von seiner paranoiden Frau unter Drogen gesetzt und um ein Haar verbrannt werden könnte und daß eine ehrbare, berufstätige Mutter die verhaßte Frau ersticken und die Leiche in einen See werfen könnte. Tatsächlich hätte er, vor die Frage gestellt, ob aufgrund der bisherigen Beweislage gegen Mrs. Didrikson Anklage erhoben werden könne, nein gesagt. Gewiß, sie hatte Ausflüchte gemacht und teilweise die Aussage verweigert, aber er war noch immer nicht so von ihrer Schuld überzeugt wie Wigfull. Durch ihre Ausflüchte hatte sie sich in ein ziemlich schlechtes Licht gerückt, und jetzt waren weitere Beweise vonnöten. Er rechnete damit, sie im Laufe des Tages vom Labor zu bekommen. Und dann würde es ihm leid tun; er hatte insgeheim Respekt vor der Frau. Vielleicht hatte er im Grunde doch eine romantische Ader.

Dann verschlechterte sich seine Stimmung wie immer, wenn er das kantige, unfreundliche Gebäude erblickte, das zwischen Baptistenkirche und Parkhaus eingeklemmt schien. Das Beste, was man über das Polizeirevier auf der Manvers Street sagen konnte, war, daß es zu den wenigen Gebäuden in Bath zählte, die von hinten nicht schlechter aussahen als von vorn. Im Inneren war es ein typisches Beispiel für knickrige Nachkriegsarchitektur, trist und rein funktionell eingerichtet, mit billigem Holz und Neonlampen, ein Arbeitsplatz, an dem man sich wirklich zusammenreißen mußte, um den Tag einigermaßen gut gelaunt zu beginnen. Auf sein »Herrlicher Tag heute, nicht wahr?« erhielt er von den diensthabenden Beamten keine Antwort, was verständlich und ärgerlich zugleich war. Er war es nicht gewohnt, ignoriert zu werden, und in seinem Kopf setzte sich der Verdacht fest, daß alle im Haus etwas Nachteiliges über ihn wußten und keiner ihm die böse Neuigkeit beibringen wollte. Der Sergeant am Empfang fing plötzlich an, angestrengt im Telefonbuch zu blättern, und die Leute vor den Computern im Einsatzraum schienen von ihren Bildschirmen förmlich hypnotisiert. Das Ganze drohte, sich zu einer kafkaesken Situation auszuwachsen, bis sein Blick auf Croxley traf und er ihn fragte, wo Wigfull stecke. Der stammelte, daß Wigfull beim Assistant Chief Constable sei. Mr. Tott war ohne Vorwarnung um neun Uhr aufgetaucht und hatte Diamond verlangt. Kurz darauf war Wigfull nach oben zitiert worden. Jetzt war es neun Uhr achtundvierzig.

Das Nächstliegende, beruhigte Diamond sich selbst, war, daß die offizielle Version des Missendale-Berichts eingetroffen war und Mr. Tott sich verpflichtet fühlte, ihm persönlich ein Exemplar zu überreichen. Falls dem so war, gab es keinen Grund zur Beunruhigung. Der verspätete Dienstantritt mußte ihm nicht peinlich sein; er konnte sich zig Gründe ausdenken, warum er dienstlich irgendwo anders hatte sein müssen. Aber das erklärte noch immer nicht, was Wigfull dabei zu suchen hatte. Und es kam ihm seltsam vor, daß der Assistant Chief Constable die Aufgaben eines Büroboten übernahm.

Er ging zum mit Teppich ausgelegten Konferenzraum, in dem Mr. Tott bei seinen seltenen Besuchen hofhielt. Die junge Frau, die im Vorraum Posten bezogen hatte, bat ihn zu warten. Falls John Wigfull sich irgendeine Entschuldigung für ihn hatte einfallen lassen, dann handelte es sich um eine ziemlich langatmige. Es vergingen noch weitere zehn Minuten, bevor Wigfull herauskam. Als er Diamond erblickte, breitete er die Hände aus und zog die Schultern hoch, als wollte er sagen, er sei außerstande, die Dinge zu beeinflussen, die jetzt ihren Lauf nehmen würden. Diamond fragte ihn gerade pantomimisch, was eigentlich los sei, als der Assistant Chief Constable in der Tür erschien und ihn mit einer Krümmung des Zeigefingers hereinrief.

»Machen Sie die Tür hinter sich zu.«

Bedenklich, daß er nicht aufgefordert wurde, Platz zu nehmen. Mr. Tott, heute in Uniform mit Tressen und Silberknöpfen, zog sich ans Kopfende des ovalen Tisches zurück. Auf der Tischplatte befanden sich eine Tasse mit Untertasse, ein Teller mit zwei Keksen, die Uniformmütze und die weißen Handschuhe, aber kein Exemplar des Missendale-Berichts. Tott schien nicht willens, etwas zu sagen. Tatsächlich wirkte er so reglos wie eine Figur aus dem Wachsfigurenkabinett: Assistant Chief Constable, um 1910. Diamond fragte sich, ob er von Männern mit lächerlichen Schnurrbärten verfolgt wurde. Er beschloß, daß er sich wohl besser dafür entschuldigen sollte, nicht schon früher zur Verfügung gestanden zu haben.

Seine Worte fanden keine Beachtung, aber zumindest sah Mr. Tott sich zu einer Äußerung veranlaßt. »Ich hörte von Inspector Wigfull, daß Sie davon ausgehen, Mrs. Didrikson des Mordes an Geraldine Jackman überführen zu können.«

»Das ist möglich, Sir.«

»Möglich? Keine höhere Wahrscheinlichkeit?«

»Nicht, bevor die Laborberichte vorliegen.«

»Aber Sie haben sie über Nacht hierbehalten?«

»Ja, Sir.«

»Und sie ist noch immer unten?«

»Ich denke doch.«

Diese Begegnung verlief merklich unfreundlicher als ihre letzte. Mr. Tott stieß verärgert die Luft aus und fing an, vor der Rückwand des Raumes auf und ab zu marschieren. »Erzählen Sie mir bitte genau, was bei ihrer Festnahme passiert ist. Wigfulls Darstellung habe ich mir schon angehört …«

»Ist etwas passiert, Sir?« fragte Diamond in der Hoffnung herauszufinden, worum es eigentlich ging, bevor er sich festlegte. Offensichtlich war etwas passiert.

»Ich warte, Superintendent.«

Ein Verfahrensfehler? fragte er sich, während er alles schilderte. Eine lächerliche Übertretung der Dienstvorschriften?

Nachdem er geendet hatte, sagte Mr. Tott: »Der Junge.«

»Matthew?«

»Ja. Er wollte Sie daran hindern, das Haus zu betreten?«

»Wir wollten, wie gesagt, mit seiner Mutter sprechen.«

»Er bezweifelte, daß Sie das Recht hatten einzutreten?«

»Mehr als das. Er hat zugetreten, Sir.«

»Ein zwölfjähriger Junge?«

»Er hat mich da erwischt, wo es am meisten weh tut.«

»Und da haben Sie zurückgeschlagen?«

Mit erschreckender Klarheit erkannte Diamond plötzlich, wohin das Kreuzverhör führte. »So ist das nicht gewesen, Sir. Er hat mich festgehalten, und ich habe ihn beiseite gestoßen, genau so, wie ich es Ihnen geschildert habe.«

»Sie haben nur ausgelassen, daß er gegen die Wand geprallt ist.«

»Die Diele war sehr schmal, Sir.«

»Wollen Sie bestreiten, daß er gegen die Wand geschleudert wurde und mit dem Kopf zuerst dagegen geprallt ist?«

Während er sich in Gedanken die beängstigendsten Eventualitäten ausmalte, versuchte Diamond, sich dennoch exakt an die Tatsachen zu halten. »Er kann sich nicht sehr weh getan haben. Er ist gleich wieder aufgestanden und weggerannt.«

Mr. Tott ließ die Bemerkung erbarmungslos so lange im Raum stehen, bis Diamond nachfragte.

»Er hat sich doch nicht weh getan, oder?«

Mit einer Stimme, so pulvertrocken wie alte Tapete, entgegnete Mr. Tott: »Er wurde letzte Nacht als Notfall ins Krankenhaus eingeliefert.«

»Krankenhaus? Warum denn das?«

»Er wurde ohnmächtig. Daraufhin hat die Schule den Notarzt gerufen. Anscheinend hat er eine Gehirnerschütterung.« Mr. Tott gab diese Informationen so lapidar ab wie ein Krankenhaussprecher. Lapidar und schonungslos.

»Als ich ihn das letzte Mal gesehen habe, ging es ihm gut«, sagte Diamond und merkte selbst, wie lahm sich das anhörte. »Er hat sich normal unterhalten und war ganz entspannt.«

»Die Nachwirkungen müssen nicht sofort aufreten«, erwiderte Mr. Tott und setzte dann den Krankenbericht fort. »Er wird geröntgt, um festzustellen, ob ein Schädelbruch vorliegt. Es ist noch zu früh, um zu sagen, ob er bleibende Schäden davontragen wird.«

Das Ganze war so unglaublich, daß Diamond am liebsten gefragt hätte, ob schon jemand die Möglichkeit in Betracht gezogen habe, daß der Junge vielleicht Theater spielte, aber er hielt sich zurück. Eine solche Unterstellung war nicht dazu angetan, seine ziemlich prekäre Situation zu verbessern. Mr. Tott nahm die Sache ernst, und Mr. Tott würde sicher keinen Spaß verstehen, wenn er sich verschaukelt vorkam. Statt dessen beschränkte Diamond sich darauf, seine Handlungsweise zu verteidigen. »Falls sich der Junge den Kopf an der Wand verletzt hat, war es ein Unfall. Er hat mir zuerst in die Weichteile getreten und wollte dann mein Bein packen. Ich habe ihn bloß weggestoßen. John Wigfull hat das gesehen. Er war direkt hinter mir.«

Mr. Tott schüttelte den Kopf. »Leider nein. Inspector Wigfull hat es nicht gesehen. Seine Aufmerksamkeit richtete sich auf Mrs. Didrikson. Er hatte gerade noch mitbekommen, wie sie durch die Hintertür des Hauses floh. Er hat weder auf Sie noch auf den Jungen geachtet.«

Herzlichen Dank, John, dachte Diamond verbittert. Jeder andere Kollege mit einem Funken Loyalität hätte mir Rükkendeckung gegeben. Wigfull wußte, daß er den Jungen nicht absichtlich gegen die Wand gestoßen hatte.

»Wie dem auch sei«, sagte Mr. Tott mit kalter, schneidender Stimme, »ich muß berücksichtigen, wie der Vorfall von anderen, außerhalb der Polizei, gedeutet werden könnte. Ich meine die Schule und die Mutter. Heute morgen erhielt ich einen ziemlich aufgebrachten Anruf des Schuldirektors.«

»O nein!«

»Man hatte die Schule nicht darüber informiert, daß der Junge einen Schlag auf den Kopf bekommen hatte.«

»Es war kein Schlag, Sir. Niemand hat ihn geschlagen.«

»Ich will hier nicht um Worte streiten, Diamond. Dafür ist die Sache zu ernst. Der Direktor hat eine Beschwerde eingereicht, und er geht – nicht ohne Grund – davon aus, daß Mrs. Didrikson das gleiche tun wird.« Er neigte den Kopf leicht zur Seite, um eine wichtige Feststellung anzukündigen. »Unter den gegebenen Umständen habe ich Wigfull beauftragt, die Leitung der Ermittlungen im Mordfall Geraldine Jackman zu übernehmen, und zwar im Rang eines Chief Inspectors.

»Was?« Diamonds Haut prickelte, und er spürte, wie das Blut in seinem Kopf pulsierte.

»Ich enthebe Sie Ihrer Aufgaben, bis eine eventuelle Untersuchung Ihres Verhaltens abgeschlossen ist. Mir bleibt keine andere Wahl. Der Vorfall könnte die Sachlage schon jetzt zugunsten der Frau beeinflußt haben.«

Diamond verlor den letzten Hauch von Respekt. »Ja bin ich denn hier im Irrenhaus! Das ist ja nicht zu fassen.«

»Zügeln Sie Ihre Zunge, Superintendent.«

Aber Peter Diamond war nicht mehr in der Verfassung, auf irgend etwas Rücksicht zu nehmen. »Dafür ist es zu spät, Mr. Tott. Ich habe Sie durchschaut. Ich weiß, was das für Sie ist – die Gelegenheit, auf die Sie schon lange gewartet haben. Sie haben Angst wegen meines Rufs. Das ganze Gefasel, daß nach der Missendale-Untersuchung nichts an mir hängengeblieben ist, und dann geraten Sie schon bei dem kleinsten Geflüster über mich in Panik. Ihr Spitzel hat die ganze Zeit nur darauf gewartet, daß ich einen Fehler mache, und jetzt übernimmt er das Ruder. Ich hoffe bloß, er hält, was er verspricht. Sie beide sind jedenfalls wie füreinander geschaffen. Was mich angeht, ich werde Ihnen die Mühe ersparen, eine Untersuchung einzuleiten. Ich gehe. Hiermit kündige ich.«

Damit verließ er den Raum und ging die Treppe hinunter.

4 Zu wütend, um mit jemandem zu reden, verließ er das Gebäude, überquerte die Straße, um dann festzustellen, daß sogar der Zeitpunkt seines Abgangs schlecht gewählt war, denn die Pubs öffneten erst in einer Stunde. Er marschierte los, vorbei an der Bushaltestelle Richtung Stall Street, und redete sich ein, daß die Wut allmählich nachlassen würde. Er bereute nicht, was er gesagt hatte. Jedes Wort war berechtigt gewesen, und selbst wenn er sich diplomatischer ausgedrückt hätte, wäre er trotzdem nicht drum herumgekommen, sich für seinen Abgang einen unmißverständlichen Text einfallen zu lassen. Na schön, vielleicht war er impulsiv, starrköpfig und aufsässig, aber er hatte immer noch Rückgrat. Wenn er vor Tott kapituliert, sich damit abgefunden hätte, daß man ihn aufs Abstellgleis schob, aus der Mordkommission ausschloß und dazu verurteilte, den Rest seiner Laufbahn hinter einem Schreibtisch zu sitzen, wäre das geradezu eine Kastration.

Bedauern? Jedenfalls nicht in der Hinsicht, daß er sich die Sache noch einmal anders überlegte! Er war noch nicht lange genug bei der Polizei von Avon und Somerset, um Freundschaften zu schließen. Und – das galt nicht weniger, weil er sich so oft darüber beschwert hatte – die Befriedigung, die ihm sein Beruf brachte, hatte in den letzten Jahren rapide nachgelassen. Kriminalistische Arbeit wurde zunehmend eine Sache für Naturwissenschaftler. Die großen Detectives der Vergangenheit, die Idole seiner frühen Jahre bei der Polizei wie Bob Fabian, Jack du Rose und »Greifer« Read, schienen heute so ausgestorben wie die Dinosaurier. Das waren noch echte Detectives gewesen. Der ganze Schnickschnack der modernen Technologie – Computer, Handy, Phantombilder, Ultraschallüberwachung und genetischer Fingerabdruck – hätte sie nur behindert. Vielleicht wollte er ja herunterspielen, was eben geschehen war, aber er hatte für sich ohnehin keine große Zukunft bei der modernen Polizei gesehen. Im Laufe der Jahre hatte er einige bescheidene Erfolge zu verbuchen gehabt. Ein Jammer, daß ihm die Befriedigung versagt blieb, den Jackman-Mord aufzuklären. Ja, das bedauerte er.

Seine größte Sorge galt Stephanie, die bestimmt schockiert sein würde. Die Ärmste würde aus allen Wolken fallen. Wenn er schon von den Ereignissen überrollt worden war, wieviel schlimmer mußte es dann für sie sein. Zumindest war er beteiligt gewesen und hatte selbst die Entscheidung getroffen. Steph rechnete nicht im geringsten damit, daß so etwas passieren könnte. Ihre Welt würde zusammenbrechen und vermutlich sie mit ihr. Auch wenn sie den ersten Schock verwunden hätte, würde sie angesichts der Hypothek, der Rechnungen und der Lebenshaltungskosten vermutlich verzweifeln. Er würde sich damit auseinandersetzen, wenn die Probleme auftauchten, aber Steph machte sich von Natur aus ständig Sorgen.

Als er die Stall Street entlangging, entdeckte er auf der rechten Seite ein Elektrogeschäft, und als er die vielen Geräte im Schaufenster sah, kam ihm ein Gedanke. So impulsiv, wie er seinen Dienst quittiert hatte, marschierte er jetzt in den Laden und ließ sich die Mikrowellenherde zeigen. Großherzig genug, seine Prinzipien für einen Akt des Mitgefühls über Bord zu werfen, beschloß er, sein letztes Geld auf den Kopf zu hauen, wählte das Modell mit den meisten Knöpfen und bezahlte mit einem Scheck. Man versprach, das Gerät noch am selben Nachmittag an Mrs. Diamond zu liefern. Das, so verriet er dem Verkäufer, wäre dann eine schöne Überraschung.

Danach ging er an dem mit Säulen versehenen Eingang zu den Römischen Bädern vorbei und kam zu dem Platz vor dem Westportal der Abteikirche, sein mittäglicher Zufluchtsort im Sommer. Um diese Jahreszeit waren dort weniger Touristen, so daß er eine der Holzbänke für sich allein hatte. Nur die Tauben waren stets gleich zahlreich. Sie umringten ihn sofort, suchten so gierig das Pflaster zu seinen Füßen nach Krümeln ab, daß sie noch nicht einmal gurrten. Dann kam ein frei laufender Hund, ein Retriever, aus Richtung Park daher, und die Tauben stoben auseinander. Diamond beobachtete ihren flatternden Aufstieg. Sobald sie in der Luft waren, bildeten sie einen dichten Schwarm, und als sie mit einem Schwenk nach hinten aus seinem Blickfeld verschwunden waren, starrte er immer noch auf die Fassade der Abteikirche, deren steinerne Engel für alle Ewigkeit auf den Leitern erstarrt waren. Ihm kam der tröstliche Gedanke, daß er jetzt aufhören konnte, sich mit ihnen zu identifizieren. Gerade als er den Blick abwenden wollte, blieben seine Augen an etwas Seltsamem haften, das er sich genauer ansehen mußte. Er blinzelte zu den Skulpturen hinauf. Er hatte ein Detail entdeckt, das ihm bislang entgangen war. Es war keine Sinnestäuschung durch das Licht und auch nicht auf mangelnde Sehkraft zurückzuführen: Einer der Engel, der dritte von oben, war nicht in aufsteigender Haltung dargestellt, sondern auf den Kopf gedreht. Keine Frage. Der Engel war mit dem Kopf voran auf dem Weg nach unten.

Er brachte zwar kein Grinsen zustande, doch er nickte und sagte: »Du also auch, Kumpel.«

Er ging dann doch nicht geradewegs in den nächsten Pub. Abgesehen von der Verbitterung, die er Tott gegenüber empfand, gärte noch etwas anderes in ihm, sein starker Verdacht, daß das Ganze auf einem Täuschungsmanöver beruhte. Er glaubte nicht daran, daß Matthew ohnmächtig geworden war. Kaum zwanzig Minuten nach dem sogenannten Zwischenfall in der Diele hatte er den Jungen auf seinem Bett herumlungern sehen, quietschfidel und eifrig bemüht, seine Mutter davon zu überzeugen, daß die Polizei ihn vorsätzlich angegriffen hatte. In seiner Rugby-Zeit hatte Diamond etliche Fälle von Gehirnerschütterung erlebt, und nicht nur, daß die Wirkung sofort eingetreten war, die Opfer waren außerdem nicht in der Lage, sich an die Ereignisse unmittelbar vor dem Unfall zu erinnern. Aber auch wenn dem Jungen nachgewiesen werden konnte, daß er simulierte, konnte Diamond seinen Job nicht wiederbekommen; das war ihm klar. Aber ganz allmählich kam ihm ein beunruhigender Gedanke. Sein plötzlicher Rücktritt könnte als Eingeständnis ausgelegt werden, daß er den Jungen tatsächlich mißhandelt hatte. Im schlimmsten Fall konnte er sogar wegen Körperverletzung angezeigt werden, was katastrophale Folgen hätte. Und jetzt war es zu spät, die Polizei um Hilfe zu bitten. In dieser düsteren Stimmung beschloß er, zu seinem eigenen Schutz die Wahrheit über den Zustand des kleinen Didrikson herauszufinden. Also, zurück zur Manvers Street, um den Wagen abzuholen und die Upper Bristol Road hochzufahren.

Er hatte keine Bedenken, der Frau am Empfang des Royal United Hospital seinen Polizeiausweis zu zeigen. Matthew, so teilte sie ihm mit, war von der Ambulanz auf eine allgemeine Station verlegt worden. Die dortige Stationsschwester bestätigte ihm, daß der Junge geröntgt worden sei und man nun auf die Ergebnisse warte. Er hatte seit seiner Einlieferung keine Symptome einer Gehirnerschütterung gezeigt, und, ja, sein Zustand erlaubte es, Besuch zu empfangen. Tatsächlich waren schon ein paar Freunde aus seiner Schule dagewesen.

Sie zeigte ihm das Zimmer, in dem Matthew eigentlich sein sollte, aber dort war er nicht. Diamond suchte und fand ihn schließlich im Aufenthaltsraum vor dem Fernseher, eine Zigarette im Mundwinkel, die wohl vom einzigen anderen Menschen im Raum stammte, einem alten Mann, der mit einem Aschenbecher auf dem Schoß im Sessel eingeschlafen war. Es war nicht Diamonds Aufgabe, den Jungen zur gesunden Lebensweise zu ermahnen, und so fragte er ohne eine Spur von Mißbilligung: »Wie geht's dir?«

»Vielleicht kann ich heute nachmittag nach Hause.« Matthew beherrschte den Trick zu reden, ohne dabei die Zigarette aus dem Mund zu nehmen. Sein Blick blieb unverwandt auf den Fernseher gerichtet. Er trug einen grauen Krankenhausbademantel, räkelte sich in einem niedrigen Sessel mit Stahlrahmen, die Füße auf einen Beistelltisch gelegt, und hatte die Hände hinter dem Kopf verschränkt.

»Dann geht es dir also wieder besser.«

»Kann nicht klagen.«

»Keine Ohnmachtsanfälle mehr?«

Matthew wandte den Kopf eben so weit, daß er Diamond erkennen konnte, ohne ansonsten seine Position irgendwie zu verändern. »Ach, Sie sind's. Haben die Sie geschickt, um sich nach mir zu erkundigen?«

»Da könnten sie die Stationsschwester anrufen«, erklärte Diamond verneinend. »Anscheinend bist du gerne hier.«

Ein argwöhnischer Blick schlich sich in die braunen Augen. »Wie?«

»Das ist schon dein zweiter Besuch in diesem Jahr, nicht? Du wärst doch fast ertrunken.«

»Das ist schon ultralange her«, sagte der Junge abschätzig. »Die haben mich nicht hierbehalten.«

»Wie läuft's denn so mit dem Schwimmunterricht?«

Matthews Augen wanderten zurück zum Fernseher. »Das hab ich doch hinschmeißen müssen. Mrs. Jackman hat einen Höllenkrach deswegen veranstaltet. Jetzt ist sie tot, geschieht ihr verdammt recht.«

»Kannst du dich noch an den Tag erinnern, an dem es passiert ist?« Während er die Frage aussprach, dachte er, das ist doch verrückt. Vor knapp zwei Stunden habe ich meinen Job an den Nagel gehängt, und schon jetzt kann ich es nicht lassen und hake bei einer beiläufigen Bemerkung aus dem Mund dieses wichtigtuerischen Jungen nach, weil ich auf einen Ansatz im Jackman-Mord hoffe. Als Polizist bin ich erledigt, und ich kann es trotzdem nicht lassen. Ich funktioniere immer noch, wie ein kopfloses Huhn, das im Hof herumrennt.

»Das war der Tag, an dem ich wieder zur Schule mußte«, antwortete Matthew.

»Montag, der 11. September?« Das alte Frage-und-Antwort-Spiel. Es fiel ihm soviel leichter als unverfängliches Geplauder.

»Mhm.«

»Und deine Mutter hat dich hingefahren?«

»Ja.«

»Weißt du noch, ob das Telefon geklingelt hat, bevor du zur Schule mußtest?«

»Ja. Es war Greg, er wollte meine Mutter sprechen. Sie nennen ihn wohl Professor Jackman«, fügte er herablassend hinzu.

»Du weißt nicht mehr, um wieviel Uhr er angerufen hat?«

»Ziemlich früh. Auf jeden Fall vor acht. Ma hatte noch ihr Nachthemd an. Sie war total sauer.«

»Worüber.«

»Über den Anruf. Sie hatte Greg gerade ein paar echt wertvolle Briefe geschenkt, die irgend so ne berühmte Schriftstellerin vor ner halben Ewigkeit geschrieben hat, und die waren weg. Greg hat gedacht, so 'n Amerikaner hätte die sich gekrallt, und er wollte hinter ihm her.«

»Und deine Mutter, was dachte die?« fragte Diamond.

»Sie war sicher, daß Mrs. Jackman sie hatte.«

»Woher weißt du das?«

»Das hat sie erzählt, als sie mich zur Schule gefahren hat.«

»Um wieviel Uhr war das?«

»Halb neun. Wir müssen um Viertel vor da sein.« Er nahm die Fernbedienung und schaltete auf einen anderen Kanal.

»Gehst du nicht gerne zur Schule?«

»Da sind doch bloß kleine Kinder. Ich muß noch ein Jahr warten, bis ich die Aufnahmeprüfung für die Oberstufe machen kann. Dann bin ich endlich bei den Großen.«

»Wenn du bestehst.«

»Kein Problem. Ich bin ja im Chor.«

Diamond war mit elf Jahren aufs Gymnasium gekommen, und seiner Ansicht nach konnte an einem System, das Jungen von Matthews Größe und Reife derart bremste, etwas nicht stimmen. »Stört es dich, wenn deine Mutter dich zur Schule bringt – so nen großen Kerl wie dich?«

»Besser als zu Fuß gehen.«

»Du könntest ja den Bus nehmen.«

»Da nehme ich lieber einen Mercedes.«

Die Bemerkung bestätigte, welche Bedeutung Statussymbole in der Schule hatten, in jeder Schule. Das Auftreten des Jungen störte Diamond, doch er erinnerte sich noch gut genug an seine eigene Pubertät, um die Unsicherheit zu erkennen, die sich dahinter verbarg. Und das war gut so, denn er spürte den starken Impuls, den Jungen zu ohrfeigen – wenn auch nur im übertragenen Sinne –, und eine derartige Auseinandersetzung hätte katastrophale Folgen. Also konzentrierte er sich mit Beherrschung auf Matthews Erinnerungen an den Tag, als Geraldine Jackman ermordet wurde. Die Jungs vom Chor, so erfuhr er, hatten einen langweiligen Morgen in und vor der Sakristei der Abteikirche verbracht, weil dort die neuen Chorgewänder ausgeteilt wurden, und am Nachmittag waren Stundenpläne und Lehrbücher für die acht Prüfungsfächer im nächsten Jahr verteilt worden.

»Hat dich deine Mutter am Abend abgeholt?«

»Das macht sie nie. Der Vater von meinem Freund nimmt mich mit bis Lyncombe Hill. Er hat bloß einen alten Peugeot, aber er ist Lehrer, also was soll man machen?«

»Interessierst du dich für Autos, Matthew?«

»Wenn Sie vernünftige Autos meinen, ja.«

»Bist du selber schon mal gefahren?«

»Ach, hören Sie auf – selbst wenn, erzähl ich das doch keinem Bullen.« Das letzte Wort klang mit der wohlakzentuierten Aussprache, die an Privatschulen gepflegt wird, noch verächtlicher.

Diamond spielte die Möglichkeit durch, die ihm in den Sinn gekommen war. Der Grundgedanke, daß der Junge es fertiggebracht hatte, Geraldine Jackman zu töten, die Leiche an den Chew Valley Lake zu schaffen und sie dort zu versenken, grenzte ans Absurde, aber wo er nun schon damit angefangen hatte, konnte er auch weitermachen. »Manche Jungs in deinem Alter lernen Auto fahren, ohne auf öffentlichen Straßen zu üben. Das ist nicht illegal. Ich weiß von manchen Schulen, daß sie auf ihrem Gelände Fahrunterricht geben.«

»Wir kriegen bloß Klavierunterricht«, sagte Matthew mit offenkundigem Mißfallen.

»Vielleicht hat deine Mutter ...«

»Das ist wohl ein Witz.«

»Sie könnte doch mit dir wo hingefahren sein, wo nichts los ist, ein menschenleerer Strand, ein verlassener Flugplatz.«

»Sie läßt mich ja noch nicht mal Autoskooter fahren.«

Das war nicht gespielt. Das war der ehrliche Protest eines frustrierten Kindes und das Ende von Diamonds kurzlebiger

Spekulation. Er mußte sich von der Vorstellung verabschieden, daß Matthew am Steuer des Mercedes oder irgendeines anderen Fahrzeuges gesessen hatte.

»Jedenfalls, sobald ich alt genug bin, möchte ich eine Honda MT5 haben«, sagte Matthew.

»Dann findest du Auto fahren also doch toll?«

»Das ist ein Motorrad, Sie Trottel.«

»Vorsicht, Bürschchen.« Die Warnung rutschte ihm spontan raus, und Diamond setzte etwas spaßhafter hinzu: »Sonst könnte ich auf dem Weg nach draußen der Schwester was über Zigaretten erzählen.« Hartnäckig kehrte er zu dem ursprünglichen Gegenstand seiner Fragen zurück. »Der Abend, über den wir gerade gesprochen haben ... Du hast noch gar nicht gesagt, ob deine Mutter zu Hause war, als du aus der Schule zurückkamst.«

Matthew zog ein letztes Mal an der Zigarette und drückte sie aus. »Sie war da.«

»Wie hat sie auf dich gewirkt?«

»Was meinen Sie damit?«

»Ihr Verhalten. War das irgendwie anders als sonst?«

Matthew wandte sich erneut um und sah Diamond an. »Sie denken, sie hat den Mord begangen, was?«

»Ist sie an dem Abend mit dem Wagen weggefahren?«

»Nein.«

»Ich hoffe, du sagst die Wahrheit.«

»Natürlich.«

Diamond sagte: »Laß dir mal was sagen, Mat. Du denkst vielleicht, daß du deiner Mutter so am besten aus der Klemme helfen kannst, aber vielleicht funktioniert das nicht.«

Matthew schaltete den Fernseher auf Testbild und blickte auf. »Wie meinen Sie das?«

»Na, zum Beispiel dieses Ablenkungsmanöver. Der Grund, warum du hier im Krankenhaus bist. Ich glaube nicht, daß du dir den Kopf so schlimm gestoßen hast. Ich glaube nicht, daß du ohnmächtig geworden bist. Mein erster Gedanke war, daß du dich dagegen wehren wolltest, die Nacht in der Schule verbringen zu müssen.«

»Das stimmt nicht!« stieß Matthew heftig hervor.

»Aber jetzt glaube ich, du tust es aus nem anderen Grund. Ich schätze, du tust das für deine Mutter. Du hast gedacht, wir würden aufhören, sie zu vernehmen, wenn du krank würdest. Wir müßten sie herbringen, damit sie bei dir sein kann.«

Der Junge hatte die Stirn gerunzelt. »Na ja, das werden Sie doch, oder?« Wieder einmal sprach jetzt das Kind aus ihm.

»Das liegt nicht an mir, Junge.«

Die Bedeutung dessen, was Diamond da zugegeben hatte, entging Matthew. »Meine Ma würde keinen umbringen.«

»Wenn du das wirklich glaubst, hilfst du ihr nicht damit, wenn du so ein Theater machst wie letzte Nacht.«

»Sie haben mich aber wirklich gegen die Wand geschubst. Das war die Wahrheit.«

»Ja«, sagte Diamond, »und du hast mir zwischen die Beine getreten, aber ich habe deshalb keine Show abgezogen.«

Matthew mußte grinsen.

Diamond schätzte, daß er hier mit ein wenig Zeit wenigstens zu einer Verständigung gelangen könnte. Das großspurige Auftreten stand auf tönernen Füßen. Dahinter steckte ein Kind, das sich nach seinem Vater sehnte.

Doch sie wurden von der Stationsschwester unterbrochen. »Deine Röntgenaufnahmen sind da, Matthew, und es scheint alles in Ordnung zu sein. Ich denke, wir können dich beruhigt wieder zurück zur Schule schicken.«

»Jetzt gleich?«

Sie zwinkerte Diamond zu. »Nach vier, glaube ich.«

Steph nahm die Nachricht wesentlich besser auf, als er erwartet hatte. »Als die Mikrowelle geliefert wurde, wußte ich, daß etwas Schlimmes passiert sein mußte. Ich freue mich, daß du an mich gedacht hast. Es war natürlich verrückt, mir so ein Geschenk zu machen.«

»Blöde.«

»Nein, nicht blöde, das würde ich nicht sagen. Leichtfertig, wenn du willst, aber ich habe ja schon immer gewußt, daß du leichtfertig bist – na ja, also jedenfalls seit dem Tag, als du mit den Eseln im Pfadfinderlager aufgetaucht bist.« Sie lächelte. »Du bist nicht jedermanns Fall.«

»Allerdings. Ich war nicht der Richtige für diesen Job. Ich war ein Scheusal.«

»Du bist nicht gewalttätig.«

»Erzähl das mal Mr. Tott. Steph, seien wir ehrlich, der Umgang mit Menschen war nie meine Stärke. Ich bin zurechtgekommen, weil ich meine Leute angetrieben habe. Bei mir bekam keiner eine Extrawurst gebraten.«

»Das ist doch nichts Schlechtes. Schließlich hast du keine Selbsterfahrungsgruppe geleitet.« Er mußte lächeln.

Sie sagte: »In deinem Job wäre es nicht gut gewesen, sich beliebt machen zu wollen.«

»Nein, aber ich hätte den Respekt der Leute haben müssen, und ich bin nicht sicher, ob dem noch so war. Ich hätte mich über die neue Technologie auf dem laufenden halten sollen. Ich war der einzige im Dezernat ohne Taschenrechner. Ich rechne noch immer alles im Kopf.«

»Ich finde, du hast dich hier nie richtig eingewöhnt.«

»Es liegt nicht an der Stadt. Es liegt am Frust. Die hohen Tiere stellen einem das ganze technische Zeug zur Verfügung und erwarten dann, daß man sehr effizient arbeitet, aber letzten Endes hat man es bei den Ermittlungen immer noch mit Menschen zu tun; ausweichenden, gefährlichen, verängstigten. Und die Bösen sind heutzutage cleverer als vor zwanzig Jahren. Man muß mit ihnen reden, sich in sie hineinversetzen und die Wahrheit herauskitzeln. Deshalb bin ich damals zur Kripo gegangen. Aber heute regiert dort der Rechenschieber. Man muß die Existenzberechtigung für die verdammte Hardware liefern. Angenommen, die Kriminaltechniker könnten den unwiderlegbaren Beweis für etwas liefern, aber sie haben zuwenig Leute, und es dauert Wochen, Monate, bis man die Ergebnisse vorliegen hat. Was macht man dann in der Zwischenzeit mit seinem Verdächtigen? Das Gesetz verbietet es, ihn unbegrenzt festzuhalten. Wen wundert's, daß wir versuchen, ein Geständnis zu kriegen. Man hört von so vielen Fällen, daß Aussagen nur unter Zwang zustande kamen. Solche Fälle sind das Ergebnis des Drucks in einem System, das nicht richtig funktioniert.« Er seufzte und zuckte die Achseln. »Tut mir leid, Schatz. Ich wollte dich damit nicht belasten.«

»Es ist immer besser, so was rauszulassen«, erwiderte Stephanie. »Aber wenn es für dich keine Zumutung ist, könntest du mir bei meiner neuen Hardware helfen. Mal sehen, ob wir die Mikrowelle in Gang kriegen.«

Zusammen kochten sie ein ganz passables Essen, gedünstete Scholle mit Gemüse, in unfaßbar kurzer Zeit. Sie machten eine Flasche Chablis auf und kamen überein, daß Diamond nicht gleich am nächsten Morgen zum Arbeitsamt rennen solle. Er würde sich eine Woche Zeit lassen, die Küche renovieren (die jetzt für die Mikrowelle einfach zu schäbig aussah) und über seine Zukunft nachdenken.

Am Morgen setzte er sein offizielles Kündigungsschreiben auf.

5 Am folgenden Montag lautete die Schlagzeile des »Bath Evening Chronicle«: »Festnahme im Mordfall Gerry Snoo. Frau aus Bath verdächtigt«. Die wichtigsten Fakten waren rasch wiedergegeben. Dana Didrikson, eine vierunddreißigjährige Fahrerin, war dem Haftrichter vorgeführt worden. Man beschuldigte sie, am oder um den 11. September die Schauspielerin Geraldine Jackman ermordet zu haben. Das Verfahren hatte nur wenige Minuten gedauert.

Peter Diamond hatte jetzt andere Probleme, und er schlug die Seite mit den Stellenangeboten auf. Er mußte Abschied nehmen, redete er sich ein. Das Abschiednehmen wurde kurz verzögert, als vor seinem inneren Auge John Wigfull auftauchte, wie er sich triumphierend an Diamonds Schreibtisch im Polizeirevier Manvers Street setzte. Ach, was soll's, dachte er, damit habe ich nichts mehr zu tun.

Es war üblich, daß Expolizisten sich bei privaten Sicherheitsdiensten um eine Stelle bewarben. Den ganzen Morgen war er die Gelben Seiten durchgegangen und hatte sein Glück bei Firmen versucht, die er selbst bis dahin für überflüssig gehalten hatte. Bei manchen der Namen wand er sich innerlich, wenn er sie aussprach: »Spreche ich mit Sicher und Schlafe-Sanft?« »Somerset Wachdienst?« Das einzige Ergebnis seiner Anrufe, abgesehen von den vielen Telefoneinheiten, die er verbraucht hatte, war die Erkenntnis, daß sein hoher Dienstgrad nicht so zog, wie er gehofft hatte, sondern ein Handicap war. Die Leute konnten sich nicht vorstellen, daß ein Ex-Superintendent Kleintransporter fahren oder in Kaufhäusern Diebe fangen würde, wollten ihm aber auch keine leitende Stellung anbieten. Seine Erfahrung mit Morden war keine Empfehlung für den Umgang mit Geschäftskunden.

In den Gelben Seiten standen auch etliche Detekteien, die ein breites Dienstleistungsspektrum anboten. Auf Nachfrage stellte sich heraus, daß es sich um Einmannfirmen handelte, ehemalige Polizei-Sergeants, die kein Interesse daran hatten, einen Ex-Superintendent zu beschäftigen.

Während der nächsten beiden Wochen weitete er seine Suche aus und bewarb sich auf alle möglichen Bürostellen, doch wieder bekam er nichts als Absagen. Viel zu viele Männer im mittleren Alter waren auf der Suche nach Bürojobs, wurde ihm barsch mitgeteilt, und ob er schon mal an einen Job auf dem Bau gedacht hätte. Da man dabei meist auf Leitern steigen oder Schubkarren über Planken schieben mußte, Tätigkeiten also, für die ein dicker Mann schlecht geeignet war, stieß dieser Vorschlag bei ihm auf wenig Gegenliebe.

In der letzten Woche wendete sich das Blatt. »Man hat mir zwei Jobs angeboten«, eröffnete er Stephanie am Freitagabend. »Zwei Jobs, für die ich einzigartig qualifiziert bin.«

»Zwei? Das ist ja toll«, meinte sie. »Sind sie gefährlich?«

»Gefährlich? Keine Spur! Du kennst doch die neuen Geschäfte in den Kolonnaden, gleich neben der Stall Street. Tja also, die suchen einen Weihnachtsmann, der durch das Einkaufszentrum schlendert und mit den Kindern plaudert und so. Ho, ho, ho! Alles undercover. Wir waren drei Bewerber, und mich haben sie genommen, wegen meiner Leibesfülle. Morgen fange ich an, befristet.«

»O Peter.« Auf Stephanies Gesicht lagen Kummerfalten.

»Was soll das heißen – ›O Peter‹?«

»Ich weiß ja, daß es zur Zeit wenig Stellen gibt, aber …«

»Aber was?«

»Ein Detective Superintendent, der sich als Weihnachtsmann verkleidet?«

»Ich bin kein Detective Superintendent mehr«, rief er ihr in Erinnerung.

»So ein Abstieg.«

»Überhaupt nicht. Der Weihnachtsmann ist für zwanzig Prozent der Bevölkerung ein VIP. Die übrigen haben keine Ahnung, wer ich bin.«

Sie seufzte: »Und die andere Stelle?«

»Barkeeper und Rausschmeißer im Old Sedan Chair, nur abends.«

»Wo ist das denn, um Himmels willen?«

»Das ist der neue Pub in der Straße hinter dem Theater.«

»Kommen da nicht die Halbstarken aus den Discos rein?«

»Deshalb, Schatz, brauchen Sie ja einen Rausschmeißer.«

Eines Abends las er in der Zeitung, daß die Vorverhandlung gegen Dana Didrikson abgeschlossen war und man sie nach Bristol zur Hauptverhandlung am Strafgericht überstellt hatte. Die Anklage lautete auf Mord. Er blätterte zum Sportteil und versuchte, sein Interesse auf einen Bericht über das Fitneßtraining der aus Bath stammenden Spieler in der Rugbynationalmannschaft zu lenken.

Er kam als Weihnachtsmann sehr gut an, obwohl er nichts zu verschenken hatte als Luftballons mit dem Kolonnaden-Zeichen darauf. Die Rolle gefiel ihm, und er spielte sie mit einer Hingabe und Bravour, wie er sie bei der Polizei nie an den Tag gelegt hatte. Die ehrfürchtigen Gesichter kleiner Kinder, in deren Augen die Vorfreude strahlte, bezauberten ihn. Da er selbst keine Kinder hatte, war es ihm nie sehr schwergefallen, sich einzureden, daß Kinder, wie Hunde, im allgemeinen eine Plage waren. Jetzt spielte er, versteckt hinter seinem Nylonbart, schamlos den lieben Dad.

Eines Nachmittags sah er im obersten Stock der Kolonnaden, wie Matthew Didrikson und zwei Freunde mit dem gläsernen Lift spielten, der die drei Ebenen des Einkaufszentrums miteinander verband. Der Geschäftsinhaber, der die Vorstellungsgespräche mit den angehenden Weihnachtsmännern geführt hatte, war von Diamonds Polizeivergangenheit so beeindruckt gewesen, daß er ihm von dem Ärger erzählt hatte, den sie manchmal mit Schuljungen hatten, die Wettrennen durch die Menschenmenge veranstalteten, doch wie Diamond richtig erwidert hatte, war ein als Weihnachtsmann Verkleideter nicht dazu geeignet, ungestüme Kinder zur Ordnung zu rufen. Zufällig waren Matthew und seine Freunde nicht damit beschäftigt, Coladosen zu kicken oder alte Damen umzurennen. Im schlimmsten Fall konnte man ihnen vorwerfen, daß sie den Lift blockierten. Es war früher Nachmittag und wenig los, so daß er beschloß, sie in Ruhe zu lassen.

Kurz danach hatten sie die Lust an ihrem Spiel verloren, denn sie kamen auf ihn zu, um den Weihnachtsmann ein wenig zu ärgern. Es waren keine kleinen Kinder in der Nähe, deren Illusionen hätten zerstört werden können, und so ließ er ihre pubertär geschmacklosen Witze klaglos über sich ergehen: Ob er auf schwarze Lederstiefel stand? Oder brachten ihn eher Strümpfe auf Touren? Und – sie deuteten auf die Ballons – wußte er denn nicht, wozu Kondome gut waren?

Sie fanden ihre Witze so zum Schreien, daß sie Diamonds Replik erst mit einiger Verspätung registrierten: »Wenn ihr es unbedingt wissen wollt, es macht mich total an, Chorknaben bei ihrem Direktor zu verpfeifen.«

Ihre Fröhlichkeit schlug in Panik um. »Der kennt uns!« Zwei rannten weg. Nur Matthew blieb stehen, starrte ihn aus dunklen Augen an und sagte: »Ich hab Ihre Stimme erkannt, das ist 'ne miese Verkleidung.« Die Kritik war ernst gemeint.

Er machte dem Jungen nichts vor. Er erklärte ihm, daß er nicht mehr bei der Polizei war und so sein Geld verdiente. Matthew war ebenso aufrichtig, denn er gestand, daß er und seine Freunde sich für eine Stunde aus der Schule geschlichen hatten. Um vier mußten sie Weihnachtslieder in der Abteikirche proben, und bis dahin würde sich keiner dafür interessieren, wo sie waren. Diamond nutzte die Gelegenheit, um eine Frage zu stellen, die ihm nicht mehr aus dem Kopf gegangen war, seit er gelesen hatte, daß Dana Didrikson des Mordes angeklagt war. »Wo bist du denn über Weihnachten?«

»Bei Nelson, einem Freund von mir. Und seinen Eltern. Ich bin die ganzen Ferien da.«

»Nett von ihnen.«

»Nelson war mir noch was schuldig.«

Diamond erinnerte sich, was er über den Unfall am Pulteney-Wehr gehört hatte. Der Junge, der den Stock geworfen hatte, so daß Matthew ausgerutscht war, hieß Nelson. Ein dreiwöchiger Aufenthalt war keine schlechte Wiedergutmachung für einen unbedachten Streich. Bislang war Diamond davon ausgegangen, daß die Schule für Matthews Unterbringung während der Ferien sorgen würde, vielleicht bei einem der Lehrer zu Hause. Eine Qual für jedes Kind. Seit ihrem Gespräch im Krankenhaus hatte Diamonds Abneigung gegen Matthew nachgelassen. Er konnte jetzt besser verstehen, warum der Junge so vorlaut war. Um ehrlich zu sein, verhielt er sich anderen Menschen gegenüber selbst häufig sehr abweisend. Ja, seine Sympathien hatten sich derart verlagert, daß er daran gedacht hatte, den Jungen für einen Tag zu sich einzuladen. Er hatte mit Stephanie darüber gesprochen, und sie war einverstanden gewesen. Sie hatte Kinder schon immer gemocht. Jetzt hatte sich das Angebot erübrigt. Für Matthew war es schöner, mit Gleichaltrigen zusammenzusein.

Vielleicht spürte Matthew das. Er fragte: »Wie lange muß sie wohl auf den Prozeß warten?« womit er Ängste verriet, die er vor den anderen Jungs niemals eingestanden hätte.

»Deine Mutter? Ich fürchte, noch einige Monate.«

»Kommt sie frei?«

Diamond zögerte, hin und her gerissen zwischen ehrlicher Meinung und tröstlicher Lüge. »Das hängt von der Beweislage ab. Hör mal, am besten suchst du jetzt deine Freunde und gehst zur Chorprobe. Deine Mutter hat schon Sorgen genug. Da muß ihr nicht auch noch zu Ohren kommen, daß du blaumachst. Schöne Weihnachten, mein Junge.«

Die abendliche Arbeit hinter der Bar war eine Strapaze, nachdem er den Tag über durchs Einkaufszentrum gewandert war. Er war heilfroh, daß er zwischendurch sein Gewicht auf einen Hocker schieben konnte. Die Gäste waren meist unter zwanzig, kamen kurz von der Disco gegenüber auf ein Glas herein und benahmen sich im allgemeinen ordentlich. Aber sie wollten Eindruck schinden und sich nicht immer von ihrer sympathischsten Seite zeigen, so daß sie einen krassen Gegensatz zu den kleinen Fans des Weihnachtsmanns bildeten. Selbst die niedlichsten Kinder wurden irgendwann mal zu Teenagern.

Die Wochen verstrichen, das Intermezzo als Weihnachtsmann ging zu Ende. Er und Steph verbrachten ruhige Weihnachtstage. Die einstigen Kollegen von der Kripo schickten eine Karte, eine düstere Szene, auf der ein alter Mann einen Christbaum über eine verschneite Landstraße schleifte. Stellten sie sich sein neues Leben so vor? Alle hatten unterschrieben, auch Wigfull. Und als er sich die Namen ansah – Keith Halliwell, Paddy Croxley und Mick Dalton –, erschienen sie ihm fremd, ein Zeichen dafür, daß er tatsächlich Abschied genommen hatte. Und zwar so sehr, daß er scharf überlegen mußte, bevor ihm der Name des Mannes in der schwarzen wattierten Jacke einfiel, der eines Abends Mitte Januar in den Old Sedan Chair geschlendert kam und sagte: »Wie geht's Ihnen? Man hat mir gesagt, daß ich Sie hier finden würde.« Eine Stimme, die eher nach Yorkshire klang als nach dem West Country. Durchdringende Augen, breites Gesicht, schwarzer Schnurrbart: Professor Gregory Jackman.

Diamond bedachte ihn mit dem typischen Barkeeper-Nikken. »Was möchten Sie trinken, Professor?«

»Einen Cognac. Trinken Sie einen mit.«

Er lehnte das Angebot dankend ab und machte klar, daß er auch keinen anderen Drink nehmen würde. Ob der Besuch aus Neugier erfolgte oder tiefere Beweggründe hatte, in jedem Fall schien ihm würdevolle Zurückhaltung angebracht.

»Ich habe gehört, daß Sie den Dienst quittiert haben«, begann Jackman, nachdem er an dem Cognac genippt hatte. Er hatte sich einen Abend ausgesucht, an dem die Disco geschlossen war und bloß eine Handvoll Gäste an einzelnen Tischen saßen, die ein Stück von der Bar entfernt standen.

Diamond spülte Gläser, so daß Jackman selbst seinen Kommentar zu den Geschehnissen seit ihrer letzten Begegnung abgab: »Schöne Scheiße.«

Ohne aufzusehen, sagte Diamond: »Ich komme klar.«

»Ich meine die Tatsache, daß Sie den Kram hingeschmissen haben. Das war für Dana eine Katastrophe.«

»Hören Sie auf«, sagte Diamond. »Das ist vorbei.«

»Für Dana aber nicht. Sie wird eines Verbrechens angeklagt, das sie nicht begangen hat. Wenn nichts unternommen wird, bekommt sie lebenslänglich.«

»Erwarten Sie etwa, daß ich etwas unternehme?«

»Sie braucht Hilfe.«

Diamond wandte ihm den Rücken zu und holte noch mehr schmutzige Gläser. »Das ist die Aufgabe ihrer Anwälte.«

»Ich habe mit ihren Anwälten gesprochen. Sie haben der Staatsanwaltschaft nichts entgegenzusetzen.«

Diamond tauchte die Gläser ins Wasser. »Dann war sie es wohl doch.« Vielleicht wirkte seine Gleichgültigkeit gegenüber Mrs. Didriksons Notlage gefühllos, aber schließlich war er nicht verpflichtet, Jackmans Gefühle zu schonen.

Neue Gäste, eine Gruppe von fünf Amerikanern, betraten den Pub und erörterten an der Bar, wer die Runde übernehmen würde und was sie trinken sollten. Jackman schwieg, bis sie ihre Getränke bekommen und an einem Tisch Platz genommen hatten. »Sie glauben doch nicht ernsthaft, daß sie eine Mörderin ist«, sagte er.

»Was ich glaube oder nicht, ist genauso unwichtig wie meine Meinung zum Kanaltunnel oder zu der Frage, ob Frauen Priesterinnen werden dürfen«, erwiderte Diamond. »Professor, ich möchte nicht mehr darüber reden.«

»Greg. Bei meiner Vernehmung nannten Sie mich Greg.«

Diamond seufzte. Er wollte nicht glauben, daß ein intelligenter Mensch auf die Masche eines Polizisten bei der Vernehmung hereingefallen war.

»Wie kann ich Sie erweichen?« fragte Jackman.

»Das ist nicht die entscheidende Frage«, entgegnete Diamond. »Die entscheidende Frage ist, was Sie von mir wollen. Und die Antwort lautet, daß ich Ihnen nichts anbieten kann, außer einem Drink.«

»Sie haben sich wochenlang mit dem Fall beschäftigt. Sie haben das Fundament gelegt. Sie müssen doch noch andere Theorien gehabt haben, auch wenn Sie sie später verworfen haben. Sie könnten uns helfen, indem Sie uns Alternativen aufzeigen, die wir noch nicht in Erwägung gezogen haben.«

»Wir?«

»Danas Verteidigung. Ich habe ja gesagt, daß ich in Kontakt zu ihren Anwälten stehe.«

»Ist das klug?« fragte Diamond, den trotz seines Vorsatzes, sich rauszuhalten, das Interesse packte. »Die Staatsanwaltschaft wird sicher versuchen, eine Beziehung zwischen Ihnen und Dana Didrikson nachzuweisen. Wenn Sie sich aktiv für Sie einsetzen, spielen Sie denen eine Trumpfkarte zu.«

Jackman fuhr sich mit der Hand durchs Haar und ließ sie im Nacken liegen. »Ich weiß. Ich stecke in einem Dilemma. Aber die Sache liegt mir am Herzen. Sogar sehr. Darf ich offen zu Ihnen sein? Es gibt keine Beziehung zwischen Dana und mir, so wie das gemeinhin verstanden wird. Wir haben nicht miteinander geschlafen. Wir haben noch nicht mal über sehr persönliche Dinge gesprochen. Aber in diesen schweren Wochen habe ich sie nach und nach als einen Menschen kennengelernt … Ach, seien wir ehrlich – mir liegt viel an ihr. Ich möchte sie aus dem Schlamassel rausholen. Und Sie haben recht. Mein Engagement kann ihr nur schaden. Gott, ich höre mich an wie eine Figur aus einem Courths-Mahler-Roman.«

Diamond spürte die schleichende Beklommenheit, die ein Mann empfindet, wenn ihm ein anderer die Seele offenbart. Bislang hatte er in Jackman bloß den unterkühlten Akademiker gesehen, weltgewandt und selbstbeherrscht.

Aber die Selbstoffenbarung war noch nicht zu Ende. »Und Dana hat ein rührendes Vertrauen in mich.«

»In welcher Weise?«

»Überlegen Sie doch, warum hat sie nicht die Polizei verständigt, als sie Gerrys Leiche fand? Sie ist ins Haus gegangen und hat sie tot im Bett gefunden. Da hätte doch jeder annehmen müssen, daß ich meine Frau ermordet hatte, nicht?«

Diamond antwortete mit einem nichtssagenden Zucken der Mundwinkel.

Jackman fuhr im leidenschaftlichen Ton eines Verliebten fort: »Sie ist unglaublich gut zu mir. Selbst nachdem die Leiche im See gefunden wurde, hat sie sich nicht gemeldet. Als

Sie sie vernehmen wollten, versuchte sie zu fliehen. In den Augen der Polizei alles sehr verdächtig. Aber ich bin sicher, daß sie das nur getan hat, um mich zu schützen. Sie wollte nicht mit dazu beitragen, daß ich des Mordes bezichtigt würde.«

»Woher wissen Sie von dem Fluchtversuch?«

»Von ihren Verteidigern. Denen liegt die Polizeiakte mit sämtlichen Aussagen vor.«

»Wenn das so ist«, sagte Diamond, »sind Sie besser informiert als ich. Wieviel hat sie zugegeben?«

»Bloß, daß sie ins Haus gegangen ist und die Leiche gefunden hat.«

»Und dabei bleibt sie?«

»Natürlich.«

Das »natürlich« ging von einer bestimmten Voraussetzung aus. Jackman erwartete, daß Diamond an Dana Didriksons Unschuld glaubte. Doch der war nach wie vor skeptisch. Es war nicht das erste Mal, daß er solche Gedankengänge von verliebten Männern hörte. Oder von schuldigen Männern.

»Hat die Verteidigung mit Ihnen über die Ergebnisse der Spurensicherung gesprochen?«

Jackman seufzte und breitete hilflos die Arme aus. »Es hätte nicht schlimmer kommen können. Sie haben herausgefunden, daß die Leiche in ihrem Wagen transportiert wurde. Im Kofferraum hat man Hautpartikel und ein paar Haare gefunden. Und per DNS-Analyse hat man nachgewiesen, daß sie von meiner Frau stammen.«

Daß es nicht schlimmer hätte kommen können, war keine Übertreibung. Damit hatte die Anklagevertretung hieb- und stichfeste Beweise in der Hand. Aus Rücksicht auf die Verfassung des Mannes drückte Diamond seine Schlußfolgerungen vorsichtig aus. »Ich verstehe Ihre Besorgnis, Professor. Heutzutage kommt man an den Kriminaltechnikern einfach nicht mehr vorbei. Früher einmal konnten derlei Beweise noch unterschiedlich interpretiert werden. Da hatte jede Seite ihre eigenen Experten. Aber an dem genetischen Fingerabdruck läßt sich nicht herumdeuteln. Bei solchen Beweisen hätte auch ich Mrs. Didrikson des Mordes angeklagt.« Verrückt, dachte er, während er das sagte. Daß ausgerechnet Peter Diamond den Männern im weißen Kittel Unfehlbarkeit zusprach.

»Aber es gibt bestimmt noch andere Möglichkeiten«, sagte Jackman. »Zum Beispiel könnte jemand anders den Wagen gefahren haben.«

»Denken Sie, sie hat ihn dem Mörder geliehen? Da müßten Sie Mrs. Didrikson fragen. Davon hat sie nichts gesagt, als ich sie vernommen habe.«

»Warum auch? Zu dem Zeitpunkt wußte sie doch noch gar nicht, daß Gerrys Leiche mit dem Wagen transportiert worden war.«

»Dann müssen ihre Verteidiger sie danach fragen. Aber ich würde mir keine allzu großen Hoffnungen machen.«

Schweigen senkte sich über sie, das so trennend war, als wäre das Gitter vor der Bar herabgelassen worden.

Jackman schwieg gedankenversunken, starrte in sein Glas und ließ den letzten Schluck Cognac darin kreisen. Dann sagte er: »Dieser Inspector, der Ihre Nachfolge angetreten hat.«

»John Wigfull? Jetzt übrigens Chief Inspector.«

»Ja. Verstehen Sie mich nicht falsch, Mr. Diamond, aber in der Presse liest man soviel über Justizirrtümer. Wie ich den Mann einschätze, ist er äußerst ehrgeizig. Er schien fast fanatisch …«

Diamond fiel ihm barsch ins Wort. »Sprechen Sie es nicht aus, Professor. Ich werde meinen ehemaligen Kollegen nicht in den Rücken fallen.«

»Ich versuche, das Unerklärliche erklärbar zu machen.«

»Offenbar. Würden Sie bitte austrinken? Ich muß noch ein paar Tische abräumen.«

Eine Stunde, nachdem er todmüde ins Bett gefallen war, ging ihm noch immer durch den Kopf, was Jackman ihm erzählt hatte. Bescheuert. Er wollte sich auf keinen Fall wieder in die Sache reinziehen lassen. Wenn er der Verteidigung auch nur die kleinste Hilfe anbot, würde das als kleinliche Rache verstanden werden, als Versuch, es John Wigfull heimzuzahlen.

Nach allem, was er gehört hatte, waren die Beweise gegen Dana Didrikson erdrückend, vor allem jetzt, da die Kriminaltechniker nachgewiesen hatten, daß ihr Wagen benutzt worden war. Jackmans liebevolle Unterstützung stärkte der Anklagevertretung den Rücken, das Motiv hätte nicht klarer sein können, wenn Jackman mit einem Flugzeug über die Stadt geflogen wäre und dabei ein Spruchband mit der Aufschrift »Dana liebt Greg« hinter sich hergezogen hätte.

Trotzdem hatte Diamond schon damals das Gefühl gehabt, daß dieser Mord noch eine weitere Dimension hatte. Es gab noch etliche ungeklärte Fragen. Die seltsame Geschichte mit dem Feuer oder die Frage, ob Geraldine Jackman wirklich vorgehabt hatte, ihren Mann zu töten. War sie paranoid gewesen, wie Jackman mehr als einmal behauptet hatte?

Und dann war da noch die ungewöhnliche Szene, die Dana Didrikson und Matthew in der Einfahrt von John Brydon House beobachtet hatten, als Geraldine mit einem Mann namens Andy gekämpft hatte, offenbar um ihn am Gehen zu hindern. War Andy ihr Liebhaber, der Schluß machen wollte? Und wo waren die Jane-Austen-Briefe?

Er mußte eingenickt sein, denn als er aufwachte, zeigte die Uhr erst ein Uhr fünfundfünfzig an, und in einer enervierenden Litanei, wie sie durch unruhigen Schlaf ausgelöst wird, ging er im Geiste Fragen und Antworten durch: »Wen habe ich übersehen? Louis Junker, Stanley Buckle, Roger Plato, Andy soundso, Molly Abershaw ...« Er setzte sich auf und dachte, was kümmert's mich? Es kümmert doch sonst niemanden. Wigfull schläft jetzt den zufriedenen Schlaf eines Mannes, der einen Fall abgeschlossen hat.

Vielleicht bleibe ich noch ein wenig sitzen und denke nach.

6

Am nächsten Morgen rief er Jackman in der Universität an – trotz seiner Erkenntnis, daß es unklug war, sich einzumischen. Die hauchdünne Möglichkeit, daß Dana unschuldig war, zwang ihn, einen Gedanken weiterzugeben, der ihm in den frühen Morgenstunden gekommen war. »Hören Sie, mir ist da etwas eingefallen, was möglicherweise mit dem Fall zusammenhängt. Ich erzähle es Ihnen, weil ich glaube, daß es vielleicht hilft, die Wahrheit ans Licht zu bringen, aber ich möchte nicht, daß Sie meinen Namen gegenüber den Anwälten oder überhaupt irgend jemandem gegenüber erwähnen. Haben Sie verstanden?«

»Um was geht's?«

Jackman war zu aufgeregt, um Diamond zu beruhigen.

»Versprechen Sie mir, daß Sie mich da raushalten?«

»Absolut.«

»Es geht um Mrs. Didriksons Wagen.«

»Ja?«

»Sie sagten, die Spurensicherung habe herausgefunden, daß die Leiche Ihrer Frau im Kofferraum des Mercedes war, richtig? Man geht also davon aus, daß Mrs. Didrikson damit zum See fuhr. Als ich sie vernommen habe, sagte sie mir, daß sie ein Fahrtenbuch führen muß.«

»Ein Fahrtenbuch?« Jackman griff das Wort auf und wiederholte es, ohne jedoch dessen Bedeutung zu erfassen.

»Es war ein Firmenwagen. Der Kilometerstand auf dem Tacho mußte für jede Fahrt eingetragen werden, auch für Privatfahrten. Besorgen Sie sich das Fahrtenbuch und stellen Sie fest, wie weit sie am Montag, den 11. September, und an den Tagen unmittelbar danach mit dem Wagen fuhr. Falls jemand anders den Wagen benutzt hat, um die Leiche von Widcombe nach Chew Valley Lake zu schaffen, sind das hin und zurück rund dreißig Meilen. Die müssen eingetragen sein.«

»Himmel, Sie haben recht!« Jackman stockte, schien einen Haken zu entdecken und fragte dann mit weniger Elan: »Und wenn sie nicht eingetragen sind?«

»Das müssen sie. Die einzige Möglichkeit, eine Fahrt von dieser Länge zu unterschlagen, wäre, das Fahrtenbuch zu fälschen – entweder indem man eine Fahrt mit anderem Ziel erfindet oder indem man eine Fahrt als länger einträgt, als sie war. Entscheidend ist, daß sie gemerkt haben müßte, wenn es einen falschen Eintrag gab.«

»Stimmt.«

»Und wenn sie das Fahrtenbuch gefälscht hat, müßte das leicht zu überprüfen sein. So oder so kriegen Sie es raus.«

»Ja.« Die Begeisterung in seiner Stimme verflog.

»Haben Sie mich verstanden, Professor?«

»Danke, ja. Ich sage Ihnen dann Bescheid.«

»Das ist nicht nötig.« Manche Menschen fürchten sich vor der Wahrheit, dachte Diamond. Er legte den Hörer auf und überlegte, was er jetzt tun könnte. Es fiel ihm nicht leicht, soviel Freizeit zu haben.

Fast eine Woche verging, ehe Jackman eines Abends im Pub anrief, als der gerade von Discobesuchern belagert wurde.

»Hallo?«

»Greg Jackman. Ich hab's vermasselt.«

»Was? Ich kann Sie nicht verstehen?«

»Das Fahrtenbuch. Ich habe für Dana alles noch schlimmer gemacht.«

»Horen Sie, im Moment ist es schlecht. Hier drängeln sich die Leute an der Theke.«

»Soll ich vorbeikommen?« fragte Jackman, dem man die Beunruhigung an der Stimme anhörte.

»Nein, hier ist die Hölle los.« Diamond legte eine Hand über den Hörer und versprach zwei tätowierten Gästen mit Punker-Haarschnitt, daß sie sofort bedient würden. Dann sagte er zu Jackman: »Ich habe hier Streß, bis wir schließen.«

»Dann kommen Sie doch zu mir.«

»Wann meinen Sie, heute nacht?«

»Danke. Ich warte auf Sie.«

Eigentlich hatte er widersprechen, nicht zustimmen wollen. Doch bei dem Betrieb im Pub hatte er keine Zeit mehr, das klarzustellen. Nachdem die letzen Gäste hinauskomplimentiert und die Türen abgeschlossen waren, überlegte er, ob er Jackman anrufen sollte, entschied sich jedoch dagegen. Er wollte den Mann nicht enttäuschen. Bei der Verzweiflung, die in Jackmans Stimme mitgeklungen hatte, würde er kein Verständnis für das Schlafbedürfnis anderer Menschen haben.

Es war nach Mitternacht, als er zum John Brydon House fuhr. Jackman kam ihm entgegen und legte ihm eine Hand auf den Oberarm, wie ein verzweifelter Familienangehöriger, der den Arzt begrüßt. »Ich bin Ihnen wirklich sehr dankbar.«

Diamonds harter Abend hatte ihm jede Herzlichkeit ausgetrieben. Mürrisch erwiderte er: »Ich weiß nicht, wieso ich überhaupt komme. Ich habe Ihnen nichts zu erzählen.« Sie gingen ins Haus. Drinnen war es kalt. Vermutlich hatte sich die Heizung ausgeschaltet, und Jackman hatte es in seinem Kummer gar nicht bemerkt.

»Bitte entschuldigen Sie die Unordnung«, erklärte Jackman. »Ihre Leute ... Entschuldigung, noch mal von vorne. Die Polizei hat alles durcheinandergebracht, und ich habe bis jetzt noch nicht aufgeräumt.«

»Die haben sicher nach den Jane-Austen-Briefen gesucht.«

»Die Mühe hätten sie sich sparen können. Ich habe schon das ganze Haus auf den Kopf gestellt. Ich werde Monate brauchen, bis meine Arbeitsunterlagen wieder sortiert sind.«

Die Bücherstapel auf dem Wohnzimmerboden und die abgehängten Bilder störten Diamond nicht; er hatte schon manche Hausdurchsuchung miterlebt. Sie angeordnet. Er nahm die Replik eines T'ang-Pferdes aus einem Sessel, stellte sie auf den Boden und ließ sich, noch immer im Mantel, hineinsinken. »Ich bleibe nicht lange.«

»Kaffee?«

»Kommen wir zur Sache. Es geht um das Fahrtenbuch?«

Jackman nickte. »Es ist verschwunden.«

»Es hätte im Wagen sein müssen.«

»War es aber nicht. In den Polizeiakten erscheint es nicht. Ich habe bei Danas Verteidigern nachgefragt. Sie meinten, wenn es dagewesen wäre, hätte man eine Kopie davon in die Akte gelegt, die an die Staatsanwaltschaft geschickt und auch der Verteidigung zur Verfügung gestellt worden war.«

»Stimmt.«

»Aber da ist nichts. Keine Rede von einem Fahrtenbuch. Mr. Siddons – einer der Anwälte – hat mit Dana gesprochen. Sie behauptet steif und fest, daß sie das Fahrtenbuch immer im Handschuhfach hatte.«

»War es noch da, als sie den Wagen das letzte Mal gefahren hat?«

»An dem Tag, als Sie sie zur Vernehmung mitgenommen haben.« In Jackmans Worten schwang kein Vorwurf mit. Er machte sich Gedanken über sein eigenes Verhalten. »Als ich erfuhr, daß es verschwunden war, war ich so bestürzt, daß ich das Dümmste überhaupt getan habe. In dem Augenblick war mir nicht klar, wieviel Schaden ich damit anrichten könnte. Ich bin zur Polizei gegangen und habe mit Chief Inspector Wigfull gesprochen. Und zwar auf eigene Faust, ohne vorher mit Siddons zu sprechen. Ich habe Wigfull gefragt, ob die Polizei das Fahrtenbuch zurückhält.«

Diamond zuckte zusammen. »Das war unklug.«

»Ich meine, ich habe ihn nicht beschuldigt, den Lauf der Justiz zu behindern oder so. Es ging sehr höflich zu. Ich habe ihm gesagt, daß Dana beteuert, das Fahrtenbuch im Wagen gehabt zu haben. Er hat gesagt, sie hätten es nicht gefunden.«

»Wigfull würde das nicht sagen, wenn es nicht stimmte«, sagte Diamond aufrichtig. Sein ehemaliger Assistent war viel zu sehr Polizist, als daß er seine Karriere durch irreführende Aussagen gefährden würde.

Diese Beteuerung tröstete Jackman nicht. Er stieß einen bebenden Seufzer aus, der noch einen besorgniserregenden Aspekt seines Geständnisses ankündigte. Er stand stocksteif vor einem weißen leeren Bücherregal wie ein überführter Mann, der für ein Verbrecherfoto posiert.

»Es war ein Riesenfehler, sie darauf aufmerksam zu machen – es ist eine Trumpfkarte für die Anklagevertretung. Siddons schäumt vor Wut. Er meint, daß ihnen die Bedeutung dieses verdammten Fahrtenbuches vielleicht entgangen wäre. Und jetzt werden sie behaupten, daß Dana es vernichtet hat.«

Peter Diamond sah den Ernst der Lage. Mit an Sicherheit grenzender Wahrscheinlichkeit würde das verschwundene Fahrtenbuch jetzt gegen Dana Didrikson verwendet werden. Er erkundigte sich, was genau sie dem Anwalt erzählt hatte.

»Sie behauptet eisern, das Fahrtenbuch immer zum Monatsletzten aus dem Wagen genommen zu haben, wenn sie es zur Überprüfung im Büro von Realbrew abgeben mußte. Sie hat es stets am nächsten Tag zurückbekommen. Sie sagt die Wahrheit. Das weiß ich.«

»Kann sie sich an Ungereimtheiten erinnern?«

Jackman schüttelte langsam den Kopf. »Nein. Sie sagt, es war auf dem neuesten Stand. Der letzte Eintrag muß von dem Tag sein, an dem Sie sie festgenommen haben.«

»Zur Vernehmung aufs Revier genommen haben«, korrigierte Diamond. »Waren alle Einträge in ihrer Handschrift?«

»Ja.«

»Da ist sie sicher?«

»Absolut.«

»Dann wird sie das wohl auch vor Gericht aussagen.« Er umklammerte die Sessellehnen. »Wundert mich nicht, daß Ihr Mr. Siddons tobt.«

Jackman sah sich um, als würde er am liebsten auf und ab gehen, was jedoch in dem Chaos von Büchern und sonstigem Kram nahezu unmöglich war. Diamond befragte unterdessen sein eigenes Gewissen. »Ein Teil der Verantwortung liegt bei mir«, gab er zu. »Schließlich habe ich die Sache angeleiert.« Und hätte mir denken können, was dabei herauskommt, fuhr er im Geiste fort. Es wäre besser für Dana Didrikson gewesen, wenn das Fahrtenbuch nie zur Sprache gekommen wäre. Jetzt würde die Anklagevertretung sie mit Sicherheit dazu befragen, und je entschiedener sie behauptete, daß sie es ordentlich geführt hatte, desto stärker würde sie in Verdacht geraten, es vernichtet zu haben. Schuldgefühle machten sich in ihm breit, die seine Selbstvorwürfe noch verstärkten. »Jetzt könnte ich doch einen Kaffee gebrauchen, falls es Ihnen nichts ausmacht.«

Während Jackman in der Küche hantierte, grübelte Diamond in seinem Sessel. Mit hoher Wahrscheinlichkeit war Dana Didrikson die Mörderin, doch ihre Schuld als erwiesen zu betrachten, wäre zu einfach. Sein Eingreifen hatte ihre Chancen zusätzlich verschlechtert. Falls ihm etwas einfiel, was die Waage wieder ins Lot bringen konnte, hatte er die moralische Pflicht, es zur Sprache zur bringen. Doch als Jackman mit dem Kaffee zurückkam, fiel zwischen den beiden Männern kein tröstliches Wort.

Am nächsten Morgen machte er sich gleich daran, seinen Irrtum wiedergutzumachen. »Nein«, sagte er zu der Dame am Empfang bei Realbrew Ale, »ich habe keinen Termin. Bei einem Besuch wie diesem kündigen wir üblicherweise nicht an, daß wir kommen. Bitte sagen Sie Ihrem Geschäftsführer – Mr. Buckle, glaube ich – Bescheid, daß er Besuch hat.«

»Ich werde hören, ob er Zeit hat. Wie ist Ihr Name, Sir?«

»Diamond.«

»Und was ist der Zweck Ihres Besuches, Mr. Diamond?«

»Steuern.«

Es klappte. Ihre Lippen formten ein »O«, dann drückte sie auf einen Knopf der Sprechanlage und sprach hinein, wobei sie die Hand vor den Mund hielt und Diamond nicht aus den Augen ließ, als hielte er eine Pistole auf sie gerichtet.

Während er darauf wartete, hinaufgeführt zu werden, stellte er sich die Panik im Büro des Geschäftsführers vor. Nach allem, was er über Stanley Buckle gehört hatte, war dessen Beziehung zum Finanzamt vermutlich recht prekär.

»Es tut mir sehr leid, mein Lieber«, waren Buckles erste Worte, als Diamond ihm gegenüberstand, »aber ich habe in zwanzig Minuten in Bristol eine Besprechung, und Sie wissen ja, wie schlimm der Verkehr ist.« Er erhob sich hinter seinem Schreibtisch und schüttelte Diamond die Hand, offenbar entschlossen, die Gefahr einzudämmen, falls das noch möglich war. Die Hand war warm und feucht. Buckle war kleiner, als Diamond ihn sich vorgestellt hatte, das Gesicht war gut geschnitten, und er trug das ziemlich lichte schwarze Haar glatt nach hinten gekämmt. Er strahlte freundlich, und in seinen Mundwinkeln blitzte Gold. Die Wahl seiner Kleidung paßte zu einem Geschäftemacher, der an verschiedenen Unternehmen beteiligt war: rehbrauner Anzug mit dunkelbraunem Hemd und blaßgelber Seidenkrawatte, die in dem Modehaus, aus der sie stammte, wohl als champagnerfarben beschrieben wurde. Im Aufschlag steckte eine Rose.

»Es wird nicht lange dauern«, versprach Diamond.

»Steuerliche Angelegenheiten?«

»In gewisser Weise.«

»Nichts Persönliches, hoffe ich?« Ein Lächeln.

Diamond schüttelte den Kopf. Auch er konnte liebenswürdig sein. »Geschäftlich. Mr. Buckle, nach meinen Informationen sind Sie im West Country geschäftlich stark engagiert.«

»Das wäre zuviel gesagt«, erwidert Buckle. »Neben meiner Arbeit hier betätige ich mich gelegentlich als Importeur.«

»Und was importieren Sie?«

»Krimskrams, billiges Spielzeug und so. Ich beliefere einige Spielzeugläden und Schreibwarengeschäfte mit Produkten aus dem Fernen Osten.«

»Japan?«

»Überwiegend aus Hongkong und Taiwan.«

»Sie verschiffen die Güter also hierher und liefern Sie dann an die Einzelhändler?«

»Ja. Vor allem in Bristol und Bath. Ich berechne Mehrwertsteuer. Es geht alles über die Bücher.«

»Lohnt sich so was?«

»Ich komme zurecht.«

»Wie ich höre, besitzen Sie ein großes Haus in Clifton.«

»Na und? Das ist doch nicht verboten.«

Bemüht, sich wie ein Steuerinspektor zu geben, holte Diamond schwungvoll einen lederfarbenen Ordner aus der Aktentasche, die er bei sich trug. Dem entnahm er das Handbuch zur Mehrwertsteuer, das er sich am selben Morgen im Finanzamt besorgt hatte. »Haben Sie sich das mal gründlich durchgelesen, Mr. Buckle?«

Ein herablassendes Grinsen. »Nach Charles Dickens ist es meine Lieblingslektüre. Nehmen Sie doch Platz.«

Die Stühle, abgesehen von Buckles Chefsessel, waren aus Bierfässern gefertigt. Diamond setzte sich auf einen und fand ihn unbequem. »Machen Sie Ihre Steuererklärungen selbst?«

»Nein, Sir, mein Steuerberater. Soll ich ihn anrufen?«

»Im Augenblick nicht. Ich nehme an, Sie haben die wichtigsten Zahlen und Positionen im Kopf.«

»Was für Positionen meinen Sie?« fragte Buckle augenzwinkernd zurück.

»Vorsteuer. Die gefahrenen Meilen sämtlicher Firmenwagen.«

Buckle wurde ernster, rückte betont selbstbewußt den Knoten seiner Krawatte zurecht. »Sie werden feststellen, daß unsere Steuererklärungen überaus genau sind.«

»Führen Sie darüber Buch, Sir?«

»Selbstverständlich.« Er öffnete die unterste Schreibtischschublade und nahm ein rotes Hauptbuch heraus. »Hier steht alles drin. Alle Fahrzeuge von Realbrew sind aufgeführt.«

Diamond streckte eine Hand nach dem Buch aus. Seine Hoffnungen waren in dem Augenblick dahin, als er es aufschlug. Die gefahrenen Meilen waren als monatliche Gesamtzahlen eingetragen. Als Beweismittel nutzte das nichts. Der Form halber fragte er, wie die Zahlen zustande kamen, und erhielt die erwartete Antwort, daß jeder Fahrer ein Fahrtenbuch führe.

»Wenn die Fahrtenbücher zur Abrechnung hereingereicht werden, werden dann Fotokopien gemacht?«

»Nein. Ich halte nichts von Papierverschwendung.« Buckle hielt sich den ausgestreckten Zeigefinger einer Hand wie eine Pistole an die Schläfe. »Und jetzt werden Sie mir bestimmt sagen, daß das Vorschrift ist.«

Diamond schlug eine Seite des Hauptbuches auf. »Der Mercedes-Benz 190 E 2.6 Automatik.«

»Welcher? Die Firma besitzt zwei davon. Einer ist für mich persönlich, der andere wird von unserer Fahrerin gefahren.«

»Zwei Wagen desselben Modells?«

»Gleichzeitig gekauft. Ist alles ordentlich in den Büchern verzeichnet, und ich führe mein eigenes Fahrtenbuch mit fanatischer Genauigkeit. Sie können es sich gern ansehen, wenn Sie möchten.«

»Ja, bitte. Und das andere ...?«

»... müßte in dem anderen Fahrzeug sein, das jedoch leider derzeit nicht hier ist. Wenn Sie einen Moment entschuldigen ...« Über die Sprechanlage bat er jemanden, das Fahrtenbuch aus seinem Wagen zu holen.

»Das andere Fahrzeug, das Ihre Fahrerin fährt«, sagte Diamond, »ist das der Wagen, der derzeit noch von der Polizei beschlagnahmt ist?«

Buckles Augen blickten plötzlich eindringlich. »Sie sind verdammt gut informiert.«

»Das ist allgemein bekannt, Sir. Das Fahrtenbuch dieses Wagens kann ich bei der Polizei prüfen – stimmt doch, oder?«

»Nicht ganz«, antwortete Buckle. »Man sagte mir, es sei verschwunden. Das Auge des Gesetzes war deshalb schon bei mir. Sie wollten wissen, ob das Fahrtenbuch vielleicht im Büro sei. Aber dafür bestand kein Grund. Nach unserem System werden alle Bücher in den Wagen aufbewahrt und nur am Monatsende überprüft. Das dauert nie länger als einen Tag.«

»Ihre Fahrerin steckt anscheinend ganz schön in der Klemme«, wagte Diamond sich vor.

»Um Ihre Worte zu bemühen: Das ist allgemein bekannt«, entgegnete Buckle aalglatt.

Ebenso aalglatt fragte Diamond: »Ist sie schuldig?«

»Ich denke doch. Sie war ziemlich in den Ehemann der Ermordeten verschossen. Wohlgemerkt, als Angestellte war sie tadellos. Ein gute Fahrerin. Verläßlich.«

Diamond verspürte eine instinktive Abneigung gegen den Mann. Es fiel ihm schwer, sie unter Kontrolle zu halten. »Sie ist nur diesen einen Wagen gefahren, oder?«

»Bloß den. Meinen hat sie nie benutzt, falls Sie das wissen wollen.«

»Es wäre auch egal gewesen«, stellte Diamond klar, »zumal beides Firmenwagen sind.«

»Stimmt. Aber meiner ist ausschließlich für meinen persönlichen Gebrauch.«

»Und hatten Sie jemals Grund, den Wagen Ihrer Fahrerin zu fahren, Sir?«

»Nein, nie. Ich habe ja meinen eigenen. Hören Sie, falls Sie irgendeinen Verdacht haben, daß ich meine Bücher frisiere, dann heraus damit.«

»Eigentlich interessiere ich mich mehr für Mrs. Didrikson«, erwiderte Diamond freimütig. »Sie sagten, sie sei verläßlich gewesen. Hat sie an dem Tag gearbeitet, an dem der Mord passiert ist?«

»Sie hatte sich freigenommen, aber ich begreife nicht, was ...«

Diamond ging über den Einwand hinweg. »Und am nächsten Tag? Ist sie am nächsten Tag zur Arbeit erschienen?«

»Ja, aber zu spät, erst gegen halb zehn. Und dann sah sie aus, als hätte sie die ganze Nacht nicht geschlafen. Ich habe sie nicht zurechtgewiesen. Bei einer so zuverlässigen Mitarbeiterin wie Dana weiß man, daß sie einen guten Grund gehabt haben muß. Das habe ich alles der Polizei erzählt.«

Diamond konnte sich vorstellen, daß sich John Wigfull seinen Teil gedacht hatte. Stanley Buckle würde einen hervorragenden Zeugen der Anklage abgeben: jemand, der die beste Meinung von seiner Angestellten hatte, und doch Fakten offenbarte, die sich auf die schlimmste Weise deuten ließen.

»Wer genau sind Sie eigentlich?« Diamond blieb eine Antwort erspart, weil just in dem Moment eine Sekretärin mit einem kleinen schwarzen Buch hereinkam. »Das Fahrtenbuch?« sagte er und streckte die Hand aus. »Besten Dank.«

Sämtliche Einträge waren in ein und derselben Handschrift geschrieben worden, vermutlich der von Buckle. Das Buch war auf dem neuesten Stand und schien tatsächlich so gewissenhaft geführt zu sein, wie Buckle behauptet hatte. Die monatlichen Gesamtsummen entsprachen denen im Hauptbuch. Für den 11. September waren zwei kurze Fahrten von jeweils neun Meilen eingetragen, ebenso wie für den 12. September.

Diamond dankte Buckle, sagte, er wolle ihn nicht länger aufhalten, und verabschiedete sich. Draußen auf dem Parkplatz sah er sich nach Buckles Mercedes um. Er stand auf dem für den Geschäftsführer reservierten Platz. Der Tachostand entsprach der letzten Eintragung im Buch.

Die Arbeit an diesem Morgen hatte nichts erbracht. Die Beweise gegen Dana Didrikson wirkten noch erdrückender.

7 In den folgenden drei Monaten versuchte Peter Diamond sich einzureden, daß er nichts mehr für Dana Didrikson tun könne, daß es das beste für alle Beteiligten wäre, wenn er den Dingen ihren Lauf ließ. Er rechnete damit, daß sie schuldig gesprochen wurde, und nach dem, was er über den Fall wußte, ging er davon aus, daß dieses Urteil richtig sein würde. Er wäre nicht überrascht gewesen, wenn sie letztlich auf schuldig plädiert hätte. Wahrscheinlich würde sie zwölf Jahre der lebenslänglichen Freiheitsstrafe absitzen und dann auf Bewährung freigelassen werden. Sie war keine Gefahr für die Gesellschaft. Die meisten Mörder, die er gekannt hatte, waren wie sie gewesen – eine Gruppe, die sich von anderen Kriminellen unterschied –, Menschen, die durch Familienstreitigkeiten oder ihre Obsession dazu getrieben wurden, dieses eine Verbrechen in ihrem Leben zu begehen.

Und doch, irgendwo in seinem Hinterkopf blieb ein Rest von Unbehagen. Gewisse Dinge in dem Fall verlangten noch immer nach einer Erklärung. Die Briefe von Jane Austen waren nicht gefunden worden. Die Anklage würde zweifellos behaupten, daß die eifersüchtige Geraldine sie vernichtet hatte und daß Dana Didrikson Geraldine daraufhin in einem Wutanfall, noch verstärkt durch ihre Liebe zu Jackman, getötet hatte. Aber Geraldine hatte gewußt, daß diese Briefe wertvoll waren. Jackman zufolge hatte sie dreitausend Pfund Schulden. Hätte sie die Briefe dann nicht als einen Ausweg aus ihrer Misere betrachten können?

Vielleicht war es falsch, davon auszugehen, daß Geraldine solche Berechnungen angestellt hätte. Jackman zufolge war sie labil gewesen, wenn nicht sogar regelrecht gestört.

Jackman zufolge ... So viele Vermutungen in dem Fall hingen von Jackmans Aussagen ab. Er hatte das Feuer im Sommerhaus als Anschlag auf sein Leben gewertet, als Beweis für Geraldines Paranoia. Aber Jackman war Fachmann für englische Literatur, nicht für Psychologie.

Welche anderen Beweise gab es für ihre psychische Erkrankung? Da waren ihre Verfolgungsphantasien, zum Beispiel, daß er sich mit ihrem Arzt gegen sie verschworen hatte. Und da war ihre Anschuldigung, er hätte einen Handspiegel von ihrer Frisierkommode gestohlen. Als Jackman die Geschichte geschildert hatte, war sie ihm banal erschienen, und dem war noch immer so. Es gab noch mehr Spiegel im Haus, und Geraldine hatte sich bereits Jackmans Rasierspiegel genommen, trotzdem hatte sie sich aufgeregt, weil sie ihren vermißte. Ziemlich lächerlich. Menschen, auch ganz normale, lagen sich dauernd wegen irgendwelcher Sachen in den Haaren, die sie schlicht und ergreifend verlegt hatten.

Diamond durchforschte sein Gedächtnis nach weiteren aufschlußreichen Beispielen für Geraldines Labilität und erinnerte sich, daß Dana selbst einige geliefert hatte. Dana war Zeugin der seltsamen Szene vor John Brydon House gewesen, als Geraldine sich mit einem blonden Mann namens Andy gestritten hatte und ihn daran hindern wollte zu gehen. Und bei einer anderen Gelegenheit war Dana nach Hause gekommen und sogleich von Geraldine mit einem Schwall von Beschimpfungen überschüttet worden, aus der Luft gegriffene Vorwürfe.

An einem Aprilabend, sechs Monate nachdem er die Polizei verlassen hatte, ging er die Vorfälle erneut im Kopf durch, als ihm eine Erkenntnis kam, die seine Sichtweise des Falles von Grund auf veränderte. Paradoxerweise wurde dies durch etwas ausgelöst, was er bislang als unwesentlich betrachtet hatte – durch Geraldines verlorenen Spiegel. Am nächsten Morgen rief er Jackman an und teilte ihm mit, daß er ihn besuchen wolle. Jackman meldete sich mit niedergeschlagener Stimme, doch das änderte sich sofort, als Diamond seinen Namen nannte. »Sie sind's! Ich dachte schon, Sie hätten kein Interesse mehr.« Die Worte sprudelten hoffnungsfroh hervor. »Ich habe ein paarmal versucht, Sie zu erreichen.«

»Das hier könnte eine Weile dauern«, sagte er, als er am Haus eintraf. »Ich möchte eine Durchsuchung vornehmen.«

Jackmans Gesicht spiegelte Enttäuschung wider. »Die haben doch schon alles auseinandergenommen.«

»Ich weiß. Ich fange im Schlafzimmer an, okay?«

»Falls Sie nach den Briefen suchen, hoffnungslos.«

»Ich fange im Schlafzimmer an.«

Jackmans Rücken war steif, als er vor Diamond die Treppe hinaufging. Anscheinend hatte er auf eine geniale Erkenntnis gehofft, die den Fall in ein anderes Licht tauchte, und nicht bloß mit einer weiteren Hausdurchsuchung gerechnet.

Diamond ging geradewegs in Geraldines Ankleidezimmer und tastete nach dem Lichtschalter für die Lampen um den Frisierspiegel. Die Starfotos an den Wänden glänzten. Während Jackman ihm von der Tür aus zusah, öffnete Diamond die mittlere Schublade und durchsuchte ihren Inhalt. Er ging die Tuben mit Gesichtscremes durch, öffnete sie, schnüffelte daran, und in ein Töpfchen mit Körperpuder tauchte er sogar seinen Finger und kostete davon. Er zog die Schublade komplett heraus, stellte sie auf den Boden und räumte sie aus. Ebenso verfuhr er mit den anderen Schubladen.

Jackman fragte: »Was suchen Sie eigentlich?«

»Wissen Sie noch, daß Sie mir erzählt haben, wie sehr sie sich aufgeregt hat, weil ihr Handspiegel verschwunden war?«

»Ja. Aber der ist dann im Garten wieder aufgetaucht, ausgerechnet da. Suchen Sie nach dem?«

»Im Garten? Vielleicht hat ihn jemand anders benutzt.« Er ging nicht weiter darauf ein, setzte die Schubladen wieder ein und widmete sich dem Kleiderschrank. Mit der Hand fuhr er über die Ablage, förderte ein paar Seidenschals und einen schwarzen Strohhut zutage. Dann kniete er nieder und begann, zwischen den Schuhen zu kramen. »Spiegel kann man für viele Dinge verwenden. Ist bloß so eine Idee von mir.«

Aber in Geraldines Ankleidezimmer war nichts, was diese Idee untermauert hätte, und so sagte er: »Stört es Sie, wenn ich Ihr Zimmer auch durchsuche?«

Jackman zuckte die Achseln.

Nach Geraldines wirkte das Zimmer so spartanisch wie eine Sauna, die Wände kahl, die Kommode funktionell, nichts lag herum bis auf eine Zeitung und zwei Lyrikbände. »Wollen Sie die Schubladen lieber selbst öffnen?« fragte Diamond.

»Nein, machen Sie nur.«

Sie enthielten nichts Auffälliges. Ebensowenig wie das Bad und die anderen Zimmer oben. Nach zwei unfruchtbaren Stunden nahm Diamond Jackmans Angebot an, einen Kaffee zu trinken. Sie saßen in der Küche, und Jackman fing wieder an nachzubohren. »Ich weiß noch immer nicht, was Sie eigentlich suchen.«

»Kochen Sie selbst?« fragte Diamond.

»Kochen würde ich es nicht gerade nennen. Ohne Tiefkühlkost und Mikrowelle würde ich verhungern.«

Das war nicht der rechte Zeitpunkt, um sich auf eine Debatte über Mikrowellen einzulassen. Diamond fürchtete, daß Stephanie die ihre noch immer nicht richtig beherrschte. Einige der Mahlzeiten, die brutzelnd auf den Tisch kamen, waren kalt, wenn man einen Bissen davon in den Mund nahm. Das Gesundheitsministerium warnte vor unzureichend erhitztem Essen. Bei jeder anderen Gelegenheit – etwa hinter der Theke des Old Sedan Chair – hätte er eine Diskussion angefangen. Jetzt jedoch war ihm die Spur, die er verfolgte, wichtiger.

»Konnte sie gut kochen?«

»Gerry? Das ist ein Witz.«

»Außer ihrer Grillsauce, nehme ich an?«

Jackman wirkte nicht belustigt.

»Was ist denn in den Gläsern da, auf denen Estragon und Oregano steht?«

»Estragon. Oregano. Um ihre Freunde zu beeindrucken.«

Diamond arbeitete sich durch das ganze Gewürzregal und schraubte alle Deckel ab. Die Gläser waren noch versiegelt. Er riß sie auf und schnüffelte am Inhalt. »Als die Polizei das Haus durchsuchte, waren sie wohl kaum in der Küche, was?«

»Und ob. Sie haben sämtliche Schränke ausgeräumt.«

»Aber hier haben sie nicht reingeschaut.«

»In so kleinen Gläsern hätte man doch keinen alten Brief verstecken können.«

»Stimmt.« Er ging an den Einbauschränken entlang und öffnete die Türen.

»Nehmen Sie Zucker?«

»Nein danke.« Eine große Packung Strohhalme hatte seine Aufmerksamkeit erregt. »Trinken Sie viel Limonade?«

»Was?«

»Die Strohhalme. Eine Fünfhunderterpackung. Viele fehlen. Wahrscheinlich haben Sie die für die Party gebraucht.«

»Ist mir nicht aufgefallen.«

Er legte die Packung zurück, nahm eine halbleere Mehltüte heraus und stellte sie auf den Tisch.

»Backe backe Kuchen?« scherzte Jackman mürrisch.

Diamond schnüffelte wieder. »Haben Sie mal einen Löffel, einen großen? Danke.« Er tauchte ihn tief ins Mehl, hob ihn heraus und tauchte ihn wieder ein. Den Vorgang wiederholte er etliche Male. Dann stellte er die Tüte in den Schrank zurück und nahm eine ungeöffnete heraus. Die Verpackung war oben zusammengefaltet und mit Klebeband verschlossen.

Diesmal spürte er einen Widerstand, als er den Löffel ins Mehl tauchte. Ermutigt sagte er: »Geben Sie mir mal die Plastikschüssel aus der Spüle.«

Jackman reichte sie ihm wortlos. Er kippte den Inhalt der Mehlpackung in die Schüssel und entdeckte sofort, was er gesucht hatte: drei kleine Plastikbeutel etwa so groß wie Tischtennisbälle, die eine mehlweiße Substanz enthielten.

Er bog den Drahtverschluß eines Beutels auf und öffnete ihn. »Würden Sie bitte Licht machen?«

Das Pulver glitzerte. Es war kristallartig, kein Mehl.

»Rauschgift?« flüsterte Jackman.

Diamond feuchtete einen Finger an, tippte ihn in die Substanz und leckte. Bitter. Er wusch sich den Mund an der Spüle aus. »Kokain. Die Champagnerdroge. Wußten Sie nicht, daß Ihre Frau das genommen hat?«

Jackmans Gesichtsausdruck wechselte rasch von Unglauben zu schockiertem Begreifen. Es war die Reaktion, die Diamond erwartet hatte. »Ich verstehe – die Strohhalme.«

»Nicht nur die Strohhalme«, erwiderte Diamond. »Wissen Sie, wie man Kokain einnimmt? Das Zeug muß zuerst zu feinem Pulver zerhackt werden. Dafür nimmt man eine Rasierklinge und einen Spiegel. Glas ist ein idealer Untergrund. Dann schiebt man das pulverisierte Koks zu einer Linie zusammen und zieht es sich durch einen Strohhalm oder so was in die Nase.«

»Denken Sie, daß sie ihr ganzes Geld für das Zeug hier ausgegeben hat?«

»Es ist jedenfalls nicht billig.«

Jackman strich sich geistesabwesend über die Wange. »Um Himmels willen. Wieso habe ich das nicht gemerkt?«

»Sie waren beruflich zu sehr eingespannt. Und nach dem, was Sie mir von Ihrer Ehe erzählt haben – ich glaube, Sie sagten so was wie, daß Ihre Welt und die Ihrer Frau sich kaum berührten –, waren Sie nicht gerade in der besten Position, sich auf alles einen Reim zu machen. Ich habe verdammt lange gebraucht, um draufzukommen, und ich bin immerhin Detective, oder war es zumindest.«

»Ihr seltsames Verhalten – lag das nur am Kokain?«

»Ob nur, kann ich nicht sagen. Ich denke, es läßt sich mit Sicherheit sagen, daß sie nicht verrückt war. Soweit ich weiß, leiden Kokainsüchtige, nachdem die positive Wirkung nachgelassen hat, unter allen möglichen Furcht- und Angstzuständen. Solche Leute denken, daß alle gegen sie sind. Paranoide Wahnideen, die sich in gewalttätigen Handlungen entladen, sind keine Seltenheit.«

»Mich wundert ja, daß der verdammte Arzt nichts davon gemerkt hat. Dann war sie also, als sie versucht hat, mich zu töten, zugedröhnt mit Kokain.«

»Wahrscheinlich hat sie es auf der Party genommen.«

»Ist das eigentlich dasselbe wie Crack?«

»Nein, Crack ist Kokain, das in warmem Wasser aufgelöst und mit einem alkalischen Stoff wie beispielsweise Backpulver erhitzt wird. Es wird in Form von Flocken oder Kristallen verkauft. Wenn Sie das Zeug einmal ausprobieren, sind Sie sofort süchtig. Und zwar körperlich süchtig. Das hier ist kein Crack.«

»Aber man wird davon süchtig?«

»Psychologisch, ja. Es kann aber dauern. Bei den Schulden Ihrer Frau würde ich vermuten, daß sie süchtig war.«

Jackman schwieg eine Weile, offenbar wurde ihm allmählich klar, was er sich damals nicht hatte erklären können. »Ich will den Dreckskerl finden, der sie beliefert hat.«

»Das möchte ich auch«, sagte Diamond. »Und schnell.«

»Meinen Sie, das Ganze hängt irgendwie mit ihrem Tod zusammen? Ja, das meinen Sie, hab ich recht?« Er schlug mit der flachen Hand auf den Tisch. »Mein Gott, damit könnte sich alles ändern!«

Diamond war mit seinen Gedanken schon ein Stück weiter. »Es hat da vor Ihrem Haus im letzten Sommer einen Zwischenfall gegeben, den Mrs. Didrikson und ihr Sohn beobachtet haben. An einem Samstagmorgen. Ich glaube, Sie waren irgendwo unterwegs wegen der Ausstellung. Die beiden waren auf der Straße, weil sie hofften, Sie vielleicht kurz zu sehen. Mat hatte Sie im Fernsehen als den Mann erkannt, der ihn aus dem Wehr gerettet hatte. Statt dessen sahen sie einen Mann aus dem Haus kommen, glattrasiert, durchtrainierter Körper, strohblondes Haar, blaues Hemd, weiße Jeans und Tennisschuhe. Ach ja, und er trug ein Goldkettchen. Kennen Sie jemanden, auf den die Beschreibung paßt?«

»Spontan fällt mir keiner ein.«

»Er hatte einen braunen Volvo. Seine Name war Andy.«

»Andy? Der einzige Andy, den ich kenne, ist übergewichtig und sechzig Jahre alt. Was ist dann passiert?«

»Er ist zu seinem Wagen gegangen, und Ihre Frau kam im Morgenmantel hinter ihm hergerannt. Sie war barfuß, aber sie war so aufgelöst, daß es ihr egal war. Sie wollte nicht, daß er wegfuhr, und hat ihn angefleht, wieder reinzukommen. Sie nannte ihn Andy. Angeblich hat sie gesagt: ›Soll ich auf die Knie fallen und betteln?‹ oder so was in der Art. Dann haben die beiden richtig miteinander gerungen, bis er sie schließlich weggestoßen hat und davonfuhr.«

»Und Dana hat das alles mit angesehen?«

»Ja, und verständlicherweise dachte sie, es wäre ein Beziehungsstreit. Es war ihr peinlich, und sie hat Mat schnell weggelotst. Jetzt, wo wir von dem Kokain wissen, neige ich dazu, den Zwischenfall in einem anderen Licht zu sehen.«

»Daß dieser Andy ihr Dealer war?«

Diamond nickte. »Das vermute ich. Wahrscheinlich hat er einen höheren Preis verlangt. Mehr als Ihre Frau in dem Moment zahlen wollte.«

»Wir müssen ihn finden.«

»Das ist nicht leicht. Wenn ich noch bei der Polizei wäre, würde ich das Rauschgiftdezernat einschalten. Die wären viel eher in der Lage, ihn ausfindig zu machen. So oder so sollten wir das hier melden.«

Vielleicht hatte Diamonds Stimme doch etwas unschlüssig geklungen, denn Jackman hielt ihm sofort entgegen: »Hier geht es aber doch um mehr als unsere Bürgerpflichten. Dana bekommt vielleicht lebenslänglich, und dabei steht der Ruf von Inspector Wigfull auf dem Spiel. Er hat der Staatsanwaltschaft einen ordentlich verpackten Mordfall geliefert mit dem ewigen Eifersuchtsmotiv und entsprechenden Beweisen. Er wird nicht wollen, daß das Ganze durch diese Rauschgiftgeschichte verkompliziert wird.

»Daran könnte er aber nichts ändern.«

»Nein, aber er könnte es herunterspielen. Ich denke, wir sollten der Sache selbst nachgehen. Das ist der erste schwache Hoffnungsschimmer für die Verteidigung. Den sollten wir nicht gleich dem Gegner zuspielen.«

Diamond war unbehaglich zumute. Als ranghöherer Polizist wäre er jedem aufs Dach gestiegen, der es unterließ, auch den kleinsten Drogenfund zu melden. Doch aus demselben Grund wußte er auch, wie die Arbeit an einem Mordfall ablief. Niemand wollte neue Beweise, wenn die Ermittlungsakten bereits an den Kronanwalt weitergeleitet worden waren. Jackmans Bemerkung, Wigfull könne die Sache herunterspielen, klang überzeugend. Und der Reinfall mit dem Fahrtenbuch hing ihm immer noch nach. Dadurch, daß sie auf dessen Verschwinden aufmerksam gemacht hatten, war die Anklagevertretung um einen Trumpf reicher. Was sprach also dagegen, diese Trumpfkarte zurückzuhalten und sie erst auszuspielen, wenn der richtige Zeitpunkt gekommen war?

Der Sache nachzugehen, wie Jackman vorgeschlagen hatte, würde nicht leicht werden, aber dank seines gut trainierten Gedächtnisses hatte Diamond eine mögliche Spur. »Denken Sie mal ein paar Monate zurück. Erinnern Sie sich noch, wie Sie mit mir zusammen das Adreßbuch Ihrer Frau durchgegangen sind? Ich bin mir ziemlich sicher, daß bei den Namen, mit denen wir nichts anfangen konnten, ein Andy war.«

»Das stimmt! Ich kannte ihn nicht.«

»Da stand keine Adresse, nur eine Telefonnummer. Wenn wir die kriegen könnten …«

»Genau!« Dann veränderte sich Jackmans Miene. »Aber das Adreßbuch ist bestimmt noch bei der Polizei.«

»Der Verteidiger könnte bitten, es prüfen zu dürfen. Das können sie nicht ablehnen. Es ist eine verständliche Bitte, und er muß ihnen nicht sagen, wonach er sucht.«

»Ich rufe Siddons sofort an.«

Es war leicht – zu leicht für Diamonds zynischen Verstand, der ihn immer daran erinnerte, daß einem nichts, was man wirklich will, einfach so in den Schoß fällt. Siddons, der Verteidiger, ging schnurstracks zur Hauptwache von Bath und sprach mit Wigfull. Man legte ihm das Adreßbuch vor. Schon eine Stunde später hatte Jackman Andys Telefonnummer.

Die Schwierigkeiten begannen, als sie die Nummer wählten. Eine Stimme mit asiatisch klingendem Akzent meldete sich. Die Bristoler Nummer gehörte zu einem indischen Restaurant im Stadtteil St. Paul. Dort kannte man keinen Andy.

Auf Nachfragen stellte sich heraus, daß das Restaurant erst im Januar aufgemacht hatte, und zwar in Räumlichkeiten, die seit zwei Monaten leer gestanden hatten. Davor war ein Herrenfriseur darin gewesen.

Es gelang Diamond, den Immobilienmakler ausfindig zu machen, der den Verkauf des Gebäudes vermittelt hatte. Der Mann war nicht sonderlich erfreut, als er nach Andy gefragt wurde. Er hatte schon eine ganze Reihe von Anrufen dieser Art bekommen. Der Friseur hatte nicht Andy, sondern Mario geheißen und war während der Grippeepidemie vor Weihnachten gestorben. Der Makler nahm an, daß Mario, der Friseur, sich nebenbei noch was dazu verdient hatte, indem er für zahllose dubiose Leute, die gelegentlich in seinem Laden anriefen, Nachrichten entgegennahm.

Diamond legte auf und sagte zu Jackman: »Fehlanzeige.«

8 Matthew Didrikson saß in Charlotte's Patisserie in den Kolonnaden und aß gerade sein zweites Stück Schokoladenkuchen. Jackman und Diamond sahen ihm dabei zu. Sie hatten sich einen Tisch unter einem Rundbogen im hinteren Teil des Ladens gesucht; trotzdem fielen sie zwischen all den Käufern und Geschäftsleuten auf, die sich vor der Heimfahrt noch einen Imbiß gönnten. Diamond, wie üblich in seinem zerknitterten karierten Anzug, hatte sich mühsam in den schmalen Raum zwischen Tischkante und der halbrunden gepolsterten Bank gequetscht, und Jackman, elegant in brauner Kordhose und schwarzem Hemd, hätte einer Modezeitschrift entstiegen sein können. Matthew, der sich bei der ersten sich bietenden Gelegenheit aus seinem Schulblazer geschält hatte, trug ein weißes Hemd, eine gestreifte Krawatte und einen marineblauen Pullover. Diamond hatte prophezeit, daß sie den Jungen um diese Tageszeit irgendwo in den Kolonnaden finden würden, wo er den Leuten auf den Rolltreppen oder im Lift auf die Nerven fallen würde, und er hatte recht behalten. Es war noch unklar, was sie als Gegenleistung für ihren Bestechungsversuch mit unbegrenzten Mengen Kuchen erhalten würden.

»Was macht eigentlich dein Kopf?« fragte Diamond. »Keine Ohnmachten mehr, hoffe ich?«

Matthew, der offensichtlich spürte, daß er nichts zu fürchten hatte, ließ sich mit der Antwort Zeit. Er schielte zu einigen Schulmädchen am Nebentisch hinüber, fuhr sich mit der Hand durch das dunkle Haar und gab schließlich zu: »Alles in Ordnung.«

»Wir haben uns lange nicht mehr gesprochen. Das letzte Mal hier, nicht wahr? Ich war verkleidet, weißt du noch?« Als keine Reaktion kam, fügte Diamond hinzu: »Ich glaube, Professor Jackman weiß nicht, daß ich den Weihnachtsmann gespielt habe, es sei denn, du hast es erwähnt.«

Jackman warf hastig ein: »Greg. Er nennt mich Greg.«

Das löste bei Matthew ein Grinsen aus, eine positivere Resonanz, als Diamond bisher erreicht hatte, deshalb übernahm Jackman die Initiative. »Mat und ich haben uns auch eine ganze Weile nicht gesehen. Seine Mutter wollte es so, nach einem Mißverständnis, und natürlich habe ich das respektiert, aber wir hatten ein paar schöne Tage, nicht Mat?«

Matthew nickte. Die Situation hatte etwas Lächerliches: zwei erwachsene Männer, die einem Schuljungen beim Nachmittagstee Informationen entlocken wollten. Diamond versuchte, weniger onkelhaft zu klingen: »Hast du deine Mutter in der Untersuchungshaft besucht?« Ein Nicken.

»Diese Woche?«

»Sonntag.«

»Wie hält sie sich?«

»Ganz gut.« Schwer zu sagen, ob die Kürze der Antworten auf Lustlosigkeit zurückzuführen war oder auf den Wunsch, seinen Kuchen ungestört zu verputzen.

»Mat, wir wollen ihr helfen«, sagte Jackman.

Diamond fügte hinzu: »Und es liegt an dir, uns zu helfen.«

Matthew sagte nichts dazu.

»Ich weiß nicht, ob du begreifst, wie ernst die Lage ist«, sagte Diamond gewichtig. »Lernt ihr in eurer Schule irgendwas über die Gesetze? Deine Mutter wird wegen Mordes angeklagt, aber sie hat Verteidiger, und die müssen versuchen zu beweisen, daß es begründete Zweifel gibt. Verstehst du?«

Der Junge schob den leeren Teller weg und wischte sich die Lippen. »Klar.« Er wandte sich ab und sah nach hinten.

»Noch ein Stück?« bot Jackman an.

»Wenn ich ne Cola haben kann, zum Runterspülen.«

»Gib mir den Rest wieder.« Er gab ihm einen Fünfpfundschein.

Während Matthew an der Selbstbedienungstheke war, sagte Diamond: »Das nenne ich Bestechung. Kommt das aus dem Etat der Verteidigung?«

»Mit dem bißchen, was wir bislang aus ihm rausgeholt haben, könnte ich das nicht rechtfertigen«, entgegnete Jackman.

Als der Junge zurückkam und den frischen Teller auf den Tisch stellte, schob Diamond den Kuchen beiseite. »Versuch dich mal zu erinnern. Deine Mutter erzählte mir von einem Vorfall, den sie vor Professor Jackmans Haus beobachtet hat, im letzten Sommer. Du warst bei ihr.«

Matthew schwieg. Seine Augen ruhten auf dem Kuchen.

»Es gab Ärger zwischen Mrs. Jackman und einem Mann.«

»Andy.«

»Was hast du gesagt, mein Junge?«

»Andy. Der Mann hieß Andy.«

»Offensichtlich hast du ein gutes Gedächtnis. Wir möchten diesen Andy finden. Siehst du, wenn er und Mrs. Jackman miteinander gestritten haben – und das haben sie, soweit ich weiß –, muß er als möglicher Verdächtiger betrachtet werden. Wir sollten also dein Gedächtnis testen und mal sehen, was du uns alles über ihn erzählen kannst.«

»Wozu denn?«

Diamond zügelte seine Ungeduld. »Das habe ich doch gerade erklärt, mein Junge. Begründete Zweifel.«

»Ich meine, warum fragen Sie denn mich, wenn Sie ihn sich selbst angucken können?«

»Wenn wir wüßten, wo er zu finden ist, würden wir das tun. Deshalb.«

»Ich weiß wo.«

»Was?«

»Ich weiß, wo Sie sich Andy ansehen können. Ich habe ihn schon zigmal gesehen.«

Die ganze Bank knarrte, als Diamond auffuhr. »Wo?«

»In den Bädern.«

»Den Römischen Bädern, meinst du?«

»Mhm.«

Er schob den Kuchen vor den Jungen. »Erzähl mir mehr.«

»Mehr weiß ich nicht«, sagte Matthew. »Wenn Sie mit Andy reden wollen, müssen Sie ihn dort suchen.«

»Arbeitet er da?«

»Weiß nicht.« Matthew schob sich einen großen Bissen in den Mund. »Ehrlich, ich weiß nur, daß ich ihn ein paarmal da unten gesehen habe.«

»Was hast du denn da unten gemacht?«

»Nix Besonderes.« Mehr als diese wenig aufschlußreiche Antwort würden sie wohl nicht bekommen. Doch dann setzte sich die Prahlsucht des Jungen durch, und er gab eine Erklärung ab, die länger war als alles, was Diamond je von ihm gehört hatte. »Ich geh da oft nach der Schule hin. Ziemlich unheimlich da. Mir gefällt das. Die Jungs in meiner Klasse haben sich so ne Mutprobe ausgedacht. Man muß durch die ganzen Bäder durch, ohne sich von den Sicherheitsleuten erwischen zu lassen. Man geht in den Souvenirladen auf der Stall Street, und wenn keiner guckt, flitzt man die Treppe runter, wo drüber steht: Personal. Eigentlich ist das nämlich der Ausgang. Und schon ist man drin. Man muß natürlich auf die Sicherheitsleute aufpassen, aber wenn man clever ist, kann man durch die ganzen Bäder durch und kommt im Pump Room wieder raus. Da hält einen auch keiner auf, weil es ein Restaurant ist. Ist ein Kinderspiel.«

»Und da hast du Andy gesehen?«

Matthew nickte.

»Was macht er denn da?«

»Er zeigt auf Sachen und redet viel.«

»Ist er Fremdenführer?«

»So was Ähnliches. Er hat Studenten dabei.«

»Studenten?« fragte Jackman und lief plötzlich rot an.

»Nicht immer. Manchmal ist er auch allein.«

Diamond war im Geiste schon damit beschäftigt, die Implikationen des Gesagten abzuwägen, doch erst mußte er das

Frage-und-Antwort-Spiel zu Ende führen. »Dann ist er vielleicht so was wie ein Lehrer?«

»Weiß nicht.« Sonst wußte Matthew nichts Wichtiges zu berichten. Und jetzt sprachen auch die beiden Erwachsenen nicht viel miteinander. Falls Andy, der mutmaßliche Lieferant von Geraldines Kokain, Verbindungen zur Universität hatte, würde Jackman selbst einige Fragen zu beantworten haben.

Als sie aufstanden, um zu gehen, bat Diamond Matthew, am Montag nach der Schule mit ihm die Römischen Bäder zu besichtigen. Früher war das nicht möglich. »Wir können uns hier treffen«, schlug er vor und fügte listig hinzu: »Wenn du früh genug hier bist, haben wir vielleicht noch Zeit für ein Stück Schokoladenkuchen. Und dann kannst du mir bei meiner Detektivarbeit helfen. Aber damit eins klar ist: Wir gehen ganz regulär in die Bäder, durch den Haupteingang. Ich bin zu auffällig, um mich über Hintertreppen zu schleichen.« Matthew grinste und zog ab, um nach seinen Freunden zu suchen.

Auf der Stall Street brannte Jackman schon darauf, etwas loszuwerden: »Bevor Sie fragen, wir haben an der Uni kein archäologisches Institut.«

»Geschichte?« Jackman schüttelte schon den Kopf, als er sich die Hand vor die Stirn schlug und sagte: »Moment mal. In diesem Jahr wurde ein kleiner Fachbereich eingerichtet. Bloß eine Handvoll Dozenten und Erstsemester. Ich kenne keinen von ihnen. Das ist die Wahrheit.« Nach kurzer Pause sagte er: »Ich nehme an, Sie möchten, daß ich mich umhöre.«

»Aber möglichst unauffällig«, sagte Diamond. »Ich möchte Andy überraschen.«

»Brauchen Sie Hilfe?«

»Nicht nötig. Ich halte Sie natürlich auf dem laufenden.«

»Eigentlich wäre ich aber gern dabei«, bat Jackman mit einem verlegenen Räuspern. »In den letzten Wochen habe ich Mat kaum gesehen. Ich mag den Jungen.«

»Darum geht es nicht«, entgegnete Diamond in dem Ton, den er früher immer angeschlagen hatte, um die Mordkommission auf Vordermann zu bringen. »Ich melde mich dann.«

In Wahrheit mochte er den Jungen auch, trotz seiner rauhen Schale.

Am Montag rief Jackman an und berichtete, daß am Fachbereich Geschichte ein Dozent mit befristetem Lehrauftrag beschäftigt war. Er hieß Anton Coventry und wurde meist Andy genannt. Sein Spezialgebiet war die Geschichte der römischen Baukunst, und derzeit leitete er ein Forschungsprojekt in den Römischen Bädern mit einer Gruppe von Erstsemestern von der Schule für Architektur und Bautechnik. Sie trafen sich montags und donnerstags um halb fünf. Aufgrund einer Sondervereinbarung durften sie an diesen Tagen eine Stunde länger als das Publikum in den Bädern bleiben, bis sechs Uhr. Jackman hatte auch herausgefunden, daß Coventry blondes Haar hatte und sich wie ein Macho kleidete. Außerdem war er Triathlet.

»Er ist was?«

»Triathlet. Er macht Triathlon, einen Mehrkampf, den absoluten Härtetest, bestehend aus Laufen, Schwimmen und Fahrradfahren.«

»Ich finde, das klingt wie der absolute Blödsinn. Triathlet. Im ersten Moment habe ich schon gedacht, die Machos würden jetzt musisch und drängten zum Triangelspielen in die Schulorchester.«

»Triangel, ja. Witzig«, sagte Jackman ohne Belustigung. »Um auf Andy zurückzukommen, ich kann mir nicht vorstellen, wie man eine Leidenschaft für Sport mit Drogendealerei vereinbaren will.«

»Das ist nicht ungewöhnlich«, sagte Diamond, der Zyniker. »Drogen sind im Sport das normalste der Welt.«

»Ich möchte betonen, daß ich, jedenfalls soweit ich weiß, diesem Burschen nie im Leben begegnet bin«, sagte Jackman mit Nachdruck.

»Kapiert.« Diamond lächelte grimmig, als er den Hörer auflegte.

Am Montag nachmittag mußte Matthew förmlich aus der Schule gezischt sein, oder er hatte eine Stunde geschwänzt, denn er wartete schon vor dem Eingang zur Patisserie. Somit hatten sie reichlich Zeit für Kuchen. Diamond, dem der Arzt dringend geraten hatte, seine Kalorienzufuhr zu drosseln, beschränkte sich auf eine Tasse schwarzen Kaffee und versuchte, nicht auf den Teller des Jungen zu starren, während er ihm Anweisungen erteilte. »Damit wir uns richtig verstehen, Mat. Du sollst jetzt mitkommen, um dir den Mann in den Bädern noch einmal anzusehen und dann zu sagen, ob er mit Sicherheit derselbe ist, mit dem Mrs. Jackman vor ihrem Haus gestritten hat. Wenn du dich irrst oder nicht sicher bist, mußt du das auch zugeben, okay? Aber egal, was passiert, du bist auf jeden Fall mucksmäuschenstill, während wir ihn uns ansehen, und bleibst auch danach in deinem Versteck.«

Falls Mats Engagement noch eines Beweises bedurfte, so lieferte er ihn, indem er den halbgegessenen Kuchen stehenließ und vorschlug, sie sollten anfangen. Diamond sagte ihm, daß er noch reichlich Zeit habe, seinen Teller leer zu essen.

»Ich kann nicht. Ich bin zu aufgeregt«, gestand Matthew.

Diamonds Selbstbeherrschung wankte. »Schieb mal rüber.«

Zwanzig nach vier verließen sie die Kolonnaden, überquerten die Stall Street und betraten die Römischen Bäder. Zur Kasse ging es durch den Pump Room, den Treffpunkt der georgianischen Gesellschaft, in dem heute ein Restaurant untergebracht ist. Das nachmittägliche Teeritual war in vollem Gange, alle Plätze waren besetzt. Die Kellnerinnen in ihren schwarzen Westen, weißen Blusen und Schürzchen versuchten verbissen, mit den Bestellungen Schritt zu halten, und das Trio am Kopfende des Raumes intonierte energisch das »Auf in den Kampf« aus Carmen. Es war eine Wohltat, in die ruhigere Atmosphäre der dahinter liegenden Räume einzutauchen.

Um die Zeit gingen nicht mehr viele Besucher in die Bäder. Die Frau an der Kasse wies sie darauf hin, daß die Ausstellung um fünf für die Öffentlichkeit geschlossen wurde. Aufseher würden dann alle auffordern zu gehen. Diamond nickte. Außer Hörweite teilte Matthew, der erfahrene Einschleicher, ihm mit, daß er Hunderte von Verstecken kenne.

Diamond wollte nur ungern zugeben, daß er die Bäder noch nie richtig besichtigt hatte. Einmal hatte er an einem von der Stadt veranstalteten Dinner im Pump Room teilgenommen, bei dem zuvor Cocktails neben dem großen Becken gereicht wurden; als er aufgeschaut hatte, um die Beleuchtung zu bewundern, die aus lodernden Fackeln an den Säulen bestand, war er über das holprige Pflaster gestolpert und hatte sich den größten Teil seines Drinks über den extra für den Abend geliehenen Smoking geschüttet.

Zunächst kamen sie zu den Resten des Minerva-Tempels, die durch diskret angebrachte Lampen hervorgehoben wurden, so daß die verwitterten Kalksteinskulpturen der Götter rotgolden auf dem Altar schimmerten. Die Touristen standen bewundernd herum oder lasen in Reiseführern, doch Matthew marschierte weiter, als ob er hier zu Hause wäre, und sagte: »Hier verschwenden wir bloß unsere Zeit. Den Teil hat Andy schon vor Monaten abgehandelt. Diese Woche arbeitet er am großen Becken.«

Sie gingen durch einen Verbindungsgang und dann mehrere Treppen hinunter, die etliche Male die Richtung wechselten, so daß Diamond allmählich die Orientierung verlor, bis sie an einem Fenster vorbeikamen, durch das man auf ein Freiluftbad blickte. Die Wasseroberfläche brodelte. »Das ist bloß die heilige Quelle«, ließ Matthew herablassend fallen, als er sah, daß Diamond zögerte. Noch weiter unten hörten sie stetiges Rauschen und sahen die Bögen, wo der Wasserüberschuß aus der Quelle wie eine Miniaturkaskade abfloß.

Vor ihnen war Tageslicht, und sie sahen das große Becken, aus dessen grünbläulichem Rechteck Dampf aufstieg. Nach den kleinen Scheinwerfern in den Verbindungsgängen war der Eindruck von Weite und Licht zwangsläufig noch beeindruckender. Das große Becken selbst war gut zwanzig Meter lang und rund zehn Meter breit. Stufen führten ins Wasser hinab. Umsäumt wurde es von Säulenreihen auf Steinpfeilern, die die Überdachung der gefliesten Wandelgänge trugen, unter der einst die Römer flaniert und dabei die Badenden beobachtet hatten. Die Wasserfläche lag unter freiem Himmel. In den Gängen standen Besucher, einzeln oder zu zweit, starrten zu den Säulen hinauf und zu den großen Skulpturen, die sich darüber erhoben. »Das meiste hier ist viktorianisch«, belehrte Matthew Diamond. »Das römische Zeug geht einem nur bis zu den Knien.« Seine Bildung hatte von den verbotenen Stippvisiten in den Bädern profitiert.

Diamond war nicht wegen der Architektur hier. Am hinteren Ende hatte sich eine Gruppe junger Leute versammelt. Ihre Kleidung und die Tatsache, daß sie sich nicht auf die Umgebung, sondern auf ihr Gespräch konzentrierten, wies sie als Studenten aus. Der Dozent war noch nicht erschienen.

Im Augenblick sah Diamond keine Veranlassung, näher an die Studenten heranzugehen. Rund um das Becken, unter der Überdachung, gab es eine Reihe von Nischen, in denen diverse Quader auf Sockeln ausgestellt waren. Die meisten waren zu niedrig oder zu schmal für einen Mann von Diamonds Umfang, doch in der Mitte der Südseite war ein größerer Erker, in dem man Bruchstücke von Pilastern und Säulen untergebracht hatte. Es sah aus, als könnte man dahinter gelangen, ohne Aufmerksamkeit zu erregen.

Er und Matthew schlenderten unauffällig um das Becken, bis sie auf Höhe des Erkers waren. Er sah sich um, faßte Matthew am Arm und bugsierte ihn hinter den Sockel. Sie mußten noch nicht mal in die Hocke gehen.

In den folgenden zwanzig Minuten kamen immer wieder Touristen vorbei, und dann gingen zwei Aufseher ums Bekken, offensichtlich, um eventuelle Nachzügler darauf hinzuweisen, daß die Bäder jetzt geschlossen wurden. Sie kamen zwar ganz nah an dem Sockel vorbei, blickten aber glücklicherweise nicht dahinter. Allmählich leerten sich die Wandelgänge um das Becken, bis auf die Geschichtsstudenten und ihre heimlichen Beobachter. Das Tageslicht verblaßte. Hoch über dem großen Becken hoben sich die Gestalten der römischen Kaiser noch dramatischer gegen den Himmel ab.

»Alles okay, mein Junge?« erkundigte sich Diamond.

Matthew nickte.

Einen Augenblick später hallten Schritte über die Fliesen in ihrer Nähe, Schritte, die für einen Touristen, selbst einen verspäteten, der sich noch rasch alles ansehen wollte, viel zu schnell waren. Und es war auch keiner der Aufseher.

»Das ist er«, flüsterte Matthew. »Hundertprozentig.«

Andy Coventry ging auf seinem Weg ums Becken zu den wartenden Studenten dicht an ihnen vorbei. Von ihrem Blickwinkel aus konnten sie seinen Kopf und Oberkörper sehen.

Die Schultern waren so breit und muskelbepackt, daß das schwarze T-Shirt fast wie eine zweite Haut saß. Das Auffälligste an ihm war das ausgebleichte volle Haar, das er glatt aus der Stirn nach hinten gekämmt trug, im Stil mancher Sportidole der fünfziger Jahre.

Als sie wieder gefahrlos reden konnten, sagte Diamond: »Laß uns ein bißchen zugucken.«

Die Studenten fingen an zu buhen, als Coventry näherkam. Wahrscheinlich war er zehn Minuten zu spät. Er öffnete eine Sporttasche, nahm mehrere Metallmaßbänder heraus und verteilte sie. Seine Stimme war nur bruchstückhaft über das Wasser hinweg hörbar, aber es war deutlich, daß er Anweisungen gab und den Studenten irgendeine Aufgabe stellte. Er kniete sich neben einen der original-römischen Pfeiler, auf denen die Säulen ruhten, und maß dessen Länge und Höhe. Dann folgte eine Untersuchung des zusätzlichen Mauerwerks, mit dem die Konstruktion abgestützt wurde, die ehemals ein Holzdach getragen hatte. Die Studenten hatten Ringbücher hervorgeholt und schrieben mit. Schließlich verteilte Coventry sie paarweise auf die sechs Hauptpfeiler an der Nordseite des Beckens.

Wenige Augenblicke später waren alle Studenten damit beschäftigt, auszumessen und Notizen zu machen. Coventry hatte offenbar den Eindruck, daß sie sinnvoll beschäftigt waren. Jedenfalls nahm er seine Tasche und schlenderte auf einen der Ausgänge am Westende zu.

Diamond legte die Hand auf Matthews Schulter, um ihm zu bedeuten, daß er zurückbleiben sollte. Jetzt waren die Schliche eines Profis verlangt. Er ließ den Jungen dort, trat aus dem Versteck und bewegte sich im Schatten vorsichtig in die Richtung, in der Andy verschwunden war. Trotz seiner Leibesfülle bewegte er sich mit einer Leichtfüßigkeit, die von einem wesentlich schlankeren Mann zu erwarten gewesen wäre.

Noch bevor Andy mit seiner Sporttasche aufgetaucht war, hatte sich in Diamonds Hirn ein Verdacht eingenistet. Die folgenden Minuten, so spürte er, waren von entscheidender Bedeutung für die Ermittlung, die er vor so vielen Wochen begonnen hatte und nun bis zu ihrem Höhepunkt weiterverfolgte.

Daß er unentdeckt blieb, war genauso wichtig, wie zu sehen, was Andy Coventry vorhatte. Das hieß, daß er sich in ein Gewirr von warmen und kalten Bädern an der Westseite des großen Beckens vorwagen mußte, wodurch sich das Risiko erhöhte, daß er gesehen wurde, weil mittlerweile keine anderen Besucher mehr da waren. Er schlich durch die offene Tür. Jede Möglichkeit zur Deckung nutzend, näherte er sich dem kreisrunden Tauchbad, dem Frigidarium, und suchte angestrengt die Umrandung nach dem Verdächtigen ab. Das gedämpfte Licht war sowohl von Vor- als auch von Nachteil.

Es hatte ganz den Anschein, als habe er seine Spur bereits verloren. In diesem Teil begann erneut das System der von Geländern aus Plexiglas gesäumten Verbindungsgänge. Als er über das Geländer gegenüber spähte, sah er nichts außer einem weiteren Becken, in dem sich praktisch kein Wasser befand. Er mußte etwas weiter in einen noch dunkleren Bereich gehen, und geriet an den Rand eines tiefer gelegenen Areals, wo in Reih und Glied Säulen aus kupferfarbenen Ziegeln standen wie die Terracotta-Armee, die man in China entdeckt hatte. Er hatte Ansichtskarten davon gesehen und wußte, daß es sich um eine frühe Form der Zentralheizung handelte. Die Säulen hatten ehemals einen Boden getragen, so daß Heißluft von einem Holzkohlenbrenner in dem Hohlraum zirkulieren konnte. Im darüber befindlichen türkischen Bad hatten einst schwitzende Römer gesessen und sich einölen, abreiben und massieren lassen. Dieses sogenannte Hypocaustum war eine der bekanntesten Attraktionen der Römischen Bäder, sowohl wegen seiner Funktion als auch wegen des eigentümlichen Anblicks von über hundert dieser kniehohen Säulen, die den Boden in symmetrischer Anordnung bedeckten. Sie waren zwar verfallen und beschädigt, aber darum nicht weniger eindrucksvoll – eine Mischung aus Kupfer- und Ockertönen, die durch den Lauf der Zeiten zu einem Gesamtbild verschmolzen waren, das sich fast wie ein Meisterwerk moderner Kunst ausnahm.

Falls Diamond jetzt wirklich ästhetische Betrachtungen anstellte (was unwahrscheinlich ist), so änderte sich das schlagartig, als er Andy Coventry erblickte, der vor der rückwärtigen Wand zwischen den Säulen auf dem Boden kauerte.

Diamond erstarrte, unschlüssig, ob er sich dorthin bewegen sollte oder nicht. Coventry hatte nicht aufgeblickt; was immer er dort tat, es nahm ihn völlig in Anspruch.

Es war am besten, beschloß Diamond, abzuwarten und zu beobachten. Er zog sich aus Coventrys Gesichtsfeld zurück, über eine Treppe, die zu den Toiletten führte.

Die folgenden zwei, drei Minuten geschah gar nichts; dann knirschten Schuhe auf dem kiesigen Untergrund des Hypocaustums, gefolgt von einem Geräusch, als Coventry sich zurück auf den Verbindungsgang schwang; schließlich seine raschen Schritte, die sich in Richtung auf das große Becken entfernten.

Noch bevor die Schritte verklangen, war Peter Diamond schon die Treppe hinunter und über die Absperrung. Mit einer aus der Dringlichkeit geborenen Geschmeidigkeit schlängelte er sich zwischen den Säulen hindurch, bis er an die Stelle kam, an der er Coventry gesehen hatte. Wie vermutet, befand sich dort, neben einem der Luftlöcher zum Brenner, ein Hohlraum. Er kniete nieder, schob seine Hand hinein und berührte etwas, was nichts mit einem Überbleibsel aus der Römerzeit zu tun hatte. Es war weich, glatt und leicht.

Er zog es heraus: ein Plastikbeutel voll weißem, glitzerndem Pulver.

Es sah genauso aus wie das Kokain, das er in der Mehltüte in Jackmans Küche gefunden hatte. Er tastete erneut in dem Hohlraum herum und stieß auf ähnliche Beutel, jede Menge, zu viele, um sie jetzt entfernen zu können.

Das Hypocaustum eignete sich gut als Versteck für Drogen. Anders als der Rest der Bäder war es trocken. Der Hohlraum wurde von einer der Ziegelsäulen verdeckt, und es gab für niemanden einen Grund, hier nach irgendwas zu suchen, denn die Ausgrabungen in dem Teil der Bäder waren längst abgeschlossen. Besucher wurden durch die Plexiglasabsperrung in sicherer Entfernung gehalten. Und zugleich war es ein unverdächtiger Ort, den Andy Coventry zweimal wöchentlich aufsuchen konnte, ohne befürchten zu müssen, daß ihn jemand sah. Ob er nun etwas abholte oder hier zwischenlagerte, in seiner Sporttasche konnte er das Zeug ungefährdet rein- und rausschaffen. Und welcher Drogenfahnder bei der

Polizei von Avon und Somerset, der noch klar bei Verstand war, käme wohl auf den Gedanken, in den Römischen Bädern eine Razzia zu machen?

Diamond richtete sich auf. Die dringlichste Frage war, was er jetzt machen sollte. Er hatte als Bürger das Recht, jemanden festzunehmen, der sich einer Straftat verdächtig gemacht hatte. Aber wäre das klug? Am liebsten hätte er den Mann in der Mordsache vernommen. Drogenhandel war gefährlich und verabscheuungswürdig, und Coventry würde dafür bestraft werden, aber noch nicht sofort.

Da ging das Licht aus. In diesem Teil des Gebäudes gab es kein Fenster. Es war stockfinster. Diamond streckte die Hand aus, um sich irgendwo festzuhalten. Er wollte nicht gegen die Ziegelsäulen stoßen und das Gleichgewicht verlieren. Sein erster Gedanke war, daß die Lichter immer um diese Zeit abgeschaltet wurden und daß jetzt offiziell geschlossen war.

Sein zweiter Gedanke war beängstigender, und er wurde durch ein Geräusch irgendwo vor ihm ausgelöst, das sich anhörte, als ob ein Schuh über Kies scharrte. Natürlich hätte es nur ein Stückchen Stein gewesen sein können, das sich allein gelockert hatte. Aber das bezweifelte er. Angenommen, Coventry war zurückgekehrt und hatte ihn bei dem Versteck gesehen. Angenommen, er war es gewesen, der das Licht ausgeschaltet hatte.

Es war nicht ratsam, da zu bleiben, wo er war. Völlig ausgeschlossen, sich einen Weg durch das Hypocaustum zu suchen. Er würde sich an der rückwärtigen Wand entlangtasten müssen wie eine Spinne, die versucht, aus einer Badewanne zu entkommen. Zögernd ließ er eine Hand über die Oberfläche gleiten, schob einen Fuß vor und verlagerte sein Gewicht zur Seite. Er blieb stehen, lauschte, hörte nichts und wiederholte die Bewegung, doch diesmal stand ihm eine der Säulen im Weg. Die Hände flach an die Wand gedrückt, schob er sich um das Hindernis herum, von dem Gedanken getrieben, so weit wie möglich von dem Hohlraum mit dem versteckten Rauschgift wegzukommen.

Auf diese Weise manövrierte er sich um drei weitere Säulen herum. Als er sich gerade um die vierte tastete, hörte er ein

Knirschen von der gegenüberliegenden Seite. Diesmal gab es keinen Zweifel: Jemand war von dem Verbindungsgang heruntergestiegen und hatte den kiesigen Boden des Hpyocaustums betreten.

Eine Stimme, eindeutig die von Coventry, rief: »Ich weiß, daß du da bist, Fettsack.«

Diamond reagierte nicht. Der beste Weg, die Gefahr zu verringern, war, sich mucksmäuschenstill zu verhalten.

Coventry bewegte sich. Seine Schritte waren rasch und gleichmäßig. Entweder nahm er das Risiko in Kauf, sich die Knie an den Säulen des Hypocaustums aufzuschürfen, oder er kannte die Anlage wie im Schlaf.

Es war nervenaufreibend. Diamond wartete, angespannt und in verteidigungsbereiter Stellung.

Coventry eilte zu der Stelle, wo das Rauschgift versteckt war. Er bewegte sich wohl in einem der Gänge zwischen den Säulen, denn er hielt nicht ein einziges Mal inne. Erst als er an der Rückwand angelangt war, blieb er stehen.

Eine kurze Stille trat ein. Dann sagte Coventry: »Also gut, Drecksack, mal sehen, wo du steckst.« Gleichzeitig flammte ein Feuerzeug auf.

Er hielt es in der ausgestreckten Hand und bewegte den Arm in einem weiten Bogen, so daß lange Schatten über den Boden des Hypocaustums tanzten. Es war unvermeidlich, daß das Licht auf Diamond fiel.

Triathlon war Coventrys Hobby, aber als Catcher hätte er sicher Karriere machen können. Er kam auf Diamond zugeschossen, als wäre er gerade von den Seilen in den Ring geschnellt. Das Feuerzeug ging aus – zu spät, als daß Diamond davon hätte profitieren können, der einen Schritt zurück machte, um dem Angriff auszuweichen und der Länge nach hinschlug. Eine Ziegelsäule, die zweitausend Jahre überstanden hatte, brach unter seiner Last zusammen. Reflexartig klappte er die Arme vor die Brust und zog die Knie an, wie er es beim Rugby gelernt hatte. Dann rollte er sich mit Schwung nach rechts. Er spürte einen stechenden Schmerz in der Seite, als er gegen die Trümmer gepreßt wurde. Eine Rippe brach. Unter Einsatz der Hebelwirkung seiner Oberschenkel gelang es ihm, den Mann zur Seite zu wuchten. So fest er konnte, stieß er mit dem Ellbogen nach und traf weiches Fleisch.

Der Schmerz in seiner Seite war lähmend. Im Nahkampf hatte er keine Chance. Er tastete sich in die Dunkelheit und stieß erneut gegen eine Säule, die den Aufprall jedoch unbeschadet überstand, Gott sei Dank. Er kam gerade wieder in die Hocke, als ihn etwas Hartes am Kopf traf.

Coventry mußte einen Ziegelstein aufgehoben und mit aller Kraft zugeschlagen haben. Die volle Wucht des Schlages hätte Peter Diamonds Schädel zertrümmert, doch er streifte ihn nur, riß die seitliche Kopfhaut auf und quetschte die Schultermuskulatur. Diamond geriet ins Taumeln, hielt sich an der Säule fest und torkelte dann nach vorn. Seine Schulter wurde taub.

Andy Coventry hatte vor, ihn zu töten.

Diamond war auf den Beinen und bewegte sich zwischen den Säulen hindurch, ohne eine Vorstellung, in welche Richtung, bloß von dem Gedanken getrieben, von seinem Angreifer wegzukommen. Die Dunkelheit war undurchdringlich.

Seine anderen Sinne wurden verstärkt und verliehen ihm die intensive Wahrnehmung eines Tiers. Der feuchte, tote Geruch der Steine stieg in seine Nase. Die Kühle drang ihm durch Mark und Bein. Das Knirschen seiner Schritte hallte von Dach und Wänden wider. Es war die blinde Flucht eines Gehetzten. Ihm war völlig egal, ob er das ganze Hypocaustum in einen Trümmerhaufen verwandelte, er wollte überleben. Laut und schwer keuchend stolperte er mit ausgestreckten Armen durch die schwarze Leere. Und stockte.

Seine Hände hatten eine glatte Fläche berührt, bei der es sich um das Plexiglasgeländer des Verbindungsganges handeln mußte. Er reckte sich nach oben, aber es gelang ihm nicht, den oberen Rand des Geländers zu erreichen, also arbeitete er sich nach links voran, bis ihn ein steinernes Hindernis stoppte. Wieder die Wand. Hinter sich hörte er Coventrys Schritte knirschen.

Er griff mit der rechten Hand nach oben, um festzustellen, ob er an der Wand hochklettern konnte, und wurde durch einen stechenden Schmerz an die gebrochene Rippe erinnert. Als er die linke Hand nahm, ertastete er etwa einen halben

Meter über dem Boden einen Vorsprung. Er schob die Knie darauf und hievte sich höher. Jetzt entdeckte er eine zweite Stufe. Mühsam krabbelte er darauf, berührte wieder das Plexiglas und diesmal – Gott sei Dank – den oberen Geländerrand. Er stieg darüber und spürte den glatten weichen Boden des Ganges unter den Füßen. Jetzt konnte er ein schwaches, graues Licht erkennen. Tageslicht. Er taumelte darauf zu, wissend, daß auch Coventry den Gang jeden Augenblick erreichen mußte.

Vor ihm lag das große Becken. Dort, das sagte ihm sein gesunder Menschenverstand, war er in Sicherheit vor weiteren Angriffen. Coventry konnte den Kampf ja schlecht vor den Augen seiner Studenten fortsetzen.

Während er sich weiterbewegte, schätzte Diamond die Schwere seiner Verletzungen ab. Die gebrochene Rippe behinderte ihn am meisten, und außerdem sickerte Blut aus seiner Kopfwunde. Er spürte es warm seitlich am Hals herunterrieseln. Das Blut war auffällig. Er wollte nicht, daß sich die Studenten, wenn er am großen Becken ankam, um ihn drängten und mit Fragen bestürmten. Irgendwie mußte er sich zusammenreißen und normal gehen, um kein Aufsehen zu erregen. Die Leute müßten glauben, daß das Blut, sollten sie es bemerken, eine Art Leberfleck, ein rotes Muttermal auf der Haut war. Dann brauchte er nur noch eine der Ausgangstüren zu erreichen. Matthew mußte er wohl oder übel sich selbst überlassen. Zum Glück kannte der Junge sich hier aus und würde allein herausfinden. Clever genug war er ja.

Aber Diamond war es nicht. Nur wenige Meter vom Eingang zum großen Becken entfernt wurde er von einer jähen Bewegung rechts von ihm überrascht. Er fuhr herum. Hier war es bereits so hell, daß er deutlich sehen konnte, wie Andy Coventry mit einem Spaten in der Hand auf ihn zusprang, mit einem schweren, langstieligen Spaten, wie er von Bauarbeitern benutzt wird. Diesmal gab es kein Entrinnen. Der Spaten, hoch in die Luft erhoben wie ein Vorschlaghammer, würde Peter Diamond den Schädel spalten.

Teil sechs

Der Prozeß

1 Schwarzer Streifen auf Weiß. Ein dünner schwarzer Streifen, der das Gesichtsfeld zerteilte wie ein Kabel am Himmel. Das Weiß war zu einheitlich für den Himmel. Es mußte etwas anderes sein. Eine Zimmerdecke. Ein Kabel an der Decke? Nein. Etwas Festeres. Eine schwarze Stange. Ein Stab. Oder eine Stange. Vielleicht eine Stange. Eine Stange konnte hinkommen. Eine Verbindung, aber womit? Mit einem Geräusch. Das Rasseln und Schaben von etwas Metallischem. Vorhangringe. Also eine Vorhangstange? Was hatte eine Vorhangstange an der Decke zu suchen? Vorhänge waren am Fenster. Hier war kein Fenster. Es sei denn, das hier war ein Bett, ein Krankenhausbett mit Vorhängen zum Abschirmen. Das würde das Schaben der Ringe erklären. Wäre leicht festzustellen, denn die Stange müßte mindestens auf drei Seiten um das Bett gehen. Leider war es nicht ganz leicht, wenn man den Kopf weder nach links noch nach rechts drehen konnte. Wenn man benommen und müde war, eigentlich zu müde, um sich irgendwelche Gedanken zu machen …

»Er hat wieder die Augen aufgemacht, Sir«, sagte die Stimme einer Frau, die er schon mal irgendwo gehört hatte.

»Aber gesagt hat er nichts, was?« Eine Männerstimme.

»Nein.«

»Der arme Kerl. Halten Sie auf alle Fälle die Ohren auf. Ich weiß, es ist verflucht langweilig, muß aber sein. Sprechen Sie auch mit ihm. Was Ihnen gerade einfällt. Erzählen Sie ihm die Geheimnisse Ihres Liebeslebens. Die Krankenschwestern tun das auch. Alles, was die Gehirnzellen anregt.«

»Ich muß doch sehr bitten. Mein Privatleben ist nicht für Mr. Diamonds Ohren bestimmt, Sir.«

»Schon gut, Constable. Selbst falls er Sie hört, was ich bezweifle, wird er sich an nichts erinnern können. So, ich bin weg. Bis morgen.«

»Vielfraß.«

»Mm?«

»Sehen Sie?« Eine triumphierende Stimme. »Er reagiert. Er hat uns gehört. Peter Diamond, Sie fetter Sack. Wie kriegen wir Sie bloß wieder wach? Was ist Ihre Lieblingsmusik? Der Nilpferdsong, vermutlich.«

»Er bewegt die Lippen, Sir.«

»Himmel, ja. Peter? Können Sie mich hören?«

»Mm.«

»Da, schon wieder.«

»Mm.«

»Na prima. Mr. Diamond, verstehen Sie mich? Ich bin's, Keith Halliwell. Erinnern Sie sich? Polizei von Avon und Somerset. Ihr alter Kumpel, DI Halliwell.«

»Halliwell?«

»Er hat was gesagt! Haben Sie's mitgekriegt, Constable?«

»Ja, Sir.«

»Hervorragend. Rufen Sie Mr. Wigfull an. Wir haben's endlich geschafft.«

Seine Augen waren offen, und statt der Vorhangstange erschien vor ihnen jetzt ein Gesicht, ein dunkles Gesicht, das von einem Schnurrbart beherrscht wurde. Ein Gesicht, das er nicht besonders mochte.

»Mr. Diamond?«

»John Wigfull.«

»Wie fühlen Sie sich?«

»Ich kann mich nicht bewegen.«

»Versuchen Sie's auch nicht. Ihr Kopf steckt in einer Halterung. Sie haben Glück, daß Sie noch am Leben sind.«

Die abgedroschene Bemerkung ärgerte Diamond, selbst in seinem jetzigen Bewußtseinszustand. »Wo bin ich?«

»Im RUH. Sie waren im Koma. Die Ärzte haben gesagt, falls Sie durchkämen, hätten Sie wahrscheinlich keinen bleibenden Hirnschaden, aber man darf eben nicht zu lange im Koma bleiben. Können Sie mir folgen?«

»Absolut«, sagte Diamond.

»Man hat Sie in den Römischen Bädern gefunden, in einer Blutlache. Der junge Didrikson hat uns verständigt.«

»Braver Junge.«

»Sie haben einen schlimmen Schädelbruch. Ihr Kopf ist nur deshalb nicht in zwei Teile gespalten worden, weil der Spaten am Rand gewölbt war. Erinnern Sie sich, daß Sie einen Schlag auf den Kopf bekommen haben?«

»Eigentlich nicht.«

»Vielleicht fällt es Ihnen ja mit der Zeit wieder ein. Wir brauchen Ihre Aussage.«

»Haben Sie Coventry verhaftet?«

»Dann können Sie sich also doch an einiges erinnern?«

Diamond faßte zusammen, an was er sich erinnerte, bis zu dem Augenblick, als Coventry seine Verfolgung aufnahm.

Wigfull teilte ihm mit, daß die Kollegen vom Rauschgiftdezernat Coventry wegen Drogenbesitz festgenommen hatten. »Wir kriegen ihn auch wegen Rauschgifthandel dran. Er hatte zwei Kilo Kokain in den Bädern versteckt.«

Das Gehirn funktionierte, träge, aber zuverlässig. »Er hat Mrs. Jackman mit Koks versorgt, die, die ermordet wurde.«

Wigfull runzelte die Stirn. »Haben Sie dafür Beweise?«

»Der Junge und seine Mutter haben gesehen, wie Andy aus dem Haus gekommen ist.«

»Dem Haus der Jackmans? Wann war das?«

»Vor Monaten. Letzten Sommer. Sie wissen doch. Mrs. Didrikson hat uns davon erzählt, als sie ihre Aussage machte. Geraldine Jackman flehte Coventry damals an, nicht zu gehen.«

»Das war Coventry?« Wigfulls Stimme klang skeptisch.

»Der Junge ist sich da ganz sicher.«

»Was wollen Sie damit andeuten, Mr. Diamond – daß bei dem Jackman-Fall Drogen eine Rolle spielen? Was Besseres ist der Verteidigung nicht eingefallen?«

»Das sind Tatsachen, John. Geraldine hat gekokst. Gehen Sie zu dem Haus. Da finden Sie Päckchen mit Kokain in einer Mehltüte in der Küche versteckt.«

Wigfull entfernte sich vom Bett, verließ Diamonds eingeschränktes Gesichtsfeld. »Bei der Autopsie ist kein Rauschgift nachgewiesen worden. Wenn Sie sich erinnern, Dr. Merlin hat einen umfassenden Drogen- und Alkoholtest angeordnet. Chepstow hat nichts gefunden.«

»Fragen Sie bei Merlin noch mal nach«, empfahl Diamond. »Das heißt nicht, daß sie kein Kokain genommen hat. Im Gegensatz zu Cannabis bleibt es nicht lange im Körper. Ein paar Tage höchstens. Wenn sie das Zeug nicht wenige Tage vor ihrem Tod geschnupft hat, ist es unwahrscheinlich, daß Spuren davon in den Testproben hätten festgestellt werden können.«

»Selbst wenn Sie recht haben, es ist nebensächlich«, beharrte Wigfull. »Niemand behauptet, daß Gerry Jackman ein netter Mensch war. Das spielt für die Anklage keine Rolle. Schön, Sie sagen, sie war ein Junkie. Ich lasse das untersuchen, aber Tatsache bleibt, daß Dana Didrikson sie ermordet hat. Die Beweise sind nicht zu widerlegen.«

»Wann ist der Prozeß?«

»In gut einer Woche.«

»Einer Woche?«

»Sie sind seit zehn Tagen hier. Immer mit der Ruhe. Die verteilen hier Zeitungen. Sie verpassen schon nichts.«

Später am selben Vormittag lernte er den Arzt kennen, der ihm den Schädel wieder zusammengeflickt hatte. Die Operation, so erfuhr er, hatte fünf Stunden gedauert, und niemand hatte mit Sicherheit sagen können, ob er wieder aus dem Koma erwachen würde, geschweige denn, ob er einen bleibenden Hirnschaden davontragen würde. Die Apparatur, in der sein Kopf steckte, war für die Genesung unentbehrlich. In vierundzwanzig Stunden würde sie durch etwas ersetzt, was ihm mehr Bewegungsfreiheit lassen würde. Weitere Verletzungen waren zwei gebrochene Rippen und Hautabschürfungen, aber nichts sprach dagegen, daß er in einer Woche wieder auf den Beinen war. »Auf den Beinen und hier raus?« fragte Diamond.

»Auf den Beinen und bis zum Klo, Mr. Diamond. Wie eine Stationsschwester mal zu mir sagte, Bettpfannen sind nicht jedermanns Sache.«

Zumindest hatte er Zeit zum Nachdenken. Am meisten beschäftigte ihn dabei Andy Coventrys Verhalten. Er hätte den Mann liebend gern ins Verhör genommen, nur das war nicht möglich, weder jetzt noch später. John Wigfull hatte die Aussage bestimmt schon aufgenommen, aber John Wigfull trug Scheuklappen.

Die Brutalität des Angriffs war völlig unverhältnismäßig gewesen. Coventry hätte ihn fast umgebracht. War ein Spatenhieb eine angemessene Reaktion, wenn man mit zwei Kilo Kokain erwischt wurde? Natürlich geraten Menschen in Panik. Wahrscheinlich war Coventry keine große Nummer im Drogengeschäft, weder Importeur noch Großhändler, sondern nur ein kleiner Dealer, vermutlich nicht mal vorbestraft. Solche Leute schlagen leicht zu, wenn sie bedroht werden. Echte Profis wägen die Konsequenzen ab.

Es gab jedoch noch ein plausibleres Szenario. Andy Coventry hatte Geraldine Jackman eindeutig mit Rauschgift versorgt. Er hatte sie am Kokain gehalten und systematisch ihr Bankkonto geplündert. Das ging so lange gut, bis ihr Geld alle war. Sie hatte ihr Konto gewaltig überzogen. Er mußte gesehen haben, daß sie immer verzweifelter wurde, und gleichzeitig wußte er, daß er den Stoff auf Dauer nicht jemandem anbieten konnte, der nicht zahlungsfähig war. Vielleicht hatte er ihr gesagt, daß ihre Verbindung zu Ende war. Dann, malte Diamond sich aus, hatte Geraldine wieder Kontakt zu ihm aufgenommen. Sie hatte ihm etwas Wertvolles als Bezahlung für Drogen angeboten. Coventry war zu ihr nach Hause gekommen, und sie hatte ihm die Jane-Austen-Briefe gezeigt, die sie ihrem Mann gestohlen hatte.

Das mußte Coventry kaltgelassen haben. Sicher hatte er gleich erkannt, daß es problematisch sein würde, die Briefe zu Geld zu machen. Die Diskussion war in einen bösen Streit ausgeartet. Gerry hatte einen ihrer Wutanfälle bekommen und damit gedroht, ihn auffliegen zu lassen, denn ohne Kokain war sie so oder so am Ende. Coventry hatte keinen anderen Ausweg gesehen, als sie für immer zum Schweigen zu bringen. In den Monaten danach mußte der Mann in ständiger Angst gelebt haben, daß die Wahrheit ans Licht kam. Und als er in den Römischen Bädern merkte, daß jemand ihn beobachtete, wie er Drogen versteckte, geriet er in Panik. Er hatte schon einmal getötet, um zu verhindern, daß ihn jemand wegen seiner Dealerei verpfiff, warum also nicht ein zweites Mal?

Gegen Ende der Woche kam Gregory Jackman ihn im Krankenhaus besuchen. Mit Ringen unter den Augen und hängenden Schultern sah er zehn Jahre älter aus als bei ihrer letzten Begegnung. »Die Drogensache kam an die Öffentlichkeit«, sagte er. »Sie waren bei mir im Haus – Chief Inspector Wigfull und ein paar Leute vom Rauschgiftdezernat –, und ich habe ihnen die Mehltüte gezeigt. Heute sind die Sensationsblätter voll davon. Rauschgiftfund in Professorenhaus. Tote Frau kokainabhängig. Die hohen Tiere an der Uni sind nicht gerade begeistert. Man hat mir dringend nahegelegt, mich nach dem Prozeß für ein Jahr beurlauben zu lassen.«

»Dringend nahegelegt? Können die so was machen?«

»Dann eben gebeten. Sie sind so großzügig, wie sie können. Ich bekomme für ein Jahr Gehalt, aber Bedingung ist, daß ich mit einem Forschungsstipendium nach Amerika gehe und mich in der Zeit dort nach einer anderen Stelle umsehe.«

»Willkommen im Club«, sagte Diamond.

»Bitte?«

»Im Club der Geschaßten. Werden Sie gehen?«

»Was bleibt mir übrig.«

»Geht das wirklich so schnell, wie Sie sagen?«

»Dank der wunderbaren Erfindung des Faxgeräts, ja. Das einzige, was noch geklärt werden muß, ist der Tag meines Abflugs. Ich bin natürlich als Zeuge berufen worden.«

»Vermutlich als Zeuge der Anklage.«

»Ja. Ich habe eine Vorladung. Danas Anwälte meinen, daß ich keine Wahl habe. Offenbar paßt ihnen das in den Kram.«

Diamond erläuterte die Strategie. »Inzwischen sind die kriminaltechnischen Beweise so hieb- und stichfest, daß die Verteidigung keine Experten mehr in den Zeugenstand ruft, um sie anzufechten. Wenn die Verteidigung keine anderen Zeugen als Dana beruft, haben sie das Recht, das Schlußplädoyer als letzte zu halten, bevor der Richter dann für die Geschworenen die Verhandlung und die Beweisergebnisse zusammenfaßt.«

Jackman sagte düster: »Ich hoffe nur, sie haben mit Dana darüber gesprochen. Wer weiß, was sie sonst denkt, wenn ich als Zeuge der Anklage auftrete.«

»Sie hat noch immer vor, auf nicht schuldig zu plädieren, nicht wahr?«

Jackman legte den Kopf schräg, überrascht von der Frage. »Ja. Gibt es einen Grund, warum sie das nicht tun sollte?«

»Ich weiß nicht. Neulich war Wigfull hier und hat sich so selbstgefällig aufgeführt wie ein Jockey, der den Sieg schon in der Tasche hat. Er ist sicher, daß sie verurteilt wird.«

»Hab ich mir schon gedacht.«

»Dann hat sich also nichts verändert?«

Jackman sagte niedergeschlagen: »Es sieht so hoffnungslos aus wie vorher. Ich dachte, das, was Ihnen passiert ist, würde der Verteidigung nützen, so daß sie Andy Coventry als möglichen Verdächtigen präsentiert.«

»Etwa nicht?«

Er schüttelte den Kopf. »Danas Anwälte wollen nichts davon wissen.«

»Wieso denn das nicht, zum Donnerwetter?«

»Sie sagen, damit sind die entscheidenden Punkte nicht widerlegt, die die Anklage zur Sprache bringen wird, die Tatsache, daß Dana zugibt, am Morgen des Mordtages im Haus gewesen zu sein, und die Beweise, daß die Leiche in ihrem Wagen zum Chew Valley Lake geschafft wurde. Der Laborbericht ist das Schlimmste. Sie hat keine Antwort darauf. Und damit fällt die Frage nach dem Motiv nicht weiter ins Gewicht. Ein guter Staatsanwalt erledigt das mit links.«

Insgeheim gab Diamond zu, daß die Anwälte recht hatten.

Am Freitag ging es ihm schon wieder so gut, daß er Siddons, einen von Danas Anwälten, anrief und sich erkundigte, ob die Verteidigung vollständig über Andy Coventrys Rolle in dem Fall informiert war.

»Absolut«, versicherte Siddons ihm. »Durch das Rauschgift kommt ein neuer Aspekt ins Spiel. Mrs. Jackmans Wutausbrüche waren offensichtlich auf ihre Kokainsucht zurückzuführen.«

»Ja, aber haben Sie auch die Möglichkeit in Betracht gezogen, daß Coventry sie ermordet haben könnte?« Er legte in groben Zügen seine Theorie dar.

Siddons Reaktion – das höfliche, aber verhaltene Gemurmel, das jedesmal am anderen Ende der Leitung zu hören war, wenn Diamond kurz innehielt –, machte deutlich, daß der Anwalt nicht eben Purzelbäume vor Begeisterung schlug. Er dankte nachsichtig für Diamonds Interesse und sagte: »Leider ist Ihre Theorie nicht haltbar. Coventry ist von der Polizei gefragt worden, wo er sich zur Mordzeit aufhielt, und er war dreihundert Meilen weit weg, in Newcastle. Die ganze Woche über. Sie haben das überprüft. Er hat am Hadrianswall für die Fernuniversität ein Blockseminar gegeben. Das Alibi ist absolut wasserdicht. Zum Verrücktwerden, was?«

2 So deprimierend es auch war, die Ärzte hatten recht behalten. Als der Mordprozeß gegen Dana Didrikson im Bristol Crown Court eröffnet wurde, war Peter Diamond noch immer im Krankenhaus. Seine Genesung hatte Fortschritte gemacht, und er galt nicht mehr als kritischer Fall, der im Einzelzimmer neben dem Schwesternzimmer liegen mußte; statt dessen hatte man ihn in ein Sechsbettzimmer neben der Treppe verlegt, das im Grunde eine Pokerschule war. Die Insassen waren allesamt Schädeltrauma-Patienten und so weit wieder klar im Kopf, daß sie einen Royal Flush von einer Straße unterscheiden konnten. Ihr raffiniertes Spiel war Beweis für die gute Pflege. Diamond hatte nie gern Karten gespielt, und nachdem er ein paar Runden lang mitgemacht hatte, um kein Spielverderber zu sein, floh er in den Aufenthaltsraum, um die Zeitung zu lesen.

Die Nachfrage nach anspruchsvollen Zeitungen war nicht besonders groß, so der Zeitungshändler, der die Stationen belieferte. Seine Informationen über den ersten Verhandlungstag mußte Diamond aus der Sensationspresse beziehen. Zwischen Starfotos von Gerry Snoo und dicken Schlagzeilen wie

»Die letzten Stunden der zornigen Gerry« fanden sich nur magere Berichte über die Gerichtsverhandlung. Diamond entnahm daraus, daß Dana auf nicht schuldig plädiert hatte und daß acht Männer und vier Frauen als Geschworene ausgewählt worden waren. Der Staatsanwalt, Sir Job Mogg – auch außerhalb des Gerichts als die »Kralle« bekannt – hatte seine Beweisführung mit einer Darstellung der Ereignisse begonnen, die letztlich zu der Mordanklage führten. Der Unfall am Pulteney-Wehr wurde erwähnt, durch den Dana Didrikson mit den Jackmans in Kontakt gekommen war. Sie wurde als alleinerziehende Mutter beschrieben – »Verzweifelte Dana« titelte eine Zeitung –, die sich abstrampelte, um einen Sohn großzuziehen und sein Schulgeld zu bezahlen. Jackmans väterliche Freundlichkeit während der Sommermonate wurden als Anfänge eines Motivs gedeutet – Liebesintrigen einer einsamen Mutter –, das weitere Nahrung erhielt, weil Dana entdeckte, daß die Jackmans eine Ehekrise hatten. Besonders betont wurde, daß sie keine Mühe gescheut hatte, um für Jackman an die Jane-Austen-Briefe zu kommen, ebenso wie Mrs. Jackmans unerfreulicher Besuch bei ihr zu Hause – Gerrys Wut auf die Nebenbuhlerin. Es wurde hervorgehoben, daß Dana zugegeben hatte, am Morgen des Mordes im Jackman-Haus gewesen zu sein, nachdem sie erfahren hatte, daß die Briefe verschwunden waren. Motiv und Gelegenheit wurden den Lesern mindestens genauso anschaulich dargelegt wie den Geschworenen im Gerichtssaal.

Alle Zeitungen vertraten den Standpunkt, daß die kriminaltechnischen Ergebnisse im Mittelpunkt des Falles stehen würden. Der Staatsanwalt würde Experten für die DNS-Analyse in den Zeugenstand rufen, um zu beweisen, daß die Leiche im Kofferraum von Danas Wagen gewesen war, bevor sie aus dem Chew Valley Lake geborgen wurde. Dana hatte beteuert, daß der Wagen ausschließlich von ihr gefahren worden war. Und sie hatte keine Erklärung für das Verschwinden des Fahrtenbuches liefern können.

Diese Darstellung der Staatsanwaltschaft schien über jeden Zweifel erhaben, ebenso wie die Vorverurteilung durch die Presse. Diamond glaubte schon lange nicht mehr an eine unvoreingenommene Berichterstattung. Aber es verbitterte ihn, daß in zwei Sonderartikeln ein Loblied auf den genetischen Fingerabdruck als unfehlbare Methode zur Verbrechensaufklärung gesungen wurde. Der Jackman-Fall wurde zwar mit keiner Silbe erwähnt, aber wenn ein Chefredakteur beschloß, ausgerechnet am Tag, an dem ein großer Strafprozeß eröffnet wurde, so einen Artikel zu veröffentlichen, lag der Bezug auf der Hand. Eine Zeitung brachte auf einer Doppelseite vierzig Verbrecherfotos von Mördern und Vergewaltigern, die man in den letzten Jahren durch den DNS-Test überführt hatte.

Der alte Widerwille erwachte wieder. Er hatte gedacht, er wäre ihn losgeworden, als er die Polizei verließ. Aber jetzt regte er sich über die Unterstellung auf, daß die Wissenschaft den Detectives gänzlich den Rang abgelaufen hatte.

Er hörte ein Geräusch hinter sich und sah eine Schwester und eine Pflegerin mit einem Wägelchen näher kommen.

»Wie geht es unserem Mr. Diamond denn heute morgen?«

»Er kommt gerade wieder zu Verstand.« Er hatte es aufgegeben, normal mit dieser Florence Nightingale zu reden, die jedes Gespräch auf das Niveau der Kinderstation reduzierte.

»Sind wir soweit, daß wir den Verband wechseln können?«

»Und ob. Und wenn die Schwester so lieb wäre, ihn etwas flacher am Kopf anzulegen – so daß er weniger stört, ja? – dann wäre Mr. Diamond ihr äußerst dankbar.«

»Wieso? Will er etwa ins Kino? Oder zum Fußball?«

Die Pflegerin kicherte anerkennend.

Diamond sagte: »Genaugenommen zu einem Mordprozeß.«

»Was haben Sie gesagt?«

»Daß euer Mr. Diamond euch in Kürze verläßt. Er entläßt sich selbst.«

Nach einer Weile entsetzten Schweigens antwortete sie: »Mal sehen, was die Oberschwester dazu sagt.«

»Einverstanden. Und wenn sie es gesagt hat, wird Mr. Diamond der Oberschwester aufrichtig für ihre zartfühlende, liebevolle Pflege danken und ihr einen schönen Tag wünschen.«

Um halb zwölf saß er auf der Zuschauergalerie des Strafgerichts von Bristol und hörte zu, wie Dr. Jack Merlin seine Aussage machte. Der Pathologe war zurückhaltend wie immer, wenn es darum ging, die Todesursache zu benennen. Auf Drängen des Staatsanwalts, ob der Tod durch Ersticken eingetreten sein könnte, erwiderte er, daß das nicht im Widerspruch zu den Untersuchungsergebnissen stehe. Bei den Labortests im Anschluß an die Autopsie waren in der Hauptsache toxikologische Untersuchungen vorgenommen worden, um eventuelle Spuren von Drogen oder Alkohol festzustellen. Die Tests, die das kriminaltechnische Labor des Innenministeriums durchgeführt hatte, waren negativ gewesen. Im Kreuzverhör räumte Merlin ein, daß es eine kritische Schwelle für die Analysierbarkeit von Proben gab und daß Gewebeproben von einer Leiche, die über eine Woche im Wasser gelegen hat, unter Umständen keine aussagekräftigen Ergebnisse mehr liefern könnten. Dennoch hielt er es für unwahrscheinlich, daß der Tod durch toxische Substanzen verursacht worden war.

Nach Merlin trat ein weiterer kriminaltechnischer Sachverständiger in den Zeugenstand. Sein Name war Partington, und er ließ sich langatmig über Fasern aus, die im Schlafzimmer der Jackmans gefunden worden waren. Peter Diamonds Aufmerksamkeit wurde auf etwas anderes gelenkt.

Dana Didrikson saß in einem dunkelgrünen Kostüm auf der Anklagebank, die Hände im Schoß gefaltet. Sie hatte ihr Haar streng nach hinten gesteckt, vielleicht damit niemand auf den Gedanken kam, daß sie anderen Frauen den Mann abspenstig machte. Sie trug kein Make-up. Der äußere Eindruck spielte eine wichtige Rolle, und ihre Anwälte hatten ihr bestimmt geraten, sich dezent zu kleiden. Diamond hatte den Eindruck, daß die Monate in Untersuchungshaft Spuren hinterlassen hatten. Sie hatte zugenommen, nicht viel, aber doch genug, um ihrem Gesicht einen deutlich schmollenden Zug zu verleihen, was in Verbindung mit der in sich zusammengesunkenen Haltung den Gedanken nahelegte, daß sie sich bereits mit einer langen Gefängnisstrafe abgefunden hatte.

»Die Farbe war unverwechselbar?« sagte Sir Job Mogg gerade zu seinem Zeugen.

»Eindeutig«, erwiderte der Sachverständige. »Ein Dunkelrot- oder Kastanienbraunton; von einem Kleidungsstück, das selbst gefärbt wurde. Wir konnten die Fasern den Proben von einem Lammwollpullover zuordnen, den wir im Hause der Angeklagten gefunden haben.«

Der Richter, ein weltverdrossener Waliser, schaltete sich ein. »Sir Job, so groß mein Interesse an den Erkenntnissen des kriminaltechnischen Labors auch ist, würde ich dennoch gern wissen, worauf Sie mit Ihren Fragen hinauswollen.«

»Mylord, die Staatsanwaltschaft will nachweisen, daß die Angeklagte in dem Schlafzimmer war, in dem der Mord begangen wurde. Zusammen mit den Haarproben und den Hautpartikeln, die ebenfalls im Schlafzimmer gefunden und der DNS-Analyse unterzogen wurden, sind diese Beweise von fundamentaler Bedeutung für die Anklage.«

»Beweise für was?« hakte der Richter nach. »Soweit mir bekannt ist, vergingen mehrere Wochen, ehe das Haus durchsucht wurde. Wir können nicht ohne weiteres schließen, daß Fasern und Gewebespuren an dem Tag, als Mrs. Jackman ermordet wurde, dort hingelangten. Angenommen, die Angeklagte war an einem der Tage nach dem 11. September im Haus?«

»In dem Fall, Mylord, wäre es von größter Bedeutung, die Angeklagte zu fragen, was sie an einem der Tage nach dem 11. September in Professor Jackmans Haus gemacht hat, oder, wie man vermuten könnte, in einer der Nächte.«

Gedämpftes Lachen ertönte, und die Verteidigerin sprang auf. »Mylord, ich erhebe Einspruch.«

»Setzen Sie sich«, sagte der Richter. »Diese Bemerkung war unter Ihrer Würde, Sir Job.«

»Ich nehme sie uneingeschränkt zurück, Mylord, und bitte das Gericht um Entschuldigung.« Ohne zu stocken, fuhr er fort: »Wir kommen nun auf den Mercedes zu sprechen, der von der Angeklagten gefahren wurde. Haben Sie den Wagen untersucht, Mr. Partington?«

»Jawohl. Am 11. Oktober. Ich habe aus dem Kofferraum des Fahrzeugs Hautpartikel und Haarproben entnommen und sie der DNS-Analyse unterzogen.«

»Würden Sie dem Gericht bitte die Bedeutung eines solchen Tests erläutern? Der ist wohl gemeint, wenn man vom genetischen Fingerabdruck spricht, nicht wahr?«

»Ja. Es handelt sich um ein Verfahren zur Bestimmung des genetischen Profils eines Individuums, und dieses Profil ist in jedem Fall einzigartig, außer bei eineiigen Zwillingen. Das genetische Material, das als DNS bekannt ist, läßt sich aus Proben von Blut, Haut, Sperma oder Haarwurzeln entnehmen und in einzelne Stränge trennen. Mit bestimmten Chemikalien, sogenannten Restriktionsenzymen, werden die Stränge in ungleiche Teile gespalten, die mit Hilfe der Elektrophorese auf einem Stück Gelatine angeordnet werden. Anschließend markieren wir die Teilchen mit radioaktiven Sonden und belichten damit einen Röntgenfilm, so daß wir eine Reihe von schwarzen Streifen erhalten, ähnlich dem Strichcode, der an der Kasse im Supermarkt eingelesen wird.«

»Und der unterscheidet sich von Person zu Person?«

»Genau. So daß mit absoluter Sicherheit Vergleiche angestellt werden können.«

»Und haben Sie von den Haar- und Hautspuren aus dem Kofferraum des Mercedes, der von der Angeklagten gefahren wurde, genetische Profile erstellt?«

»Ja. Sie stimmten mit den Proben, die vom Opfer genommen wurden, überein.«

»Eine hundertprozentige Übereinstimmung?«

»In jeder Hinsicht.«

Es trat eine kurze Pause ein, als den Geschworenen Fotos von den Ergebnissen übergeben wurden.

»Können Sie dem Gericht sonst noch etwas über die Hautpartikel und Haare aus dem Wagen erzählen?«

»Wir fanden insgesamt vier Haare, die alle mit dem DNS-Profil des Opfers übereinstimmten. Drei stammten aus dem Schambereich, was den Schluß nahelegt, daß die Leiche im Kofferraum zu jenem Zeitpunkt unbekleidet gewesen ist.«

»Und die Hautpartikel. Wie viele haben Sie gefunden?«

»Dreiundzwanzig.«

»So viele. Deutet das auf irgend etwas hin?«

»Es läßt darauf schließen, daß die Leiche über die Kofferraummatte geschleift wurde, wodurch die Haut etwas abschuppte. Es ist ebenfalls denkbar, daß die Leiche während der Fahrt hin und her gerutscht ist.«

»Dr. Partington, kann man abschließend sagen, daß Sie ganz sicher sind, daß die Leiche von Mrs. Jackman im Kofferraum des Wagens der Angeklagten transportiert wurde?«

»Absolut sicher.«

»Ich danke Ihnen.«

Danas Verteidigerin erhob sich, um den Zeugen ins Kreuzverhör zu nehmen. Es war Lilian Bargainer, eine energische, weißhaarige Anwältin, mit kräftiger Stimme und stattlicher Figur. Diamond war selbst einmal von ihr ins Kreuzverhör genommen worden. Die Verteidigung lag in fähigen Händen.

»Dr. Partington, ich möchte nur einen Punkt klarstellen. Wäre es möglich, wäre es denkbar, daß die Hautpartikel und Haare, die Sie dem Kofferraum des Wagens entnommen haben, dort hineingetan wurden?«

»Was meinen Sie?« Partington wußte sehr wohl, was sie meinte. Es war ein Trick der Verteidigung, die darauf spekulierte, daß in den Köpfen der Geschworenen Geschichten über unlautere Machenschaften der Polizei herumspukten.

»Angenommen, jemand wollte aus böser Absicht den Eindruck erwecken, daß die Leiche mit dem Wagen transportiert wurde. Hätte diese Person Sie täuschen können, indem sie ein paar Hautpartikel und Haare im Kofferraum deponierte?«

Dr. Partington erklärte kategorisch: »Nein. Das Aussehen und die Anordnung der Hautpartikel ließen keinen Zweifel daran, daß eine Leiche dort gelegen und hinein- und wieder herausgetragen wurde. Sie hafteten an der Matte, ganz so wie man es erwarten würde. Meiner Ansicht nach wäre es nicht möglich, diese Wirkung künstlich zu erzeugen.«

»Danke.«

Das Gericht ging in die Mittagspause.

Auf dem Flur sah Diamond Jackman, der jedoch im Gespräch mit einem der Anwälte war, und es schien ihm nicht der rechte Augenblick, ihn anzusprechen. Also aß er im Pub auf der anderen Straßenseite allein zu Mittag, wo sein Kopfverband von anderen Gästen argwöhnisch beäugt wurde.

Das nächste Mal sah er Jackman im Zeugenstand. Die Leute vorn, in der ersten Reihe des Zuschauerbereichs, reckten den

Hals, um besser sehen zu können. Dana Didrikson auf der Anklagebank senkte den Blick, als würde sie sich für den Zustand ihrer Fingernägel interessieren. Ihr Gesichtsausdruck blieb gelassen, aber das nervöse Zucken eines Kiefermuskels konnte sie nicht unter Kontrolle bringen.

Nachdem Jackman vereidigt worden war, brachte Sir Job ihn behutsam auf die Darstellung seiner Ehe, die er vor vielen Wochen in seiner Aussage Diamond gegenüber abgegeben hatte. Löblicherweise hielt er sich eng an seine erste Version, räumte die Mängel in seiner Beziehung zu Geraldine ein, die immer häufigeren Streitigkeiten und gegenseitigen Vorwürfe. Ein paar pikante Einzelheiten würden am nächsten Morgen in den Zeitungen stehen, so vor allem über die Nacht, in der Gerry das Sommerhaus in Brand steckte.

»Sie waren überzeugt, daß Ihre Frau Sie töten wollte?«

»Ja.«

»Trotzdem meldeten Sie den Vorfall nicht der Polizei?«

»Das stimmt. Sie war psychisch labil, zumindest schien es mir damals so. Wie ich heute weiß, hat sie ...«

Sir Job fiel ihm ins Wort: »Es geht hier darum, wie Sie die Dinge damals gesehen haben, Professor. Würden Sie dem Gericht bitte sagen, ob Sie die Angeklagte, Mrs. Didrikson, bereits kennengelernt hatten, als das Sommerhaus abbrannte?«

»Ich hatte mich an dem Abend mit ihr getroffen, ja.«

»Wo genau? In Ihrem Haus?«

»Sie ist zum Haus gekommen. Ich habe Sie draußen getroffen, auf der Straße.«

»Warum das? Wollten Sie nicht, daß sie auf die Party kam?«

»Es erschien mir unpassend. Sie war nicht gekommen, um sich einen schönen Abend zu machen. Sie war gekommen, um ein Mißverständnis aufzuklären.«

»Dann haben Sie es also auf der Straße aufgeklärt?«

»Wir sind zu einem Pub gefahren.«

»In ihrem Wagen?«

»Ja.«

»Auf Ihren Vorschlag hin?«

»Ich fand, daß es der richtige Ort war, um sich in Ruhe zu unterhalten.«

»Und um etwas zu trinken, nehme ich an. Es ist Ihnen nicht in den Sinn gekommen, daß Ihre Frau von Ihrem Zusammensein – ich meine das rein platonisch –, Ihrem Zusammensein mit Mrs. Didrikson erfahren könnte?«

»Sie wußte davon. Sie hatte den Telefonanruf entgegengenommen.«

»Aha.«

Jackman hatte sich in gefährliches Gewässer locken lassen, und jetzt kam er ins Schwimmen. »Aber zu diesem Zeitpunkt war alles noch völlig harmlos.«

»Noch?«

»Ich meine, es war kein Zusammensein in dem Sinne, wie Sie es angedeutet haben. Weder da noch später.«

»Kommen Sie, Professor«, sagte Sir Job, nachsichtig lächelnd. »Ich habe bewußt jede Anspielung auf eventuelle spätere Entwicklungen vermieden, aber da Sie den Punkt nun selbst zur Sprache bringen – könnte man sagen, daß aus dem platonischen Zusammensein eine Freundschaft erwuchs?«

Jackman wurde rot. Falls er Dana helfen wollte, stellte er sich nicht sehr geschickt an. »Eine platonische Freundschaft.«

»Eine Freundschaft, die den Sommer überdauerte?«

»Wir haben uns ein paarmal getroffen, wegen des Jungen. Ich habe ihn einige Male mit zum Schwimmen genommen.«

»Und auch noch woandershin?«

»Zum Kricketspiel, einmal, und zum Heißluftballonfest.«

»Und nach diesen Ausflügen haben Sie den kleinen Matthew zu seiner Mutter zurückgebracht?«

»Natürlich.«

»Da fühlte sie sich Ihnen gegenüber sicher verpflichtet?«

»Nein.«

»Nein?«

»Ich meine, darum ging es mir gar nicht. Ich hatte keinerlei Hintergedanken.«

»Aber Ihre Frau dachte anders darüber?«

Daraufhin stand die Verteidigerin auf und erhob den Einspruch, daß Sir Job anscheinend seinen eigenen Zeugen ins Kreuzverhör nahm. Einige Minuten lang stritten sich beide Anwälte und der Richter über juristische Feinheiten.

Diamond hörte unglücklich zu. Er war gekommen, um den Prozeß direkt zu verfolgen, statt die verfälschenden Zeitungsberichte zu lesen, und es lief weiß Gott nicht so, wie er gehofft hatte. Unfähig, die Dinge zu beeinflussen, spürte er, daß Danas resignierte Haltung den Spruch der Geschworenen vorwegnahm. Die Anklagevertretung hatte die Nase vorn.

Die Zeugenbefragung wurde fortgesetzt. »Professor, wir sprachen gerade darüber, wie Ihre verstorbene Frau auf Ihre gelegentlichen Treffen mit der Angeklagten reagiert hat. Würden Sie uns bitte erzählen, was sie dazu gesagt hat?«

»Sie hat alles verdreht.«

Sir Job blickte kurz zum Richter, der müde sagte: »Erzählen Sie dem Gericht, was Ihre Frau gesagt hat, Professor.«

»Sie hat Andeutungen gemacht, daß ich eine Affäre mit Mrs. Didrikson hätte.«

»Nur Andeutungen?«

»Nun ja, gegen Ende wurde sie deutlicher.«

Das tat Diamond in der Seele weh. Jackmans Auftritt war verheerend für die Verteidigung. Es wäre weitaus besser gewesen, wenn er Geraldines schlimmste Verdächtigungen offen wiedergegeben hätte. Durch sein Zögern bestätigte er förmlich, daß er und Dana ein Verhältnis gehabt hatten.

»Was genau hat sie gesagt?«

»Den exakten Wortlaut?« Jackman zauderte. »Sie sagte, wir würden wie wild herumbumsen. Aber das war gelogen.«

Sir Job sagte: »Wieso, war es nicht so wild?« Der Scherz kam zur rechten Zeit. Allgemeines Gelächter überdeckte die Verlegenheit, und der Punkt ging an die Anklage. Die Verteidigung hätte mit einem Einspruch nichts gewonnen.

Jackmans Elend dauerte noch eine weitere Stunde. Sir Job brachte ihn dazu, das wichtige Zugeständnis zu machen, daß Geraldine Dana besucht und ihr vorgeworfen hatte, sie würde Matthew als Köder benutzen. Er ließ sich von Jackman die Ereignisse des Wochenendes vor dem Mord schildern und ging besonders ausführlich auf Danas Geschenk der Jane-Austen-Briefe ein.

»Sie wollte sie Ihnen schenken – diese Briefe, die wahrscheinlich sehr wertvoll waren?«

»Ja.«

»Ein Abschiedsgeschenk?«

»So habe ich es aufgefaßt. Nach dem, was zwischen meiner Frau und Mrs. Didrikson passiert war, hätte ich mir nicht vorstellen können, mich weiter mit dem Jungen zu treffen.«

»Und Sie haben die Briefe angenommen?«

»Ja, aber ich wollte sie ihr auf jeden Fall nach der Ausstellung zurückgeben, falls sie sich als echt erwiesen hätten.«

»Also war es eher ein Abschied bis zum nächsten Wiedersehen als ein Abschied für immer. Wann hatten Sie danach wieder Kontakt mit Mrs. Didrikson?«

»An dem Montagmorgen. Ich habe sie angerufen.«

»Am Tag, an dem Ihre Frau ermordet wurde? Was hatten Sie Mrs. Didrikson denn an dem Montagmorgen so Dringendes zu erzählen?«

Kaum ein Satz von Jackman, dem Sir Job nicht eine nachteilige Wendung gegeben hätte. Es war ein Kreuzverhör, getarnt als Befragung des eigenen Zeugen, und er machte das so geschickt, daß die Verteidigung sich mit stetigen Einsprüchen nur selbst geschadet hätte. Als Sir Job zum Ende kam, mußten die Geschworenen fest davon überzeugt sein, daß Dana eine bis über beide Ohren verliebte Frau war und Jackman ihr Hoffnungen gemacht hatte.

Das echte Kreuzverhör war schnell erledigt. Lilian Bargainer blickte Jackman über ihre Lesebrille hinweg an und fragte: »Professor, können Sie sich das unberechenbare Verhalten Ihrer Frau in den Monaten vor ihrem Tod erklären?«

»Ich glaube, ja. Sie hat Rauschgift genommen.«

»Gibt es dafür Beweise?«

»Ja. Am 25. April fand die Polizei Päckchen mit Kokain im Haus. Soviel ich weiß, ist es nicht ungewöhnlich, daß jemand, der kokainabhängig ist, Anzeichen für Paranoia aufweist.«

Der Richter schaltete sich ein. »Rauschgift? Von Rauschgift war bisher überhaupt noch nicht die Rede. Sir Job, ist die Anklagevertretung darüber informiert? In Ihrem Eröffnungsplädoyer haben Sie nichts davon erwähnt.«

Der Staatsanwalt hüstelte und zog seine Robe schützend um sich. »Wir sind darüber informiert, Mylord. Ein Mann ist wegen des Verdachts verhaftet worden, die Verstorbene mit Kokain beliefert zu haben. Die Sache steht in keinem Zusammenhang mit dem hier verhandelten Fall.«

»Das mag ja sein. Aber ich wundere mich doch, daß wir bisher nichts darüber gehört haben.«

»Ich habe vor, zu einem späteren Zeitpunkt einen Polizeibeamten in den Zeugenstand zu rufen, Mylord. Zweifellos wird die Angelegenheit dann zur Sprache kommen. Ich will sie nicht überbewerten.«

Der Richter wandte sich an Mrs. Bargainer. »Ich nehme an, daß Sie ihr sehr wohl einige Bedeutung beimessen. Möchten Sie den Zeugen zu diesem Punkt noch weiter befragen?«

Sie sagte: »Ich denke, das genügt vorläufig, Mylord. Zu gegebener Zeit möchte ich natürlich den Zeugen von der Polizei ins Kreuzverhör nehmen.«

Der Rest waren Routinefragen, mit denen einige der Schäden behoben werden sollten, die die Anklage verursacht hatte. Jackman tat, was er konnte.

Als die Verhandlung auf den nächsten Tag verschoben wurde, ging Diamond, ohne mit jemandem zu sprechen. Es kam ihm sinnlos vor. Und überhaupt, er hatte Kopfschmerzen. Zu Hause angekommen, nahm er ein paar Tabletten.

3 Am nächsten Morgen nahm er wieder denselben Platz auf der Zuschauertribüne ein. Als Dana hereingebracht wurde, waren alle Plätze besetzt. Sie wirkte klein, zu klein, um im Mittelpunkt dieses ganzen komplizierten Rituals zu stehen.

Beim Eintreten des Richters erhob man sich. Der Staatsanwalt blieb stehen, als sich alle übrigen wieder hinsetzten. »Mylord, wenn Sie erlauben, möchte ich, bevor wir mit der Verhandlung fortfahren, das Gericht davon in Kenntnis setzen, daß neue Beweismittel ans Licht gekommen sind.«

»Sir Job, Sie kennen die Bestimmungen bezüglich neuer Beweise«, wies ihn der Richter zurecht. »Die Anklage ist nicht berechtigt, das Gericht mit solchen Neuigkeiten zu überraschen.«

»Dann muß ich eine Vertagung beantragen. Ich versichere Ihnen, daß der Sachverhalt im Sinne des Gesetzes von entscheidender Bedeutung ist.«

Der Richter fingerte an seiner Perücke herum, überlegte lange und verkündete dann gereizt: »Die Verhandlung wird für dreißig Minuten unterbrochen. Ich bitte beide Anwälte ins Richterzimmer.«

Diamond verließ mit anderen Zuschauern den Saal, denn er hatte das Gefühl, daß die Pause länger dauern würde. Etwas überaus Wichtiges mußte passiert sein.

Nach fast zwei Stunden wurden sie wieder hereingerufen. »Nach Rücksprache mit den Anwälten habe ich beschlossen, der Anklagevertretung zu erlauben, die neuen Beweismittel vorzulegen«, sagte der Richter. »Danach vertagen wir uns auf morgen, damit die Verteidigung Gelegenheit hat, die daraus resultierenden Folgen zu überdenken.«

Mit dem Taktgefühl eines Anwalts, der weiß, daß er die ihm gesetzten Grenzen fast überschritten hat, schlug Sir Job einen leisen, bescheidenen Ton an. »Ich rufe Chief Inspector Wigfull in den Zeugenstand.«

Diamonds Ohren fingen an zu kribbeln.

Wigfull trat in den Zeugenstand und legte den Eid mit vor Selbstzufriedenheit triefender Stimme ab. Dem voreingenommenen Diamond schien es, als wäre der Schnurrbart nach oben gebürstet, so daß er sich frohlockend hochbog.

»Chief Inspector, würden Sie dem Gericht bitte mitteilen, worüber Sie mich heute morgen in Kenntnis gesetzt haben«, sagte Sir Job fast im Flüsterton.

Wigfull hatte keinen Anlaß zur Bescheidenheit. Die Schultern nach hinten genommen, den Kopf schräg gelegt, erzählte er seine Geschichte. »Heute am frühen Morgen habe ich in Bath das Haus der Angeklagten ein weiteres Mal durchsuchen lassen. Es ist, seit sie in Untersuchungshaft gekommen ist, unbewohnt. Im Zuge der Durchsuchung hat einer meiner Beamten, Detective Inspector Halliwell, die Schubladen der Frisierkommode im Schlafzimmer der Angeklagten herausgezogen und dabei entdeckt, daß an der Unterseite des Teils, in dem die Schubladen steckten, etwas mit Klebeband befestigt war.

Und zwar an einer Stelle, die nicht einsehbar war, wenn man die Schubladen einfach herauszog. Inspector Halliwell tastete die Unterseite ab und entdeckte eine Klarsichthülle. Er hat mich unverzüglich darauf aufmerksam gemacht.«

»Bitte erzählen Sie weiter.«

»Die Klarsichthülle enthielt zwei alte Briefe, die mit Jane unterzeichnet waren. Sie waren auf das Jahr 1800 datiert. Nach der Beschreibung, die uns Professor Jackman zu einem früheren Zeitpunkt gegeben hatte, handelt es sich meiner Ansicht nach um die von Jane Austen geschriebenen Briefe, die angeblich aus seinem Haus gestohlen worden sind.«

Sir Job wandte sich an den Richter. »Mylord, die Krone legt diese Briefe als Beweisstück Sechs vor.« Er übergab einem der Gerichtsdiener eine Klarsichthülle, und der reichte sie dem Richter hoch.

Nach einer flüchtigen Begutachtung fragte der Richter, ob die Verteidigung Wigfull zum jetzigen Zeitpunkt irgendwelche Fragen stellen wolle, und Mrs. Bargainer erwiderte, daß sie mit dem Kreuzverhör lieber warte. Der Richter ermahnte die Geschworenen wie üblich, nicht über den Fall zu sprechen, und vertagte die Verhandlung.

Diamond hatte Dana Didrikson während der gesamten Szene beobachtet. Ihre Fassung war dahin, und in ihrem Gesicht hatte sich ein entsetzter Ausdruck eingegraben. Die Anwältin ging zu ihr, und sie unterhielten sich ernst.

Wigfulls Eröffnung hatte im Flur für helle Aufregung gesorgt. Sämtliche Telefone waren von der Presse in Beschlag genommen. In dem Gewühl gelang es Diamond, Jackmans Aufmerksamkeit auf sich zu lenken. Er sprach gerade hitzig mit einem weißhaarigen Mann im grauen Anzug, bei dem es sich um Siddons, den Verteidiger, handeln mußte, aber ihre Worte gingen im Tumult unter. Beide winkten Diamond heran. Er hatte einige Mühe. Ein Reporter erkannte ihn und bat ihn um eine Stellungnahme. Er weigerte sich und bahnte sich einen Weg durch das Gedränge lärmender Menschen.

»Was halten Sie davon?« fragte Jackman und beantwortete dann seine eigene Frage: »Es ist katastrophal. Könnte nicht schlimmer sein. Ich dachte, mein Auftritt gestern hätte schon genug angerichtet, und jetzt auch das noch ... Eine Katastrophe.«

»Es sieht schlecht aus«, stimmte Diamond zu.

»Könnte man ihr die Briefe untergeschoben haben?«

Siddons sagte schockiert: »Jetzt hören Sie aber auf!«

Diamond sagte: »Unmöglich. Das tut Wigfull nicht. Er hält sich an die Regeln. Und für Keith Halliwell verbürge ich mich. Nein, sie haben die Briefe mit Sicherheit gefunden.«

»Und wieso nicht schon früher? Sie haben das Haus vor zwei Wochen durchsucht.«

»Zwei Möglichkeiten«, sagte Diamond. »Entweder wurden sie übersehen, oder sie waren zu der Zeit nicht da.«

»Nicht da?«

»Lust zu einer Spritztour nach Bath?«

Auf der Schnellstraße in der Nähe von Keynsham erleichterte Jackman sein Gewissen. »Wissen Sie, ich kam mir wie ein Heuchler vor, als ich gestern meine Aussage machte. Ich mußte den Eindruck erwecken, als hätte ich nur aus altruistischen Gründen mit Dana Kontakt gehabt, als hätte ich nur aus Mitgefühl für Mat gehandelt. Ich mag den Jungen, und es hat mir Spaß gemacht, mit ihm schwimmen zu gehen, aber ich habe mich jedesmal darauf gefreut, Dana zu sehen. Sie wissen schon. Ich habe ja bereits versucht, es zu erklären.«

»Dann heraus damit«, sagte Diamond, stets ein Mann der offenen Worte. »Sie lieben sie.«

»Schön«, murmelte Jackman. »Ja, ich liebe sie. Ich hatte gehofft, so schlecht es auch stand, daß die Geschworenen sie nicht für schuldig befinden. Dann wollte ich sie fragen, ob sie mit nach Amerika kommt. Und der Junge. Ein Neuanfang für uns alle.« Er seufzte. »Daran ist jetzt nicht mehr zu denken.«

»Glauben Sie, sie hat es getan?«

»Das kann ich nicht glauben, bei dem, was ich für sie empfinde, aber ich sehe keine Chance, daß man sie freispricht.«

Diamond sagte nichts dazu. Sie fuhren nach Lyncombe und zu der Reihenhaussiedlung, wo Dana wohnte. Ein Constable in Uniform war vor der Haustür postiert. Sie konnten ihn vom Anfang der Straße aus sehen.

»Fahren Sie weiter. Von der Straße hinter dem Haus gelangt man in den Garten«, sagte Diamond, der sich an den Tag erinnerte, an dem Dana zu ihrem Wagen entwischt war.

Er nahm seinen Filzhut vom Rücksitz und bedeckte seinen bandagierten Kopf. Schweigend gingen sie in den Garten und näherten sich der Rückseite des Hauses. Diamond bückte sich, um den Türrahmen zu untersuchen und vor allem das Schloß. Es war ein altmodisches Einsteckschloß, das vermutlich schon seit vierzig Jahren benutzt wurde. Er spähte durch die Türritze und entdeckte oben und unten Bolzen. Auf diesem Weg hatte sich niemand gewaltsam Einlaß verschafft.

Er untersuchte die Küchenfenster und fand keine Spuren, doch als er zum Schiebefenster des Wohnzimmers kam und mit dem Finger an der unteren Leiste entlangfuhr, ertastete er eine deutliche Delle in der lackierten Oberfläche der Leiste.

Er forderte Jackman auf, selbst zu fühlen.

»Das Fenster ist von innen fest verschlossen«, sagte Jackman. »Ich würde nicht sagen, daß es aufgebrochen wurde.«

»Das werden wir gleich wissen.« Diamond ging den Gartenweg zurück und stieg in den Wagen. »Würden Sie uns bitte zur Vorderseite fahren?«

So erweckten sie den Eindruck, als kämen sie gerade an. Der junge Constable an der Tür erkannte ihn, als er das Tor öffnete. »Mr. Diamond?«

»Wir möchten uns drinnen mal umsehen, wenn Sie nichts dagegen haben.«

»Sir, ich habe strengste Anweisungen von Mr. Wigfull.«

»Dann kommen Sie besser mit uns rein und passen auf, daß wir keine silbernen Löffel stehlen.«

Ob die Nachricht von Diamonds Abschied von der Polizei inzwischen bis zur Ebene der uniformierten Beamten durchgedrungen war oder nicht, die Stimme der Autorität obsiegte. Mit dem Constable im Schlepptau gingen sie geradewegs ins Wohnzimmer und überprüften den Fensterverschluß. Am Rahmen befand sich ein schwerer Messinghaken, der sich auf einem Stift drehte und paßgenau in eine Halterung einrastete, so daß beide Teile des Fensters im geschlossenen Zustand arretiert waren.

»Scheint in Ordnung«, bemerkte Jackman.

Diamond wandte sich an den Constable. »Sehen Sie mal nach, ob Sie einen Schraubenzieher finden, alter Junge.«

Einige Minuten später drehte er die vier Schrauben heraus, mit denen die Halterung befestigt war, und nahm sie vollständig vom Holz. Dann trat er ein Stück zurück. »Sehen Sie sich das an.«

Auch wenn Diamonds Tonfall nicht ganz so selbstgefällig klang wie der von Wigfull im Gericht, es fehlte nicht viel. Offensichtlich war das Holz unter der Verriegelung vor nicht allzu langer Zeit abgesplittert. Man konnte sehen, wo die Schrauben herausgebrochen waren. Winzige helle Holzsplitter waren in die Löcher gestopft worden, damit die Schrauben faßten, als sie wieder eingedreht wurden.

»Der Einbrecher ist hier eingestiegen und hat anschließend wieder Ordnung gemacht«, sagte er. »Ich habe einen Splitter frisches Holz auf dem Boden zwischen den Dielen entdeckt. Damals, vor vielen Jahren, als noch richtige Detectives bei Scotland Yard arbeiteten, haben wir immer gesagt: ›Gib deinen Augen eine Chance.‹«

Dieser Ausspruch hätte eigentlich einen Augenblick nachdenklicher Würdigung verdient. Jackman versagte sie ihm. »Wann war der Einbruch? Gestern nacht?«

»Könnte jederzeit in den letzten beiden Wochen gewesen sein. Die Briefe wurden oben versteckt, damit sie entdeckt werden konnten, falls und wenn sie gebraucht wurden.«

Diamond grinste übers ganze Gesicht. Nach so vielen Monaten in Ungnade hatte er ein Recht darauf, mit sich zufrieden zu sein. Die Entdeckung war erstklassige kriminalistische Arbeit und sicherte ihm einen verdienten Platz im Pantheon neben Fabian vom Yard und den anderen Filzhut tragenden Helden vergangener Tage.

4

Anwältin Lilian Bargainer fertigte John Wigfull am nächsten Morgen mit gebührender Ironie ab. »Chief Inspector, die literarische Welt feiert Sie heute, da Sie die Briefe Jane Austens wiedergefunden haben. Die Zeitungen nennen Ihren

Namen in einem Atemzug mit Sherlock Holmes und Miss Marple. Wie in Gottes Namen ist Ihnen der Fund nur geglückt? War es, um es frei nach Miss Austen auszudrücken, das Ergebnis früherer Beobachtungen oder eine plötzliche Eingebung? Hat Sie Verstand oder Gefühl zum Versteck geführt?«

Wigfull runzelte die Stirn und sagte: »Ich fürchte, ich verstehe die Frage nicht.«

»Es erstaunt mich, daß sie einem Mann mit Ihrem Scharfsinn Probleme bereitet. Lassen Sie es mich anders formulieren. Wer hat Ihnen den Tip gegeben?«

Er wich zurück wie ein Boxer. »Das kann ich nicht sagen.«

»Jemand muß Ihnen einen Tip gegeben haben. Oder haben Sie die Hausdurchsuchung gestern morgen aus einer Laune heraus angeordnet?«

»Nun ja, nein.«

»Also?« Wigfull fuhr sich mit der Zungenspitze über die Lippen. Nach einer deutlichen Pause sagte Mrs. Bargainer: »Verstehen Sie meine Frage diesmal?«

»Ja.«

»Dann müssen Sie sie auch beantworten.«

Er sagte leise: »Jemand hat ...«

»Sprechen Sie lauter, Chief Inspector.«

»Jemand hat in der Polizeihauptwache in Bath angerufen, am späten Abend des Vortages. Der Anrufer legte auf, bevor wir nach seinem Namen fragen konnten.«

»Dann haben Sie also einen Tip bekommen. Das haben Sie uns in ihrer gestrigen Aussage nicht erzählt.«

»Ich habe es zu dem Zeitpunkt nicht für nötig erachtet.«

»Ich freue mich, das zu hören. Ich habe Sie auch wirklich nicht für einen Ruhmesjäger gehalten. Jetzt wissen wir es. Ein anonymer Anrufer. Habe ich das jetzt richtig verstanden?«

»Ja.«

Mrs. Bargainer öffnete ihre Robe ein Stück und stemmte die Hände in die Hüften. »Kommen wir auf einen anderen Punkt zu sprechen. Als Sie uns gestern die verblüffende Neuigkeit mitteilten, sollten wir doch wohl zu dem Schluß kommen, daß die Angeklagte die Briefe an sich nahm und eigenhändig in ihrer Frisierkommode versteckte, habe ich recht?«

»Ich habe nur berichtet, was ich gefunden habe«, sagte Wigfull vorsichtig.

»Und – jetzt können Sie es uns ja sagen – waren Sie überrascht über den Fund? Schließlich hatten Sie das Haus schon früher einmal von oben bis unten durchsucht.«

»Wir müssen die Briefe beim ersten Mal übersehen haben.«

»Oh, stellen Sie Ihr Licht nicht unter den Scheffel, Chief Inspector. Haben Sie schon mal die Möglichkeit in Betracht gezogen, daß jemand irgendwann in den letzten Tagen in das Haus eingedrungen ist und die Briefe dort deponiert hat?«

Wigfull blickte zum Tisch der Staatsanwaltschaft, aber niemand kam ihm zu Hilfe. »Ich halte das für unwahrscheinlich. Das Haus war die ganze Zeit verschlossen.«

»Dann wären Sie also erstaunt, wenn ich Ihnen sagte, daß das Gartenfenster im Wohnzimmer kürzlich aufgebrochen, der Verschluß repariert und wieder festgeschraubt wurde?«

»Ist das wahr?« sagte der unglückliche Wigfull.

»So lauten meine Informationen. Sie sind der Kriminalist, Mr. Wigfull. Ich schlage vor, daß Sie der Sache nachgehen. Ihre Feststellungen werden uns alle interessieren, und natürlich die Schlüsse, die Sie daraus ziehen. Wir gehen davon aus, daß Sie Ihre gestrige Aussage in gutem Glauben gemacht haben. Dennoch – ich bitte das Gericht um Nachsicht – wage ich zu behaupten, daß die Zeugenaussage ein wenig von Stolz und Vorurteil gefärbt war. Keine weiteren Fragen, Mylord.«

Der Richter blickte leicht amüsiert. Er beugte sich vor, das Kinn auf die rechte Hand gestützt. »Sir Job?«

Hastiges Hin- und Hergeschiebe von Papieren am Tisch der Anklagevertretung unterstrich die dortige Verwirrung. »Zum jetzigen Zeitpunkt, Mylord, beantragen wir, mit der Befragung des Chief Inspectors fortzufahren.«

»Dann schlage ich vor, daß Sie das tun.«

Die nächsten eineinviertel Stunden waren eine Übung in Schadensbegrenzung, eine akribische Zusammenfassung der polizeilichen Ermittlungen. Um Wigfull als Zeugen zu rehabilitieren, fing Sir Job bei der Entdeckung der Leiche im Chew Valley Lake an und arbeitete sich dann systematisch durch den gesamten Verlauf der Untersuchung hindurch, die letztlich zur Anklageerhebung gegen Dana Didrikson geführt hatte.

Man mußte anerkennen, daß Wigfulls Aussage der Aufgabe gerecht wurde. Er sprach mit neuem Selbstvertrauen, wobei er die Geschworenen ansah, während er seine Antworten gab, und seine Wortwahl war einfach und schlicht. Er zögerte kein einziges Mal mehr. Er mußte sich darüber im klaren sein, daß Diamond ihn von der Zuschauergalerie aus beobachtete, doch er beschrieb die ersten Phasen der Ermittlungen, als Diamond noch das Sagen hatte, mit fehlerlosem Erinnerungsvermögen – die Suche am Seeufer und die Verzögerung bei der Identifizierung der Leiche; die Aufrufe an die Öffentlichkeit in Fernsehen und Presse mit der Bitte um Informationen und wie Professor Jackman sich schließlich gemeldet und die Leiche identifiziert hatte. Sir Job ließ ihn die Durchsuchung von John Brydon House schildern, die Vernehmung von Jackman und das Überseetelefonat mit dem amerikanischen Universitätsdozenten Dr. Junker (ein Schriftstück mit Junkers beeidigter Erklärung hatte die Staatsanwaltschaft vorgelegt). Wigfull erläuterte, daß die Nachfragen am University College und bei der Air France Jackmans Alibi bestätigt hatten und die Ermittlungen daraufhin auf Dana Didrikson konzentriert wurden.

»Was passierte, als Sie sie zu Hause befragen wollten?«

»Sie lief zur Hintertür hinaus. Ich nahm die Verfolgung auf, aber sie sprang in den Mercedes und fuhr davon. Zufällig stieß sie dann auf einer schmalen Straße nicht weit von ihrem Haus mit einem anderen Wagen zusammen – frontal. Es war ein leichter Unfall.«

»Sie war unverletzt?«

»Ja, Sir.«

»Und sie sagte, daß sie vor der Polizei weggelaufen war?«

»Wörtlich hat sie gesagt: ›Ich habe versucht zu fliehen.‹«

So ging es den ganzen Morgen weiter, eine Anhäufung von Beweisen, die über jeden Zweifel erhaben waren. Sir Job übersah nichts. Er ließ sich von Wigfull Danas Vernehmung schildern und legte Wert auf die Feststellung, daß sie beteuert hatte, nichts mehr zu sagen zu haben, obwohl sie in Wahrheit bei weitem nicht alles erzählt hatte. Wigfull ging ihre schrittweisen Eingeständnisse durch, bis sie schließlich zugegeben hatte, am Morgen des Mordtages im Haus der Jackmans gewesen zu sein, wo sie Geraldine tot im Bett aufgefunden haben wollte. Schließlich sagte er aus, daß er Dana im Beisein ihres Anwaltes offiziell wegen Mordes verhaftet hatte, nachdem ihm die Berichte vom kriminaltechnischen Labor zugegangen waren, die eindeutig bestätigten, daß die Leiche im Kofferraum von Danas Wagen gewesen war.

Es war zehn nach zwölf, als Sir Job die Befragung seines Zeugen beendete. Das Gericht ging in die Mittagspause. Dana, die nach diesem qualvollen Vormittag aschfahl war, wurde in ihre Zelle geführt.

Siddons, ihr Anwalt, wartete unten an der Treppe der Zuschauergalerie auf Diamond. »Haben Sie etwas Zeit? Mrs. Bargainer würde Sie so gerne kennenlernen.«

»Ihr Gedächtnis kann nicht besonders gut sein«, bemerkte Diamond. »Vor sechs Monaten hat sie mich in diesem Gericht ins Kreuzverhör genommen.«

Sie luden ihn ein, mit ihnen gegenüber vom Gericht zu Mittag zu essen. Ohne Perücke und Robe konnte man Lilian Bargainer für eine gute Stammkundin des Pubs halten, wie sie ihren trockenen Sherry aus einem großen Glas trank und an der Zigarette zog, die sie zwischen Daumen und Zeigefinger hielt. »Gott, was die alte ›Kralle‹ wieder für ein Theater abzieht«, sagte sie. »Er arbeitet nach dem Prinzip, wenn Wigfull lange genug redet, vergessen die Geschworenen den Murks mit den verschwundenen Briefen. Keine Bange, ich werde sie schon dran erinnern.« Sie packte Diamond am Ärmel. »Peter, mein Junge, dafür schulde ich Ihnen was. Was trinken Sie?«

»Orangensaft«, sagte Diamond und tippte auf seinen Verband.

Sie schob Siddons einen Zehnpfundschein zu. »Sei so lieb, ja? Hol dir auch einen. Ich meine, ein Bier oder so. Und sieh mal nach, was es zu essen gibt.« Allein am Tisch mit Diamond sagte sie: »Ich möchte Ihr Gehirn anzapfen.«

»Aber ganz vorsichtig, wenn's denn sein muß.«

»Ich nehme Johnny Wigfull heute nachmittag ins Kreuzverhör. Ich will es kurz und vernichtend machen, aber ich darf nichts übersehen. Was sind die Schwachstellen in der Beweiskette?«

»An Ihrer Stelle würde ich mich nicht mit den Schwachstellen aufhalten«, erwiderte Diamond. »Nehmen Sie sich die starke Stelle vor.«

»Die Leiche im Kofferraum?«

»Genau. Wenn Sie dieses Treffen nicht vorgeschlagen hätten, hätte ich Siddons was ins Ohr geflüstert.«

»Aha – Sie wissen also was?«

»So sicher kann ich das noch nicht sagen, erst recht nicht nach einer Gehirnoperation. Ich weiß nicht, wie zuverlässig die kleinen grauen Zellen arbeiten, aber sie haben Überstunden gemacht, um Versäumtes nachzuholen.«

In Wirklichkeit wollte er die Bedeutung dessen, was er zu sagen hatte, nicht herunterspielen. Insgeheim genoß er diesen Moment, so wie er die Vorfreude auf die Sensation im Gericht genoß. Trotz ihrer burschikos-vertraulichen Art hatte Lilian Bargainer einen scharfen Verstand. Sie würde zu schätzen wissen, was sie gleich zu hören bekam. Sie würde dessen Bedeutung ermessen, den Triumph guter Detektivarbeit über die Männer im weißen Kittel.

»Kommen Sie zur Sache, mein Lieber. Zeit ist kostbar.«

»Wenn ich richtig liege, gibt es da ein Detail – ein wichtiges Detail –, nach dem Sie Ihre Mandantin fragen müssen. Sie wird sich über dessen Bedeutung nicht im klaren sein.«

»In ihrer derzeitigen Verfassung ist sie sich über gar nichts mehr im klaren, mein Bester, aber ich werde es versuchen.«

»Bitten Sie sie, sich an den Morgen zu erinnern, an dem sie mit Matthew zum John Brydon House gefahren ist und gesehen hat, wie der blonde Mann sich mit Geraldine stritt.«

»Der Dealer, Andy Coventry?«

»Ja. Bei ihrer Vernehmung hat sie mir erzählt, daß er ihr bekannt vorkam, sie aber nicht wußte, wo sie ihn hintun sollte. Ich glaube, wir können ihrem Gedächtnis auf die Sprünge helfen. Fragen Sie sie, ob sie ihn vielleicht schwimmen sah.«

»Schwimmen? Das müssen Sie mir erklären, Sie rätselhafter alter Gauner.«

Wigfull sah besorgt aus, als er erneut in den Zeugenstand trat. Mit gutem Grund. Seine Rehabilitierung hatte er nur Sir Job Mogg zu verdanken. Lilian Bargainer würde ihn beim Kreuzverhör nicht mit Samthandschuhen anfassen. Peter Diamond auf der Zuschauergalerie war jedoch in versöhnlicher Stimmung. Das letzte, was er zu Mrs. Bargainer gesagt hatte, war: »Wigfull ist kein schlechter Detective. Diesmal liegt er falsch, aber er ist nicht schlecht. Sie müssen nicht unbedingt Kleinholz aus ihm machen.«

Bargainer war aufgestanden. »Chief Inspector, ich werde Sie nicht lange aufhalten. Sie haben dem Gericht Ihre Ermittlungen ausführlich dargelegt, aber Sie haben mit keinem Wort erwähnt, daß die verstorbene Geraldine Jackman Kokain genommen hat. Hielten Sie das nicht für relevant?«

»Das ist uns erst kürzlich zur Kenntnis gebracht worden«, erwiderte Wigfull flüssig, als hätte er mit der Frage gerechnet.

»Aber es hat keinen Einfluß auf diesen Fall?«

»Das ist richtig.«

»Das ist Ihre Einschätzung.« Sie wandte sich an die Geschworenen und rollte die Augen nach oben, als sei sie über die Polizei verzweifelt. Dann drehte sie sich schwungvoll wieder um und sah Wigfull an. »Ich möchte gern noch einen Punkt klären, und zwar im Zusammenhang mit der Vernehmung der Angeklagten, Mrs. Didrikson. Sie wurde am 10. Oktober von Ex-Superintendent Diamond und Ihnen auf die Hauptpolizeiwache in Bath zur Vernehmung gebracht. Ist das richtig? Sehen Sie ruhig in Ihren Notizen nach. Ich möchte, daß dieser Punkt eindeutig klar ist.«

Wigfull holte sein Notizbuch hervor und blätterte es durch. »10. Oktober. Ja.«

»Sie wurde über Nacht festgehalten? Ist das richtig?«

»Ja.«

»Und am 11. Oktober wurde ihr Wagen zur Untersuchung durch die Spurensicherung abgeholt?«

»Ja, mit ihrer Erlaubnis.«

»Selbstverständlich. Ihr persönliches Verhalten Mrs. Didrikson gegenüber ist nicht zu beanstanden. Soviel ich weiß, verständigten Sie sogar ihren Arbeitgeber, Mr. Buckle, darüber, daß sie ihn am folgenden Morgen nicht würde fahren können.«

Wigfull bestätigte bescheiden: »Ja, das stimmt.«

»Das war sehr aufmerksam von Ihnen, wenn ich das sagen darf«, lobte ihn Mrs. Bargainer.

Wigfull sah seine Chance gekommen. »Ja, aber ich tat es noch aus einem anderen Grund. Ich wollte bei ihrem Chef, Mr. Buckle, nachfragen, ob die Angeklagte am Mordtag zur Arbeit erschienen ist. Und das war sie nicht.« Er blickte in Richtung Sir Job und wurde mit einem anerkennenden Nikken belohnt, da er im Kreuzverhör einen Punkt erzielt hatte.

»Wann haben Sie also mit Mr. Buckle gesprochen?« fragte Mrs. Bargainer.

»Irgendwann zwischen acht und neun Uhr abends.«

»Am Abend des 10. Oktober.«

»Ja.«

»Danke, Chief Inspector.«

Erst mit einer Sekunde Verzögerung begriff das Gericht, daß Mrs. Bargainer das Kreuzverhör beendet hatte. Das Gespräch hatte keine zwei Minuten gedauert.

Wigfull blickte genauso verdutzt drein wie alle übrigen.

Der Richter fragte, ob die Anklagevertretung den Zeugen noch einmal vernehmen wollte. Sie wollte nicht. Wigfull wurde aufgefordert, den Zeugenstand zu verlassen. Sir Job und seine Mitarbeiter waren erneut aus dem Konzept gebracht worden. Die Konfusion an ihrem Tisch war offenkundig.

»Rufen Sie noch einen Zeugen auf?« fragte der Richter.

»Sofort, Mylord«, sagte Sir Job, wobei ihm einige Papiere zu Boden flatterten.

Der Zeuge war Stanley Buckle, der für seinen Auftritt einen taubengrauen Dreiteiler mit Edelkrawatte trug. Die Rose im Knopfloch fehlte, wohl um dem ernsten Anlaß Rechnung zu tragen. Nachdem er den Zeugenstand betreten hatte, unterstrich er den seriösen Eindruck, indem er eine Lesebrille aufsetzte, um die Eidesformel abzulesen. Er wirkte sehr gewichtig, wie er das Kinn hielt und die Schultern straffte.

Sir Jobs Junior-Staatsanwalt, ein Mann mit vergleichsweise schlechter Haltung und einer unangenehm hohen Stimme, die wahrscheinlich dafür sorgen würde, daß er sein ganzes Leben lang ein Junior blieb, wurde mit der undankbaren Aufgabe betraut, deutlich zu machen, wieso die Untersuchungsgefangene den Mercedes fuhr.

»Sie war Fahrerin meiner Firma, Realbrew Ales«, erklärte Stanley.

»Hatte sie den Wagen auch über Nacht?«

»Ja. Es gab eine Vereinbarung, daß sie ihn privat außerhalb der Arbeitszeiten benutzen konnte; die Bedingung war, daß die Fahrten ins Fahrtenbuch eingetragen wurden.«

»Wurden alle Fahrten in ein Fahrtenbuch eingetragen?«

»So lautete die Abmachung.«

»Mr. Buckle, ist dieser Wagen Ihres Wissens je von anderen als Mrs. Didrikson gefahren worden?«

»Von niemandem. Er war neu, als wir ihn ihr übergaben.«

»Wird das Fahrtenbuch im Wagen aufbewahrt?«

»So sollte es sein. Jeweils am Monatsende wird es überprüft und der Tachostand in unser Hauptbuch eingetragen.«

»Wußten Sie, daß das Fahrtenbuch nicht im Wagen war, als der von der Spurensicherung untersucht wurde?«

»Ich habe es gehört. Wir haben in der Firma danach gesucht, für alle Fälle, aber ich habe nicht damit gerechnet, daß es gefunden würde. Dana erhielt es am 1. Oktober vom Büro zurück. Es hätte eigentlich im Wagen sein müssen, wie sie der Polizei ja erzählte, soweit ich weiß.« Buckle blickte kurz zu Dana hinüber, als wollte er eine Bestätigung, und sie nickte tatsächlich. Unaufgefordert fügte er hinzu: »Ich lege Wert auf die Feststellung, daß sie eine angesehene Mitarbeiterin war.«

»Wir danken Ihnen.«

Als Lilian Bargainer sich zum Kreuzverhör erhob, verriet nichts in ihrem Verhalten, daß das Folgende mehr als bloß eine Formalität sein würde. »Mr. Buckle, Sie haben sich als Geschäftsführer von Realbrew Ales vorgestellt, aber Sie sind noch an etlichen anderen Geschäften beteiligt, nicht wahr?«

»Es erstaunt mich, daß Sie das interessiert. Ich beliefere Spielzeugläden und Schreibwarengeschäfte. Und ich bin im Vorstand verschiedener Firmen der Unterhaltungsbranche.«

»Was liefern Sie?«

»Spielzeug, Knallbonbons, Metallpuzzles, was Sie wollen.«
»Sie importieren diese Artikel, nehme ich an?«
»Äh, ja.« Buckle antwortete so, als fände er es interessanter, über andere Dinge zu sprechen.
»Aus dem Fernen Osten?«
»In der Hauptsache.«
Auch der Richter war ungeduldig und zeigte das, indem er die Hände auf die Richterbank legte und sich steif in dem gepolsterten Stuhl zurücklehnte.
Lilian Bargainer nahm darauf keine Rücksicht. »Sie verkaufen also Spielzeug. Fallen darunter auch Artikel wie kleine Teddybären aus Taiwan?«
»Gewiß.«
»Letzten Sommer haben Sie Mrs. Didrikson gebeten, eine Lieferung vom Hafen in Southampton abzuholen.«
»Das ist richtig.«
»Sie hat Ihnen erzählt, daß sie auf der Rückfahrt von zwei Polizeibeamten in Zivil angehalten wurde, die die Kartons mit den Bären durchsucht haben. Ist das richtig?«
»Das hat sie mir erzählt.«
Der Richter beugte sich vor und sagte: »Mrs. Bargainer, mir ist nicht klar, warum diese Fragen hierhergehören.«
»Die Sache steht in direktem Bezug zum hier verhandelten Fall, Mylord, wie ich gleich darlegen werde. Mr. Buckle, Sie sind offenbar – das heißt, ohne jeden Zweifel – ein Mann von Welt. Sie müssen sich doch gefragt haben, warum die Polizei sich für diese Lieferung interessierte. Spielzeug aus dem Fernen Osten, das eine Firmenfahrerin vom Hafen abholt.«
»Die waren einwandfrei«, sagte Buckle. »Teddys für einen wohltätigen Zweck. Sie waren für Kinder in Longleat.«
»Das hat sich bestätigt«, gab Mrs. Bargainer zu. »Aber nach Ansicht dieser Polizeibeamten gab es offenbar Anlaß zu der Vermutung, daß Sie Rauschgift importierten.«
Sir Job sprang auf. »Mylord, das ist empörend. Ein eklatanter Angriff auf den Ruf des Zeugen. Es gibt nichts in Mr. Buckles Aussage, das einen solchen Rufmord rechtfertigt.«
»Die Anwälte beider Seiten an die Richterbank«, ordnete der Richter an.

Auf der Zuschauertribüne versuchte Diamond angestrengt, die folgende ernste Debatte mitzubekommen. Wenn der Richter jetzt zugunsten der Anklage entschied, wäre Mrs. Bargainers Plan so gut wie gescheitert. Auf der Anklagebank steckte Dana nervös eine Haarsträhne wieder fest. Es war nicht zu erkennen, ob sie die Bedeutung des Augenblicks erfaßte, aber auch sie mußte einfach die Spannung im Gerichtssaal spüren.

Nach einem fast zehnminütigen Streitgespräch kehrten die Anwälte wieder auf ihre Plätze zurück. Sir Job war puterrot, Lilian Bargainer noch immer gelassen.

»Mr. Buckle, ich entschuldige mich für die Verzögerung«, fuhr sie fort. »Man hat mich gebeten, rasch zum Punkt zu kommen, und das werde ich. Trifft es zu, daß Anton Coventry, bekannt als Andy, ein Freund von Ihnen ist?«

Buckles Hände umklammerten die Brüstung des Zeugenstandes. »Ich kenne einen Mann dieses Namens, wenn Sie das meinen.«

»Ich meine noch etwas mehr. War er bei Ihnen zu Gast?«

»Äh, ja.«

»Er ist mindestens bei einer Gelegenheit in Ihrem Pool geschwommen?«

»Ja.«

»Sicher ist Ihnen zu Ohren gekommen, daß er zur Zeit in Untersuchungshaft ist. Es werden ihm mehrere Straftaten zur Last gelegt, unter anderem der Handel mit Kokain.«

»Ich habe in der Zeitung davon gelesen.« Buckle war nicht überzeugend. Jetzt war es zu spät, sich von seinem anrüchigen Freund zu distanzieren.

»Wissen Sie, daß Andy Coventry Mrs. Jackman mit Kokain beliefert haben soll?«

Buckle schwieg.

»Kommen Sie. Das ist doch wohl allgemein bekannt, oder?« drängte Lilian Bargainer ihn.

»Wieso fragen Sie mich dann?« sagte Buckle.

»Wieso geben Sie es dann nicht zu?« konterte sie. »Wir kommen der Wahrheit langsam näher, nicht? Der ganzen Wahrheit, die zu sagen Sie beeidet haben, Mr. Buckle. Ich behaupte, daß die Polizei Sie verdächtigte, illegale Stoffe einzuführen. Die Fahrt meiner Mandantin nach Southampton auf Ihr Geheiß hin, um Teddybären abzuholen, war eine Farce, ein Ablenkungsmanöver, um der Polizei einen Strich durch die Rechnung zu machen, oder etwa nicht? Wie interessant, daß Sie, als Mrs. Didrikson schließlich wieder zu Ihnen nach Hause kam, Gäste hatten, darunter auch Andy Coventry.«

Sir Job erhob Einspruch, die Anschuldigungen gegen Coventry seien noch nicht entschieden und die Unterstellungen irreführend, und Mrs. Bargainer zog ihre letzte Äußerung zurück.

»Aber Sie stimmen meiner Darstellung der Fakten zu?« drängte sie Buckle.

»Die ganze Sache ist irrelevant«, sagte er wenig überzeugend. »Ich bin hier, um über den Wagen zu sprechen.«

Mrs. Bargainer lächelte. »Schön, sprechen wir über das Auto, den Mercedes 190 E 2.6 Automatik, den Sie kauften, als Mrs. Didrikson bei Realbrew Ales anfing. Sie kauften damals zwei Wagen dieses Modells für die Firma, nicht wahr?«

»Ja.«

»Einen für Ihren persönlich Gebrauch und den anderen für Mrs. Didrikson?«

»Ja.«

»Schön.« Sie strahlte Buckle an; er lächelte nicht zurück. »Ich möchte Sie fragen, wie die Wagen benutzt wurden, und zwar am Montag, den 11. September, und am Dienstag, den 10. Oktober letzten Jahres. Drücke ich mich klar aus, Mr. Buckle? Das erste Datum war der Tag, an dem Mrs. Jackman ermordet wurde. Wir haben bereits von Ihnen gehört, daß Mrs. Didrikson an dem Tag nicht zur Arbeit erschienen ist, demnach mußten Sie vermutlich selbst fahren?«

»Ja.«

»Und seit Dienstag, dem 10. Oktober, sind Sie ohne Fahrerin, weil Mrs. Didrikson an dem Tag zur Vernehmung abgeholt wurde. Wann wurden Sie darüber informiert?«

»Das weiß ich nicht mehr.«

»Chief Inspector Wigfull sagte aus, daß er Sie am Abend des 10. Oktober zwischen acht und neun Uhr anrief.«

Buckle zuckte die Achseln. »Mag sein.«

»Ich muß auf einer genaueren Antwort bestehen. Erinnern Sie sich, daß Sie angerufen wurden?«

»Also gut. Es war irgendwann an dem Abend. Ich habe nicht auf die Uhr gesehen.«

»Es ist insofern wichtig, als der Mercedes, den Mrs. Didrikson gefahren hat, erst nach etwa zwölf Stunden zur Untersuchung durch die Spurensicherung abgeholt wurde. Er hat also zwölf Stunden vor ihrem Haus gestanden. Und als man ihn abholte, wurde, wie wir heute wissen, das Unmögliche nachgewiesen. Die Kriminaltechniker haben mit Hilfe des genetischen Fingerabdrucks bewiesen, daß die Leiche von Geraldine Jackman im Kofferraum dieses Wagens transportiert worden war. Ich sage deshalb, daß es unmöglich ist, weil Mrs. Didrikson es mir gesagt hat, und ich glaube ihr.«

Buckle starrte unverwandt geradeaus wie ein Rekrut, der von seinem Ausbilder angeschrien wird. In Wirklichkeit war Lilian Bargainers Stimme nicht einmal ein Dezibel lauter geworden.

Diamond war mit dem geschickten Kreuzverhör überaus zufrieden. Da er gezwungen war, seine eigenen Schlußfolgerungen aus dem Munde einer Stellvertreterin zu hören, konzentrierte er sich auf jedes Wort der Verteidigerin.

»Ich behaupte, daß sich das Unmögliche nur auf folgende Weise erklären läßt. Als Sie den Anruf von Chief Inspector Wigfull erhielten, dachten Sie sich einen Plan aus, um die Polizei zu verwirren und jeden Verdacht von sich abzulenken. Denn Sie waren es, Mr. Buckle, der die Leiche von Geraldine Jackman in den Chew Valley Lake warf, nicht wahr?«

Niemand erhob Einspruch, und Buckle machte keine Anstalten zu antworten. Eine lähmende Neugier lag über dem Gerichtssaal, als Mrs. Bargainer weitersprach. »Am Abend des 11. September sind Sie mit der toten Frau im Kofferraum Ihres Wagens zum See gefahren. Und als Sie einen Monat später erfuhren, daß Dana Didrikson über Nacht bei der Polizei festgehalten wurde, haben Sie sich etwas einfallen lassen, wie Sie den Mordverdacht der Polizei gegen Mrs. Didrikson erhärten konnten. Die Ersatzschlüssel für den Mercedes befanden sich in der Firma. Sie sind nach Lyncombe gefahren, wo das Fahrzeug geparkt war. Sie haben den Kofferraum geöffnet und die Matte herausgenommen.«

Buckles Augen huschten hinüber zu den Geschworenen, als suchte er nach einem Zweifler. Die Blicke von dort waren nicht ermutigend.

»Hören Sie zu, Mr. Buckle? Sie haben die Kofferraummatte herausgenommen. Dann haben Sie die aus dem Kofferraum Ihres Wagens genommen, die Matte, auf der die Leiche gelegen hatte, und sie in den anderen Wagen hineingelegt. Streiten Sie das ab?«

Diamond identifizierte sich so sehr mit der Fragerin, daß er beinahe laut gesagt hätte: »Raus mit der Sprache.« Er hielt sich hastig den Mund zu.

Buckle sagte: »Sie sind auf dem falschen Dampfer. Ich habe Gerry Jackman nicht getötet. Ich schwöre bei Gott, ich war es nicht.«

»Sie haben sie in den See geworfen.«

Er zögerte.

»Sie haben sie in den See geworfen«, beharrte Mrs. Bargainer. Das Kreuzverhör war zu einem Willenskampf geworden.

Buckle sah sich mit starrem Blick im Gericht um. Auf der Anklagebank hatte Dana die Finger an die Kehle gelegt.

»Streiten Sie das ab?« fragte Lilian Bargainer mit Nachdruck.

Er kapitulierte. »Also schön, es stimmt. Ich habe sie in den See geworfen.« Als ein Raunen im Saal die Spannung durchbrach, fügte er laut hinzu: »Aber ich habe sie nicht getötet.«

Mrs. Bargainer runzelte die Stirn, legte die Hand ans Gesicht und ließ die Finger zur Kinnspitze gleiten, als begreife sie nicht ganz. »Sie werden mir helfen müssen, Mr. Buckle. Was Sie hier behaupten, ist merkwürdig, ja unglaublich. Fassen wir zusammen. Am Abend des 11. September fuhren Sie mit der Leiche von Mrs. Jackman zum Chew Valley Lake und warfen sie ins Wasser, und trotzdem haben Sie sie nicht getötet. Bleiben Sie dabei?«

»Ja.«

»Wieso? Wieso dieses ungewöhnliche Verhalten?«

Er schwieg.

»Das müssen Sie uns schon erklären, Mr. Buckle, das müssen Sie wirklich, wenn wir Ihnen glauben sollen.«

Sein Mund blieb geschlossen.

Mrs. Bargainer sagte: »Gehen wir die Sache anders an. Sie haben sie nicht getötet. Haben Sie gewußt, daß sie ermordet worden war?«

»Nein«, sagte Buckle, der sich aus seiner Verkrampfung befreit hatte. »Das ist ja der springende Punkt.«

»Schön. Ich begreife allmählich. Sie haben sie tot aufgefunden, ist das richtig?«

»Ja.«

»Sie wußten nicht, daß man sie ermordet hatte?«

»Ja.«

»Sie dachten, sie wäre an einer Überdosis gestorben.«

»Ja – ich meine, nein.« Buckle blickte sich um. Er war in die Falle getappt, und er wußte es.

Lilian Bargainer sagte ohne eine Spur von Ironie: »Sie sagen ja und meinen nein. Was denn nun? Ich behaupte, daß Ihr Freund Andy Coventry Mrs. Jackman mit Kokain versorgt hat, das er von Ihnen bekam. Sie sind der Importeur, und er war der Dealer. Habe ich recht?«

Sir Job sprang auf, aber der Richter bedeutete ihm, sich wieder hinzusetzen.

»Sie sollten Ihre Lage überdenken, Mr. Buckle«, sagte Lilian Bargainer. »Es ist jetzt zu spät, Ihre Beteiligung an den Rauschgiftgeschäften zu leugnen. Wenn Sie das machen, geraten Sie zwangsläufig in Mordverdacht. Was ist Ihnen lieber?«

Buckle schwankte leicht im Zeugenstand, seufzte schwer, und dann sprudelten die Worte nur so aus ihm heraus. »Es war so. Im September ist Andy nach Schottland abgehauen wegen irgendeinem Seminar. Er war ihr Lieferant, wie Sie gesagt haben. Von meinen Kontaktleuten habe ich erfahren, daß sie förmlich nach dem Stoff schrie. Sie hat Ärger gemacht, weil Andy nicht zu erreichen war. Großen Ärger. Sie hat gedroht, uns zu verpfeifen. Also bin ich am Montag zu ihr hin.«

»Montag, den 11. September?«

»Ja.«

»Um welche Uhrzeit?«

»Gegen Mittag. Als sie nicht aufmachte, ging ich ums Haus. Die Küchentür stand offen. Rauschgiftsüchtige sind in solchen Dingen nachlässig. Ich rief, aber es kam keine Antwort, also bin ich nach oben gegangen. Sie lag tot auf dem Bett. Der Anblick hat mir einen schönen Schock versetzt, das kann ich Ihnen sagen. Sie hat eine Überdosis genommen, dachte ich. Man sagt, daß Kokain einen genauso umbringen kann wie Heroin. Ich konnte mir ausrechnen, daß es Ärger geben würde, wenn die Ärzte sie aufmachten. Da habe ich beschlossen, sie wegzuschaffen. Habe sie runtergetragen und in den Wagen gelegt. In derselben Nacht habe ich sie in den See geworfen.« Er schloß die Augen und fügte hinzu: »Ich hatte gehofft, die Sache wäre damit erledigt.«

»Und die Jane-Austen-Briefe?«

»Die steckten vorn in ihrem Nachthemd, als hätte sie sie dort versteckt. Ich dachte, sie wollte sie bestimmt gegen Koks eintauschen, also habe ich sie mitgenommen. Ich habe sie mir erst später angesehen.«

»Was ist passiert, als die Leiche im See gefunden wurde?«

»Ich habe eine Heidenangst gekriegt, aber von Drogen war nie die Rede. Sie sei erstickt worden, hieß es in der Zeitung. Mir wurde klar, was ich da getan hatte – ich hatte die Leiche einer Ermordeten beiseite geschafft. Als nächstes wurde Dana verhaftet, meine Fahrerin, und damit war es nicht mehr weit bis zu mir. Am Ende hätten sie mich als Komplizen verhaftet. Also habe ich bei der ersten Gelegenheit, die sich bot, die Kofferraummatten ausgetauscht, wie Sie sagten. Ich habe es nur getan, um mich zu decken. Dana war so dumm gewesen, sie umzubringen, dachte ich, also würde ich ihre Lage nicht schlimmer machen, als sie es verdiente.«

»Was ist mit dem Fahrtenbuch passiert?«

»Das habe ich natürlich verbrannt.«

»Natürlich?«

»Schließlich waren alle Fahrten eingetragen. Hätte die Polizei es in die Finger bekommen, wäre gleich klar gewesen, daß die Leiche nicht mit Dana Didriksons Wagen transportiert wurde.«

»Und das Fahrtenbuch Ihres Wagens haben Sie gefälscht?«

Er nickte. »Es ist ganz leicht, wenn man mit den Eintragungen im Rückstand ist, wie ich es war.« Dann sackte Stanley Buckle in sich zusammen wie ein Stier, der von Bandilleras durchbohrt wurde.

Aber Mrs. Bargainer hatte noch etwas in petto. »Kommen wir noch auf einen anderen Punkt zu sprechen, der dem Gericht zur Kenntnis gebracht wurde. Ich behaupte, daß Sie nach Coventrys Festnahme in das leere Haus von Mrs. Didrikson eingebrochen sind und als weiteres Ablenkungsmanöver die Briefe mit Klebeband in ihrer Frisierkommode befestigt haben.«

Buckle zögerte.

»Warum taten Sie das?« fragte Mrs. Bargainer freundlich, als hätte er es bereits zugegeben.

Er schlug die Augen nieder. »Sozusagen zur Absicherung. Ich hatte Panik, daß die Drogen in der Verhandlung zur Sprache kämen, und so war es auch – gleich am ersten Tag. Also mußte ich das Interesse wieder auf die Briefe lenken. Ich habe bei der Polizei angerufen und gesagt, sie sollten in dem Haus nachsehen. Bis heute war ich überzeugt, daß Dana schuldig ist. Sonst hätte ich das nicht gemacht. Reicht das?«

»Mir reicht es«, sagte der Richter schneidend. »Möchte die Anklagevertretung ihren Zeugen erneut befragen?«

Sir Job verneinte. »Und in Anbetracht der Aussage, die wir gerade gehört haben, werden wir keine weiteren Zeugen aufrufen, Mylord.«

»Ist die Beweisführung der Anklage abgeschlossen?«

»Ja, Mylord.«

Auf der Zuschauergalerie lehnte sich Peter Diamond auf seinem Platz zurück, völlig erschöpft.

Lilian Bargainer erhob sich erneut. »Mylord, ich beantrage, das Verfahren aus Mangel an Beweisen einzustellen.«

Der Richter pflichtete ihr bei und wies die Geschworenen an, Dana Didrikson freizusprechen.

Dana schlug die Hände vors Gesicht und schluchzte auf.

5

»Du siehst fix und fertig aus«, sagte Stephanie am Abend zu ihm. »Ist ja auch kein Wunder. Geh doch ins Bett.«

»Gleich.«

»Falls du auf die Nachrichten wartest, die habe ich schon um halb sechs gesehen. Sie ist zur Pressekonferenz erschienen und hat kaum ein Wort gesagt. Sie hat nicht mal gelächelt. Die Zeitungen bieten ihr ein Vermögen für die Story, aber sie hat alle abblitzen lassen. Man muß sie wirklich bewundern.«

»Ja.«

»Ich habe gesehen, daß sie von einer Frau verteidigt worden ist. Das muß eine geniale Anwältin sein; schließlich hat sie herausgefunden, was wirklich passiert ist. Das kannst du nicht allein auf weibliche Intuition zurückführen.«

»Tue ich auch nicht«, sagte Diamond.

»Was für ein Verstand!«

»Lilian Bargainer?«

»Ja, natürlich. Dieser Inspector Wigfull war völlig auf dem Holzweg, und du auch.«

Die Ungerechtigkeit kränkte ihn weniger, als daß er auf eine Stufe mit Wigfull gestellt wurde. »Auf dem Holzweg? In welcher Hinsicht?«

»Das Kokain. Ihr hättet gleich drauf kommen müssen.«

»Wir sind abgelenkt worden. Die Labortests waren negativ. Sie haben nicht gezeigt, daß Geraldine Jackman das Zeug genommen hat. Ja, ich weiß«, fügte er verlegen hinzu. »Ich habe selbst immer gesagt, daß auf die verdammten Wissenschaftler kein Verlaß ist.«

»Was ist denn bei den Tests schiefgelaufen?«

»Sie hatte schon einige Tage lang nichts genommen, als sie ermordet wurde. Sie brauchte ganz dringend was, und so wurde Buckle in die Sache hineingezogen. Dabei hatte sie noch etliche Päckchen im Haus, nämlich die, die ich gefunden habe. Die müssen von irgendeiner ihrer Partys übriggeblieben sein, und sie hatte sie einfach vergessen. Sie hatte sich völlig auf ihren Lieferanten kapriziert.«

»Und der hat sie umgebracht.«

»O nein«, sagte Diamond.

»Ich meine Buckle. Er ist verhaftet worden.«

»Ja, aber wegen Rauschgifthandel.«

Sie runzelte die Stirn. »Ist er denn nicht der Mörder?«

»Nein.«

Da er sich weigerte, mehr dazu zu sagen, meinte sie: »Ich nehme an, du weißt, wer es ist. Du solltest wieder bei der Polizei anfangen.« Als ob ihr diese Bemerkung gleich leid tat, nahm sie seine Hand und drückte sie. »Aber ich bin froh, daß du nicht mehr dabei bist. So habe ich mehr von dir.«

»Hmm.«

»Laß uns morgen im Pub zu Mittag essen, nur wir beide.«

Er schüttelte den Kopf. »Tut mir leid, ich habe schon eine Verabredung zum Essen.«

»Aha? Mit wem?«

»Dem Mörder.« Er griff nach der Fernbedienung für den Fernseher.

Ohne einen Anflug von Überraschung, Neugier oder Besorgnis zu zeigen, sagte sie: »Na gut, dann eben Samstag.«

Kurz darauf ging er zu Bett. Stephanies gespieltes Desinteresse und seine Sturheit hielten sie beide noch ein paar Stunden wach. Irgendwann nach Mitternacht erzählte er ihr alles.

6 Er saß zusammengekauert unter einem großen schwarzen Regenschirm auf einer Bank vor der Abteikirche, den Mantel bis zum Hals zugeknöpft und den Kragen über die Ohren hochgeschlagen, so daß er an die Hutkrempe stieß wie bei einem Kriminalbeamten aus den grobkörnigen Schwarzweißfilmen von vor vierzig Jahren. Er hatte im Imbiß am Ende der Abbey Gate Street zwei Portionen Fish and chips gekauft. Sie warteten eingepackt auf seinem Schoß. Ein feiner Nieselregen war vom Bristol Channel heraufgezogen und hatte sich über der Stadt eingeregnet. Es war so diesig, daß die halbe Fassade der Abteikirche unsichtbar war. Sogar die Tauben hatten den Platz verlassen, aber er war froh, hier zu sein. Allein das zählte. Er sah sich jeden an, der den gepflasterten Platz überquerte. Die meisten waren Einkäufer oder Touristen. Eine Gruppe französisch plappernder Schulkinder näherte sich dem Westportal und ging in die Kirche. Von der Stall

Street hörte er die Anfangstakte von Bruchs Violinkonzert; der Straßenmusikant spielte regelmäßig dort, unterstützt von einem Orchester auf Band. Er hatte Glück gehabt, heute morgen ein trockenes Plätzchen zu finden. Aber er hätte besser noch ein paar Minuten warten sollen, denn die Glocken der Abteikirche fingen mit dem Mittagsläuten an.

»Müssen wir uns wirklich hier unterhalten?«

Die Stimme ertönte hinter Diamond. Er drehte sich um und sah Matthew Didrikson dicht neben sich stehen. »Komm und setz dich. Es ist trocken unter dem Schirm, und unser Essen bleibt nicht ewig warm.«

Der Junge kam um die Bank herum und nahm die Packung entgegen, die Diamond ihm reichte. Er blieb stehen.

»Wenigstens können wir uns hier ungestört unterhalten«, sagte Diamond. »Hast du deine Mutter gesehen?«

»Greg hat uns gestern abend in ein Restaurant eingeladen. Zu Hause ist nicht daran zu denken, bei dem ganzen Presserummel und so.«

»Eine kleine Feier?«

»Eigentlich nicht.« Matthew starrte traurig auf das Pflaster. »Greg geht nach Amerika.«

»Ja, habe ich gehört.«

»Er möchte, daß meine Ma und ich mitkommen.«

Diamond fragte rundheraus: »Hast du ihnen gesagt, daß du Mrs. Jackman getötet hast?« Matthew hielt den Atem an, und ein Zittern durchlief ihn. Er blickte weiter nach unten. Heute war er mehr Kind als Mann. »Das solltest du.«

»Ich kann nicht.«

»Warum nicht?«

»Es ist zuviel.«

»Du meinst, nach allem, was sie durchgemacht hat?«

Matthew nickte.

»Ich glaube, sie weiß es«, sagte Diamond. »Deshalb hat der Freispruch sie auch nicht berührt. Tief in ihrem Herzen ahnt sie, was wirklich geschehen ist, Mat. Und sie schweigt, weil sie deine Mutter ist und dich liebt. Aber sie weiß, daß die Wahrheit herauskommen muß, und sie möchte sie lieber von dir hören als von jemandem wie mir.«

Der Junge suchte in Diamonds Gesicht nach einer Bestätigung, daß die Worte aufrichtig gemeint waren. »Werden Sie es ihr sagen?« Ein Satz wie vom Schulhof.

»Falls nötig, ja.«

Seine Offenheit hielt der Prüfung stand, denn Mat sagte: »Ich rede mit ihr.« Er sah weg, zu einem Kind, das auf einem BMX-Rad über den Platz fuhr. »Komme ich ins Gefängnis?«

»Nicht ins Gefängnis. Du bist noch zu jung.«

»Gibt's einen Prozeß, wie bei meiner Mutter?«

»Vermutlich.« Es war nicht der rechte Zeitpunkt, um über die Probleme der Justiz mit einem zwölfjährigen Mordangeklagten zu spekulieren. Auch war es sinnlos zu erklären, was eine Jugendhaftstrafe auf unbestimmte Zeit eigentlich bedeutete. »Willst du dich setzen?«

Diesmal nahm Matthew das Angebot an. Er mußte dicht an Diamond heranrücken, um unter den Schirm zu kommen. Seine Augen waren feucht. »Ich wollte sie nicht töten. Als ich zum Haus kam, wollte ich bloß die Briefe suchen. Ich wußte, daß sie sie genommen hatte, nur um alles zu verderben.«

»Erzähl mir doch alles von Anfang an. An dem Montagmorgen rief Professor Jackman deine Mutter an, und er hat ihr erzählt, daß die Briefe verschwunden waren.«

»Sie war total durcheinander. Ich habe gemerkt, wie wütend sie war, und ich war es auch. Mrs. Jackman war böse. Ich haßte sie. Sie hat schreckliche Sachen zu meiner Mutter gesagt, und nur wegen ihr konnte ich nicht mehr mit Greg schwimmen gehen. Er wollte nicht damit aufhören. Er war nett zu mir. Er hat mir das Leben gerettet, als ich ins Wehr gefallen bin. Greg hat mich nicht als Köder benutzt, wie sie sagte, nur weil er meine Ma gern hatte oder so. Er war ...«

»Wie ein Vater?«

»Ja.« Dann fügte Matthew hastig hinzu: »Meinen richtigen Vater liebe ich aber trotzdem.« Der »richtige« Vater, der lieber Schach spielte, der nicht mal zur Gerichtsverhandlung nach England gekommen war. Die Wahrheit war, daß der »richtige« Vater seinen Sohn abgelehnt hatte. Matthews blinde Loyalität überdeckte eine unsagbare Verzweiflung.

»Was ist an dem Montagmorgen passiert?«

»Als Ma mich zur Schule gefahren hat, hab ich gemerkt, daß sie wegen der Briefe völlig fertig war. Da hab ich mir gedacht, daß ich sie von Mrs. Jackman zurückholen würde. Am ersten Schultag nach den Ferien hängen wir immer stundenlang in der Sakristei herum, weil sie da neue Chorgewänder verteilen. Sie haben alle Hände voll zu tun mit den Kleinen, so daß sie sich nicht um uns Größere kümmern. Man kann überall rumlaufen, ohne daß sich jemand darum schert. Ich bin mit dem Bus nach Bathwick Hill rausgefahren. Ich kannte das Haus. Ich dachte, vielleicht würde ich irgendwo ein offenes Fenster finden, aber es war noch viel leichter, weil die Hintertür auf war. Ich hab bloß auf die Klinke gedrückt und bin rein. Es war keiner da. Ich bin nach oben geschlichen und hab das Schlafzimmer gesucht. Sie war drin, sie schlief noch. Ich wollte nach den Briefen suchen, aber ich hatte Angst, daß sie aufwacht und mich dabei erwischt.«

»Ist sie aufgewacht?«

»Erst als ich ihr die Bettdecke übers Gesicht gezogen hab. Sie lag auf dem Rücken, und ich hab die Decke hochgezogen, um ihre Augen zuzudecken. Ich glaube nicht, daß ich sie getötet hätte, wenn sie weitergeschlafen hätte. Sie hat sich bewegt, und da habe ich die Decke runtergedrückt. Sie wollte sich wehren, aber das brachte nichts, weil ihre Arme unter der Steppdecke steckten. Je mehr sie sich gewehrt hat, desto fester hab ich zugedrückt. Ich war wütend, und gleichzeitig hatte ich Angst. Ich war eigentlich nicht in Panik, ich wollte nur nicht, daß sie aufwacht und mich entdeckt, also hab ich ihr die Decke immer weiter aufs Gesicht gedrückt, bis sie ruhig wurde. Als ich merkte, was ich getan hatte, hab ich noch mehr Angst bekommen. Ich hab die Decke wieder von ihrem Gesicht gezogen. Sie war tot. Ich hab auch nicht mehr nach den Briefen gesucht. Ich bin einfach rausgerannt.«

»Bist du mit dem Bus zurück nach Bath gefahren?«

»Ja.«

»Später dann, als du erfahren hast, daß die Leiche im See gefunden worden war, hast du dich da gewundert?«

»Ja.«

»Und was hast du gedacht, was passiert war?«

»Zuerst hab ich gedacht, Greg hätte sie im Schlafzimmer gefunden und sie weggeschafft, damit es so aussieht, als hätte sie sich umgebracht. Später hab ich geglaubt, meine Mutter hätte sie in den See geworfen. Es hieß ja, die Leiche wäre mit ihrem Wagen transportiert worden. Ich hab nicht gewußt, was ich machen sollte. Wenn ich gestanden hätte, hätte ich Ma in Schwierigkeiten gebracht. Als Sie zu uns nach Hause gekommen sind und sie versucht hat abzuhauen, da hatte ich keine richtige Gehirnerschütterung. Ich hab gedacht, Sie müssen sie freilassen, wenn ich ins Krankenhaus komme.«

Diamond nickte und sagte nichts. »Tut mir leid, daß Sie wegen mir Ihren Job verloren haben«, sagte Matthew.

»Schon gut«, erwiderte Diamond. »Du hast mir das Leben gerettet, als du so schnell Hilfe geholt hast, nachdem Coventry mir in den Bädern eins über den Schädel gab. Das hätte schlimm ausgehen können. Iß deine Fish and chips.« Während sie schwiegen, erwog Diamond die Konsequenzen dessen, was Matthew ihm erzählt hatte. Die Staatsanwaltschaft würde sich mächtig anstrengen müssen, um eine vernünftige Lösung zu finden. Im Grunde wäre es für alle am einfachsten, wenn Jackman und Dana nach Amerika flogen und den Jungen mitnahmen. Minderjährige konnten nicht ausgeliefert werden.

Als hätte er Diamonds Gedanken gelesen, sagte Matthew: »Ich möchte ein richtiges Geständnis ablegen. Wenn ich zur Polizei gehe, kommen Sie dann mit?«

»Klar.«

»Zuerst will ich es Ma sagen.«

»Okay.«

»Was glauben Sie, was sie machen wird?«

»Ich glaube nicht, daß sie es dann noch eilig haben wird, nach Amerika zu gehen.«

»Und Greg?«

»Ich wäre nicht überrascht, wenn er seine Pläne ändert, wenn du ihm alles erzählst.« Sie aßen zu Ende und standen auf, um zu gehen. Diamond legte eine Hand leicht auf die Schulter des Jungen. Vor ihnen lichtete sich allmählich der Nebel, und er konnte einen der Steinengel auf der untersten Sprosse der Leiter erkennen, erstarrt auf seinem Weg nach oben.